RAZORBLADE TEARS

剃刀之淚

S. A. COSBY

S. A. 寇斯比 ——著 李麗珉 ——譯

致我的母親 Joyce. A. Cosby

她給了我兩項非常重要的天賦：

決心和好奇心

我的淚水將化為火花。

——威廉·莎士比亞·亨利八世

1

艾克試著要想起每當戴著警徽的人一大早前來敲門時，有哪一次沒有帶來心痛和悲慘的消息，然而，無論多麼努力回想，他都記不起曾經有過這樣的經驗。

那兩名男子並肩站在他前門那片水泥的小平台上，他們的手搭在皮帶上，緊靠著他們的警徽和配槍。早晨的陽光讓警徽閃閃發亮，宛如金塊一樣。這對警察搭檔在外型上完全相反。其中一個是高大精瘦的亞洲人。他的外型稜角分明。另一個滿臉通紅的白人，一顆大頭頂在粗壯的脖子上，彷彿舉重選手一樣。他們那身正式的白色襯衫上都夾著領帶。那個舉重選手兩邊腋下的汗漬隱約像是英格蘭和愛爾蘭地圖。

艾克開始覺得反胃。他已經從冷水州立教養院獲釋十五年了。自從他走出那個彷如潰爛傷口的地方之後，就不曾因為累犯而重新回到監獄，甚至連一張超速罰單都沒有收到過。不過，此刻的他在兩名警察俯視之下卻感到口乾舌燥。在這個「美好」的美國，身為黑人又得和警察說話的感覺真的糟透了。無論何時何地，只要和執法人員打交道，你總會覺得自己彷彿站在某個想像的懸崖邊緣。如果你有前科的話，甚至會覺得那個懸崖上還塗滿了培根的油脂。

「有事嗎？」艾克問。

「先生，我是拉普拉塔警探。這位是我的同事，羅賓斯警探。我們可以進去嗎？」

「什麼事？」艾克問。拉普拉塔嘆了一口氣。那口氣既低沉又悠長，彷彿一首藍調歌曲中的低音一樣。艾克渾身緊繃。拉普拉塔看了羅賓斯一眼，後者只是聳聳肩。拉普拉塔低下頭，隨即又抬起頭來。艾克在教養院裡學會了識別身體語言。他們的站姿看起來不具侵略性，至少和大部分正在執行十二小時勤務的警察看起來沒有什麼不同。而拉普拉塔低頭的模樣幾乎是……悲傷的。

「你有一個兒子名叫以賽亞．藍道夫嗎？」他終於問道。

那個時候，他知道了。一如他在監獄放風的時候，知道一場鬥毆即將會發生一樣。一如他知道，某個癮君子為了搶奪毒品即將從他背後捅他一刀時一樣。也如同他本能地知道，他的老鄉路德那天晚上和那個女孩從衛星酒吧回家時看到的日落，將是他這輩子看到的最後一次。

那就像第六感一樣，是一股超自然的力量，能在悲劇變成事實前的幾秒鐘提前感受到。

「我兒子發生了什麼事，拉普拉塔警探？」艾克問，雖然他已經知道答案。他打從骨子裡知道。他也知道自己的生活再也不會一樣了。

2

葬禮那天風和日麗。

雪白的雲朵在藍天中緩緩飄過。儘管時序已經來到四月的第一週，空氣裡依然帶著明顯的涼意。當然了，由於這裡是維吉尼亞州，所以，十分鐘之後可能就會有一場磅礡大雨，而一個小時之後則又是炎熱的豔陽天。

一只灰綠色的帳篷底下聚集了哀悼者和兩具棺木。牧師從帳篷外覆蓋著一片飽經風霜的人工草皮上抓起一把土，走到棺木的前方。

「塵歸塵，土歸土，還諸天地。」當牧師將那把土灑在兩具棺木上的時候，他的聲音也迴盪在墓園裡。他跳過了復活和最後審判日的那一段。葬禮的主持人走上前來。這名矮胖的男子木炭般的膚色和他的西裝十分相配。雖然天氣溫和，他的臉上卻已泛著汗水，彷彿他的身體是根據日曆而反應，非溫度計。

「德瑞克．詹金斯和以賽亞．藍道夫的葬禮至此結束。家屬感謝各位的出席，你們可以平靜地離開了。」他說。他的聲音不如牧師那麼戲劇性，充其量也只能讓帳篷裡的人聽見而已。

艾克．藍道夫鬆開他妻子的手。她頹然地靠在他身上。艾克低頭看著自己的雙手。那雙空無一物的手。這雙手在他兒子才出生十分鐘的時候曾經抱過他。這雙手曾經教他如何繫鞋帶。也曾在他生病時，在他的胸口為他搓揉藥膏。這雙手曾經戴著手銬，在法庭上向他的兒子揮別。當以賽亞的丈夫主動要和他握手時，這雙滿是老繭的手也曾經被他深深地藏在口袋裡。

艾克的下巴低垂到了胸口。

坐在瑪雅腿上的那個小女孩，正在把玩著瑪雅的髮辮。艾克看著小女孩。那身蜂蜜般的膚色和她的髮色相互輝映。艾莉安娜在她雙親去世前一週才剛滿三歲。她可有任何的概念，知道發生了什麼事嗎？當瑪雅告訴她，她的父親們睡著了的時候，她似乎毫無困難地接受了這個說法。他很羨慕她內心的順應性。她可以用他做不到的方法來理解這件事。

「艾克，我們的兒子就在那裡面。那是我們的寶貝。」瑪雅慟哭地說。她說話的時候，他感到畏縮。那就彷彿聽到一隻兔子在陷阱中尖叫一樣。艾克聽著人們從椅子上起身前往停車場時，那一張張折疊椅所發出的吱吱聲。他感覺到一隻又一隻的手拍過他的背和肩膀，聽到一句句不痛不癢的安慰和鼓勵從人們口中咕噥而出。他們並非不在乎，而是知道那些話對於安撫他靈魂的傷痛起不了什麼作用。對家屬說那些陳腔濫調和老生常談的話語，似乎不夠真心，然而，除此之外，他們還能說些什麼？有人去世的時候，你只能這麼做。那就像去參加聚餐時自備一道菜一樣的道理。

參加葬禮的人並不多，過不了多久，椅子就全空了。不到五分鐘，墓園裡就只剩下艾克、瑪雅、艾莉安娜、掘墓工人，以及一名艾克印象中應該是德瑞克父親的人。很多艾克的家人都沒有來參加葬禮。他只看到了少數幾名德瑞克的家人出席。大部分的哀悼者都是以賽亞和德瑞克的朋友。艾克留意到了德瑞克的家人。他們在德瑞克和以賽亞那群留著鬍子的潮人和中性外觀的女性友人之中顯得十分突出。那幾名清瘦的男子和女人個個眼神冷峻、神情憔悴。藍色的衣領緊緊圍繞在他們紅色的脖子上。當葬禮進行到將近三十分鐘的時候，他看到他們的臉開始泛紅。在此同時，牧師剛好說到了沒有什麼罪行是不能被原諒的，即便十惡不赦的重罪，也會受到慈愛的上帝所原諒。

艾莉安娜扯了一下瑪雅的辮子。

「住手，孩子！」瑪雅說道。她的斥喝來得太突然，艾莉安娜頓時安靜了下來。艾克知道接下來會發生什麼事。那個暫時的停頓只是淚水的前奏而已。以賽亞也曾經如此。

艾莉安娜開始嚎啕大哭。她的尖叫聲劃破了葬禮的肅穆，在艾克的耳裡迴盪。瑪雅企圖要安撫她。她又是道歉，又是輕拂著她的額頭。艾莉安娜用力地吸了一口氣，隨即開始叫得更大聲了。

「帶她到車子裡吧。我馬上就過去。」艾克說。

「艾克，我哪裡也不去。我還不能離開。」瑪雅斥道。艾克站起身。

「拜託你，瑪雅。帶她到車子裡去。給我幾分鐘就好，然後，我會過去看著她，妳就可以再過來了。」艾克說。他的聲音幾乎要破裂了。瑪雅聞言起身，將艾莉安娜摟近胸口。

「那你就慢慢說你該說的吧。」語畢，她轉身走向車子。艾莉安娜的哭叫聲隨著她們的離去逐漸變小。艾克把手放在那具鑲有金邊的黑色棺木上。他的孩子就在裡面。他的兒子就躺在這具長方形的盒子裡，被包裹地宛如一塊醃肉。一陣微風掠過，帳篷邊緣的流蘇擺動得彷彿瀕死的鳥兒正在拍打著翅膀一樣。德瑞克就在那具鑲著黑邊的銀色棺木裡。以賽亞將會被埋葬在他丈夫的旁邊。他們一起走了，現在，他們將會一起長眠。

德瑞克的父親從他的座位站起來。他的外表精瘦，看似飽經風霜，一頭灰白的長髮及肩。他走到棺木尾端，駐足在艾克旁邊。掘墓工人忙著檢查他們的鏟子，同時等待著這兩名最後的哀悼者離開。那個瘦子撓了撓他的下巴。他有半張臉都被灰白的鬍子遮住了。他咳了一聲，清了清喉嚨，然後又咳了一次。當他不再咳嗽的時候，他轉過頭看著艾克。

「巴迪・李・詹金斯。德瑞克的父親。我想我們一直沒有正式見過面。」巴迪・李說著伸出一隻手。

「艾克・藍道夫。」他握住巴迪・李的手，上下晃了兩次，然後鬆開手。他們站在棺木尾端，宛如石頭般地沉默。巴迪・李又咳了一聲。

「你有去參加婚禮嗎？」巴迪・李問。艾克搖了搖頭。

「我也沒有。」巴迪・李說。

「我想，我去年在他們女兒的生日派對上看過你。」艾克說。

「是啊，我去了，不過並沒有停留太久。」巴迪・李一邊調整身上的運動外套，一邊咂了咂嘴。「德瑞克以我為恥。我不能怪他。」巴迪・李說。艾克不知道該做何反應，所以乾脆默不吭聲。

「我只是想要謝謝你和你妻子把一切都張羅好了。這麼體面的作法是我負擔不起的。德瑞克的母親也懶得理會。」巴迪・李說。

「不是我們。他們早就把一切都打點好了。他們已經預付了葬禮的費用。我們只需要簽署一些文件就好。」艾克說。

「天吶。你會在二十七歲就把自己的葬禮安排好嗎？我知道我絕對不會。我二十七歲的時候連送報的路線怎麼安排都不知道。」巴迪・李說。

艾克撫摸著他兒子的棺木。他原本想要的獨處時刻，現在都被毀了。

「你手上那個刺青，那是黑神，對嗎？」巴迪・李問。艾克凝視著自己的雙手。他的右手上模糊地紋著一隻頭頂有著兩把短彎刀的獅子，左手上則是「暴徒」兩個字，打從他在冷水州立教養院的第二年起，這兩個刺青就一直默默地陪伴著他。

艾克把手插進口袋裡。

「那是很久以前的事了。」艾克說。巴迪・李再度咂了咂嘴。

「你是在哪裡服刑的？我在紅洋蔥待了五年。那裡關了一些硬漢。我在那裡認識了幾個黑神的弟兄。」

「我沒有什麼惡意，不過，我真的不想談這件事。」艾克說。

「我也沒什麼惡意，不過，如果你不想談的話，為什麼不把那個刺青遮掉？據我所知，他們可以在一個小時之內就把那樣的刺青覆蓋掉。」巴迪・李說。艾克把手從口袋裡伸出來，低頭看著手上那隻黑色的獅子。那隻獅子就站在一幅粗糙的維吉尼亞州地圖上。

「我不想談這件事並不代表我想要忘了它。它能提醒我為什麼我永遠也不想回到那裡。」艾克說：「現在，我要走了，你可以和你兒子獨處了。」他轉身開始走開。

「你哪裡也不用去。對我和他來說都太遲了，」巴迪．李說：「對你和你兒子也一樣。」艾克停下來，朝著巴迪．李半轉過身。

「你這麼說是什麼意思？」艾克問。但巴迪．李並未理會他的問題。

「德瑞克十四歲的時候，我抓到他在我們拖車後面那個樹林裡的溪畔親吻另一個男孩。我脫下我的皮帶，失控地抽打他……彷彿他偷了東西一樣。我把他辱罵了一番，對他說他是個變態。我不停地鞭打他，直到他的腿都瘀傷了。他不停地哭泣。他說他很抱歉，他不知道自己為什麼會那樣。你從來沒有這樣對待過你兒子嗎？從來沒有？我不知道，也許你是一個比我好的老爸。」巴迪．李說。艾克動了動自己的下巴。

「我們為什麼要談這件事？」艾克說。巴迪．李聳聳肩。

「如果我能和德瑞克說上五分鐘的話，你知道我會說什麼嗎？我不在乎你搞上誰。完全不在乎。你覺得你會對你兒子說什麼？」巴迪．李說。艾克注視著他。他的眼神穿透了巴迪．李。他發現淚水累積在這個男人的眼角，不過並沒有流下來。艾克用力地咬著牙，他覺得自己的臼齒可能就要被咬裂了。

「我要走了。」艾克說著，大踏步地朝著他的車子走去。

「你認為他們會抓到是誰幹的嗎？」巴迪．李在他身後大聲地說。艾克加快了腳步。當他走近他的車子時，牧師剛好要離開停車場。艾克看著那輛黑色的BMW從他身邊緩緩移動。J. T. 強生牧師的側面鋒利到足以切開起司。他完全沒有轉頭或者和艾克及瑪雅打招呼。

艾克沿著車道慢跑過去，在牧師開上公路之前攔下了那輛車子。艾克敲了敲他的車窗。強生牧師把車窗玻璃降下來。艾克立即彎腰，將手伸進車裡。

「我想，我應該要謝謝你在我兒子的葬禮上佈道。」艾克說。強生牧師握住艾克的手，上下晃動了幾次。

「不用謝我，艾克。」強生牧師說。他低沉渾厚的男中音自胸口發出，彷彿一輛行駛在潤滑軌道上的貨運列車。他試圖抽回手，但艾克卻緊緊地抓住了他。

「我應該要謝你的，但是我做不到。」他把強生牧師的手握得更緊了。牧師不禁皺起眉頭。

「我只是需要問你，你為什麼要為葬禮佈道？」

強生大人皺著眉頭。「艾克，瑪雅要求——」

「我知道瑪雅要求你這麼做。我問的是，你為什麼要這麼做？因為我可以看得出來你並不想這麼做。」艾克加緊了手上的力道。

「艾克，我的手……」

「你一直提到十惡不赦的罪行，一次又一次地說。你認為我兒子是個令人憎惡的人嗎？」

「艾克，我從來沒有那麼說。」

「你不需要那麼說。也許我只是個割草工，但是，當我聽到侮辱的時候，還是可以分辨得出來。你認為我兒子是某種怪物，而你要確定葬禮上的每個人都知道。我兒子就在離你不到五呎的地方，而你卻不停地在說他的罪是可以饒恕的。他那十惡不赦的罪。」

「艾克，拜託你……」強生牧師說。牧師那輛上等的ＢＭＷ後面已經堵了一排車子了。

「你完全沒有提到他是個記者，或者他是以名列前茅的成績從維吉尼亞聯邦大學畢業的。你也沒有提到他在高中時贏得了維吉尼亞州的籃球冠軍。你只是不停地在說罪大惡極的事。我不知道你認為他是個什麼樣的人，但是，他只是……」艾克停頓了一下。那個字彷彿雞骨頭似的哽在他的喉嚨裡。

「請你放開我的手。」強生牧師倒吸了一口氣。

「我兒子不是什麼罪大惡極的人！」艾克說。他的聲音冷冽地有如流過溪石的山泉一樣。他緊緊握住強生牧師的手，感覺到自己的掌骨都要磨碎成粉末了。強生牧師忍不住發出了呻吟。

「艾克，放開他！」瑪雅說。艾克轉頭看向右邊。他的妻子正站在他們的車子外面。他們後面還有十輛車在等著通行。艾克放開強生牧師的手，牧師立刻加速開上了公路。那輛德國車將強生牧師載離現場的速度快到令艾克感到驚奇。

艾克走回自己的車。當他坐進駕駛座的同時，瑪雅也回到了乘客座。她把雙臂交叉在她狹窄的胸前，然後把頭靠在車窗上。

「那是在幹嘛？」她問。艾克轉動車鑰匙，將排檔桿打到行車檔。

「你聽到他在佈道的時候說什麼了。你知道他說以賽亞是什麼。」艾克說。瑪雅聞言嘆了一口氣。

「你說得好像自己沒有說過更糟的話。不過，現在他死了，你才要幫他辯護？」瑪雅問。艾克緊緊地握住了方向盤。

「我愛他。我真的愛他，就像你愛他一樣。」艾克咬著牙說。

「真的嗎？當他早上、中午和晚上需要有人去學校接他的時候，這份愛在哪裡？喔，對了，你被關起來了。當時，他需要你的愛。不是現在等他躺在地底下的時候才需要。」瑪雅說著流下了淚水。艾克不停地蠕動著下巴，彷彿在咀嚼著他們之間緊張的氣氛一樣。

「那就是我出獄回到家的時候，為什麼要教他拳擊的原因。」艾克說。

「那是你最擅長的事，不是嗎？」瑪雅問。艾克咬緊了牙關。

「你想要回到墓碑那裡，還是——」艾克開始問。

「載我們回家吧。」瑪雅啜泣地說。

他踩下油門，駛離了墓園的停車場。

3

巴迪．李坐在他的床上。有人正在用力敲他的拖車門，整輛拖車感覺都在晃動。他查看了床頭櫃上的時鐘，事實上，那只是被用來當作床頭櫃的牛奶箱而已。晚上六點。葬禮在下午兩點結束之後，巴迪．李曾經到小豬商店買了一箱的啤酒。下午四點半左右，他喝完了最後一罐，然後就倒在床上不醒人事了。

敲門聲再度響起。是警察。一定是警察。除了警察之外，沒有人會這麼用力敲門。巴迪．李揉了揉眼睛。

快跑。

這個念頭就像LED號誌一樣閃過他的腦海。這股強烈的衝動讓他站起身，朝著後門走了兩步，然後才意識到自己在做什麼。他深深地吸了一口氣。

快跑。

即便他已經從紅洋蔥出來了十年，這個念頭依然從他的腦子裡跳了出來。雖然，他的櫥子裡只有一罐私酒，卡車裡也只有兩捲大麻菸。雖然，自從他開始幫基奇納海鮮公司開車送貨以來，他基本上都很安分守己。不過，他再也不需要擔心是否得保持安分守己了，因為里奇．基奇納不僅沒有給他一個星期的喪假，反而把他開除了。

巴迪．李把手指拗得喀喀作響，然後走向前門。自從他醉倒之後，氣溫就一路往上飆升，因此，在開門之前，他先打開了冷氣。

一名矮壯的男子站在被巴迪．李權充為台階的四塊煤渣塊上面。幾撮鐵鏽色的頭髮從兩側和後腦圍住他的禿頭。他身上那件白色的T恤累積了一整個星期的污漬，彷彿模糊的象形文字一般，透露出了他的飲食習慣。

「嘿，阿提。」巴迪．李說。

「你的租金晚一個星期了，詹金斯。」阿提說。巴迪．李打了個嗝，他覺得那二十四罐啤酒可能隨時都會從他的嘴裡噴出來。他閉上眼睛，試著要在腦子裡想起今夕是何夕。已經十五號了嗎？自從警察給他看了那張德瑞克頭頂被塗黑的臉部照片之後，時間的流逝對他來說已經變得毫無意義。

巴迪．李睜開眼睛。

「阿提，你知道我兒子死了，對嗎？今天剛舉行過葬禮。」

「我聽說了，但是，那改變不了房租遲繳的事實。你兒子的事我很遺憾，真的，但是，這不是你第一次遲繳房租了。我曾經讓你拖欠過幾次，但是，明天我一定要收到，否則，我們就要進行另一種對話了。」阿提說。他那雙老鼠般的棕色小眼睛毫無光澤，彷彿老舊的一分錢一樣。

巴迪．李靠在磨損的門框上，細瘦的雙臂交叉在胸口。

「是啊，我看得出來你陷入了困境，阿提。你沒辦法繼續購買你那些華服了嗎？」巴迪．李說。

「你儘管嘲笑我吧，詹金斯，不過，如果我明天收不到全額的房租，包括停車場費用和拖車租金，我就會——」阿提的話還沒說完，巴迪．李就一腳踏上了第一階的煤渣塊。阿提完全沒有預料到他這個舉動。他笨拙地往後退了一步，差點就摔倒在地上。

「你會怎麼樣？你打算做什麼？打給警察？到法院去申請傳票，把我踢出這個破爛的拖車？老天慈悲，沒有了這個抽水馬桶從一九九四年開始就頻頻出問題的豪宅，我要怎麼辦才好？」

「天下沒有白吃的午餐，巴迪．李！這裡不是什麼聯邦房屋補助計畫。你想要拿到那種補助，大可到溫德姆山丘去尋求其他的福利方案。我知道我根本不應該把這裡租給前科犯。我老婆提醒過我，但我就是不聽。每次我試著要給人方便的時候，反而就被人倒整一頓。」阿提口沫橫飛地說。

「自從你老婆放棄要你每個月至少洗一次澡之後，確實得要有人好好整你一下。」巴迪．李說。阿提畏縮了一下，彷彿被人搧了一個巴掌。

「去你的，巴迪．李；我有腺體的問題。你知道嗎？你就是個垃圾。就像詹金斯家所有的人一樣。那就是你兒子為什麼是個——」阿提來不及把話說完，巴迪．李就已經跨出了一步半，拉近了他們之間的距離。一把小刀抵在阿提的腹部，棕色的木柄在經年累月的使用下已經變得十分光滑。巴迪．李揪住阿提的T恤，把嘴貼近那個矮子的耳朵。

「那就是我兒子為什麼是個什麼——？繼續說啊。說出來。說出來，這樣我就可以把你從胯下往上割開到脖子。像殺豬一樣地把你剖開，讓你的腸子流出來，就像我們在週日晚上煮小腸那樣。」巴迪．李說。

「我……我……只是想要房租而已。」阿提重重地喘著氣。

「你只是想要在我兒子屍骨未寒的時候到這裡來，然後像個自以為了不起的傢伙那樣炫耀。一直以來，我都讓你愛說什麼就說什麼，那是因為我不想惹麻煩。但是，我今天埋葬了我兒子，現在，我再也沒有什麼可失去的了。所以，說啊。說出來。說啊！」巴迪．李的胸口因為快速喘氣而不停地上下起伏。

「德瑞克的事我很遺憾。老天，我真的很遺憾。求求你放開我。我很抱歉。」阿提說。他的腋下飄出一股惡臭，將巴迪．李的眼睛都薰濕了。至少，巴迪．李是這麼告訴自己的。一聽到他兒子的名字，他內心裡被阿提戳出來的那條響尾蛇又縮回到它的洞裡。那股打架的衝動彷彿過篩的水一般地流失了。阿提是個惡毒又不衛生的傢伙，但是，他並沒有殺了德瑞克。他只是另一個混蛋，他並不了解德瑞克是什麼樣的人。那是他和巴迪．李的共同點。

「回你他媽的家去吧，阿提。」巴迪．李鬆開阿提的襯衫，把他的刀收回口袋裡。阿提快步地往後跑向一旁。當他覺得自己和巴迪．李之間已經隔了足夠的安全距離時，他停下腳步，比出中指。

「去你的，詹金斯！我會打電話報警。你現在不用擔心房租了，你今晚將會睡在牢房裡。」

「走開，阿提。」巴迪．李說。他的語氣無精打采，剛才的那股聲勢全都不見了。阿提用力眨眨眼，這股突來的改變讓他感到困惑。巴迪．李轉身背對他，逕自走進了拖車裡。冷氣並沒有發揮太大的作用，沒有達到它想要的效果。

他攤開四肢地躺在沙發上。沙發扶手上的大力膠扯掉了他前臂上的幾根汗毛。他從身後的口袋裡摸索出他的皮夾。一張發皺的小照片就放在他的駕駛執照後面。巴迪．李用拇指和食指夾住照片的一角，將它抽出來。那是他和一歲大的德瑞克。他把那個孩子抱在臂彎裡，坐在一張鋁製的草坪椅上。照片中的巴迪．李赤裸著上身，一頭如墨的黑髮垂在肩上。裹著尿布的德瑞克則穿著一件超人的襯衫。

巴迪．李不知道照片中那個年輕人會怎麼看他老了以後的現在。那個年輕人充滿了火藥味和衝勁。如果他仔細看的話，可以看到他右眼底下有一道小傷疤，那是他幫裘利．派帝葛羅討債時留下的紀念品。照片裡的那個人既狂野又危險，永遠都準備打架，永遠都在惹事生非。如果阿提在那個人面前說德瑞克的壞話，他一定會等到天黑的時候去割斷阿提的喉嚨，然後眼睜睜地看著阿提在石礫上鮮血流盡，才把他拖到某個陰暗又荒涼的地方，再拔掉他所有的牙齒，砍下他的手，將他埋入一個淺坑，用五十磅的石灰粉掩埋起來。事後，照片中的那個人會回家，和他的女人纏綿，一刻也不會失眠。

德瑞克並不一樣。詹金斯家族血統裡任何腐敗的因子都跳過了德瑞克。他的兒子渾身充滿了正面的潛能，讓他從出生的那一天起就像流星一般地閃亮。他在二十七年的生命裡所完成的，比詹金斯家族的大部分人在二、三十年裡能做到的還要多。巴迪．李的手開始顫抖。在加劇的顫抖下，那張照片從他的手指之間掉下來，飄落到了地上。巴迪・李把頭埋在手裡，等著淚水流下來。他的喉嚨彷彿在燃燒。他的胃感覺像在翻筋斗。他的眼睛彷彿就要爆裂了。但是，淚水依然沒有流下來。

「我的兒子。我親愛的孩子。」隨著身體不停地前後搖晃，他一遍又一遍地喃喃自語。

4

艾克坐在起居室裡，啜飲著加了冰塊的蘭姆酒。他已經脫掉西裝，換上了一件白色的圓領背心和牛仔褲。儘管加了冰塊，蘭姆酒流過他的喉嚨時卻感覺像在燃燒。瑪雅和艾莉安娜正在小睡。廚房裡，裝了雞肉、火腿、通心粉和起司的容器佈滿了所有的檯面。以賽亞和德瑞克的幾個朋友帶了素烤肉來。誰知道那是什麼東西。

艾克舉起蘭姆酒杯一飲而盡。他皺了皺眉頭，不過依然嚥了下去。他思考著再來一杯，但隨即改變了主意。喝醉不會讓情況變得比較輕鬆。他需要感覺到這份痛苦，讓它鮮明地留在心裡。他活該。在他的潛意識裡，他一直認為他和以賽亞終將能相互理解。他以為時間會融化他們之間的冰川，他們兩人終將會感受到某種頓悟。以賽亞最後將會明白，要他父親接受他的生活形式有多麼困難，而艾克自己也將會接受兒子是個同性戀的事實。然而，時間是水銀匯集而成的河流，在圍繞他的同時也從他的指縫間流走。時光荏苒，冬去春來，在他意識到之前，他已經變成了一個埋葬自己兒子的老人，同時懷疑時間的河流到底把他帶到了哪裡。

艾克把空杯子舉到自己的額頭。他應該要橫越那條冰川，而非等著它自己融化。他應該要和以賽亞坐下來，試著對他解釋自己的感受。他應該告訴以賽亞，他覺得自己是個失敗的父親，而以賽亞一定會告訴他，自己的性取向和艾克糟糕的父職表現毫不相干。也許，他們會大笑。也許，那會讓他們破冰。

他長嘆了一聲。這是個美好的幻想。

艾克把手中的空杯放在咖啡桌上。他往後靠在躺椅上，閉上雙眼。這張躺椅是他送給自己的禮物。在運送一整天的泥炭苔蘚和覆蓋料之後，這裡是他疲憊的身軀得到休憩的地方。

艾克的手機在口袋裡震動了起來。他看了看來電號碼，是負責以賽亞這個案子的一名警探。

「哈囉。」艾克說。

「哈囉，藍道夫先生，我是拉普拉塔警探。你還好嗎？」

「我剛埋葬了我兒子。」他說。

拉普拉塔沉默了一下。

「很抱歉，藍道夫先生。我們正在盡全力找出是誰下的手。在我們找到之前，我們可以過去和你以及你妻子談談嗎？我們想看看是否有任何以賽亞和德瑞克的朋友或同事曾經和你們聯繫。我們很難讓他們對我們開口。」拉普拉塔說。

「你們是警察。很多人不喜歡和警察說話，即便他們是清白的。」艾克說。拉普拉塔嘆了一口氣。

「我們試著想要找到線索，藍道夫先生。到目前為止，我們找到的人對你兒子或他的男友都沒有說過一句壞話。」

「他們是……他們結婚了。」艾克說。空氣裡瀰漫著更多尷尬的沉默。

「我很抱歉。我們和你兒子的老闆談過。你知道他今年初曾經收到死亡威脅嗎？」

「我不知道。我和以賽亞……我們並不如我們應該有的那麼親近，所以，我想我沒有什麼能幫上你的。」艾克說。

「那你妻子呢？藍道夫先生。」

「現在真的不是和她談話的好時機。」艾克說。

「藍道夫先生，我知道這很困難，但是——」

「你知道？有人在你兒子的腦袋上開了一槍，然後站在他旁邊用盡一整個彈匣把他的臉轟爛嗎？」艾克問。電話在他的緊握下發出了嘎吱嘎吱的聲音。

「沒有，但是——」

「我得掛電話了，拉普拉塔先生。」艾克說完便掛斷了電話，然後將電話放在咖啡桌上那只空杯旁邊。

他走到用廉價壓板組合成的展示櫃前面，他們的電視和十幾張裱框的相片就放在櫃子上。其中一張照片裡的以賽亞身穿金色和藍色相間的紅丘郡高中制服，他跪在地上，一隻手壓在一顆籃球上。另一張是十歲左右的以賽亞在瑪雅從護士學校畢業時緊貼在瑪雅身上的照片。還有一張是以賽亞、瑪雅和艾克在以賽亞大學畢業那天拍的。瑪雅彷彿非軍事區一樣地站在以賽亞和艾克之間，以免他們吵架，但後來他們還是吵架了。以賽亞決定要取得新聞學位的那天，他們一起在戶外烤肉慶祝，當時也留下了合影的照片。那應該是值得記住的一天。事實上也確實如此，只不過讓人記住的原因完全不是那麼回事。艾克拿起那張畢業照，用他那長滿厚繭的手指撫過相框的玻璃表面，然後才把照片放回櫃子頂端。

艾克穿過廚房，走出後門，朝著他的小屋而去。他打開小屋的門，走進去將燈打開。空氣裡瀰漫著汽油和金屬的味道。小屋的空間很寬敞，足足有四十呎乘四十呎，頂部還有天窗和一個通風孔。各種工具和庭院設備整齊地存放在小屋的一側，井然有序，彷彿軍隊的裝備一樣。兩台吹葉機和兩把手持除草機閃閃發亮地掛在鉤子上，宛如展示間裡的樣品。幾支耙子和鏟子整齊地堆疊在一起，就像軍械庫裡的步槍一樣。一輛割草機和一台草坪修邊器並排而放，機器上毫無雜草和灰塵的痕跡。懸吊在小屋右側角落的是一只蒙上灰塵的沙袋。天花板上唯一的燈具在沙袋後面的牆壁上投下了怪異的陰影。艾克走向那只厚重的沙袋，踮起腳尖不斷地移動。他做了幾個假動作，然後開始狠狠地擊打沙袋。他快速地揮出組合拳，感受著袋子陳舊的皮革摩擦在他赤裸拳頭上所帶來的刺痛。

在成長的過程中，以賽亞一直都是天生的運動員。當他對著這只沙袋練習時，他的動作既流暢又有力。他的步法技巧出色，頭部的移動也讓人難以捉摸。

在艾克出獄之後，拳擊是以賽亞唯一喜歡和他一起做的活動。當他們把繃帶纏繞在拳頭上，對著這只飽經風霜的牛皮沙袋練習時，他們無需對彼此開口。艾克曾經希望他能參加金手套比賽❶或者加入業餘運動聯盟的隊伍。他希望拳擊可以成為他們之間的橋樑。但是，以賽亞拒絕參賽。雖然艾克屢屢對他施壓，但他並不讓步。他就和其他十四歲的孩子一樣固執。最後，在艾克催促過頭之下，以賽亞直接指出了問題的核心。

「我和你不一樣。我不喜歡傷害別人。」

就是這句話。他們從此再也沒有一起走進過這間小屋。艾克用手肘連續撞擊了幾次沙袋，然後往後跳開，將下巴縮到胸口，斷斷續續地揮出了幾個左右勾拳。他的指關節撞擊在沙袋表面的聲音迴盪在小屋裡。

艾克總是把以賽亞逼得太緊，而以賽亞也立刻回擊。瑪雅說他們兩人實在太相像，像到以賽亞彷彿是艾克自己親自分娩出來的。他們最後的一次對話發生在幾個月前，那場口頭爭執最後在重重的甩門聲中劃下句點。以賽亞來到這裡告訴他母親說，他要和德瑞克結婚了。瑪雅給了他一個擁抱。艾克走進廚房，倒了一杯酒。在接受他母親的幾個親吻之後，以賽亞跟在他身後走進廚房。

「你不贊同？」以賽亞說。艾克喝了一口他的蘭姆酒，然後將玻璃杯放在流理台邊緣。

「我沒有權利贊同或不贊同。再也沒有了。不過，你知道這件事不只關乎你們。你們現在還有個小女兒。」艾克說。

「你的孫女。她的名字叫做艾莉安娜，她是你的孫女。」以賽亞皺起的額頭上開始爆出青筋。艾克把雙臂交叉在胸前。

❶ 金手套（Golden Gloves）是美國每年舉行的業餘拳擊比賽，開放給十六歲以上的非職業拳擊手參賽。

「聽著，很久以前，我就已經試著不再告訴你要怎麼做了。但是，那個小女孩，她需要面對的處境已經夠難的了。她是半個黑人。她母親是你付錢找來懷她的，她有兩個同性戀的父親。那現在呢？你要讓她在你的婚禮上當花童嗎？你打算租下傑佛遜飯店，然後大張旗鼓地舉辦婚禮嗎？幾年之後，你們將會走進她的幼兒園教室，然後，每個小孩都會問她，你們兩個哪一個是媽咪。你和德瑞克曾經停下來想過這個問題嗎？」艾克說。

「當我告訴你我要和此生的摯愛結婚時，這就是你腦子裡想到的第一件事嗎？不是恭喜，甚至連一句敷衍的『我為你高興』都沒有。而是人們會怎麼想，人們會怎麼說。別忘了，艾薩克，打從我必須對人們解釋我父親是個囚犯以來，我就一直在面對人們的評論。我猜，你寧可我們半夜躲在樹林裡的小屋交換誓言。我不知道你是否有意識到這一點，但是，並不是每個人的想法都和你一樣。並非每個人都嫌惡他們自己的孩子。至於那些想法和你一樣的人？他們很快就都會死了。」以賽亞說。艾克不記得自己是否有把那只酒杯拿起來。他不記得是否有把酒杯扔向牆壁。他只記得以賽亞轉身，狠狠地關上門走了出去。

三個月之後，他的兒子和他丈夫死了。他們在里奇蒙市中心一家豪華酒鋪前面被射中了好幾槍。他兒子和他丈夫倒地之後，那些槍手還對他們連續開了兩槍。那是職業殺手的作法。艾克不知道一只丟向廚房櫥櫃的酒杯是否就是以賽亞對他父親最後的印象。

艾克開始狂吼。叫聲並沒有先在他的胸口積蓄才爆發出來。那是一聲長嘯般的哀號。那只沉重的沙袋開始宛如痙攣般地抖動。所有的拳擊技巧都被野獸般的本能所取代。他指關節上的皮膚綳裂，在沙袋上留下了羅夏克墨漬般❷的紅印。豆大的汗珠從他的臉上流下，滴落到他的眼睛裡。淚水湧出他的雙眼，刺痛了他的臉頰。那是為他兒子所流下的淚水。為他妻子所流下的淚水。為他們必須要扶養的那個小女孩所流下的淚水。那是為了他們的身分認同和他們所失去的一切所流下的淚水。每一滴眼淚都彷彿一把剃刀，割開了他的臉龐。

❷ 羅夏克墨漬（Rorschach）被使用在人格測試上，是世界上最著名的心理投射測驗之一。由瑞士精神醫生赫曼・羅夏克於一九二一年最先編製。測驗由十張經過精心製作的墨跡圖構成，其中七張為水墨墨跡圖，三張為彩色墨跡圖。受試者會被要求回答他們對卡片的印象，從而再根據回答加以分析，以判斷受試者的人格及心理狀態。

5

巴迪．李看了看手錶。七點五十五分。藍道夫草坪維護公司的招牌上寫著「週一到週六上午八點開始營業」。艾克隨時都會抵達。

他卡車裡的冷氣並沒有比他拖車上的冷氣好到哪裡去。從通風孔排出來的空氣最多只能稱得上不冷不熱。他的冷氣系統需要灌入冷媒，但是，他的電費帳單這個星期就要到期了。每當他得在家裡的冰箱和卡車裡的冷氣之間二選一的時候，最後總是冰箱勝出。

巴迪．李轉換了收音機的頻道。再也沒有人演奏真正的鄉村音樂了，只有一些軟趴趴的男模在鋼弦吉他的伴奏下唱著帶有性暗示的歌曲。一輛載著伐木的卡車疾速駛過巴迪．李停車的加油站。藍道夫草坪維護公司座落在速迪超市對面的單層鐵皮倉庫裡，順著路再往前走一點就是紅丘花店。巴迪．李住在距離紅丘十五哩的卡戎郡。他的兒子和艾克的兒子在相隔二十分鐘車程的地方長大，卻在大學裡才認識彼此，這一點讓巴迪．李覺得可笑。在我們的命運旅途中，生活總是把我們帶到一些奇怪的道路上。

就在他打算走回加油站再買一杯咖啡時，他看到一輛白色的重型卡車緩緩駛向藍道夫草坪維護公司的大門前面。那輛卡車停了下來，艾克從車上跳下來打開大門。他把栓著鐵鍊的大門推開，然後把車開進停車場。巴迪．李看著他再度從卡車裡下來，走進了那棟建築物裡。

當他從自己那輛搖搖欲墜的卡車上爬下來時，他開始咳嗽。他知道情況會很糟糕。他的食道感覺就像受到拉扯的鹽水太妃糖一樣。他的肺部使勁地要把氧氣推送到他的血液裡。巴迪．李緊緊地抓住方向盤，直到指關節都發白了。經過六十秒的煎熬之後，咳嗽終於平息了下來。他把一坨痰吐在地上，然後慢跑過貫穿這座小鎮的雙線道公路。

倉庫裡的陳設彷彿軍營一樣簡樸。入口的右邊有一張老舊的咖啡桌，桌子兩邊分別擺放著一張金屬折疊椅和一張破舊的皮革雙人座。左邊的牆壁前面擺著一台玻璃面的老式飲料販賣機。機器裡大部分的商品槽都已經空了，只有三個槽裡還陳列著印有可樂字樣的藍色罐子。倉庫兩邊的牆壁上貼著許多草坪與花園相關商品的廣告海報。所有的海報若非保證能幫你把草除光，就是保證會讓你的草茂盛生長。還有一些表示他們可以把昆蟲趕盡殺絕。大廳後方的牆壁中央上有一扇安全窗戶，左邊則是一扇門。艾克就站在那扇窗戶附近，一根手指上吊著一大串鑰匙。

「嘿，艾克。」巴迪．李說。艾克把鑰匙圈放回口袋裡。

「嘿，巴迪．李，是嗎？」艾克問。巴迪．李點了點頭。

「嘿，你有一分鐘的空檔嗎？我想和你談點事。」他說。

「有，我有點空檔。不過不能聊太久。我得讓我的員工出門去工作了。」艾克說著，把鑰匙再度拿出來，打開那扇纖維板的門。巴迪．李跟在他身後走到倉庫的後面。一個個堆著肥料、顆粒狀除草劑和殺蟲劑的貨板以十排一列的方式，一路往後延伸到一扇寬闊的鐵捲門前面。鐵捲門右邊的牆壁前方堆疊著一長排的金屬草坪邊飾。那扇安全窗後面有一張小金屬桌，桌上放了一台手提電腦和一個名片盒。桌子後面有一個小隔間。艾克走進隔間，在另一張金屬桌後面坐下來。巴迪．李也在桌子前面那張老舊的木椅上坐下。那張桌子就和外面的大廳一樣簡樸。桌上除了一台手提電腦、一個筆筒、一個收件匣和一個發件匣之外，什麼也沒有。辦公座椅旁邊還有一張夾帶兩個抽屜的檔案矮櫃。

「你有想過擺一個，嗯，我不知道那東西叫什麼名字，不過，就是那種有一串金屬球會互相撞擊，看起來好像魔術一樣的東西。」

「沒有。」艾克說。巴迪．李搓了搓下巴上的鬍渣。汗水和廉價威士忌的味道彷彿一團雲似的環繞著他。

「今天滿兩個月了。」他說。艾克只是把手臂交叉在他壯碩的胸口前。

「嗯，我知道。」

「你還好嗎？在葬禮和那件事之後？」巴迪．李問。

艾克聳聳肩。「我不知道。我想還好吧。」

「警察有對你說什麼嗎？」

「他們打過一次電話給我，之後就再也沒有消息了。」

「是啊，他們也打過一次給我。他們好像沒有什麼線索。」巴迪．李說。

「我想，他們正在調查。」艾克說。巴迪．李把手在自己的牛仔褲上擦了擦。

「我在這把年紀變成了宅男。我去工作，然後回到我的拖車。在這段期間，我會喝幾瓶啤酒。就這樣。如果可以的話，我才不想和警察扯上關係。不過，今天早上，我在六點鐘起床，開車去了里奇蒙。我經過警察局，說我要找負責德瑞克．詹金斯和以賽亞．藍道夫謀殺案的警探。你知道他們對我說什麼嗎？」巴迪．李說。他的聲音裡掠過一絲顫抖。

「不，我不知道。」

「拉普拉塔警探說，那個案子現在停擺了。沒有人知道任何事情，就算有人知道，他們也不肯說。」巴迪．李說著，困難地嚥下口水。「我不知道你怎麼想，但這讓我無法接受。」艾克沒有回應。巴迪．李把下巴靠在自己的拳頭上。

「我會在夢裡看到他，德瑞克。他的後腦被轟開了。他的腦漿還在跳動，就像一顆心臟一樣。還有鮮血不斷地往下流到他的臉上。」

「別說了。」

巴迪．李眨了眨眼。「對不起。我只是一直想起警察說的話。他們的朋友不對警察開口。我不怪他們。我想，我們倆都知道和警方說話可能會很危險。」巴迪．李說。

「對於那個案子停擺了，我並沒有很震驚。他們不會把像……像以賽亞和德瑞克這樣的人擺在需要優先處理的行列。」艾克說。巴迪．李點點頭。

「是啊，我從來都不是很喜歡那些同性戀的事情，但我愛我的兒子。我並非無時無刻都表現出來，我也經常不在他身邊，但我發誓我是全心全意地愛他。我想，你對你兒子也有同樣的感覺。這就是我為什麼要找你談的原因。」巴迪．李說。

「你想談什麼？」艾克問。巴迪．李深深吸了一口氣。他已經練習了一個星期了，但是現在，當他就要把這件事說出口時，他才意識到這有多麼瘋狂。

「就像我說的，我不怪那些不對警察開口的人。但是，如果他們不需要和警察談呢？如果他們是和我們談呢？把他們不願對警察說的話告訴幾個悲傷的父親，應該比較容易吧。」巴迪．李說。艾克歪著頭，聽他一口氣把話說完。

「怎麼，你要我們扮演什麼私家偵探嗎？」艾克說。

「有個混蛋現在正在街頭遊蕩。他在早晨起床，吃一頓豐盛的早餐。然後出門去忙他自己白天的事情，不管那是什麼事。也許晚上的時候還會找個女人陪睡。這個混蛋殺了我們的孩子。他用槍把他們打得渾身是洞，就像鐵絲網一樣。然後再低頭俯視他們，把他們的腦袋轟爛。現在，我不知道你怎麼想，但是，我無法容忍這個混蛋還活在這個世界上。」巴迪．李說。他的眼睛幾乎就要從眼眶裡爆凸出來了。

「你是在說我認為你在說的事嗎？」艾克問。巴迪．李舔了舔自己的嘴唇。

「你那個黑神的刺青不是自己想要刺就能刺的。那是老大的紋身。如果你沒有付出很多努力的話，你絕對當不了老大。看來你應該做過一番大事。雖然我不是老大，但也幹過一些事。」巴迪．李說。艾克聞言輕笑了一聲。

「有什麼好笑的？」巴迪．李說。

「你應該聽聽你自己在說什麼。你聽起來就像某部老土犯罪電影裡的瘋子一樣。你說的話就像鱷魚❸裡某個臨時角色的台詞。你自己看看這裡。我有十四個員工，還不包括我的前台，她今天又遲到了。我有十五份房產維護的合約要履行。我家裡還有一個小女孩要靠我幫忙養大，因為你兒子和我兒子讓我妻子變成了她的合法監護人。我身上背負著責任。有人得依賴我，這樣，他們的餐桌上才有食物。而你要我幹嘛？和你一起扮演什麼終極雷霆彈❹或者捍衛任務❺裡的角色？你喝醉了，不過，我不敢相信你竟然醉得那麼厲害。」艾克說。巴迪．李用食指搓揉著自己的拇指。艾克可以聽到那些老繭摩擦的聲音。

「這麼說，你是怕把自己的手弄髒嗎？或者，你不在乎殺了我們兒子的那個人正在逍遙法外？」艾克的神色僵硬。他放在桌子底下的手已經握成了拳頭。

「你以為我不在乎嗎？我唯一的兒子得在葬禮中躺在已經蓋上的棺木裡，因為殯葬師無法將他的臉拼湊回去。我妻子會在半夜裡哭著醒來，大聲呼喚著以賽亞的名字。我看著他的女兒，意識到她將不會記得他的聲音。我每天早上醒來和每天晚上上床的時候，都祈禱他在離開這個世界的那一刻並沒有恨我。你看到了一些刺青，就突然覺得自己變成了懂我的專家？你根本不了解

❸ Gator，一九七六年的美國動作喜劇電影。

❹ Rolling Thunder，一九七七年美國黑色心理驚悚片，由約翰．弗林執導，威廉．迪凡、湯米．李．瓊斯和琳達．海恩斯主演。劇情講述一名美國空軍少校從越南戰俘營歸國後在一次暴力入室盜竊中失去了妻小和右手，為此打算對歹徒展開報復。

❺ John Wick，一系列的美國黑色動作驚悚片。該系列主要圍繞在由基努．李維飾演的退休殺手約翰．維克在復出後所引發的種種事件。首部電影捍衛任務由大衛．雷奇導演，於二〇一四年上映。

我。你以為你可以走進這裡，讓那個高大嚇人的黑鬼去幫你殺了某些人嗎？」

巴迪．李可以看到艾克脖子上的肌肉鼓出，彷彿立體的地圖。他的瞳孔緊縮地宛如針孔一樣。巴迪．李往前靠。

「不是某些人，而是殺了德瑞克和以賽亞的那些混蛋。而且，我也不是在要求你為我這麼做。我們可以拿到不只一把槍。」巴迪．李說。

「滾出我的辦公室。」艾克說。他的語氣既緩慢又冷酷，彷彿拖過柏油路面的煤渣塊一樣。巴迪．李動也沒有動。他和艾克四目相對，巴迪．李感到他們之間的氛圍變了，緊繃得就像地平線上的暴風雨一樣。巴迪．李把手伸進他的口袋，掏出一張老舊的收據。他拿起艾克的一支筆，潦草地把他的手機號碼寫在背面，再摺成兩半放在艾克的桌上，然後起身走向隔間的出口。就在離開之前，他停下腳步，轉過頭看著艾克。

「當你今晚在睡前祈禱你兒子並不恨你的時候，你要仔細聆聽。你將會聽到他問你，為什麼你不做點什麼來伸張正義。當你準備好要回答他的時候，你就打電話給我。如果你不打給我的話，我想，你就應該刺隻大肥貓蓋住你手上的獅子。」巴迪．李說完，大踏步地走出了小隔間。

當巴迪．李離開倉庫的時候，艾克聽到門上的鈴鐺發出了聲響。他把雙拳從桌子底下伸出來。他的呼吸急促了起來。艾克舉起手臂，把拳頭重重地落在桌面上。那個筆筒瞬間彈跳起來，直接從桌上掉了下去。艾克再一次地捶著桌面，這回，連那台手提電腦都受到了震動。

那個白人膽敢坐在這裡對他說他不在乎以賽亞。他應該把他的牙齒全都打掉。艾克站起身，走出隔間。他站在倉庫中間，伸縮著他的手指，企圖要讓雙手上那股刺痛的感覺褪去。

巴迪·李真的以為只有他自己感到傷痛嗎？哀傷並非他的專利。他無時無刻都在想著以賽亞。每一天的情況都變得更加困難，同時也變得更容易。只要那份痛苦稍微減低了一點點，他就感到愧疚。彷彿只要有任何一秒鐘不感到痛苦，就表示他沒有把對以賽亞的記憶放在心裡。當他感到更痛苦的時候，他就坐在他的小屋裡，喝酒喝到他幾乎站不起來為止。

他應該要跳過桌子，一把將巴迪·李瘦弱的屁股從椅子上揪起來，然後把他壓在辦公室的牆壁上，用前臂抵住他的喉嚨。艾克大可告訴他，自己是如何在夢裡找到那些轟爛以賽亞臉部的人。他大可告訴巴迪·李，在他的夢境裡，他是如何把那些人帶到某個安靜的好地方。一個堆滿鉗子、鐵鎚和噴槍的地方。艾克大可告訴他，在他的夢境裡，他是如何讓他們認識暴徒藍道夫。那個身上背負著九條人命的高手，還不包括讓他遭到過失殺人起訴的那一個。

艾克揉了揉他的太陽穴。他很久以前就不再是那個人了。從二〇〇四年六月二十三日起就不再是了。那是他離開冷水州立教養院的日子。艾克走過那些大門，發現一些陌生人正在等著他。一個尋求其他男人為伴的妻子。一個不再是個男孩、更像是個男人，並且不願注視他的兒子。他愛那些陌生人，但他們卻畏於他的觸碰。

在他回到家的第一個晚上，他就下定了決心。到此結束。他要離開那樣的生活。對他來說，暴徒已經死在牢裡。艾克為了他的家人犧牲了暴徒，就像亞伯拉罕犧牲自己的兒子一樣。起初，鎮上沒有人相信他。剛回到家的幾個月，依然會有癮君子跑來偷偷問他是否藏有毒品。曾經有過好幾年的時間，紅丘的警察把攔下他的車進行搜查當作一大樂事。雜貨店裡的人若非和他保持距離，就是斜眼看他。對於這些，他完全不加理會。他只是低著頭，專心朝向他的目標前進。他用一輛搖搖欲墜的割草機和一把生鏽的彈簧刀開始了維護草坪的工作。他不只辛勤地工作，他甚至比五個郡裡的任何人都還要努力工作。等到以賽亞從大學畢業的時候，他已經付清了他的房子和倉庫的費用。

他學會了如何控制自己的脾氣。在監獄中，沒有所謂「非暴力的衝突解決方式」。你得要先出手，並且狠狠地出手。如果不這麼做的話，你會發現自己就被人踩在腳底下。在他出獄之後，第一次在馬路上被其他車子切道插入前方是最難熬的考驗。他要用盡全力才能不讓自己去追那個傢伙，將他從車裡拉出來，在路邊把他毆打一頓。

巴迪·李完全搞錯了。艾克並不害怕把手弄髒。他並不害怕嗜血。他害怕的是自己將無法停手。

6

葛雷森升起車庫的大門。空氣中的熱氣彷彿活生生的生物般擴散開來，令人窒息地愛撫著他。一股油霧讓這個街區蒙上一層紅棕色的色調，他彷彿被困在一張舊照片裡。下午的太陽穿透了來自東邊那家柴油車修理店冒出的廢棄和西邊那家板金工廠飄出的煙霧與蒸汽。葛雷森把一條壯碩的腿跨過他的摩托車，然後將安全帽罩在他寬大的頭上。金色的長髮從安全帽底下一路垂到他的後背。就在他要發動那輛哈雷的時候，莎拉打開門，朝著他大聲喊叫。

「你的手機在響。你知道的，你放在床頭櫃上、不准我去碰的那支手機。」她的喊叫聲宛如烏鴉一樣。葛雷森摘下他的安全帽。

「把它拿過來。」

「喔，我現在可以碰它了？」

「賤人，把那支該死的電話拿給我。」葛雷森說。莎拉張開嘴，隨即改變主意，消失在屋裡。當她再度出現時，她把耶利哥抱在腿上，一手拿著那支手機。

「告訴她最好別親你，因為她會嚐到我陰部的味道。」莎拉把手機遞給他。

「老天，在孩子面前管管你那張嘴吧。」葛雷森說。

「你又不是沒說過更難聽的話。」莎拉說。

「給我進屋去。」

「你就繼續把我當垃圾對待吧。也許有一天你回家時，我已經走人了。」

「說到要做到啊？」葛雷森說。莎拉在走回屋子之前，對他比了個中指。葛雷森爆出一聲輕笑。他們今晚會在憎恨彼此之中狠狠地翻雲覆雨。過去五年來，他們一直都播放著同一首歌曲翩翩起舞。他們誰也不會到別的地方去。而他們彼此都知道這一點。

葛雷森打開那支拋棄式手機。他看了一下上面顯示的來電號碼，搖了搖他那頭蓬鬆的亂髮，然後才接起電話。

「哈囉？」

「哈囉。我猜你知道我為什麼打來。」

「我猜到了。」電話那頭的人停頓了整整一分鐘。

「所以，你還沒找到她。」

「已經兩個月了。我已經派人到處找過她，甚至還偷偷向那些來我們這裡購買五金的朋友打聽過。那賤人失蹤了。在那個記者出事之後，她連對貓大吼一聲都不敢。你沒什麼好擔心的。」葛雷森說。這回，電話那頭的人安靜了將近一分鐘。當他再度開口時，從齒縫之間清清楚楚地擠出每一個字。

「我想要確定她會閉緊她的嘴。我們幾乎就要成功了，不能讓一個賤人毀了我們的計畫。」

「你真的要這麼做嗎？」葛雷森問。

「是時候改變了。我們的人已經準備好了。我們不需要她的干擾。所以，我才需要你找到她，確保她不會造成阻礙。」

「嘿，她不在你給我們的那個地址。自從那個記者被做掉之後，她就沒去工作了。她不見了，老兄。你沒事了。」

「你知道我是怎麼走到今天的嗎？我來給你一點提示吧。那絕對不是因為我不在乎細節。你和你的俱樂部已經為完成某一項任務而得到了報償。在那個女孩也被處理好之前，這項任務都不算完成。我們真的要走到那一步嗎？要我威脅你和你的人嗎？因為我寧可不要這麼做。我們雙邊的互利關係已經行之有年了，不需要讓這份關係受到危害。不過，我需要那個女孩。在二十四日之前。」

葛雷森咬緊下巴。他把手機從臉頰上拿開幾分鐘。在兩個深呼吸之後，他覺得自己可以開口了。

「我聽到你說的話了。但是，我們彼此已經認識很久了。所以，你知道我不吃威脅這一套。讓我們把話說清楚。我們會繼續找那個女孩，因為那是我們說過會做的事。不過，你剛才提到的那份關係？那是互相的，混蛋。記住了。」葛雷森說。

「我知道了。我們可以改天再討論關係的定義。現在，我需要你處理那個賤人的事。」

「嗚——呼。那你建議我們去哪裡找她？」

電話那頭的聲音再度沉默了一分鐘。

「那個記者。他應該有關於她的一些筆記。他原本打算要寫她的故事，以及她是如何牽扯到我渴望達成的目標，對嗎？他的筆記裡也許會有一些線索顯示她人在哪裡。去他家找找看。」

葛雷森大笑。一陣混濁的喉音瞬間迴盪在車庫裡。

「你真的認為他會在他的電腦裡留下什麼地圖顯示『這裡有個愛混派對的賤貨』嗎？省省吧，老兄。」

「既然你問我建議去哪裡找她，我就假設你沒有更好的想法。還有，不，我不是要你去當什麼繪製地圖的專家。我是要你去做你的本行，你我都知道那是什麼。殺手。我會把他的地址發簡訊給你。」

電話被掛斷了。葛雷森按掉電話，將手機放進口袋裡。

「他媽的蠢貨。」他喃喃自語地發動了他的摩托車。

7

艾克咬了一口鬆餅，然後啜飲了一口咖啡。瑪雅坐在廚房餐桌對面，嘴裡叼著一根新港牌香菸，正在翻閱著報紙。一坨煙圈飄浮在她的頭頂上，彷彿一個灰色的光環。

「你和艾莉安娜今天要做什麼？」艾克問。瑪雅並沒有把目光從報紙上挪開。

「我不知道。今天是我醫院休假的最後一天，所以，我想要和她一起做點有意思的事，不過，我想不出要做什麼。」她說。艾克又喝了一口咖啡。他想要建議她們去帝王之城遊樂園，但他不想讓瑪雅又對他發飆。最近，只要他提出和艾莉安娜有關的任何建議，都會遭到鄙視。

「我相信你會想出來的，」他說。瑪雅把香菸上的煙灰彈進被她用來當作菸灰缸的一只茶杯裡。

「我不知道。我似乎沒辦法讓我的腦子動起來。」艾克沒有接口。瑪雅吸了一大口菸。香菸尾端亮起紅光，彷彿一隻龍的眼睛，直到她把煙吐出來為止。

「我覺得他們永遠都抓不到那個人。」她說。艾克從他的鬆餅上抬起頭來。她已經把報紙摺疊起來，放在桌上。那雙蜂蜜色的眼睛凝視著他。

他嘆了一口氣，喝光他的咖啡，然後站起身。他已經失去了原本微薄的胃口。他走向水槽，把杯子沖濕之後放進洗碗機裡。

「什麼？」瑪雅問。

「『什麼』是什麼意思？」

「你那一聲嘆息代表了『有事情困擾我』。是什麼事？」瑪雅問。

艾克靠在流理台上。

「德瑞克的老爸上週到店裡來過。」

「他想幹嘛？」

艾克咂了咂嘴。「他告訴我，警察把以賽亞的案子標記為『暫時停擺』。」

「我知道。我週一的時候和拉普拉塔警探談過。到上週為止已經滿兩個月了。」瑪雅說。艾克閉上雙眼。葬禮過後，他就沒有再和拉普拉塔交談過，也沒有去上過墳。

「德瑞克的老爸認為我們應該去找兇手。」艾克說。

「你要去嗎？」瑪雅問。

「什麼？去找兇手？你知道我不能那麼做。」

「為什麼不能？」瑪雅問。艾克咬緊下巴，聽到了關節喀噠作響的聲音。

「你知道為什麼。我對你和以賽亞承諾過。如果我去找的話，我可能會找到。如果我找到了，我會殺了那些人。」他說。他的話聽起來並沒有太多的抑揚頓挫。她從他十五歲的時候就認識他了，當時她才十三歲。瑪雅知道他並沒有誇大其詞。

艾克等待著她說他不能這麼做。他站在那裡，等著她說讓警察去處理吧。他等了又等，最後是製冰機發出的聲響打破了空氣中的沉默。

「我要去把艾莉安娜叫醒。」瑪雅說著，把她的香菸在那只茶杯裡按熄，隨即起身上樓。

艾克看著她爬上樓梯。她的腳步似乎很沉重，因為她顯然認為她獨自背負了沉重的負擔。也許瑪雅是對的。也許他沒有資格哀悼以賽亞。為一個他曾經愛得如此痛苦的人深感哀悼，似乎並不公平。

艾克拿起他的午餐盒，就在他要走出大門之際，他的手機在他的口袋裡震動了起來。他掏出手機，看著螢幕。他並沒有立刻就認出那個號碼，但那是他工作用的手機，所以，他很快就接聽了。

「哈囉。」

「哈囉，藍道夫先生，我是綠丘紀念墓園的肯尼斯·D·艾德納。」

「噢。」艾克說。

「先生，很抱歉得告訴你這件事，不過，你兒子的墳墓有點問題。」

「葬儀社說一切都付清了。我兒子事先都安排好了。」艾克說。

「不是的，先生，不是費用的問題，而是你兒子的墳墓遭到了損壞。」

「什麼樣的損壞？」艾克問。

「先生，我想，你應該要到墓園來一趟。我不認為這是我們能在電話裡討論清楚的。」肯尼斯說。

艾克預期當他抵達兒子的墳墓時（這句話對他來總是很不自然），將會看到墓碑上有一大塊缺口。他知道當小石礫被割草機的刀片擊中時，可能會造成什麼樣的嚴重後果，那就是他基於業務風險管理而幫員工投保的原因。也許他會看到一大塊草皮不見了，那可能是某個過分熱心的園丁試用新除草機所造成的結果。艾克的工作和土壤有關。他知道只有少數幾種方式才會對草地造成損害。

他並沒有預期到這樣的畫面。

他和那名經理並肩站在墳墓尾端。那個經理的臉色慘白地就像魚肚一樣。他那頭往後梳的金髮塗抹了太多的髮油，任何一隻蒼蠅想要停在上面恐怕都會摔斷脖子。儘管辦公室裡的冷氣冷得像北極一樣，他卻依然在出汗。他的反應讓艾克在一見到他的時候，就直覺地認為墳墓的問題比他原本想像的還要嚴重。

艾克走向墓碑。那是一塊雙人墓碑，黑色的花崗岩上刻著以賽亞和德瑞克的名字。有人把它劈成了兩半。也許是用一把大錘敲擊的。敲破之後，那些人還在墓碑上留下了他們自己對同性戀和跨種族關係的看法。

已經變成兩半的墓碑被螢光綠的油漆噴上了**死同性戀黑鬼**和**死同性戀黑鬼的愛人**等字眼。同樣的字眼也被噴在墳墓的綠草上。

「我不知道要怎麼表達我的歉意，藍道夫先生。當然，我們會替換掉墓碑。草就比較難處理了。」肯尼斯說。

「把草挖起來，鋪上草皮。」艾克說。他的聲音聽在他自己的耳朵裡彷彿錄音一樣。

「是啊，我想那也是一種解決方式。」肯尼斯說。

「我希望草的部分今天就能修復好。現在，把墓碑挪走吧。我妻子今天應該會過來。我會告訴她，是你們的卡車撞壞了墓碑。」

「好的，先生，沒問題。我要再度誠懇地致歉。綠丘會為這個不幸的事件承擔所有的責任。」肯尼斯說。他試著要露出同情的微笑，但艾克一和他四目相對，那絲笑意立刻就消失在他的唇邊。

「今天要搞定那些草。」語畢，他開始朝著他的卡車走去，把經理和那輛高爾夫球車留在墳墓旁邊。他覺得很奇怪。他很清楚自己的憤怒。他的憤怒就像住在他體內的惡魔一樣，等待著像這樣的時刻。看到墓碑的狀況應該會讓他的憤怒被釋放出來，就像飢餓的野獸被放出籠子一樣。然而，那股熟悉的感覺並未立即浮現。他的眼前沒有蒙上一片怒火。他的胃也沒有上下翻騰。這就是人們所說的麻木嗎？這就是當你終於被逼到超出極限時，那種渾身無法動彈的殘廢感。

艾克坐進卡車裡，撥了電話到他的辦公室。

「藍道夫草坪維護暨造景公司，我是賈絲敏。有什麼能幫上您的嗎？」

「賈絲，到我的辦公室去。我的桌上有一張收據。收據的背面有一個電話號碼。把那個號碼用簡訊傳給我。」

「好的。早安，老闆。」

「去拿那個號碼，賈絲。」艾克說。

「好的。嘿，你還好嗎？你聽起來並不——」

艾克掛斷了電話。

巴迪・李把車開進桑德斯快速外帶的停車場。他覺得這個地方的名字和實際的擺設並不完全相符。這間店的風格就像Tastee Freeze[6]或者Dairy Queen[7]。它有一個點餐窗口和一個取餐窗口，兩個窗口都裝了可以滑動的壓克力板，但店門口還零星地擺了幾張鮮紅色的野餐桌。巴迪・李想了想，也許店名還是有點貼切。你可以很快地買了食物，然後坐到外面的野餐桌。

艾克坐在靠近商店另一頭的一張桌子旁邊。巴迪・李把車停好，然後繞過去。艾克正在大口吃著裝在紅白格子紙盒裡的食物。他撕開一條炸魚，又喝了一口汽水。

「嘿。」他在嚥下食物之後說。

「我沒想到會再見到你。」巴迪・李說。

「坐。」艾克說。巴迪・李遲疑了一下，隨即坐了下來。他從桌上拿起一份塑膠菜單，開始翻閱。

「這裡有什麼好吃的？我餓到前胸貼後背了。」巴迪・李說。艾克拿出自己的手機放在桌上。

「鯰魚還不錯。他們也有炸秋葵。不要點玉米麵包，硬的跟磚塊一樣。」艾克又喝了一口飲料。

「如果你邀我來這裡是為了把我趕出你的辦公室而道歉的話，我接受。我認為這段時間，你和我的腦子都無法好好思考。」巴迪・李的頭依舊埋在菜單裡。

「我不是在道歉。」艾克說。

「好吧，那這次見面就很尷尬了。」巴迪・李說。艾克在一張棕色薄紙巾上擦了擦手，然後倚靠在自己的前臂上。

「我要你知道，我那天說的每一句話都是真的。關於責任的事。我空手創立了我的事業。白手起家。這讓我引以為傲。自從我出獄之後，為了讓我妻子和兒子過上好日子，我每一天都很努力工作。」艾克停頓了一下。兩桌之外，一群青少年的笑聲頓時填滿了他停下來的空白。

「你是怎麼變成一個造景師的？我無意冒犯，不過，我覺得你看起來不像那種愛花的人。」巴迪・李說。他依然埋首在菜單裡。

艾克低頭看著自己的雙手，凝視著他的刺青。幾個白人男孩坐在一輛底盤很高的卡車裡，從那個高度來看，他們可能需要梯子才能爬上車。車子的後窗貼了一面聯盟旗。那輛卡車揚長駛過停車場，留下了一縷黑煙。

❻ 創立於一九五〇年的美式特許經營速食店，主打軟冰淇淋。

❼ 創立於一九四〇年的美國連鎖霜淇淋和速食餐廳，店鋪遍及全球十多個國家，主要分佈於美國。

「我是在獄中學的。他們有開這方面的課。那讓我可以走出我的牢房。當我獲釋的時候，我發現這個專長讓我在外面保有了自己的空間。沒有人想在攝氏三十八度的高溫底下閒聊，尤其當你手中又握著一把長柄鋸的時候。」艾克說。那些聯盟旗男孩把他們的卡車停好，下車走向點餐的窗口。其中一個男孩看了艾克一眼，他在艾克的眼裡看到了讓他不自在的東西，因此很快就把頭別開了。

「幾年之後，我開始在想，那就是我為什麼來到這個世界的原因。你知道的，人們都說每個人都有擅長的事，對嗎？不過，種花和修剪灌木叢，這些鳥事並非我活著的目的。那不是我擅長的事情。真的不是。」艾克說。

巴迪．李抬起頭。

「你打電話給我不是因為這裡的鯰魚好吃吧？」巴迪．李問。艾克把他的手機從口袋裡拿出來，放在桌上。

「你上次去墓地是什麼時候的事？」

巴迪．李把菜單放到一邊。

「呃……我原本打算這個星期要去，但我的工作太忙了。我是說……可惡，老兄，從葬禮之後我就沒去過了。」巴迪．李說。艾克碰了一下他的手機螢幕，然後把手機滑過桌面。巴迪．李闔上菜單，拿起手機，看著螢幕。

「這是什麼鬼？」他說。

「它看起來像什麼？殺了我們兒子的那些混蛋到那裡去，把他們的墳墓弄得亂七八糟。」艾克說。巴迪・李把手機推回給艾克，舔了舔自己的下唇。

「你認為是殺他們的人幹的？」

「還會有誰？以賽亞和德瑞克並不有名。沒有人會只看到他們的墓碑就知道他們是……不同於一般人。」艾克說。他的手指不停地在桌面上敲擊，彷彿在打鼓一樣。巴迪・李弓起背，往前越過桌面。

「讓我猜猜。你現在準備好要處理這件事了。」他說。艾克覺得自己在他的聲音裡聽到了一絲諷刺。

「我原本已經打算讓警方處理一切。即便我知道他們可能找不出是誰幹的。我原本願意放走那些混蛋，因為我對我妻子和兒子的承諾比報復更重要。但是，他們去破壞了他的墳墓。然後我發現到，如果我兒子死了，而我妻子看著我的眼神彷彿她希望躺在地底下的人是我，那麼，我的承諾又有什麼意義？就像你所說的。那塊墓碑的斷裂意味著我兒子在問我，我到底要怎麼處理這件事。」艾克說。

他閉上了眼睛。以賽亞的臉孔從他的記憶深處浮現。以賽亞出生後四個小時的模樣。他七歲的模樣，那年，艾克開始服刑；十六歲拿到駕照的模樣；二十七歲躺在殯儀館平台上，大半頭顱都被轟爛了的模樣。他幾乎就要相信他對巴迪・李鬼扯的那些話。如果以賽亞真的從另一個世界發了一道幽靈信息給他，那會是一件很美好的事。然而，艾克並不相信天堂這種童話般的存在。

他兒子死了。他死了以後的時間會比他曾經活過的時間還要長。事實上，在他的內心深處，艾克一直都害怕事情會演變到這一步。也許，他下意識地想要找個理由來打破他的誓言。因此，那塊墓碑的斷裂只是一個催化劑而已，是一個讓他達到目的的意外手段。在他上週對巴迪．李說過那些話之後，他不得不塞給他這篇屁話，讓巴迪．李認為他是在飽經掙扎之下才做出了這個決定。

「嘿，你不用多說了。你想要從何時開始？」巴迪．李說。他的眼睛亮得有如濕漉漉的混凝土一樣。艾克睜開雙眼。

「讓我們確定彼此的想法一致。如果我們要這麼做的話，我需要你保持清醒。在這件事結束之前，你得要少喝點。」艾克說。

「嘿，別擔心，幾罐啤酒不會——」

艾克打斷他。「太陽都還沒下山，你現在就已經喝醉了。我不會和一個飲酒無法自制的人並肩作戰。」

巴迪．李往後靠在他的椅子上。

「這麼糟糕啊？」

「你聞起來就像睡在一個裝滿酒精的密封罐裡一樣。」艾克的話讓巴迪．李笑了出來。

「聽起來是這樣沒錯。好吧，我會暫時少喝點。」巴迪．李不知道怎樣才能少喝點，不過，他會嘗試去做的。至少會試一陣子。

「還有一件事。我不知道那兩個孩子惹上了什麼麻煩，不過，一定是什麼很糟糕的事，才會讓他們招來殺身之禍。只要我們開始調查這件事，情況可能就會變得很不堪。我知道你那天說過什麼，但是，我要確定你真的了解這是什麼狀況。一旦我們開始行動，我就準備好要付出一切代價去揪出那些混蛋。如果我得要傷害某些人的話，那我就會那麼做。如果我需要殺人的話，也會那麼做。如果我需要爬過一百哩長的碎玻璃才能抓到那些混蛋的話，我也會那麼做。我已經準備好要浴血了，你呢？」艾克問。

巴迪．李把頭往後靠，仰望著天空。雲層在地平線上掠過，隱約地勾勒出熟悉的形狀。一匹馬、一隻狗、一輛車、一張斜嘴而笑的臉孔，就像德瑞克一樣。

他低下頭，定定地注視著艾克。

「他媽的當然準備好了。」他說。

8

巴迪．李把他的卡車停在艾克店裡的停車場，和艾克的卡車並排。就在他要鎖車之際，他停下了動作。如果有人把這輛車偷走的話，那也不過是幫他把麻煩帶走而已。艾克打開乘客座車門的鎖，讓巴迪．李爬上車。艾克發動車子，往後倒車，然後迴轉，駛入車流裡。

「我的卡車停在那裡沒問題吧？我不希望它妨礙到別人。」

「沒事的。我告訴過賈絲了。」

「我們要去哪兒？」

「我想，我們要去以賽亞工作的地方。警察告訴我，他去年接到一份死亡威脅。我打過電話給我妻子，她把公司地址給了我。我想，這是一個開始著手調查的好地方。」

巴迪．李感到一股熟悉的刺痛從他的腹部湧起，不過，他硬是甩開了那股感覺。他想要喝一杯。天吶，他需要喝酒。他們沉默地開了幾哩路，直到巴迪．李再也受不了為止。

「嘿，你可以播點音樂嗎？」

艾克用拇指觸碰了一下方向盤上的一個按鈕。駕駛座的車廂裡立刻就洋溢著艾爾．格林牧師[8]用天使般的假聲所演唱的關於美好時光的歌曲。巴迪．李往後坐，纖瘦的手指隨著音樂在大腿上敲擊。

「我想，你不是鄉村音樂迷吧？」巴迪．李問。

艾克咕噥地說：「怎麼，因為我是黑人嗎？」

巴迪．李用一隻手掠過他的亂髮。「呃，我的意思是，是啊。我沒有冒犯的意思。只不過像你們這種人，我沒認識幾個喜歡鄉村音樂的。」

「你如果再說一遍『像你們這種人』，我就會把你扔出這輛卡車。」艾克說。他既沒有提高音量，也沒有看巴迪．李一眼。

起初，巴迪．李以為自己可能聽錯了，但當他在照後鏡裡看到艾克的臉孔時，很確定自己完全沒聽錯。「對不起。我沒什麼意思。該死。有時候，我講話就是不經大腦。」

「當你或其他白人說『你們這種人』的時候，那就好像把我當成了你們企圖要關進籠子的什麼動物一樣。我不喜歡這種說法。這是給你的一次警告。」

「給我的警告？」

「對。這次我就饒過你，因為就像你說的，我們倆的情緒可能都不在正常狀態下。不過，下回如果你再說類似的話，我就會讓你的臉吃上一拳。」艾克說。

「嘿，老兄，我說了對不起。我不會騙你說我有很多黑人朋友，因為我沒有。我認識幾個

❽艾爾．格林（Reverend Al Green, 1946-）是美國牧師、歌手和唱片製作人，曾於一九七〇年代初錄製了一系列靈魂熱門單曲，也是十一座葛萊美獎的得主；並於一九九五年入選搖滾名人堂，被稱為「最有天賦的靈魂音樂人之一」以及「最後一位偉大的靈魂歌手」。

我還處得來的傢伙。但是，如果我需要埋一具屍體的話，我想，我不可能找他們任何一個來幫忙。」巴迪・李說。艾克很快地瞄了他一眼，然後又將注意力轉回到路上。

「我不是種族主義者。我只是沒認識太多黑人而已。」巴迪・李結結巴巴地說。

「我沒有說你是。你不過就是那種白人之一，你們不需要擔心像我這樣的人，也不需要擔心自己會經歷我們所受到的對待。」艾克說。

「聽著，老兄，只有鈔票才是最重要。看看你。你有你自己的事業。你不用像我那樣，得要威脅老闆才能休喪假。你有一棟不錯的房子。我住在一輛爛透了的拖車裡，而那輛拖車停在一個更爛的停車場。你過得還不錯。你比我好太多了，雖然你是個百分之百的黑人。」巴迪・李說。

艾克緊緊地抓住方向盤，以至於指關節都鼓了出來。

「你不知道為了要過得還不錯，我得要多麼努力地工作。你說，你相信鈔票是最重要的，是嗎？那讓我這麼問你吧：你願意和我交換身分嗎？」

「我能得到這輛卡車嗎？因為如果可以的話，當然囉，我願意和你交換。」巴迪・李說完輕笑了一聲。

「喔，你可以得到這輛卡車。不過，你每個月有三到四次會被攔下來停到路邊，因為你這種黑人不可能負擔得起一輛這種好車，不是嗎？你能得到這輛卡車，不過，你在珠寶店裡會有人一直跟在你身後，因為你看起來就像會搶劫珠寶店的人，不是嗎？你可以得到這輛卡車，不過，當你走在大街上時，那些白人女士會緊抓著她們的皮包，因為福斯新聞告訴她們，你會偷走她們的錢財和貞操。你會得到這輛卡車，不過，你也得對一些好鬥的警察解釋說，警官大人，我沒有拒捕。你會得到這輛卡車，不過，你也會因為把手伸進口袋拿手機，後腦就被兩根槍管抵住了。」

語畢，艾克看著巴迪・李。

「你還想要交換嗎？」

巴迪・李困難地嚥下口水，把頭轉向車窗，不過，他什麼也沒說。

「那就是我的想法。鈔票如果在黑人手中就不重要了。」艾克說。迪安吉羅[9]輕柔悅耳的歌聲取代了艾爾・格林牧師的聲音迴盪在車廂裡。

艾克開上州際公路，朝著里奇蒙的方向前進。五十分鐘之後，他從市區的匝道出口駛下轉彎角度急遽到幾乎足以把麵包切開的交流道。他查看了一下照後鏡裡車流，然後才駛入藍泉大道。交通很堵塞，但他的聯排卡車霸氣地在馬路上前進。艾克討厭在城市裡開車，那些狹窄的街道讓他覺得自己彷彿迷宮裡的老鼠。

GPS告訴他，他們距離目的地還有兩百呎。艾克看到右前方的一片矮橡木林裡有一棟五層樓高的棕色建築。里奇蒙的都市規劃者被困在他們對維吉尼亞中部自然景觀的熱愛和對城市擴張的渴望之間。那棟R. C.強生大樓就是這兩股感性力量相互拉扯之下的產物。

---

❾ 迪安吉羅（D'Angelo, 1974-）是一位美國歌手、詞曲作者、樂器演奏家和唱片製作人。他的首張專輯《Brown Sugar》獲得美國唱片工業協會的白金認證，音樂評論家讚譽這張專輯開創了新靈魂樂運動。二〇二三年，《滾石》雜誌將迪安吉羅評選為有史以來兩百位最偉大歌手中的第七十五名。

艾克在停車場停好車，然後熄掉引擎。引擎發出一道瀕死的嘎嘎聲，隨即安靜了下來。艾克跳下車，巴迪．李也跟在他後面。那棟辦公大樓厚重的玻璃門在他們開門時發出了尖銳的聲響。大廳彷彿是來自一九八〇年代的時空膠囊。有著電子霓虹嘴唇的雪花石膏人像，從兩邊牆壁上的肖像畫裡看著他們。設計成奇怪幾何形狀的椅子四散在大廳裡。一塊印有白色字體的黑色洞洞板承擔起樓層指南的功能。

「彩虹評論在三樓。」艾克說。

「是啊，聽起來就很有同性戀的感覺。」巴迪．李的話引來艾克的側目。

「怎樣？」巴迪．李說。艾克搖搖頭，筆直走向電梯。巴迪．李翻了翻白眼，隨即跟上。

彩虹評論的辦公室是這棟辦公大樓裡最小的單位。原本只能放得下四張桌子的空間裡，硬是擠進了六張桌子。每張桌子上都擺了一台桌上型電腦和一台手提電腦。每張桌子也都坐了兩名神情專注的男女。每個人若非是在打字，就是用手機在通話，或者同時做著這兩件事。巴迪．李和艾克走到最靠近門口的那張桌子。一名紅髮紅鬍子的男子和一個雷鬼頭的黑人女子正在交頭接耳地討論著她平板電腦上的一張影像。那名男子抬起頭來。

「我們又得挪車了嗎？」

「什麼？」艾克說。

「你們是草坪維護公司的人，不是嗎？」那個鬍子男問。艾克嘆了一口氣。他身上依然穿著他的工作服裝，「藍道夫草坪維護公司」的字眼就繡在他襯衫的口袋上。

「我們可以等一下再挪嗎？我們現在有點忙。」那名雷鬼頭的女子說。

「嘿，紅鬍子，我們不是草坪工人。」巴迪・李說。這引起了那個紅鬍子的注意。

「你說什麼？」紅鬍子問。

「你聽到他說什麼了。」艾克說。紅鬍子的臉開始和他的髮色越來越相近。

「那你們要幹嘛？」他說。

「你是這裡的老闆嗎？」巴迪・李問。那名男子沒有理會他，不過，那名雷鬼頭的女子倒是說話了。

「不，他不是。我是艾蜜莉亞・瓦金斯。我是總編輯。我能幫上兩位什麼忙嗎？」艾蜜莉亞說。她端詳著他們的臉孔，不過，巴迪・李注意到她的左手放到桌子底下。

「在你把槍抽出來之前，你要知道，我們不是來這裡找麻煩的。」他說。艾蜜莉亞抿住了嘴唇。

「好吧。現在當個新聞從業人員是很危險的事。如果是幫專門針對LGBTQ的非營利組織工作的話，那就更危險了。」她說。她的聲音低沉又充滿活力，讓巴迪・李想起幾年前他在奧斯汀聽到過的一名藍調歌手的聲音。

「我是艾克・藍道夫。這位是巴迪・李・詹金斯。」艾克說。艾蜜莉亞站起來，繞過她的桌子。她幾乎和艾克一樣高，不過也相對苗條結實。那頭辮子垂落在她的腰際。

「你是以賽亞的父親。」

「是的，我是。巴迪．李是德瑞克的父親。有地方可以讓我們談談嗎？」

「當然，我們到樓下的咖啡廳去吧。」

艾蜜莉亞點了一杯黑咖啡，她喝咖啡的速度很快。巴迪．李希望自己身上有威士忌可以加進他的咖啡裡。而艾克什麼也沒有點。艾蜜莉亞把杯子揉成一團，扔進四呎外的一個垃圾桶。那坨杯子咻咻地滑過空氣，彷彿空心球一樣地掉進了垃圾桶，連邊框也沒有擦到一下。

「你打球？」艾克問。

「這會不會有點陳腔濫調？女同志都愛打藍球。不過，沒錯，我喜歡打藍球。我是拿藍球獎學金進入大學的。」

「以賽亞也會打球。」艾克說。

「是啊，他很擅長外線投射。」

「我實在想不通他怎麼會那樣，而且還那麼擅長運動。」艾克說。

艾蜜莉亞大笑，不過笑聲裡並沒有開心的氛圍。「你以為他身為同志就應該只會織毛衣嗎？」

艾克在桌面上輕敲著手指。「我不知道。我永遠都無法……我不明白他為什麼會那樣。那引起了我們之間的問題。」

「我知道。他告訴過我。」艾蜜莉亞說。

「是嗎？」艾克問。

「他剛來上班的時候，我們交換過彼此出櫃的故事。你和我父親一定會處得很好。你們兩個都認為，我們的性取向是需要被解釋的。但不是這樣的。我們天生就是如此。你們之間的問題不在於以賽亞身為同志的事實，而在於你如何面對或如何不去面對這個事實。」艾蜜莉亞說。

艾克勉強地眨眨眼睛。「沒……沒那麼簡單。」

艾蜜莉亞聳聳肩。「隨你怎麼說。至少，你還會和以賽亞說話。我父親從我高一開始就不和我說話了。」艾蜜莉亞說。

「我無意冒犯，不過，我們來這裡不是為了什麼心理諮商。我們想要問你關於他兒子去年收到死亡威脅的事。」巴迪·李說。艾克狠狠地瞪了他一眼，但巴迪·李只是聳聳肩。

「喔，對啊，那些藍色無政府主義者。」艾蜜莉亞說。

「什麼？」巴迪·李說。

「藍色無政府主義者。一群喜歡丟擲瓶子和汽油彈，不喜歡進行建設性討論的極端激進份子。我想，他們只是一群擁有過多特權又愛跟風的潮人混蛋。他們就相當於我學生時代的那種哥特族[10]。」艾蜜莉亞說。

「聽起來你好像沒有認真看待這群人。」艾克說。艾蜜莉亞攤開雙手，抖動了一下肩膀。

「他們很不爽，因為以賽亞寫了一篇文章，批評他們的跨性別恐懼症和誇誇其談的胡扯。我

---

[10] 哥特族（Goths）是指崇尚哥特次文化的人。哥特次文化存在於現今許多國家，起源於一九八〇年代初期的英國，從龐克音樂發展而來。哥特次文化以其深沉、憂鬱和神秘的風格為特色，在音樂、時尚、文學、藝術和哲學上常與超自然主題、死亡、墓地和黑暗等議題相關聯，探討存在意義和個人自我表達。

們都認為他們只是在發洩而已，但我們還是報警了，為了安全起見。」艾蜜莉亞說。

「所以，你認為他們不可能真的那麼做？」巴迪．李問。

「我的直覺認為不可能，但是誰知道呢？近來，人們變得很瘋狂。我們正在準備一篇關於以賽亞、德瑞克，以及今年迄今為止，所有遭到謀殺的酷兒的報導。」

「很多人被殺嗎？」巴迪．李問。

「從去年到現在，男同志和男雙性戀者遭到謀殺的比例提高了百分之四百。看起來，似乎有人再度挑起了仇恨。」艾蜜莉亞說。

「那些藍色無政府主義者都聚集在哪裡？」艾克問。艾蜜莉亞對女服務生比了個手勢。一名年輕的亞洲女子很快就幫她端來另一杯咖啡。

「他們的總部設在葛蘭艾倫的一家癮君子商品專賣店。我可以把地址給你。聽著，我很確定他們只是一群被寵壞的小孩。」艾蜜莉亞說。

「你怎麼會有他們的地址？」艾克問。

「他們對以賽亞的威脅是透過郵件寄來的。這些孩子很醉心於古老的手法。」

「我們只是想和他們談談而已。我們想要知道我們的兒子發生了什麼事。警察似乎認為沒有什麼線索留下來。警察說，你和他們其他的朋友都不和警察談。我不能怪你們。我也討厭那些混蛋。」巴迪．李說。艾蜜莉亞聞言渾身都繃緊了。艾克注意到雖然她的手臂和肩膀的線條緊繃，但卻並未引人反感。

「我們不是不和他們談。就我自己來說，我什麼都不知道。」

「以賽亞沒有告訴你他正在寫什麼報導嗎？」艾克問。

「沒有。基本上，我們的報導都不是那種會招來殺身之禍的故事。身為黑人和男同志才會。」艾蜜莉亞說。巴迪．李只是凝視著天花板上的磁磚。

「你認為這是一起因為憎恨而引起的隨機犯罪嗎？」艾克問。艾蜜莉亞啜飲著咖啡。她花了很長的時間才開口回答這個問題。

「不。我不知道到底是怎麼回事，不過，我不認為這件事是隨機的。」她終於回答。

「好。我想我們還是先拿到那個地址吧。」

「嘿，不要傷害那些孩子，好嗎？」艾蜜莉亞說。她的話讓艾克把頭歪向右邊。

「你為什麼認為我們會傷害他們？」

「我看到了你的刺青。」艾蜜莉亞說。

「女士，你沒什麼好擔心的。我們只是兩個想要問問我們的孩子發生了什麼事的老頭而已。我們就像坐在陽台上的一對老獵犬一樣，完全不具傷害力。」巴迪．李說。艾蜜莉亞聞言大笑。這回，她的笑讓她的眼睛亮了起來。

「真受不了你。」她說。

「親愛的，你不知道的事可多著呢。」巴迪．李說。艾克只是搖搖頭，發出了一聲嘆息。

9

艾克發動卡車，倒車開出他的停車位。巴迪·李研究著他手裡的那張紙。

「你覺得那個女孩一直都是個同性戀嗎？」巴迪·李問。

「我他媽的怎麼會知道？」艾克說。

「嘿，我只是好奇而已。」巴迪·李說。艾克重重地踩下煞車。

「我們來這裡是為了找出誰殺了我們的孩子，而你竟然在和一個女同性戀打情罵俏。你有認真看待這件事嗎？你是認真的嗎？」艾克說。

「你忘了是我去找你的嗎？你以為我不是認真的嗎？我不是你，艾克。沒有人在我那豪華的兩房拖車裡等著我回家。德瑞克的媽很久以前就離開我了，從那時候起，我就沒有和任何人有過認真的關係，只和一些純粹想玩玩的女孩廝混過而已。她拋棄了我和德瑞克，嫁給了某個大腕法官。所以，別怪我沒有守身如玉。但是，你不要再問我對這件事是不是認真的。我是說真的。」巴迪·李說。

「行。」語畢，艾克重新開動了車子。

維吉尼亞州里奇蒙的藍色無政府主義者總部位於史泰博磨坊路上一家全新的商場裡。艾克把卡車停好，關掉引擎。

「我想，艾蜜莉亞是對的。」巴迪・李說。

「我相信就算她告訴你，她尿出來的是蜂蜜檸檬，你也會相信。」艾克在他們下車時說道。一家商店門口上方的招牌寫著「光陰與百里香精緻禮品」。店裡瀰漫著香薰、薄荷和艾克無法確切說出來的味道。一股髮油和玫瑰混合的味道。牆壁上貼滿海報，海報上那些樂團和卡通角色都是他不認識的。一個個的櫃子上擺著水煙壺、煙斗和吸食大麻的配件。還有幾排櫃子展示著漫畫書相關的微縮模型和收藏品。音響系統傳出的沙啞歌聲，正在唱著一首關於失去愛、裹屍布和黑暗天空的歌曲。

三個看似瘦弱的白人小孩坐在一個被用來當作收銀台的玻璃展示櫃後面。其中一個留著鬍子，還有一個戴著單片眼鏡、鬍子刮得很乾淨的男孩，以及一名看起來好像一個星期前才不再穿兒童發光鞋的女孩。

「有什麼我可以幫忙的嗎？」她問。

「希望如此。我們想要和藍色無政府主義者的人談談。」艾克說。那三個孩子鬼鬼祟祟地交換著眼神。最後，那個有鬍子的男孩從他的凳子上站了起來。

「我們全都是藍色無政府主義者的人。我是布萊斯，這是泰瑞，還有這個是麥蒂森。對了，我們不是唯一的成員。我們的成員每天都在增加，因為有越來越多人從被迫相信愛國主義和遭受帝國主義政府控制的迷思中清醒了過來。」布萊斯說。巴迪・李覺得他那副為自己感到驕傲的態度實在太可怕了。

「這套說法你已經練習了不少時間，對嗎？」巴迪．李說。

「這是我們的宣言。」布萊斯說。

「我不是來這裡聽你們的宣言。我想要問你關於以賽亞．藍道夫和德瑞克．詹金斯的事。」

艾克雙臂交叉在胸前地說。

「誰？」那個戴著單片眼鏡的泰瑞問。艾克往前踏出一步，布萊斯立刻就坐回他的凳子上。

「以賽亞．藍道夫。去年，你們寄了一封死亡威脅給他，因為他寫了一篇關於你們這個團體的報導。」艾克說。布萊斯反抗似地重新站起來。

「喔，你是說那個企圖要毀了我們名聲的同性戀？那不是死亡威脅。那是對他尖酸刻薄的評論所表達的不滿。」布萊斯說。

「老天爺，你能不要用那麼複雜的字眼嗎？」巴迪．李說。

「他死了。他是我兒子，而他現在死了，我想要知道你那些混蛋同夥是否和這件事有關。」艾克說。一陣鈴鐺聲響起，一對情侶走進店裡。他們必定是感覺到氣氛不對，因為他們立刻就轉頭離開了。

「聽著，我很遺憾你兒子死了，但是，我們和那件事完全無關。不過，我並不驚訝。他只是那些大型企業的工具罷了。人們正在覺醒，老兄。他們不會袖手旁觀，讓那些媒體的哈巴狗對於世界上正在發生的事情做出錯誤的報導。醒醒吧，老兄。」布萊斯說。艾克把頭歪向左側。巴迪．李看到他的雙手一張一闔，彷彿捕熊的陷阱打開又關上一樣。

「你剛說我兒子是什麼？」艾克問。布萊斯舔了舔自己的上唇。

「我只是說——」

艾克的手臂彷彿眼鏡蛇一樣疾速地伸了出去。他揪住布萊斯的鬍子，毫不留情地往下跩，直到他的額頭撞上那個玻璃櫃台為止。艾克用左手抓住布萊斯的右手，將布萊斯的手臂扭到看似就要斷了。泰瑞從他的凳子上跳起來，不過，巴迪．李立刻抽出他的彈簧刀，一把亮出了刀刃。

「別急，小兄弟。」他一邊說，一邊把刀子指向泰瑞的胸口。

艾克往前彎身，直到他的嘴和布萊斯的耳朵之間只剩下幾吋的距離。

「我要問你一些問題，看看你對我兒子的事知道多少。只要我不喜歡你的答案，我就會折斷你的一根手指。」他說。麥蒂森開始哭了。

「噓，小女孩。我們不會傷害你們的。我們只是想要問一些問題。」巴迪．李對那個女孩露出一絲微笑，但她卻哭得更厲害了。

「你們和我們的兒子所發生的事有任何關係嗎？」艾克問。

「喔，我的天，我流血了！」布萊斯貼在櫃台上喃喃自語地說。

「我不喜歡這個答案。」艾克說著，用左手抓住布萊斯的小指。他用右手把布萊斯壓在櫃台上，直接將布萊斯的小指往後扳。只聽到一道沉悶的斷裂聲響起。

「我們再來一次。你知道是誰殺了我兒子？」艾克問。他不認得自己的聲音。他意識到艾克．藍道夫在這個行動中已經退居次位了。現在說話的人是暴徒。

「天吶，他媽的不知道。我們……只是……我們只是寫了一封惡意的信件給他而已。」布萊斯哭著說。巴迪．李聽到水滴劈劈啪啪滴在超耐磨地板上的聲音。

「艾克，我想他說的是實話。他剛尿褲子了。」巴迪．李說。

「你知道我看過多少可疑的混蛋在被抓到的時候尿褲子嗎？」艾克說。

「是啊，可是老兄，看看他。他連一顆葡萄都捏不爛。」巴迪．李說。艾克按照巴迪．李的建議做了。布萊斯的額頭周圍淌了一灘血跡，鮮血甚至還從櫃台流到地上。艾克可以看到他的一隻眼睛在眼眶裡打轉，彷彿一顆滾珠一樣。艾克想要放他走，但是，根據暴徒的基本原則，他還想要多折斷他幾根手指。艾蜜莉亞是對的。這些孩子不是兇手，他們只是一群過分理想主義的孩子，是那種讓母親或父親微微感到失望的孩子。艾克深深吸了一口氣，然後緩緩地從齒縫中吐出來。

他把布萊斯從展示櫃上推開。那個年輕人首先摔倒在他的凳子上，隨即滑到地板，緊緊地抓住自己的右手臂。麥蒂森走到他身邊。她的嘴上已經沾滿了橘色和紅色的嘔吐物。艾克從櫃台往後退開一步。

「如果我發現你說謊的話，我會回來折斷你剩下的手指。」艾克說完，轉身走出了那家店。

「我建議你最好不要張揚。這樣會比較好一點。」巴迪．李說著，把他的彈簧刀折起來，放回他的口袋裡。

當他跳上卡車的時候，艾克已經發動車子了。他才剛把乘客座的車門關上，艾克就將油門踩到底，倒車一路駛出了商場的停車場。他做了一個三點調頭，然後橫越過中央分隔帶的草地。等到他們駛離「光陰和百里香」幾哩之後，巴迪．李才發出了一聲歡呼。

「這是在幹嘛？」艾克說。

「哇，老兄，做點什麼的感覺真好。我們不再只是坐在黑暗中哭泣。我們正在為我們的兒子做點什麼。有那麼短暫的一瞬間，我覺得自己不像是一個糟糕的父親。」巴迪．李說。

「我們什麼也沒發現。這是在浪費時間。」艾克說。

「也許吧。但是，把那些混蛋揍一頓的感覺很好，不是嗎？我們做了他們父母很久以前就應該做的事。藍色他媽的無政府主義者。那是什麼鬼？」巴迪．李說。

「這麼做讓你樂在其中，是嗎？」艾克說。

「你沒有嗎？」巴迪．李說。

艾克沒有回答。

10

「我想就是那裡。」巴迪．李說。艾克輕鬆地把卡車並排停在路邊。「你知道怎麼駕馭這東西，對吧？」巴迪．李問。

「這是我工作的一部分。」艾克說。

他們下了卡車，沿著人行道往前走了幾呎，然後在一棟建築物前面停下腳步。建築物門口掛著一面閃閃發光的LED招牌，上面寫著「重要事件烘焙坊」。

「你確定是這裡？」艾克問。

「是啊。很確定。上次我和德瑞克說話的時候，他提到他正在等公司晉升他。我問他，他在哪裡工作。一開始，他並不想告訴我。我猜，他認為我會跑來這裡讓他丟臉。要他們幫我做一個乳房蛋糕或什麼的。」

「乳房蛋糕？」艾克問。

「我告訴過你，我這幾年過得很寂寞。」巴迪．李說。艾克感覺到一絲笑意就要浮上他的嘴角，不過他壓抑住了。

「嘿，在我們進去之前，我想，我應該要向你道謝，謝謝你剛才支援我。」艾克說。巴迪．李聳了聳肩。

「我知道你不太喜歡我。說實在的，你有點混蛋。不過，我們現在只能全力以赴，求得勝利了。」巴迪．李說。

「是啊，沒錯。你認為他們知道發生了什麼事嗎？」艾克問。

「我會知道才怪。但我們還能去哪裡？」巴迪．李回應道。

「重要事件烘焙坊」位於一棟宛如洞穴般的建築裡，建築物裡有著挑高的天花板和好幾個散發著淺綠色光暈的天窗，讓室內籠罩在一股生氣盎然的蓊鬱裡。艾克可以聞到空氣裡的糖味和烤麵包的香氣。他開始覺得嘴裡充滿唾液，宛如一隻被巴夫洛夫制約的狗一樣。建築物裡擺放了好幾張展示商品的桌子。六層高的結婚蛋糕、花朵形狀的麵包、杯子蛋糕堆成的高塔，以及彷彿拼圖一樣交織擺放的牛肉和雞肉串。空間裡洋溢著美食的設計和美食所帶來的歡愉。巴迪．李走到其中一個蛋糕前面，伸出他的手指。

「那都是用聚氨醋做的。」一名年輕男子說道。他正站在一個櫃台後面，櫃台上擺了一台收銀機和更多「重要事件」創作的藝術樣品。他身後有一塊用紅色粉筆寫著今日特餐的黑板。

「那個糖霜看起來真是太棒了。」巴迪．李說。那名年輕人露出燦爛的笑容和一口跟他的皮膚一樣白的牙齒。那頭金髮綁成了一個髮髻紮在他的頭頂上，宛如相撲選手的頂髻一樣。

「確實。不過，這些只是展示品。你有看到喜歡的嗎？」那名年輕男子問。巴迪．李對著男子微笑，同時向櫃台走過來。

「說實話，我們不是來買蛋糕的。我是巴迪．李．詹金斯。」巴迪．李伸出手。

「我是布蘭登・潘特。」布蘭登握了握巴迪・李的手。巴迪・李覺得布蘭登的手比他祖母臨終前還要無力。

「很高興認識你，布蘭登。那邊那個像熊一樣的傢伙是艾克・藍道夫。」

「你們在為什麼特殊場合找蛋糕嗎？要慶祝週年紀念嗎？」布蘭登笑著說。巴迪・李不禁皺起眉頭。

「你在說什麼？」他問。布蘭登又笑了笑。

「嘿，沒事的，老兄。我們和科羅拉多的那個烘焙師不一樣，我們會為任何人製作蛋糕或者辦外燴。你們兩個很相配。」布蘭登說。巴迪・李回頭看了艾克一眼。艾克只是怒視著巴迪・李。

「不是啦，年輕人，你搞錯了。我們不是……那樣的。我兒子是……是德瑞克・詹金斯。他和艾克的兒子以賽亞是一對。」巴迪・李說。

「喔，我的天吶。你是德瑞克的父親，我不知道我怎麼沒有聯想到。喔，我的天吶，我很遺憾。我們都很想念他。」布蘭登說。他的聲音有點破裂了。

「是啊，我也是。嘿，我們想要知道發生了什麼事。警察似乎認為這個案子的調查並沒有進展。你知道這種感覺，對吧？他們什麼也找不到。德瑞克曾對你說過有人威脅他嗎？也許某個不滿的瘋子客人或什麼的？」巴迪・李問。

「喔，沒有，他從來沒有對我說過什麼。」布蘭登說。

「那私人的事呢？他和誰有過節嗎？也許另一家外燴公司？」

「不可能。這又不是黑手黨。沒有人會因為別人的奶油糖霜做得比較好就把對方殺掉。」

「那麼，在他被殺之前的幾個星期，他說過什麼奇怪的話嗎？」

布蘭登搖搖頭。「我真的什麼也不知道。」

「是啊。你知道嗎？當警察告訴我們說，德瑞克和以賽亞的朋友什麼都不肯說的時候，我還不相信。但是現在，你就在我眼前說謊。」巴迪．李說。艾克聽到他的語氣裡帶著一絲鋒利，彷彿兩塊鋼鐵碰撞在一起。

「什麼？我沒有說謊。我什麼都不知道。」布蘭登說。他的雙手在櫃台上胡亂地翻動，彷彿一隻瀕死的鱒魚。

「不，你知道。你知道什麼叫露餡嗎？布蘭登。」

「露餡？」

「你的某個行為告訴了我你在說謊。每個人都會露餡，只不過每個人露餡的方式都不一樣。你呢？你的方式只是一點微不足道的動作。你知道是什麼嗎？」巴迪．李問。他往櫃台靠得更近，然後抓住布蘭登抽搐的手。

「我問了三次關於德瑞克以及你是否知道些什麼的問題。每一次，你在回答之前都先抓了耳垂。那就是你的破綻，布蘭登。那告訴了我，你知道些什麼，而且你在說謊。現在，如果你真的想念德瑞克，如果你真的是他的朋友，那麼，你就把你知道的告訴我。」巴迪．李說。艾克注意到那股銳利感已經從他的語氣裡消失了。現在，他聽起來就像是在安慰人，宛如一個牧師，或者一個想要拿到供詞的好警察。

「我告訴過你，我什麼也不知道。」布蘭登甩開巴迪・李的手。「我想你們應該離開了。我還有很多事要做，老闆很快就到了。」

巴迪・李從櫃台邊退開，轉身走過艾克身邊，朝著其中一張展示桌走去。

「你們得走了。」布蘭登說。他的雙手又開始亂揮。

巴迪・李回頭看著布蘭登，然後用一隻手打翻那張展示桌。那個六層的蛋糕模型立刻飛濺到地板上。那一大塊化學材質做成的甜點看起來就像一大坨融化的蠟燭一樣。

「你在幹嘛？！」布蘭登哀嚎道。

「你知道些什麼，布蘭登。告訴我。」巴迪・李說。布蘭登從櫃台後面走出來。艾克信步擋在他和巴迪・李之間。他把一隻手放在布蘭登的胸口，讓他無法往前走。艾克可以感覺到他的心臟在他的胸口跳得像蜂鳥的翅膀一樣。巴迪・李走向另一張展示桌。這回，他用了雙手來掀桌子。在桌子翻倒、桌腳自動摺疊起來的同時，六個不同款式的杯子蛋糕也瞬間掉落到地上。

「天吶！住手！」布蘭登大聲地嚎叫。巴迪・李直接大步地走向他，抓住他的T恤正面。艾克立刻往後退開。

「你想要我對你動手嗎？如果你不告訴我你知道的事，你會比那些蛋糕看起來更慘。告訴我你所知道的，布蘭登。幫助我。幫我讓這件該死的事情得到正義的伸張。」巴迪・李說。

「我很害怕。」布蘭登說。他垂下頭，下巴幾乎就要碰到巴迪．李的手。巴迪．李放開他的T恤，把雙手放在他的肩膀上。

「我知道你害怕。我明白。但是，我不會把你告訴我的事情說出去的。」

布蘭登在胸口喃喃自語著什麼。

「什麼？」巴迪．李問。

「我說，德瑞克認識了一個女孩。我們幫一個有錄音室的傢伙辦了一場活動，他是在那個活動上遇到那個女孩的。他告訴我，那個女孩和某個大人物在交往。那個人結婚了，所以，那個女孩想把這件事公諸於世。德瑞克對此感到很沮喪。他說，那個傢伙是一個超級偽君子和混蛋。他說，他打算要以賽亞刊登她的故事。幾個星期之後，他就死了。」布蘭登說。

艾克覺得自己的肚子彷彿被人用一柄大錘擊中一樣。

「那個女孩是誰？」巴迪．李問。布蘭登聳了聳肩。

「我不知道。他沒有說她的名字。他只說她在那個派對上，然後他們就開始聊天。」

「哪個派對？誰辦的？」艾克問。布蘭登抬起頭看著艾克，那雙瞪大的眼睛彷彿受到驚嚇的小鹿。

「我不知道。我只負責櫃台。我不會出去外面工作。德瑞克沒有說是誰；他只說那個傢伙做了什麼。我就只知道這些，我發誓。當警察來的時候，我怕到什麼都不敢說。」布蘭登說。他的聲音小到幾乎是在耳語。巴迪．李拍了拍他的臉頰。

「好。很好，布蘭登。很好。」巴迪・李朝著門口點頭示意，艾克立刻就往外走。

「布蘭登，如果有人問起的話，你就說有幾個孩子進來砸店，然後就離開了。聽到了嗎？」巴迪・李說。

「好的。沒問題。」布蘭登說。

艾克把卡車開上路，朝著州際公路前進。下午的車流緩慢而穩定。落日的陽光反射在成排停靠在路邊的車輛上。

「剛才『露餡』那一招還滿聰明的。我從來都沒聽過這個用詞。我是說，我知道如何觀察場面。我看得出來有人就要發飆了。你卻留意到他們的站姿或手放在哪裡等等的。你以前搞過這些騙術嗎？」艾克問。

「我什麼都做過一點。我老爸是搞騙術的，我的叔叔們都是亡命之徒，只有我媽試圖要走正路。她一整天都恪守教義。我想，我從我老爸身上學到的東西，比從我老媽身上學到的要來得實用。」巴迪・李說。

「六點了。你覺得我們應該怎麼做？我們要怎麼找到這個女孩？」艾克問。巴迪・李撓了撓自己的下巴。

「他說出來的時候，我就在思考這個問題了。我們到孩子們的住處去，你覺得怎麼樣？到那裡去看看。我們也許能夠發現這個擁有錄音室的傢伙是誰。」巴迪・李說。

「也許也能找到這個女孩。好。我有以賽亞的鑰匙。殯儀館的人有把德瑞克的東西交給你嗎？」艾克說。巴迪．李啃著他的一根指甲，一直到艾克把車開上入口匝道，他才再度開口。

「他們有試著要給我。我在葬禮上的狀態不太好。我不想要那些東西。我不知道，我想，我有點在對德瑞克生氣，因為他死了。而且，如果我不拿走他的東西，那麼，他死掉的事實就不是真的。那天，我也喝得很醉。」巴迪．李說。艾克輕輕地呼出一口氣，發出了一道口哨聲。

「是啊。我懂你的意思。他們像人偶一樣地躺在那裡，不像是真人。我想，那天晚上我足足喝掉了一整瓶蘭姆酒。」

「嘿，這支隊伍裡只能有一個酒鬼。」巴迪．李說。

艾克的手機在他的口袋裡震動。他拿出手機，看了一下螢幕。是瑪雅。

「嘿。」

「嘿。你在哪裡？我打電話到店裡去，他們說你今天不會過去。」

「我有幾件事要處理。怎麼了？」

「我剛離開墓園。他們說，以賽亞的墓碑被損壞了。他們有打電話給你嗎？」艾克看著他的照後鏡，然後變換了車道。

「有，我打算回到家再告訴你。那個人說他們會換一塊新的。」

「老天，他們在幹嘛？」瑪雅問。

「那是意外。他們會處理好的。」

「艾莉安娜今天跪在墳墓前面。我問她在做什麼。她說，她在和爸爸們打招呼。」瑪雅說。

艾克沒有回應。他可以感覺到他們之間的沉默在緩緩地扼殺他。

「我差點就崩潰了，艾克。我想要躺在那座墳墓上，一整天都待在那裡。」瑪雅說。

「這讓我很心痛。」艾克說。

「這永遠也不會好轉，是嗎？」瑪雅問。

「我不知道。」艾克說。瑪雅的呼吸變得沉重，她的哭泣聲開始充斥在他的耳裡。

「我想，等你回家再說吧。」她在啜泣聲中說道。電話隨即掛斷了。

「一切都還好嗎？」巴迪・李問。

「不好。」艾克說著，把手機放回了口袋。

11

葛雷森來到俱樂部會所，車子在一片塵埃中停了下來。從南區騎到桑斯頓這段路簡直就是災難，他彷彿被夾在一隻紅毛猩猩的腋下一樣。他從摩托車上下來，把安全帽綁在機車手把上。

這間俱樂部會所是一幢四周環繞著門廊的兩層樓農舍。被判處二十年到無期徒刑的湯米「老大」哈里斯是在葛雷森之前的上任總裁，他在俱樂部的後面蓋了一座可以停放三輛車的巨大車庫，好讓弟兄們在裡面改裝及修理他們自己的車、玩女人，以及處理俱樂部的事務。一排機車停在主要建築物的左邊，它們是美國鋼鐵和獨創性的陽剛典範，也是新一代亡命之徒的鐵騎。

兩名弟兄正在門廊上消磨時間。副總裁多姆靠在支撐門廊屋頂的一根柱子上，俱樂部的技師兼警衛官葛雷姆林則坐在門廊角落裡的一張皮革躺椅上。南方搖滾歌曲的節奏從敞開的前門裡流瀉而出。一股大麻的味道伴隨著一名女子高八度的笑聲，也隨之飄出室外。

當他們看到葛雷森走過來的時候，多姆立刻立正站好，葛雷姆林也從椅子上站起身。

「嘿，葛雷森。」

「還好嗎?兄弟。」葛雷森說。

「那幫黑鬼來過了嗎?」葛雷森問。多姆和葛雷姆林鬼祟地交換了一個眼神。

「是啊，他們來過了。但是，他們不想買那批MAC-10衝鋒槍。」多姆說。

「他媽的為什麼不買？」葛雷森問。

多姆把重心換到另一條腿上。「他們說他們的老闆認為那批貨太招搖了，沒辦法賣掉。還說你和他們老闆會討論這件事。」

「你們就讓他那樣走人了？」葛雷森問。

多姆舔舔嘴唇。「呃，我是說，其他部分他都付款給我們了。」

「他拿走了所有的手槍。」葛雷姆林插嘴說。葛雷森把左腳放在門廊最底下的台階上，然後示意多姆往前彎身。那個高個兒猶豫了一下，隨即按照他的要求彎下身。葛雷森抓住勾在多姆右耳上的圓型耳環，將耳環扭轉到多姆的耳垂看起來就像一條麻花狀的繩子。葛雷森在多姆的尖叫聲中湊近他的耳邊低語。

「只要你還有一口氣，就絕對不准讓別人作空我們的交易。他們要求要MAC-10，就得把MAC-10衝鋒槍拿走。這裡不是他媽的漢堡王。你讓別人到這裡來，把我們當成是軟弱的笨蛋。你背後的那個徽章上寫著什麼？」葛雷森問。

「稀有物種！」多姆哀嚎地說。

「你認為我們是笨蛋嗎？你認為我們是在角落裡偷偷摸摸把什麼鬼東西從一輛破爛的雪佛蘭羚羊後座搬運下來的黑幫份子嗎？」葛雷森又把那只耳環扭轉了四分之一圈。

「不是！」多姆尖叫地說。

「不准你再讓任何人帶著我們的錢從這裡走出去。你應該是他媽的副總裁。你最好開始做個像樣的副總裁。」葛雷森說。

「好的，好的！」多姆喘息地說。

「去幫那批MAC-10找其他的買家。」葛雷森鬆開多姆的耳朵。「告訴安迪和奧斯卡，我要在會議桌那裡見他們。」葛雷森說完，朝著車庫走去。多姆立刻揉著他的耳朵，只見他的手指染上了一片鮮血。

「你需要酒精還是什麼嗎？」葛雷姆林問。

「只管去叫那兩個人吧。」多姆說。

當那兩個人拖著腳步走進來的時候，葛雷森正坐在桌子前端。一束病懨懨的黃色燈光在車庫裡和桌子上投下了微弱的陰影。俱樂部的徽章——一顆覆蓋著鐵皮的狼頭——就漆在桌子的正中央，這裡是俱樂部投票表決正式業務的地方。安迪和奧斯卡在桌子尾端停下腳步。葛雷森並未指示他們坐下來。

「你們兩個想要得到徽章，對嗎？」葛雷森問。兩人雙雙點頭。奧斯卡用力到頭髮都散落在臉上。又高又瘦的安迪活像一顆小樹苗。壯碩的奧斯卡則像個行走的冰箱。葛雷森覺得他們站在一起儼然就像「10」這個數字。他們都穿著牛仔背心，背心下擺顯示著他們所屬的分會地點。

「我正在找一個自稱是『柑橘』的女孩。我已經找了她幾個月了。有一個愚蠢的記者一直在和她接觸，直到他終於把自己的性命搞丟了。我需要你們到他的住處去。你們可能得要闖進去。

四處找找，看看是否能找到任何和柑橘有關的東西。如果你們找到什麼的話，我就會加速讓你們成為正式的成員。」

「我們得要擅闖那個地方嗎？」奧斯卡問。

「我他媽的口吃嗎？你剛才沒有聽到我說你們得要闖入那個地方嗎？你是怎麼搞的？」葛雷森說。他所說的每一句話都伴隨著一拳捶落在桌面上。

「不用擔心，我們知道了。我們不會讓你失望的。」安迪說。

「最好不要。」葛雷森站起身，伸出他的拳頭。安迪和奧斯卡也紛紛伸出各自的拳頭，三個人彼此相互碰擊了一下。

「我們要讓他們為稀有物種付出血的代價。」安迪說。

「我們要讓他們為稀有物種付出血的代價。」奧斯卡說。

「說得好。」葛雷森說。

12

艾克把他的卡車並排停在一輛鮮粉紅色的小摩托車和一輛小到他可以用一隻手就抬起來的小車之間。一盞燈泡破損的路燈從他們的頭頂上方俯視著他們。

「這是我第一次來這裡。」巴迪・李說。

「我來過一次，他們舉辦喬遷派對的時候。就在……那件事發生之後，瑪雅說我們得過來清理這裡。兩個月過去了，我們依然還在紙上談兵。」艾克說。

喬遷派對。另一個以吵架和甩門結束的夜晚。艾克打開駕駛座的車門，巴迪・李也很快地跟上。成排的橡樹沿著人行道上的路燈排列，根據土木工程的設計，每棵樹之間都保持了二十呎的間距。每隔幾呎就從地上冒出來的腳踏車架像極了成排的鐵籬笆。艾克和巴迪・李並肩走向那棟排屋。

「這裡沒有多大改變。」艾克說。

「是嗎？」巴迪・李說。

「以前，曾經有一個傢伙在這一帶大量販賣毒品，和我一起在家鄉廝混的那幫朋友會向他買貨。當年，我們跑來這裡補充貨源的時候，每棟建築物幾乎都是毒窟。癮君子像殭屍一樣地在這條街上遊蕩。為了賺得十塊錢的毒品，他們可以叫他們的女人幫你口交。如果他們急著要吸毒的話，甚至還會自己親自上場。我來這裡幫過那個傢伙一個忙，當時，我用一把ＡＫ步槍掃射了這整條街，然後再拍拍屁股回到紅丘。」

「你要下手的目標是誰？」巴迪．李問。

「我甚至不記得了。我想，有人在挑釁他吧。或者，他們在那家衛星酒吧得罪了他朋友，所以，他才找我來教訓那些人。我不知道。當時，我為了建立街頭名聲做過很多蠢事。當我入獄之後，才在吃盡苦頭中學到街頭名聲根本不值一提。」艾克說。

「我想，說到蠢事，我可能和你有得拚。我上次承擔了不該由我來承擔的責任。」巴迪．李說。

「真的嗎？」艾克問。

「是啊。我弟弟，我只有一半血緣的弟弟迪克，我們因為運送一整輛卡車的冰毒而被捕。我們是幫一個叫做裘利．派帝葛羅的傢伙開車的。迪克沒有前科，而我的前科則長到足以裹住一具木乃伊。我希望迪克保持清白。他沒辦法過那種生活，他們會在裡面把他給生吞活剝的。我竭盡全力確保那是他第一次、也是最後一次的行動。所以，我沒有供出裘利，也幫迪克承擔了責任，結果被判了三到五年的徒刑，在裡面待滿了五年。我入獄之後，迪克在西部的一家天然氣公司找到了一份工作。據我所知，他還在那裡上班。」

「呼。」艾克說。

「什麼？」

「你運送了滿滿一卡車的甲基安非他命，卻只被判了五年？如果你長得像我的話，他們一定會重判你的。我有朋友因為持有大麻就被關了三到五年。只是大麻。」艾克說。

「這我就不知道了。」巴迪．李喃喃自語地說。

「但我知道。到了。」艾克說。他停在一棟木板漆成了酒紅色的兩層樓排屋前面。屋子前面的米色階梯散發著一種祥和的感覺。階梯底部擺了一個巨大的黑色陶製花盆。花盆上有白色的粗體字寫著兩個名字的縮寫：IR & DJ，看起來像是手繪上去的。艾克從口袋裡拿出鑰匙，把門打開。

他們踏進一個小門廳，藍白相間的顏色讓門廳顯得很低調。一個傘架擺在他們的左邊，旁邊還有用一大塊漂流木雕刻而成的衣帽架。屋子裡因為缺乏動靜而籠罩在一片陰霾之中。空氣裡瀰漫著一股走調、陳腐的味道。大部分的物體表面都蒙上了一層薄灰。死神將祂冰冷的手放在這個地方，讓這個地方停止了心跳。

起居室延續著同樣的低調。一座組合式沙發佔據了主要的空間。一台平面電視掛在沙發對面的牆壁上。他們的右手邊掛著幾張照片，記錄了以賽亞和德瑞克不同階段的生活細節。他們結伴的旅行、一起參加的派對、鏡頭下的自然片刻。兩人抱著剛出生的艾莉安娜。他們三人頭戴海盜紙帽在一家餐館裡。一張艾莉安娜吹著蒲公英的黑白照片，以及他們三人的合照，照片中的艾莉安娜拿著一張用卡通字體寫著「房產契約」的海報，德瑞克和以賽亞的臉上笑容燦爛，而艾莉安娜則一臉困惑的模樣。

那些照片就像一堆馬賽克磁磚，展示著他們一路走來的旅程。

「他們看起來很幸福。」艾克說。

「是啊，沒錯。」巴迪．李說著，指向有「房產契約」卡通字體的那張照片。

「他們一定已經付清了這棟房子的費用。有一天，德瑞克告訴我說，總有一天他會擁有一棟房子，而不是拖車。他竟然做到了。」巴迪．李說。

他用力地拍了拍手，屋子裡立刻迴盪著鼓掌的聲音。

「我們應該要從哪裡開始？」巴迪．李問。

「我想，也許我們應該要分頭行動？我會去檢查臥室，我想，以賽亞在後面有一間辦公室。我記得他說他們把後面的門廊封起來了。你要搜尋這裡嗎？」艾克說。

「好，就這樣。我會檢查每一個有抽屜把手的地方。」巴迪．李說。

「好。如果你找到什麼的話就大聲喊。」艾克說完便穿過起居室，沿著一條短走廊往前走。

巴迪．李從組合沙發旁邊那張邊桌開始找起。桌子的抽屜裡塞滿了垃圾信件和一些零星的雜物。接著，他又繼續搜尋一張前後兩端各有一個抽屜的茶几。他覺得茶几的設計很奇怪，不過，他又懂多少呢？他自己還把牛奶箱拿來充當傢俱呢。其中一個抽屜裡放了一堆遙控器，另一個抽屜裡則放了幾本雜誌。巴迪．李關上那個抽屜，嚴肅地看著牆上的照片。剛才，他沒有留意到那些照片底下擺著一張裝飾用的小桌，桌上有兩個書本形狀的小相框。他拿起其中一個，感到胸口開始起伏。那是他皮夾裡那張照片的拷貝。另一個相框裡是一個年輕的黑人男孩和年輕時代的艾克。

那個男孩就坐在艾克的肩膀上。巴迪・李把相框放回桌上。相框旁邊還有一張他已經二十年沒有見過的相片。

那是克莉絲汀和德瑞克。他們坐在那輛拖車的台階上，那是巴迪・李最後一次被關進監獄前，他們三人一起共住的拖車。克莉絲汀美得一如夕陽。紅褐色的頭髮垂落在她的背上，彷彿一片瀑布。那雙藍色的大眼睛宛如矢車菊一般。多年前，她下巴上的酒窩曾經讓他在他們第一次見面時為之癡迷。他曾經在篝火旁邀請她共舞，但她拒絕了。既不冷酷，也不傲慢，只是單純顯示出我不想被打擾的樣子。於是，他走到樹林內摘了一束野花，再回到她和她朋友所在的那塊圓木上，單膝跪地。

「跳支舞吧。只要一首舞曲就好，然後，在你這輩子裡，我再也不會打擾你了。」

「這是一種承諾嗎？」

「我以童軍的名譽承諾。」

「你看起來不太像個童軍。」

「但你看起來卻像世界上最美的女人。來吧，一支舞就好。我不會讓你下腰的。」

她對此笑了起來。那道沙啞的笑聲既明亮又甜美，彷彿夏天一樣。他們共舞了。他們接吻了。在滿月的月光下，他們坐在他的雪佛蘭卡瑪洛裡，沿著一條泥濘的巷子發現了天堂。那樣的奇蹟維持了好幾年的時間。然而，奇蹟只是一種花招，最終，魔術師的助理看透了所有的花招。等到他第二次出獄時，克莉絲汀已經受夠了。他並沒有抱怨她離開他，改嫁給那個有錢的蠢貨，繼續她的人生。老天爺，換成是他的話，他也會和自己離婚。這是可以理解的。但是，她把德瑞克從她的生命中抹去卻是錯的。他知道自己是個不像樣的父親，但是，哪一種母親會這樣對待自己的孩子？

巴迪・李從相框裡把那張照片拿出來，放進他身後的口袋，然後走進廚房。他很驚訝這個空間裡居然能塞得了那麼多東西。廚房的風格帶著一種老式的美國風。黑白格子的地板、不鏽鋼家電，黑色櫥櫃搭配了花崗岩流理台。巴迪・李心想，那些流理台勢必得是花崗岩，才能承受得了德瑞克累積多年的烹飪工具和機器的重量。這裡有一半的器具都是巴迪・李不知道怎麼使用的東西，不過，他知道他兒子也許是這方面的大師。德瑞克第一次看到他祖母攪拌蛋糕麵團時就愛上了烹飪。巴迪・李的堂哥山姆也曾經是個優秀的廚師。烹飪的才能承傳在詹金斯家族的血脈裡，只不過這樣的才能跳過了巴迪・李，直接落到德瑞克身上。德瑞克對烹飪的喜愛從來都沒有讓巴迪・李聯想到那和他身為同志有關。他以為那只是德瑞克擅長的事物而已。即便他們吵架的時候——他們很少爭吵，不過，如果他夠誠實的話，他得承認那完全是因為他很少和德瑞克見面——他也從來沒有對德瑞克的廚師工作表示輕蔑，但這並不是說他值得被表揚，因為他也說了很多其他令自己後悔的話。遺憾的是，直到德瑞克死了，他才恍然大悟。

巴迪・李打開所有的櫥櫃，檢查糖罐和帶有蓋子的平底鍋。當他發現一些大麻的時候，並沒有太過驚訝，很多人都會把大麻藏在廚房裡。他闖過很多空門，知道這並不特別。抽屜裡除了刀叉和湯匙之外，什麼也沒有。巴迪・李一手插在臀上，一手搓揉著自己的額頭。

他在做什麼？這根本是在浪費時間。他不可能找到一本寫著那個女孩的姓名，或者殺害他兒子的兇手是誰，以及他們在哪裡的筆記本。他應該做的是回到那家烘焙坊去和那個年輕人再談一談，就像用老虎鉗夾住一顆蘋果般從他嘴裡擠出派對主人的姓名。巴迪．李把手放在額頭上。製冰機在把冰塊投入盒子之前，發出了一陣嚇人的聲音。巴迪．李覺得那聲音聽起來就像沙鈴一樣。他往前走近，只見一本便條簿被磁鐵吸附在冰箱上。巴迪．李拿起簿子。第一頁上面有個塗鴉。那是一雙很精緻的鞋子，鞋子後面是一個箭頭，接著是一個他認為看起來像是水果的東西，最後是一個驚嘆號。頁面底下有一串號碼，然後空了一格，再銜接了另一串號碼和驚嘆號。

巴迪．李凝視著那些塗鴉。一部分的他認為那就只是塗鴉。也許是以賽亞和德瑞克在開玩笑，然後他們其中一個人就在留言簿上畫下了一幅業餘的連環漫畫。然而，他的本能卻告訴自己不只如此。那個驚嘆號讓這幅塗鴉看起來似乎很重要。巴迪．李拿著那本便條簿朝自己的手上搧風。

他把那一頁撕下來，放到自己胸前的口袋裡。他相信自己的直覺，只不過他並沒有都聽從這份直覺。那就是他之所以會兩度背黑鍋的原因。他不是個天才，但會從自己的錯誤中學得經驗。大部分的時候。

艾克站在第一個房間的門口良久。這裡是以賽亞和德瑞克的臥室，是他們睡在一起的地方，是他們在夜裡擁抱彼此的地方。艾克不明白，以賽亞對德瑞克的感覺怎麼會和艾克對瑪雅一樣？艾克搖搖頭。如果以賽亞在這裡的話，他一定會說這沒什麼好明不明白的。愛就是愛。但是，以賽亞不在這裡。他死了。

艾克踏進房間，開始翻箱倒櫃。他拉開床頭櫃的抽屜，把裡面的東西都倒在床上。抽屜裡的東西就像日常生活裡的大雜燴，只不過被放進床頭櫃而已。指甲剉刀、眼藥水、OK繃、潤滑劑，還有一堆收集來的酒吧紙巾。艾克拿起其中一張。紙巾的一角用草寫字體印著嘉蘭之家。幾乎所有的紙巾都來自於嘉蘭之家。艾克把那張紙巾揉成一團，扔進垃圾桶。他轉身走向衣櫥。上層全都是帽子。棒球帽、費多拉帽、無簷便帽，還有蘇格蘭式的無簷便帽。衣櫥裡塞滿了按照顏色吊掛的襯衫和西裝外套。艾克笑了。以賽亞小時候也用同樣的方式擺放他的球鞋。不過，那絲笑容很快就褪去了。

艾克走出臥室，朝著以賽亞的辦公室走去。那個房間就和剛才的衣櫃一樣井然有序。最左邊的角落裡擺了一座狹長的書櫃，書櫃上的書籍全都按照書名的字母順序排列。最右邊的角落是一座高聳的檔案櫃。房間中央則是一張透明的壓克力桌。一台電腦放置在桌子正中間，旁邊擺了一具彷彿博物館古董的座機，電話旁邊還有一本筆記簿。艾克翻了翻本子，裡面是以賽亞用工整字跡寫下來的筆記。對艾克來說，那些文字絕大部分都只是一些莫名其妙的話。那是只有以賽亞自己才懂的速記。最後一行只有一個句子。

「她知道嗎？」

以賽亞在那句話旁邊畫了一張皺眉的臉。艾克看著那張紙。那是什麼意思？「她」是誰？是那個派對裡的女孩嗎？還是和那個派對女孩完全無關的人？艾克把筆記本放回書桌上。警察通常會怎麼做？他對以賽亞的生活所知不多，無法理解這句話的意思。

艾克按下座機上的一個按鈕，調出了通話紀錄。他曾經在一部電影裡看過一個偵探這麼做過。他瀏覽著那些號碼，不確定自己想要找些什麼。他不認識以賽亞的朋友，所以，這些號碼對他來說只是一串數字而已。自從三月二十四日之後就沒有人來電了，那就是事件發生的當晚。就在他瀏覽那些號碼之際，有一件事引起了他的注意。在孩子們被槍殺的前一天，有一個號碼連續打來了八次。艾克按下電話上的另一個按鍵檢查語音信箱。一道機械式的聲音宣布共有十二則留言。

艾克按下播放。

大部分的留言都是些無傷大雅的話。他相信警察應該已經聽過了，但是親自再聽一次應該也無妨。最後一則語音是在槍擊前一天留下的。一個氣喘吁吁的聲音從聽筒裡傳出來。

「嘿，是我。我改變主意了。我不想談。很抱歉。我很害怕。再見。」

答錄機自動斷了。艾克不認得那個聲音，不過，他覺得那聽起來像個女人。她不只害怕，她聽起來簡直嚇壞了。艾克查了一下電話號碼。區域號碼是本地的。艾克隨手抓起一支筆，從桌上撕來一張紙，將那個號碼草草地記下來。當他寫下那個號碼的時候，忍不住在想，德瑞克究竟讓以賽亞淌入了什麼渾水？

13

安迪從口袋裡抽出一把螺絲起子，把螺絲起子塞進門框和門鎖之間。奧斯卡站在他身後，用壯碩的身形擋住來自街上的視線。他其實不需要有人幫他掩蔽，因為街上幾乎沒有什麼人。只有幾個失落的靈魂，步履蹣跚地擔心著他們的下一杯酒或下一口毒品在哪裡。他們把車停在三條街之外，以免某個熱心的鄰居決定要把安迪的車牌抄下來。

當他用力把螺絲起子插進門框的時候，他抓住門把，轉動了一下。他很驚訝地發現門把竟然毫不費力就被轉動了。

「該死，我想門沒有鎖。」安迪說。

「啊。好吧，我們趕快進去把事情給辦了吧。」

安迪停頓了一下。門為什麼沒有鎖？他們碰上有人來闖空門了嗎？他不確定要怎麼定義「諷刺」，不過，他覺得這個情況也很接近了。安迪摸了摸他的後背，那把柯爾特蟒蛇左輪手槍就插在他的褲帶上。這是他們離開俱樂部的時候，他從葛雷森那裡拿來的。他覺得他們應該不需要槍，不過，如果你已經準備好了的話，就無需再花時間做準備了。這是他那個爛人母親所說過的唯一像樣的話。

「好，來吧。」安迪說。門為什麼沒鎖並不重要。門的另一邊有什麼也不重要。重要的是拿到葛雷森要的東西，這樣他們才能升格為真正的會員。安迪把門打開，踏進屋裡。

巴迪．李靠在水槽上。他的胸口緊得就像處女一樣。他試著要咳嗽，但似乎無法把足夠的空氣吸入肺部。他打開水龍頭，用雙手盛了一點水，潑在自己的臉上，然後深深吸了一口氣，最後終於咳出了一點痰。他把痰吐到水槽裡。那坨綠色的痰裡點綴了紅色的斑點。

「呃，這可不妙。」他喃喃自語地說。

前門被打開了。

巴迪．李瞬間抬起頭，猛然轉身面對起居室。兩名男子已經進到屋裡。其中一個是體型瘦長的高個子，看起來還有不少增重的空間。另一個身強體壯的傢伙就算捐個五十磅肌肉給他的同夥，也依然壯得像坦克一樣。

他們躡手躡腳地進到室內，彷彿一對容易受驚的小鹿。巴迪．李往後抵靠在水槽上。他把手往後伸，拿起他在瀝水籃裡摸到的第一件物品。那剛好是一只沉甸甸的造型果醬罐。他用右手把罐子拿到背後。他們還沒有看到他。他可以試著溜出廚房，躲到走廊上去。也許行不通，但他可以試試看。當然，如果他那麼做的話，就無法問他們在他兒子家做什麼了。他不認為他們是耶和華見證會的人。

「嘿，兄弟。」巴迪．李在廚房裡發出聲。那兩名男子立刻停下腳步。

「嘿。」安迪說著，把右手滑到他身後的口袋裡。

「你們沒敲門就進到我兒子家裡是想幹嘛？」

安迪和奧斯卡交換了一個眼神。巴迪・李以前曾經看過這種神情，他們正在決定由誰來說謊。安迪笑了笑。

「是啊，我們是他的朋友。」

「你們一定是他報社的同事。」巴迪・李說。安迪的手往他的槍靠得更近。

「是啊，沒錯。我們都在報社工作。」安迪說。巴迪・李對著安迪報以微笑。

你這個騙子，他心裡在想。

安迪看到了巴迪・李臉上那抹笑容，他留意到那絲笑意並沒有延伸到他的眼裡。

該死，他心想。

屋裡一片安靜。巴迪・李可以聽到水槽上那只時鐘的滴答聲，來自街上低沉的車流聲，以及這棟房子在面對可預見的未來之下所發出的嘆息和呻吟聲。

製冰機再度震動了一下。

安迪抓住他的槍。

巴迪・李一把將那只果醬罐扔向他的頭。罐子在安迪的右臉頰上爆開。巴迪・李的罐子才離手，他的身體就立刻付諸了行動。在奧斯卡意識到他已經來到起居室之前，他的身體已經撞到了安迪。安迪和巴迪・李摔倒在咖啡桌上。儘管他們的重量加起來才剛超過二百五十磅，那張桌子依然在他們的身體底下破裂了。安迪感到那把槍陷入了他股溝上方的皮膚裡。他想要抓住那把槍，但那個老頭使出渾身解術，企圖要將他的牙齒全都打斷，讓他吞進喉嚨裡。

巴迪・李用盡全身的力氣朝著安迪的右臉出拳。安迪試著要擋住他的拳頭，不過卻徒勞無功。當安迪舉起手要保護自己的眼睛和前額時，巴迪・李的拳頭落在他的下巴上。就在他更換雙手的姿勢時，他的臉頰遭到了巴迪・李的攻擊。那個老頭瘦得就像一隻蛛猴一樣。

巴迪・李突然覺得自己似乎飛了起來。奧斯卡從腰部抱住他，彷彿在抱著一個洗衣袋一樣。那個大塊頭緊緊擠壓著巴迪・李，以至於巴迪・李覺得自己的睪丸都要爆裂了。巴迪・李不停地張闔著嘴巴，宛如一隻在船板上彈跳的鱒魚。就在安迪一腳跪地準備站起之際，巴迪・李狠狠地往他的臉踢了一腳。安迪冷不防又往後倒回那堆破裂的咖啡桌殘骸裡。巴迪・李把頭往前縮，然後用力往後一撞。奧斯卡鼻子斷裂的聲音聽在他耳裡就像音樂一樣。那個大塊頭立刻就鬆開了雙臂。巴迪・李站起身，曲腿朝著奧斯卡的右脛踢了一腳。

安迪將那把柯爾特手槍的槍柄揮向巴迪・李的側臉。巴迪・李眼前立刻星星閃爍，隨即趴倒在地。他模糊地意識到自己的手壓在咖啡桌彷如剃刀般銳利的殘骸上。玻璃碎片刺穿他厚厚的老繭，一路插進了他的手掌。他的胃在抽搐，但他胃裡的東西依然不動如山。奧斯卡抓住自己的小腿，一頭撞在門上。

安迪把槍管壓在巴迪・李的太陽穴上。巴迪・李感覺到一條血跡沿著他的臉頰流下，往他的鬍渣而去。安迪的上唇開始腫了起來，他的臉頰宛如著了火，而他的左眼似乎被一層黑色的雲朵遮蔽了。那個老頭踢中了他的臉，彷彿是在超級盃上射門一樣。

「把電視的電線割斷，然後把他綁起來。」安迪往地板上吐了一口混合了口水和鮮血的粉紅色液體。奧斯卡從他的口袋裡拿出小刀，一瘸一拐地走向電視。他把巴迪．李的雙手綁在身後。奧斯卡不敢相信這個老頭的動作竟然那麼快。他就像一道模糊的影子從廚房裡衝了出來，彷彿閃電俠一樣。

「我想你打斷了我的一顆牙齒，老頭。」安迪說。他用舌頭舔著右邊的臼齒。那顆牙齒在舌頭的摩擦下搖搖欲墜。

「比起我掙脫雙手之後所要做的事，那根本不算什麼。」巴迪．李說。安迪聞言大笑。他把槍管用力壓在巴迪．李的頭上。

「你只需要兩秒就可以讓自己的頭出現一個洞。不過，我要先問你幾個問題，而你也要回答我。」安迪說。

「嘿，我是說真的。去你的。」巴迪．李說。安迪立刻往他的肚子補上一腳。巴迪．李肺裡僅剩的一點空氣咻的一聲從他的嘴裡噴了出來。他往前傾，臉頰倒在一堆破碎的玻璃上，幾顆玻璃碎片差點就滑進他的嘴裡。安迪揪住他的頭髮，把嘴湊近巴迪．李的耳邊。

「你想念你兒子？你很快就可以見到他了。不過，在那之前，你得先吃顆子彈。」他說。

安迪又踢了巴迪．李一腳。這回，他的午餐真的耐不住了。當嘔吐物湧上他的食道時，胃酸在他的喉嚨裡燃燒了起來，彷彿瀑布般溢出了他的嘴唇。

「你最好殺了我。」巴迪．李屏住呼吸地說。安迪不禁大笑。

「喔，我最好殺了你。」他用一種高八度的鼻音說道。

「也許我們應該問問他關於那個女孩的事。」奧斯卡的提醒讓安迪止住了笑聲。

「你知道關於那個女孩的事嗎？老頭。」安迪問。他應該在奧斯卡提醒他之前就想到的。他被轉移了注意力，以至於忘了手上的任務。

「你最好殺了我，不然的話，你會後悔爬出了娘胎。」巴迪・李說。安迪很快地眨了眨眼睛。

「娘胎，啊？幫我問候你兒子吧。」安迪扣住扳機，把槍口指向巴迪・李的臉。巴迪・李覺得自己好像跌入了槍管裡面，彷彿那個槍管是個無底的礦井一樣。安迪把槍管壓在他的臉頰上。巴迪・李閉上眼睛。他希望自己會見到德瑞克，但是，他不確定他們是否會在同一個地方共度永恆。

一道震耳欲聾的撞擊聲在屋後響起。

「那是什麼鬼？你還有同伴在這裡嗎？老頭。奧斯卡，去看看。」安迪說。奧斯卡只是舔了舔下唇。

「我沒有槍。」他說。

「那還真不幸。快去。」安迪說。奧斯卡擦了擦臉，然後看著自己的手。鮮血染在他的手掌上，彷彿梵文一樣。

「是啊，真不幸。」語畢，那個大個子彷彿哥吉拉一般，笨重地往走廊移動。他們進屋的時候，走廊的燈是亮著的嗎？奧斯卡不記得了。現在燈是關著的。他打開牆壁上的一個開關，但什麼反應也沒有。他的呼吸開始不規則地加速了起來。他鼻子的狀況不是糟糕可以形容的。他甚至無法讓空氣通過他的鼻子。很快地，他就沒入了陰影裡。

「你殺了我兒子嗎？」巴迪．李問安迪。他眼前的那些星星終於消失了，他的視野也變清楚了。安迪已經把槍從他的臉上挪開，現在，那把槍正垂掛在他的腿邊。

「閉嘴。」安迪說。

「誰派你來的？」巴迪．李喘氣地問。他很久沒有這麼使勁過了。他的心臟在胸口疲軟地跳動。他的喉嚨深處感覺十分乾燥，他覺得如果他現在咳嗽的話，一定會咳出一些小石礫彈落在地板上。

「閉上你的嘴。」安迪說。

奧斯卡來到走廊左邊一扇半開的門。這扇門比前面三扇他已經走過的門都要窄。這裡一定是浴室。有人持槍躲在浴缸裡嗎？他曾經在一部電影裡看過這樣的畫面。那個好人在其中一個壞人尿尿的時候把那個壞人擊斃了。奧斯卡用兩根手指把門推開到底。果然是浴室。天花板上一道內建在排氣扇裡的藍光讓浴室蒙上一層鬼魅的光暈。浴室裡有一個淋浴間，一個水槽，以及一個淺藍色的馬桶。或許那是藍色的LED燈造成的效果。奧斯卡皺起眉頭。馬桶水箱的頂部不見了。他聽到水箱裡發出儲水的聲音，彷彿剛剛有人沖過馬桶一樣。奧斯卡退回到走廊上。他聽到玻璃在自己的腳下發出清脆的聲音。他抬起頭，瞇起眼睛。天花板上原本有一盞燈。那盞花俏的吊燈現在只剩下一個薄薄的金屬管懸吊在那裡，看起來像是有人把它砸破了——

就在奧斯卡轉身的同時，艾克手中那個馬桶水箱蓋已經砸向了他的頭。

「你會後悔沒殺了我，小伙子。」巴迪．李說。

「你不停地說這些廢話，好像我應該要怕你一樣。你什麼也不是，你只是一個需要閉嘴的醉老頭。沒錯，我可以聞到你散發出來的那股味道，就像我老爸一樣。」安迪說。巴迪．李聽出了他聲音裡的虛張聲勢，以及隱藏在那些話底下的那股不確定。奧斯卡消失在陰暗的走廊裡一分鐘之後，整棟房子突然震動了起來。有東西撞到了地板，感覺像是一塊花崗岩。

安迪舉起槍，無意識地朝著走廊踏出一步。當他往走廊走去之際，巴迪．李已經跪在地上。他一屁股坐下來，雙腳踢向安迪右膝的側面，動作快如眨眼一般。他覺得自己聽到了骨頭斷裂的聲音。安迪尖叫一聲地往後倒向左邊。當他撞到地面時，那把槍從他手中彈出，宛如要逃走的薑餅人一樣。安迪緊緊地抱住膝蓋，不過，他很快就發現槍已經掉了。他翻身轉向左側，將右手伸向那把柯爾特手槍。

艾克從陰影中走了出來，一如復仇女神現形一樣。他踩住安迪的右手，巴迪．李很確定自己在那一瞬間聽到了有東西斷裂的聲音。艾克揪住安迪的襯衫，一把將他從地上抓起來，讓安迪再度發出了尖叫。等安迪站好之後，艾克狠狠地給了他一記上勾拳。那個年輕人至少被撞離地面三吋之高，然後才癱成一團地倒在電視底下。艾克怒視著他好一會兒，才拾起那把柯爾特手槍並塞進自己的褲腰。他走向巴迪．李，從他身後的口袋裡掏出彈簧刀，割斷他身上的電線，幫他站起身。

「很高興你決定要加入這場派對。」巴迪．李說。

「當我聽到騷動的時候，我想我應該要稍等一下。聽起來似乎不只一個人，所以，我翻倒了一座矮櫃，好吸引他們的注意力，迫使他們必須分開行動。此外，我想你應該照顧得了你自己，我沒有必要失去突襲的機會。」

「很高興你對我這麼有信心。不過，告訴我一件事：如果他們真的轟爛了我的頭，你打算怎麼做？」巴迪．李問。

「他們沒有轟爛你的頭，所以我們不需要知道結論。」艾克說。巴迪．李搖搖頭，然後低頭看著那個蜷縮成一團的年輕人。

「我告訴過你，你應該要殺了我。」巴迪．李說。

「你真的那麼說了嗎？」艾克問。

巴迪．李點點頭。「我也是說真的。」

14

安迪的眼皮不停地在顫動。他曾經保證要讓他們付出血的代價，然而，局勢逆轉了。他正在流血，而且，他似乎無法在短時間內止血。他試著要抬頭，但他的頭彷彿塞滿了磚塊。

巴迪・李用盡全身的力氣甩了安迪一個巴掌，隨即又朝著他的肋骨重擊了兩拳。巴迪・李後退一步，將雙手往前撐在膝蓋上，一口痰從他的肺部湧上來。他閉上嘴，走向艾克倉庫裡第二道鐵捲門旁邊的垃圾桶，把那口痰吐在那只棕色的小垃圾桶裡。他不用看就知道那口痰裡一定混合了淡紅色的斑點。

「你沒事吧？」艾克問。

「嗯，只是身體狀況不太好。你怎麼不問他？」巴迪・李說。他走向一個載有覆蓋料的貨板，在上面坐了下來。艾克走到他的隔間辦公室，拉出他的滾輪椅。他把椅子擺在那個小伙子的面前，接著又走向工具架。當他回來的時候，手中多了一把夯土器。那是他們在栽種大樹或拉設灑水管線的時候，用來將土壤填平的一種工具。一根四呎長的木頭手柄尾端有一塊扁平的四方形黑鐵，是一種相當簡單的器具。他將那把夯土器放在他和那個小伙子之間，然後才在那張滾輪椅上坐下來。

那個小伙子坐在一張木頭的辦公椅上。當巴迪・李把自己弄乾淨之後，他們從以賽亞的辦公室裡拿來一條地毯，把安迪裹進地毯裡。他們未經討論就帶走了這個傢伙。沒有必要。這個小伙子和那個大塊頭顯然跟他們的兒子所發生的事情有關。

這個小伙子比他的同夥輕了大約一百磅。從基因上來說，那個大塊頭算是抽中了下下籤。因此，他們讓他癱坐在走廊的地板上，然後像半夜的搬運工似的，把這個瘦子抬出了那棟連排屋。他們在走向卡車的時候，和幾個行人擦身而過。大部分的人都沒有將注意力從手機上挪開太久，因而沒有留意到有兩個人抬著一坨看似人形的地毯走在人行道上。如果以賽亞和德瑞克的鄰居有人聽到什麼騷動的話，他們也覺得沒有必要插手，這個街區的人對於類似的情況顯然習以為常。

艾克把一根手指放到那個年輕人的下巴，勾起他的頭，直到他們四目相對。

「你叫什麼名字？你身上沒有駕照，很聰明。」艾克說。他的聲音溫柔到讓巴迪・李大感驚訝，彷彿他就要對這個年輕人講一個睡前故事一樣。

「去你的。」安迪咕噥地說。艾克把手指挪開，安迪的頭立刻就垂落到他自己的胸口前，鮮血也從他的口鼻往下滴落。他臉頰上的那道傷口仍然在流血，彷彿一個心碎的新娘不斷地在哭泣。艾克把他的手放在夯土器的木柄上，再將下巴靠在雙手上。

「你很聰明。而且你也不是鐵石心腸的人，這一點我相信。不過，你得知道你這樣不會有好下場的，對嗎？我是說，你闖入了我們兒子的屋裡。你在那裡企圖要殺了我的夥伴。你知道那告訴了我什麼嗎？若非是你殺了我們的兒子，就是你知道兇手是誰。」艾克說。安迪並未試圖掙開束線帶，他把僅剩的每一絲力氣都用來抬起他的頭。

「誰派你去那間屋子的？」艾克問。

安迪朝著艾克的臉啐了一口。下一秒，他的頭又重新垂落到胸口前。那口唾沫落在艾克的下巴上。他站起身，擦了擦下巴，然後把手在褲子上抹乾淨。

「幫我把他的靴子脫下來。」艾克說。巴迪．李抓住那年輕人的左腳，艾克則抓住右腳。他們脫下他的靴子，扔到石灰旁邊。艾克抓住那根夯土器，走到安迪身後。他舉起夯土器，直到扁平的夯土器尾端和他的皮帶釦環平行。他使出渾身的力氣將那塊金屬板捅向水泥地，洞穴般的倉庫裡頓時發出了刺耳的巨響。艾克來到安迪的左臂旁邊，再度將夯土器擊中地板。安迪和巴迪．李雙雙都畏縮了一下。艾克在安迪身邊繞行，彷彿時鐘的指針一樣，夯土器每次落下，都讓整棟建築裡迴盪著尖銳的聲響。

「誰派你來的，小兄弟？」艾克終於又問。

安迪動了動手腕。他左手的束線帶完全無法動彈。不過，他右手的帶子卻還有些微的空間可以活動。那個黑人把束線帶穿過一根繞線軸，然後再繞過椅子的扶手，最後纏在他的手腕上。那根繞線軸很鬆，如果他用力扯的話，可能可以把手上的束線帶從那個繞線軸上扯掉。然後，他可以用椅子當作武器，再試著逃跑。然而，如果這個王八蛋把他的腳趾砸碎的話，這些就都不可能了。

「有個人派我們去的。他在找一個女孩的資料。」安迪的話讓艾克停下腳步。

「什麼人？」巴迪．李問。

「我不知道。我是說，我不知道他的名字。他只告訴我們，他在找一個原本打算要和那個記者談話的女孩。他想要知道她可能會在哪裡。」安迪說。

他深深吸了一口氣，他的胸口因此痛到讓他皺眉。艾克往前彎身。他的臉距離安迪的臉幾乎不到一吋。

「你在騙我？」艾克問。

「沒有。我發誓。」

「那個女孩叫什麼名字？」艾克問。

安迪嘆了一聲。

「柑橘。」

巴迪．李掏出那張紙。他看著紙上的圖案，然後再看著椅子上的那個年輕人。

「要死了。」他說。艾克挺起身，將那把夯土器留在安迪附近，逕自走向巴迪．李倚靠著的那塊貨板。

「那是什麼？」

巴迪．李把那張紙給他看。

「我在孩子們屋裡的冰箱上拿下來的。我以為那是柳橙，不過，我想那也可能是柑橘。但是，我不知道那棟建築是什麼。」巴迪．李說。艾克想起了他在屋子裡發現的紙巾。

「你認為那可能是一家酒吧嗎？也許以賽亞打算要和這個叫柑橘的女孩在他們經常出入的某

個場所見面？」艾克問。巴迪・李不再靠著貨板，轉而背對那個年輕人，然後把聲音壓低。

「是不是她原本應該要和他們見面，結果卻讓他們因此被殺害了？殺他的人可能就是雇用那邊那個小伙子的人。」巴迪・李說。

「他可能就是那家烘焙坊的年輕人所提到的那個人。」艾克小聲地說。

「我也是這麼想。」

「我們應該要繼續對他施壓。我敢打賭，如果我把他的腳趾砸碎的話，他會記起來是誰雇用他的。」艾克說。

安迪看著他們兩人背對著他，湊在一起說話。

「萬一他不肯招呢？」巴迪・李問。

「這種人一定會招的。」艾克說。

安迪抬起頭。錯過現在就再也沒有機會了。他用力扯著右邊的束線帶。放鬆，然後再扯一次，這回，他扭動著上半身，將右手臂拉往左側。

在安迪轉身把椅子舉過頭頂之前的百萬分之一秒，艾克聽到了一聲斷裂聲。那個年輕人搖晃著椅子，彷彿在晃一根棒子一樣。他的左手腕依然綁在扶手上。他赤裸的腳踩在冰涼的水泥地上，幾乎沒有製造出任何聲響。艾克左邊的頭部硬生生地被椅子砸中。他趴倒在地，宛如正在搜尋砂金一樣。

安迪把椅子甩向那個單薄的白人。那個人本能地抓住椅腳，安迪一把將他往後推向貨板。即便巴迪．李抓住了椅腳，但仍覺得自己的腳在水泥地上打滑了。他的心臟急遽在跳動，他的肺部渴望吸入空氣。他要昏倒了嗎？他不確定，但他在下一刻意識到自己的屁股已經落地，他的雙手似乎也麻痺了。一陣咳嗽偏偏在最糟糕的這一刻降臨。那個年輕人把椅子從巴迪．李的手中扯走，再度舉過頭頂。

椅子落在他身上的陰影彷彿死神的影子。巴迪．李感到一陣瘋狂的腎上腺素流竄過他的血管。一大口痰終於不再卡住他的胸口。甜美的氧氣彷彿仙饌般注入他的肺部。巴迪．李從背後的口袋裡掏出彈簧刀。當那個年輕人把椅子往下劈過來時，巴迪．李爬起身，單膝跪地。他一氣呵成地用拇指彈起刀刃，然後將刀子深深捅入那個年輕人的腹部，只剩下刀柄還露在外面。這一刀削弱了安迪的力道。巴迪．李舉起另一隻手臂，輕鬆擋住了落下來的椅子。他看著那個年輕人往後跌開，拔出巴迪．李的那把刀。一道鮮血開始緩緩地從安迪腹部的那個洞口流出來。

艾克左右甩動著頭，彷彿一隻正在咬殺老鼠的獵犬。他跳起身，抓住那把夯土器。當那個年輕人從巴迪．李身前往後退開時，艾克用雙手將夯土器舉高。他甩著夯土器，宛如正在用力把球揮向棒球場上方看台區的打擊手一樣。那塊扁平的鐵片砸在那個年輕人的後腦上，發出了沉悶的重擊聲。那個年輕人應聲癱倒在地上，那把椅子也壓在他的胸口。

艾克站在他頭頂上方俯視著他。

年輕人的嘴唇不停地顫抖，彷彿垂死中的某種森林生物。他用那張椅子偷襲了艾克。他試圖要殺了巴迪．李。他闖進了以賽亞的房子。他把口水吐在艾克的臉上。也許他還謊稱是某人雇用了他。也許他知道是誰殺了以賽亞。他翻起了白眼。他甚至可能是破壞墓碑的那個人。

「你這個混蛋！」艾克大吼一聲地舉起那把夯土器，用力砸向那個年輕人的頭。他眼眶四周的皮膚瞬間破裂，骨頭也移位了。他看起來彷彿中風了一樣。艾克再度舉起夯土器，用盡全身的力氣往下砸。他的二頭肌和三角肌在長期的練習下配合得天衣無縫。這是他曾經做過數千次、數萬次的動作。當他一次又一次地把夯土器砸向那個年輕人的臉部時，他粗壯的前臂彷彿在燃燒一樣。他感覺到自己的臉被濺濕了。骨頭和牙齒的碎片也從地板上噴飛起來。

「你殺了他，不是嗎？混蛋！」艾克嚎叫道。巴迪・李往後靠在貨板上。他的肺部在燃燒。夯土器不斷敲擊的聲音聽起來就像艾克正在填平一個滿是泥土的坑洞。

「艾克。」巴迪・李說。那個魁梧男人的手臂依舊在揮動著那把夯土器，彷彿活塞一樣。

「艾克！」巴迪・李大吼了一聲。艾克頓時僵住。染紅的夯土器尾端平行地停在他的胸口，彷彿畫筆一樣。艾克注視著那把園藝工具，彷彿他過去從來不曾見過似的。他從喉嚨裡發出一聲呻吟，然後將夯土器扔向一邊。夯土器滾落在地板上時發出了哐噹的聲響，留下了一道狹長的紅色痕跡。艾克蹲下身，隨即坐到地上。

巴迪・李繞過那個年輕人的屍體以及那灘迅速擴散的血水，來到艾克身邊坐下來。

「我想我們對他威脅過頭了。」巴迪・李說。

「我……我沒有想到他會掙脫。」艾克說。

「我們現在該怎麼辦？」巴迪・李問。艾克用襯衫擦擦自己的臉。當他低頭看著衣服時，他看到自己身上的深色污漬。他長嘆了一聲。

「倉庫後面有一具碎木機，一輛鏟斗機，還有一堆兩噸的糞肥。」艾克說。

「我想那應該行得通。他真的就像一坨屎。」巴迪．李說。他試著要讓這句話聽起來像在開玩笑，然而，他們誰也沒有笑。

15

當多姆聽到一陣金屬撞擊聲時，只差五秒就要在那個黑髮女子的口中達到高潮了，那名女子從週六起就一直待在俱樂部會所裡。他本能地從床頭櫃上抓起他的點四四手槍，並且在同一時間達到了高潮。他推開那個女孩的頭，用一隻手拉起他的褲子。那個女孩滑下床，偌大的屁股跌到了地板上。

「搞什麼？」她說。

「閉嘴。」多姆說。他兩步併作一步地衝下樓梯。葛雷姆林已經醒了，並且握著一把短管霰彈槍指著門口。老大撥開前窗的棕色窗簾往外窺視。他們之所以叫他「老大」，是因為每個女孩都說以他那比五呎高不了多少的身高而言，他的老二實在太大了。

「那是安迪的舊車。」老大說，他用左手把垂落在臉上的棕色長髮撥開，右手則握著一把點三八手槍。多姆打開門，走進門廊。只見安迪那輛鈔票綠的福特LTD停在「捕手」的摩托車上面。捕手正在車庫裡幫切達紋身。他若非沒有聽見這陣騷動，就是這沒有讓他在乎到足以中斷紋身的過程。LTD的停車燈是亮著的，但車頭燈卻像骷髏頭的兩顆黑眼洞。那輛車的大汽缸引擎正在怠速空轉，彷彿試著在清嗓子一樣。多姆垂下握著手槍的手，走下第一級的台階。

駕駛座的門突然打開，前後晃動了幾次。多姆立刻把槍舉起來，瞄準了駕駛座那邊。他才剛做出這個動作，立刻就覺得自己很蠢。如果有人打算掃射他們的話，那個人就不會把車停在那裡了。撞上捕手的摩托車的確是很低級的舉動，不過，那並不是暗殺的行為。很可能是安迪和奧斯卡喝多了，而非有人要把這裡給拆了。葛雷森會很不高興的。

奧斯卡從車裡走了出來，彷彿有人才剛想到他的名字，他就被召喚了出來。

「我的老天爺。」多姆自言自語地說。

那個大個子的臉覆蓋著一大片鮮血，多姆很驚訝他竟然沒有因為失血過多而死掉。他彷彿戴了一個用他自己的血漿做成的面具。奧斯卡朝著屋子蹣跚地走出了三步。

「嘿，多姆。」奧斯卡咕噥了一聲。然後，他彷彿一具線繩被剪斷的木偶似的，臉部朝下地倒在鋪滿石礫的地上。多姆立刻衝上前去。

「你們快過來幫我！」多姆大喊。葛雷姆林和老大奔下門廊。他們三人合力將奧斯卡扶了起來。他們半抬半拖地把他弄進了俱樂部會所，將他放在電視前面的那張皮沙發上。葛雷姆林從廚房拿來一些水和威士忌交給多姆，多姆立刻把整瓶水倒在奧斯卡的頭上。當鮮血被好幾道宛如小溪般流下來的清水沖掉時，奧斯卡的臉似乎融化了，宛如蠟燭一樣。他眨了四、五次眼睛，才終於聚焦在多姆身上。多姆把那瓶威士忌遞到奧斯卡唇邊，再將他的頭往後仰。奧斯卡又是咳嗽又是喘息，然後又咳了幾聲。他再度對著那瓶威士忌做了個手勢，多姆隨即又往他的喉嚨灌了一口。奧斯卡點點頭，舉起手止住了下一口。

「你到底發生了什麼事，兄弟？」老大問。奧斯卡把他那巨大的手掌抵在額頭上。

「你們不會相信的。」他說。

等到奧斯卡把整個晚上發生的事情交代完畢之後，多姆立刻就打電話給葛雷森。那位總裁在電話響第二聲的時候接了起來。

「你最好有重要的事。」葛雷森說。

「的確很重要。奧斯卡回來了。」

「然後呢？」葛雷森說。

「安迪沒有和他在一起。奧斯卡的頭被敲裂了，他滿臉都是血，是他自己的血。」多姆說。

電話線上一陣沉默，直到葛雷森再度開口。

「他有看到是誰打他的嗎？」葛雷森說。他的聲音很冷靜。

「沒有，不過，他說他和安迪進屋的時候，有一個老頭在房子裡。他認為那個老頭是其中一個同志的父親。他還說，他看到一輛卡車停在房子附近。卡車的車身上印著藍道夫草坪維護公司。」多姆說。

「藍道夫，嗯？」葛雷森問。

「是啊。」多姆說。電話裡又出現了幾秒鐘的沉默。

「我會在二十分鐘後到。立刻召集一場大會。我們要處理一些事，並且對付那些無所不知的老爹。」葛雷森說。

語畢，電話就被掛斷了。

16

巴迪．李把他的卡車停在超商的正前面。他熄掉引擎，聽著引擎聲繼續維持了幾分鐘。等到車子的劈啪聲完全停止之後，他才下車走進店裡。太陽剛升起。一片拼布般的雲低垂在東邊的天空，彷彿棉花糖一樣。

一道機械的叮噹聲在當他通過大門時響起。巴迪．李沿著中間那排貨架，直接走到後方的冷藏櫃。他從架子上拔出兩罐瘦長的罐子，然後走向櫃台。他曾經考慮過暫時戒酒，直到他們完成這項隨便他們稱之為什麼名字的任務，不過，那太荒唐了。自從他上次入獄之後，就沒有再這麼做過了。他不能再一次走上那條路。那條路會導致顫抖、嘔吐，還會讓他產生幻覺，以為他的頭髮裡窩藏著沒有人看得到的小蟲子。他可以減量，但突然戒酒就像看到一隻猴子駕駛一輛該死的凱迪拉克一樣。

巴迪．李把那兩罐啤酒放在櫃台上，等著店員轉身。那個棕色頭髮的小個子男人一邊把香菸排上貨架，一邊吹著口哨，那是巴迪．李熟悉的一首曲子。當那個男人終於把盒子裡的香菸全部排好時，他轉過身，幫巴迪．李掃描他的啤酒。

「巴迪．李。你好嗎？朋友。你看起來有點焦慮不安。」

「他媽的早安。哈瑪德。」

「我沒有惡意，巴迪．李。我是在擔心你，朋友。你看起來就像沒有闔過眼一樣。」哈瑪德說。

「你什麼都不懂，小子。」巴迪．李說。

在他捅了那個年輕人一刀之後，艾克把那個年輕人的頭像過熟的西瓜那樣搗爛，然後，他們扒光他身上的衣服，啟動艾克的碎木機。艾克把卸料槽直接對準了倉庫後院的糞肥堆。他們用手鋸和開山刀把那個年輕人分解成容易處理的碎塊。完成之後，他們對地板和碎木機進行了高壓清洗。巴迪．李沉重地坐在那個裝著石灰的貨板上，看著艾克用他那台經濟型的前卸式裝載機攪拌著糞肥堆。等到一切都處理好的時候，距離天亮只剩下兩個小時了。他以為他應該會對自己的廢棄物處理技術恢復得如此之快感到震驚，但其實他並沒有太過驚訝。第一次肢解屍體會讓你感到噁心。第二次會讓你覺得厭惡。等到第十五次的時候，那就已經變成了肌肉的記憶。

「我知道很難。」哈瑪德說。

「啊？」

「你兒子去世之後，我知道情況變得很艱難。」哈瑪德說。

「是啊，自從德瑞克……去世之後，我就沒怎麼睡好。」巴迪．李說。他永遠都無法習慣從嘴裡說出「德瑞克」和「去世」這幾個字的感覺。

「當你愛的人死了的時候，一切似乎都變得很艱難。」哈瑪德一邊把啤酒裝進一只棕色的紙袋裡，一邊說道。

「嗯—嗯。」巴迪．李說著，遞給哈瑪德一張十元的鈔票。

「你會撐過去的，巴迪．李。」哈瑪德說。

「我不知道我是不是能撐得過去，哈瑪德。我覺得只要有一分鐘沒有哀傷，就對不起我兒子。」巴迪．李說。

哈瑪德把零錢交給巴迪．李。

「他不會希望你永遠都悲傷的，朋友。」哈瑪德說。一名男子和一名女子笑著走進店裡，那種說笑的樣子告訴巴迪．李，他們是一對情侶，而且是剛交往的情侶。巴迪．李拿起他的紙袋。

「你確定嗎？」巴迪．李說。

等他抵達墓園的時候，雲層已經消散了。墓碑在毫不示弱的太陽底下閃閃發亮。氣溫穩定地在升高，就像沖天炮一樣。再過一個小時，天氣就會比剛出鍋的炸雞還要熱了。巴迪．李步履穩定地走在墓碑之間。在他走近德瑞克和以賽亞的墳墓之前，他只停下來咳過兩次。當他來到俯視他兒子長眠之地的那棵紅楓樹時，突然停下了腳步。

「克莉絲汀。」他說。他的心臟從胸口跳了出來，直接彈到了他的喉嚨底部。她就站在墳墓尾端。那頭蜂蜜色金髮垂落在她藍色西裝外套的衣領上。那雙他深愛的長腿裹在合宜的藍色裙子裡，和那件西裝很相配。那張心型的臉上彷如藍寶石一般深邃的眼眸正在注視著他。他曾經凝視過那雙眼睛多少次？看著它們彷彿心情戒指般地變換著顏色。熱情時顏色會變深，充滿慾火時會閃爍，憤怒時則像是藍色的火焰。她做了一些整型，主要是眼睛和嘴巴四周。他不怪她。她何樂而不為呢？據他所知，她的丈夫負擔得起。那個外科醫生只是稍微補強了造物主給她的容貌而已。克莉絲汀・派金斯・詹金斯・卡爾佩珀是他臂彎中有史以來最美麗的女人。幾條改善過的魚尾紋也改變不了這個事實。無論克莉絲汀多麼想要假裝他們八年的婚姻從來沒有發生過，也無法改變這個事實。

「墓碑在哪裡？另一個家庭說他們有墓碑的。」克莉絲汀說。

「被破壞了。你在這裡做什麼？你怎麼知道他們被埋葬在哪裡？」巴迪・李問。克莉絲汀撥開一縷遮住眼睛的髮絲。

「報紙上有刊登。」

「喔。」巴迪・李說。

「墓碑發生了什麼事？」

巴迪・李拉開一罐啤酒的拉環，喝了一大口。

「有人用一把大錘敲壞了，並且在上面寫了一堆關於同性戀的不雅文字。」他說。克莉絲汀倒吸一口氣的聲音迴盪在墓園裡。

「那……真不幸。雖然我不認同德瑞克的生活型態，但我不認為有人需要對他的墓碑做出這麼惡劣的罪行。」克莉絲汀說。巴迪・李往前朝她跨出一步，她立刻就往後退了一步。她低下頭，發現自己正站在德瑞克或以賽亞的墳上，馬上又挪向右邊。

「那就是你沒有來參加葬禮的原因嗎？因為你不認同他的生活方式？或者是因為傑瑞德・卡

爾佩珀不讓你來？」巴迪．李問。克莉絲汀揉了揉自己的鼻子，然後用手掠過頭髮。

「你不會明白的。一個像傑瑞德這種地位的人，不能讓人認為他對行為反常的繼子疼愛有加。」

「喔，我明白的。我明白就在那個法官第一次競選里奇蒙市議會議員之前，你就把我們的兒子踢出了你家。我明白我們的兒子在街頭流浪，居無定所，因為你更在乎要嫁給某個自命不凡、有錢、出身維吉尼亞州第一家庭的混蛋，而不是當你孩子的母親。」巴迪．李說。他感到自己的臉正在漲紅。一股顫慄竄過他的身體，彷彿高漲的潮水湧向岸邊一樣。

「你竟然敢站在那裡，對我做出一副道貌岸然的樣子。威廉．李．詹金斯。你以為你是年度模範父親嗎？我們的兒子醉心於一種道德敗壞的生活形式。一種令人厭惡、褻瀆神明的生活，那是我丈夫和我在我們家裡無法容忍的。沒錯，我要他離開，但是我從來沒有打過他。我從來沒有對他施加暴力。如果你這麼關心他的話，為什麼不讓他和你住在一起？喔，對了，你被關在牢裡，或許還喝著劣等的酒精。」克莉絲汀怒氣衝衝地說。

巴迪．李又啜飲了一口啤酒。

「卡爾佩珀讓你去上的那些高雅的禮儀課真的很不錯。你原本的口音變淡了。但我可以聽出當你生氣時，你的紅丘郡口音又跑了出來。你終究還是沒有比過去坐在我那輛卡瑪洛後座的時候好到哪裡去。」他說。

「我不會讓你破壞我的平靜。我不會讓你破壞我的平靜。我不會讓你破壞我的平靜。」克莉絲汀低聲地說。巴迪・李覺得她是在對自己說話，而不是對他。她握緊雙拳，直視前方，修剪整齊的紅色指甲陷入了她的掌心。巴迪・李再度凝視著她的眼睛。她做過整容，但那雙眼睛裡還有別的東西。他曾經多次在樹林中的拖車派對上看過那種狂躁的神情。

「克莉絲汀，你嗑藥了嗎？」巴迪・李問。他的問題把她從自言自語中拉了回來。

「什麼？」

「你嗑藥了嗎？因為你的瞳孔就和這個罐子的底部一樣大。」巴迪・李說。

「我有醫生的處方。」克莉絲汀說。

「我相信。我敢打賭你有一堆處方。」

「我不會站在這裡，讓一個鄉下的白人前科犯對我說教。」克莉絲汀說完，便踩著她的紅底高跟鞋重重走過他身邊。當她經過時，他聞到她身上的一股味道。不是她昂貴的香水，而是她本身的氣息。那股剛洗過澡的甜美氣味。頃刻之間，他又回到了剛才提到的那輛雪佛蘭卡瑪洛裡。他的嘴貼住她的脖子。他的鼻孔裡充滿了那股清新的味道。這段對話是他們過去關係的部分縮影。他們曾經用言語一次又一次地傷害對方。尋找最柔軟最隱密的地方劃下最深的傷口，只有同床共枕過不只一次的人，才能如此有效地傷害彼此。除此之外，他們過去關係裡的其他部分都不可能重演。巴迪・李喝了一口啤酒。然而，那些才是有趣的部分。

「我們兩個都是很糟糕的父母。但是，至少我看著他下葬了。你現在到這裡來不僅為時已晚，也沒有什麼意義。」巴迪・李吼完之後，聽到她停下了腳步。

「去你的，巴迪．李。」她沒有回頭地說。

「這就是你所說的平靜。」他咕噥地說。

等到他知道克莉絲汀已經走遠、聽不到他說話時，他才來到墳前，單膝跪地。他拉開另一罐啤酒，把整罐都倒在德瑞克的墳上。

「我沒有惡意，以賽亞，只不過我不知道你喜歡哪一種啤酒。德瑞克曾經很喜歡藍帶啤酒。他十五歲的時候，我給了他人生的第一罐藍帶。那是我最後一次入獄之前的事了。我想，那會讓他變成一個男子漢。真蠢。我現在知道了。」巴迪．李喝光他自己的啤酒，然後將罐子壓扁。

「我只是想告訴你，我和艾克，我們做了一件事。我們抓到了他們其中一個。我知道這不是你希望我做的，我想，我終於開始明白，你永遠都不會成為我這樣的人，我也不會變成你這樣的人。」說完後，他壓扁德瑞克的啤酒罐，然後將兩只罐子放回那個棕色的紙袋裡。

「我知道，如果你在這裡的話，會叫我放手。你會說不值得。那麼，我得要借用你的一句話。」巴迪．李站起身，拍掉牛仔褲上的泥土。他的眼睛發燙，但他已經疲憊到無法哭泣。

「這就是我。我沒辦法改變，也不想改變，真的。不過，就這一次，我要把我內心的這個魔鬼用在好的地方。」

17

艾克睜開眼睛。他覺得自己的下背部彷彿扎滿了玻璃纖維。他從辦公室的椅子上起身，聽著膝蓋發出劈啪聲響，宛如步槍在射擊一樣。他的手錶告訴他，時間剛過上午八點。他檢查了一下手機。瑪雅打了幾次電話給他，也發了兩則簡訊，全都是問他人在哪裡，何時會回家。第一則比第二則要長一點。再過幾分鐘，他的員工就會陸續來上班了。賈絲一定又會晚到，一如她平時那樣。他們今天有七項工程要做，分佈的範圍從皇后郡一路到威廉斯堡。

艾克繞過他的辦公桌，來到他殺了那個年輕人的地方。一台高壓沖洗機和一些漂白水已經把血跡都沖刷乾淨了。他已經十六年沒有殺過人，也有十一年沒有打過架。十一年安分守己的日子在幾分鐘之內全都付諸流水。他們兩人像殺豬般地肢解了那個年輕人，把他餵給了那台碎木機，就像母鳥餵食幼鳥一樣。

他們兩人。十一年。一加一等於二。當他還在獄中時，曾經看過一本書說，有些數字在某些宗教裡具有神秘的意義。這不是他第一次想起除了舉重、閱讀和打架之外，他在獄中無事可做時所獲得的那些奇怪的知識。

艾克走到倉庫後院，抓起連接在後門附近那個軟管卷盤上的水管，拉向倉庫角落一個正在悶燒的桶子。他把桶子裡的灰燼澆濕，直到它們不再冒煙為止。那個年輕人的牛仔褲和襯衫燃燒得有如火種一般，至於他的靴子則花了不少時間才被燒成難以辨識的一坨塊狀物。他在手裡噴了一些水，潑灑在臉上。他曾經嚴肅地對巴迪．李說要有喋血的心理準備，然而，他沒有預期到事情發生得這麼突然。

這就是暴力。當你四處尋找暴力的時候，一定能找到。只是你無法選擇時機。它會在你真正準備好之前跳出來，弄髒你的新靴子。問題是，如果你追尋得夠久，會發現自己永遠沒有準備好的時候。遇上爛事發生的時候，你要不就接受，要不就不接受。最終，你就習慣了。當他還小的時候，他相信這種事會讓自己變得堅強。他再次把那條水管噴向那個桶子。在監獄待了幾年之後，他發現那根本是屁話。人類天生就會對任何事感到習慣。那不會讓你變得堅強，那只是讓你受到教化。

艾克拉著水管走向那台碎木機。當那個年輕人的殘骸被丟進卸料槽的進料口時，他們把碎木機對準了那堆糞肥。然後，艾克跳上堆土機，一遍又一遍地攪拌著那堆糞肥。等到太陽出來的時候，那個年輕人已經變成了肥料。

他扔下水管，回到店裡，拿出漂白劑。然後回到碎木機旁邊，將漂白劑倒入進料口，再抓起水管，讓水沖刷過碎木機，再從卸料槽流出來。用碎木機剁碎屍體是很實際的作法，卻很難消毀證據。儘管他用了高樂士漂白水沖洗，碎木機上依然覆蓋著肉眼看不見的ＤＮＡ。骨頭和毛髮的碎屑可能會嵌在機器的齒輪裡。現在，他唯一能做的就是把機器送到垃圾場，丟棄到垃圾掩埋場後面那堆生鏽的冰箱、洗衣機和割草機裡。一千元的設備變成了廢料。他甚至不能把它送到舊貨場去換點成本回來。

結束清潔工作之後，艾克將碎木機開到倉庫側面。稍後，他會讓一名員工幫忙他把這台機器裝運到他的卡車上。他會告訴他們，機器突然故障，然後，從此自然而然地不再提起。對於他自己能夠如此輕易就回到暴徒那種說謊卻不眨眼的習慣，他感到有一點驚訝，不過也只是一點點而已。

他回到店裡，走向前門準備打開門鎖時，賈絲提前三十分鐘來上班了。艾克停下腳步，將手搭在自己的臀上。一年前，他曾經把店門鑰匙給她，但她從來都沒有準時開過門。

「一定是末日來臨了，因為你居然早到了。」他的話讓賈絲翻了個白眼。

「馬克思的車壞了，所以，我必須送他去窗戶工廠上班。工廠就在這條路上。我覺得我沒有必要把他送到之後再折回家，所以我就來了。我以為你會很高興我這麼早到。」賈絲說。

「我很高興，我只是正在從震驚之中恢復而已。」艾克說。賈絲又翻了一次白眼，才朝著她的辦公桌走去。就在艾克準備跟在她身後之際，他聽到路上傳來一陣如雷灌耳的咆哮聲。他停下腳步，轉身望向門外。只見一列摩托車，大約五、六輛，從店門口呼嘯而過。它們聽起來就像一群正在狩獵的獅子一樣。

18

巴迪·李停好他的卡車，一雙不穩的腳落地。他關上車門，蹣跚地走向他的拖車。離開墓園之後，他去了最近的酒吧。一家座落在附近，店名叫做麥考倫的安靜小酒吧。他先點了啤酒，然後是威士忌，最後以波本酒做為結束。

睡覺。在他打電話給艾克談談他們的下一步之前，他得要先睡一覺。他踏上拖車的第一塊煤渣塊，但立刻就踩了個空。他往右摔倒，撞到拖車，一屁股坐在地上。巴迪·李翻身跪地，就在他試著要起身時，他肺部裡所有的空氣都蒸發了。一坨檸檬般大小的痰卡在他的胸口，取代了原本的空氣。巴迪·李的眼睛從眼眶裡鼓出，他企圖要吸入足夠的空氣來咳嗽。

一雙強而有力的手拍在他的背上。突來的一擊讓那坨痰湧出了他的喉嚨，彷彿一隻壓扁的蟾蜍掉落在地上。巴迪·李感到自己被拉了起來。

「你沒事吧？」

巴迪·李朝著他的救星點點頭。一名五官粗野、窄臀苗條的女子緊抓著他的左手臂。她發亮的皮膚彷彿在烈日下曝曬了好幾個小時一樣。兩條參雜著純白髮絲的長辮子，沿著她的胸口往下幾乎垂落到了腰際。

「你真是太不會說謊了，巴迪·李。」她說。

「我只是突然沒站穩而已，瑪歌。沒必要這麼緊張。」巴迪．李說。瑪歌放開他，把手在牛仔褲上擦了擦。她身上那件白色的圓領背心沾著深色的污漬，彷彿現代藝術一樣。

「赫伯死後，我就不再穿內褲了。他是我的第二任丈夫。他是個好人，不過，老天爺，他實在太緊張了，以至於連走路的時候都會吱吱叫。」瑪歌說。

「你的第三任丈夫不介意你不穿內褲嗎？」巴迪．李眨眼問道。

「科頓？才不會呢。如果他的老二撐得夠久的話，他就會滾床單滾到天亮。我一點都不驚訝他死在一個女人身上。我只是一直以為那會是我罷了。」瑪歌說。巴迪．李輕笑，隨即變成捧腹，他的笑聲最終轉為咳嗽。瑪歌拍拍他的背。這是一個很奇怪的親密舉動，巴迪．李發現這讓他感到安慰，雖然他並不想承認。最後，他的咳嗽停止了。

「你知道嗎？我們當鄰居五年了。我剛搬到這裡的時候，你有點山姆．艾略特[11]的感覺。現在，你看起來就像山姆．艾略特的爺爺。」

「天吶，謝了，瑪歌。也許我應該養隻狗，好讓你踢牠出氣。」巴迪．李說。瑪歌一連搖了幾次頭。

「這不是侮辱。這是觀察。你喝太多，而且吃得不夠。你看起來就像每幾個星期才睡一個小

---

[11] 山姆．艾略特（Sam Elliott, 1944-）是美國演員，經常扮演牛仔或農場主人的角色。二〇一八年，他憑著電影《一個巨星的誕生》（A Star is Born）獲奧斯卡最佳男配角獎和美國演員工會獎最佳男配角提名。

時似的。你得去檢查一下你的咳嗽。那些都是事實。我的第一任也咳嗽，但他不肯去檢查，結果就掛了。」瑪歌說。巴迪．李用手背擦了擦嘴。雖然世界沒有在旋轉，卻有點模糊。那杯波本酒和啤酒正在他的肚子裡打架，他的胃很快就要把它們都趕出來了。他現在最不需要的就是在他這個意圖良善卻好管閒事的鄰居面前吐出來。他吐出來的東西也許會更偏向紅色，而非棕色，而那一定會引來他現在不想回答的一堆問題。

「我告訴過你，我沒事。只是過了很糟糕的一個星期而已。不，是一整年。」巴迪．李說。

瑪歌的臉稍微柔和了一點點。

「我知道。你兒子的事我很遺憾。我曾經埋葬過四個丈夫，不過，我不知道如果我得看著我其中一個女兒下葬的話，我會怎麼做。法律應該規定不能讓父母親眼目睹那種場面。」她說。巴迪．李覺得自己的眼睛在毫無預警之下濕潤了。

「是啊。是應該如此。好了，我現在要進去讓自己好好睡一覺了。」巴迪．李說。

「好吧。不過，如果你需要什麼的話就喊一聲。我就在後面的花園裡。」

「阿提沒有叫你把那個花園挖掉嗎？」巴迪．李眨著眼問。瑪歌聞言，嘴角往上揚起。

「有啊，我告訴他，如果我得要把我的番茄花園挖掉的話，我可能會因為太過沮喪而說溜嘴，把我看到他在他妻子去養老院工作時偷溜進那個卡森家女孩拖車的事情說出來。」

巴迪．李吹了一聲口哨。

「你很會討價還價，是嗎？」

「嘿，他不應該把他的魔掌伸到那女孩頭上。他應該要很高興，抓到他的人是我，而不是他老婆或者那個卡森家女孩的男朋友。我只是不明白她怎麼忍受得了他身上的味道。」

巴迪．李大笑。

「我也是。好了，就像我說的，我要去睡覺了。」巴迪．李踏上煤渣塊，抓住他的門把。

「我今晚要煮義大利麵。我要用我種的牛番茄來做醬汁，歡迎你過來吃一盤。」瑪歌說。

「你不會對我下毒，就像你對你丈夫們那樣吧？」巴迪．李問。瑪歌不禁翻了個白眼。

「你是個混蛋，你知道嗎？」

「那似乎是我這輩子得到的普遍共識。」巴迪．李說。瑪歌聽了發出一道呻吟。

「醬汁可能會在七點左右煮好。我知道你想念你兒子，但是你得吃點東西。他不會希望你的身體變衰弱的。」瑪歌說完，慢悠悠地越過車道，消失在了她的拖車附近。巴迪．李目視她的背影好幾分鐘。瑪歌不是個醜女人。他估計她大約五十或五十五歲。比他大上幾歲，但狀況卻維持得比他好。她在勞氏公司[12]擔任草坪暨園藝專家。在他們當鄰居的五年裡，大部分的時候，都有一個她稱之為「炮友」的人偶爾會來過夜。巴迪．李曾經透過他的廚房窗戶看過他幾次。那是一個看似老大哥的大塊頭，他留著平頭，開著一輛老舊的吉普瓦格尼，車子的保險桿上貼了一張褪

[12] 勞氏公司（Lowe's）簡稱勞氏，是一家專門從事家居裝修的美國零售公司，在美國和加拿大都有連鎖零售店，是美國第二大五金連鎖店。

色的支持米特．羅姆尼競選總統的貼紙。那個平頭最近幾個月很少出現。他懷疑瑪歌邀請他過去吃晚餐，是否和這件事有關？

「別亂想了。她只是好心而已。就是這樣。那是你現在需要的。」巴迪．李咕噥著走進拖車，踢掉他的靴子，然後扒掉他的襯衫。冷氣聽起來彷彿被人丟進過洗衣機一樣。它宛如哮喘病發作似的發出喀噠和呼哧的聲響，不過，至少它今天似乎真的在運作了。冰涼的空氣讓他的背和胸口都起了雞皮疙瘩。

巴迪．李攤開四肢地躺在沙發上，他才剛閉上眼睛，就有人開始用力敲打他的門。他呻吟地坐起來，重重地踩在地板上。

「該死，瑪歌，我說我沒事的。」他自言自語地打開了車門。

拉普拉塔警探正站在他拖車最底部的煤渣塊上。除了他的警徽和配槍之外，沒有人和他一起。

「詹金斯先生，我們需要談談。」他說。他沒有問是否可以進門，只是兀自踏進了拖車裡。

巴迪．李往後退了一步。拉普拉塔定定地注視著他。巴迪．李知道那意味著什麼。

他搞砸了，而拉普拉塔並不是在開玩笑。

19

當賈絲劈劈啪啪地敲擊著她的電腦、開收據，把客戶當月的帳單用電子郵件發給他們的時候，艾克則在檢查著今天的工作訂單。他的員工在一個小時之內就會陸續來到公司。很快地，卡車裝載覆蓋料、種植土、糞肥和廢料的聲音將會在整間倉庫裡隆隆作響。

艾克試著不要去想關於糞肥的事。或者說得確切一點，不要去想糞肥裡有什麼。

他聽到前門的鈴鐺響了，隨即是賈絲快活的問候聲。幾秒鐘之後，她把頭探進他的辦公室隔間。

「艾克，有人要找你。」她說。她瞪大了眼睛，呼吸也有點斷斷續續。艾克從他的辦公桌後面站起來。

「怎麼了？」

賈絲壓低了聲音。

「大概有五個摩托車騎士進來說要找你。」她說。艾克挺直上身。這聽起來像個不好笑的笑話。五個摩托車騎士走進一家造景公司……艾克揉揉前額。昨天晚上，他和巴迪・李撞見了幾個看起來一副混混模樣的年輕人。其中一個的頭被他敲破了，另一個則被他和巴迪・李殺了。現在，幾個摩托車騎士踏進了他的店裡。那個年輕人說他是受雇去找柑橘的。如果這些騎士就是雇用他的人呢？艾克曾經對巴迪・李說他們不是偵探，不過，你不需要是易茲・羅林斯[13]也能把這些事兜在一起。

我們當時應該要把另一個也做掉的，艾克心想。

「告訴他們，我馬上就來。」他說。

「我可以告訴他們你不在這裡。」賈絲說。

「不，沒關係。我們來看看他們想做什麼。」艾克說。他走出小隔間，朝著大廳前去。在走向大廳的途中，他從牆壁上取下一把開山刀。

五個穿著皮背心、頭髮長短不一的男子站在大廳裡。其中幾個正在看著牆上的廣告，另一個則站在靠近大門的地方。一名高大的金髮男子靠在那台飲料自動販賣機上，他的臉頰上有一道疤痕貫穿了鬍子，那雙滿是刺青的手臂交叉在胸口。

艾克把開山刀放在櫃台上。

「需要幫忙嗎？」艾克問。

那名金髮騎士從販賣機旁站開。他瞄了一眼那把開山刀，然後朝著艾克笑笑。他的牙齒歪斜，還少了兩顆門牙。

「那就看幫什麼忙了。我們在找我們的一個朋友，我想，也許你知道他在哪裡。」那個高大的金髮男子說。他臉上那道蒼白的疤痕一路延伸到他的下巴，看起來就像心電圖的走勢一樣。他身上那件背心在心臟的位置有一塊寫著『總裁』的徽章。另外四個人趨前來到他旁邊。他左邊那個人身上的徽章寫著『警衛官』。他把手伸到背後，拿出一支鐵管，管子的一頭還纏著電氣膠帶。另外三個也掏出他們自製的武器。其中一個握著一條尾端勾著一只掛鎖的鏈子。另外兩個則拿著鋸短的撞球桿，兩人的桿子把手分別是鮮綠色和紅色的。那個身上有總裁徽章的人往前傾靠，將他的雙手放在櫃台上，和那把開山刀只有一個手臂的距離。

「我想，這裡沒有你的朋友。」艾克直視著那名男子淺藍色的眼睛說道。他後面的賈絲繼續在電腦上輸入。

艾克向來都很喜歡每天早上踏進店裡所聞到的味道。說來奇怪，但那給了他一股寧靜感。汽油、燃油、表土，甚至是那些該死的糞肥味。那些味道代表著工作辛勤又踏實的一天。他們花了好幾個小時幫別人美化庭院，就算你身上著火了，那些人也不會吐口水來幫你滅火，但他們會付錢給你，因為他們不會也不願親自動手為他們自己的花園鋪上覆蓋料或者施肥。對艾克而言，他們的鄙視無關緊要。那一鏟一鏟數不盡的泥土為他付清了房貸。那一捲一捲數不清的草皮讓他的餐桌上有了食物。一個又一個手推車的糞肥讓以賽亞完成了他的大學學業。只要那些支票都兌現了，那些人愛怎麼想都行。

然而，在那股煉油和石灰粉刺鼻的氣味下還有另一股味道。一股讓你聯想到硬幣和舊電池的

⑬ 易茲・羅林斯（Easy Rollins）是美國小說家沃爾特・莫斯利（Walter Mosley）創作的虛構人物。羅林斯是一名住在洛杉磯的非裔美國私家偵探暨二戰老兵，是一系列以一九四〇至一九六〇年代為背景的暢銷懸疑小說主角。

金屬味。那些騎士留意到那股味道了嗎？他已經清理完好幾個小時了，但那股銅臭的味道似乎滲進了牆壁裡。

「什麼？你說我們不是朋友？」那個金髮男說。艾克彎曲手指抓住那把開山刀的刀柄。他讓目光停留在那個金髮男的身上很長一段時間。

「完全不是。」他終於開口說道。那名男子點點頭，彷彿那是他預期的回答。他挺起胸膛，轉頭看著他的警衛官。

「把這裡砸爛。」

當多姆舉起他的鐵管準備砸向櫃台上那盤免費的糖果時，艾克的左手宛如虎掌般地伸了出來。他抓住葛雷森的右手臂，一把將他往前拉，同時將他的頭往下按，直到他撞在櫃台台面上。當艾克把開山刀的邊緣抵住葛雷森的脖子時，已經把鐵管舉過頭頂的多姆頓時僵住了。那個大個子開始掙扎，直到艾克把刀子的邊緣用力抵住他耳朵下面柔軟的肌肉為止。

「退後，否則我就割斷他的頭。」艾克說，多姆沒有挪動。那支管子在他手中像根音叉般地抖動，其餘三個騎士也同樣都嚇呆了。

「你們在等什麼？抓住這個混蛋！」葛雷森說。艾克咂了咂嘴。他感到房間正在快速地縮小，一吋一吋地，然後是一吋一吋地。他的心臟在胸口顫動。過去，他也曾經發現自己處於類似的狀況。那次的結果對他來說不是太好。一點都不好。

艾克咬著下唇內側，他把開山刀抓得更緊了。恐懼正緩緩地爬上他的背脊，他不能讓自己的臉露出一絲一毫的害怕。如果你讓一隻動物知道你害怕牠，牠就會失去對你的任何敬意。一旦牠不尊敬你，那麼，牠就會毫不猶豫地撕開你的肚子，讓你看看你自己的肚子裡是什麼模樣。人也許是用兩隻腳走路，但他們卻是最殘暴的動物，特別是當他們認為有人數上的優勢時。如果這些摩托車騎士嗅到了一絲懦弱的味道，他們就會像野狗般撲向他。

多姆勉強地嚥著口水，他往葛雷森和艾克走出一步又停了下來。

艾克把刀子往後壓在那名金髮男子的脖子上。一道細針般的血絲彷彿變魔術般地滲出，沿著葛雷森的喉嚨往下滴落在櫃台上，宛如水銀一樣。

「這東西鋒利到可以刮鬍子。在你繞過那個角落之前，我就會割斷他的脖子。相信我。」艾克說。

「天吶，多姆，拿下這個黑鬼。拜託，這是五對一啊！」葛雷森說。他的話說得模糊不清，不過，艾克清楚地聽到了「黑鬼」二字。

葛雷森再度試著要從櫃台上掙脫而起。然而，艾克加重了手的力道，讓刀刃在他粗壯的脖子上咬合得更深了。他只能停止掙扎。

「我們的勝算很大，兄弟。」多姆說。他看到葛雷森完全被壓制的震驚正在逐漸消退。艾克看到其他幾個摩托車騎士似乎也不再那麼不安，並且開始跟著往前逼近。他得先制服這個總裁，然後再鎖定那個叫做多姆的傢伙。當多姆往櫃台尾端移動的時候，艾克留意到多姆的動作。如果你眨眼的話，勢必會錯過這個微小的細節——多姆在極短暫的瞬間猶豫了一下。艾克眼裡的殺氣宛如威士忌一般純粹和強烈。

「五個對一把點三八怎麼樣？你覺得這樣的勝算如何？」賈絲說。艾克冒險地往左瞄了一眼，只見他的前台人員拿著一把鍍鉻的小型手槍指著那個手握鐵管的騎士。他立刻就停下了腳步。

「你不會對任何人開槍的。一個像你這樣漂亮的小姑娘不會——」多姆才開口，賈絲就朝著天花板開了一槍，讓他啪地一聲閉上了嘴。嗆聲迴盪在建築物裡，反彈在他們上方裸露的屋樑上。

艾克試著雇用大量的前科犯做為他的員工。他知道第二次機會的價值，也知道當你的工作經驗出現十到十五年的空白時，要找到一份工作有多麼困難。不過，這是他第一次很慶幸有一名並非重罪犯的員工。賈絲是這棟建築物裡唯一能合法擁有槍枝的人。艾克用頭向賈絲示意。

「她很懂得用那東西。所以，如果我是你的話，就會退到門口去。然後，我會放開你的兄弟。相信我，你不會想測試她的。」艾克撒謊地說。他不知道賈絲是否能射中目標。現在，那並不重要。重要的是，這些流氓是否相信她是個女神射手。

多姆舔舔嘴唇。沒有人開口，這股沉默的氣氛彷彿維持了好幾個小時。最終，多姆放下高舉的鐵管，插回他的褲腰。

「全都往後退。」他說。

艾克看著多姆和其他三個騎士往後退向門口。等到他們四人退出足夠的距離，他才彎身湊近那名金髮男子的耳邊。

「我現在要讓你站起身，不過，如果你敢作怪的話，我就會把你開腸破肚，就像對待在狩獵季捕獲的第一頭鹿一樣，你聽到了嗎？」

「你讓我站起來，又不殺我，你知道這將會如何收場，對嗎？」葛雷森的嘴角貼在美耐板台面上，不過，他盡可能放大了聲音。

「我知道你企圖要在你兄弟面前挽回面子，但是，如果再讓我看到你來這裡的話，我會把你碎屍萬段，用一個保鮮袋來裝你的殘骸都顯得綽綽有餘。我言出必行。我不會虛張聲勢的。」艾克低聲地說。葛雷森沒有回應。艾克把開山刀拿開，往左後方退開一步。葛雷森站起身，將手放在脖子上。他緊緊盯著艾克，艾克也同樣回視著他。

「你最好把你的幫派兄弟都找來，黑神。找些孔武有力的人來幫你撐腰。喔，是啊。我看到你的刺青了。你會需要那幫遊手好閒的黑鬼當你的後盾。我們是稀有物種，你這個混蛋。我們會把這個地方夷為平地，然後在剩餘的灰燼上撒尿。我會讓你眼睜睜地看著我親自在你的婊子嘴裡拉屎。」葛雷森說。艾克聽到賈絲聞言深深吸了一口氣的聲音，不過，她並沒有畏縮。

葛雷森把脖子上的手甩向地板。幾滴鮮血從他的手掌和指尖飛出，噴濺在水泥地板上。

「血債血還，黑鬼。」語畢，他把沾血的手放在唇邊，給了賈絲一個飛吻。艾克用那把開山刀指向門口。

「你需要加快腳步，少說幾句。」艾克說。那名金髮男子笑了笑，賈絲隨即將那把點三八手槍的擊錘往後拉。

「下次見。」葛雷森說。

他轉身背對著艾克和賈絲，走出了大門。他的俱樂部會員兄弟也尾隨其後。多姆停下腳步，不滿地對艾克搖了搖頭，然後才走出店門。等到他聽到摩托車啟動的聲音，艾克才放下手中的開山刀。他可以聽到賈絲微弱的啜泣聲。她手中的槍也開始顫抖。

「賈絲，把槍給我。」艾克說。當賈絲沒有回應時，艾克輕輕地從她手中取下手槍，將擊錘往前推，然後把槍塞進自己的口袋裡。賈絲站在他身邊，依然伸長著手臂。

「賈絲，他們走了。」

「他們會再回來的，不是嗎？」

「我不知道。」艾克騙她。

「我想我要吐了。」賈絲說完便衝向倉庫後面。艾克走到前門，將門鎖上。他閉上眼睛，把手貼放在冰涼的金屬門板表面來保持穩定。昨天晚上，在他和巴迪・李展開行動、但尚未走到動用手鋸那一步之前，曾經有過那麼一瞬間，他以為事情就是這樣了。他以為也許他們可以把那個年輕人碾碎，這樣就填補得了他們心裡那個潰爛的黑洞。有一剎那的時間，他認為他們可以告訴自己，那個年輕人就是殺了他們兒子的人。讓這件事到此結束吧。讓他們認為自己已經達成了目的，然後回到他們僅剩的空虛生活裡。

那根本是在胡扯。他現在知道了。

沒有所謂的回頭路。他們沒有其他的路可走，只能沿著一條有如地獄中第一個黑夜那般黑暗的漫漫長路而行，並且一路帶著惡意地往前走。他們可以把自己在追求的稱之為正義，然而，這並不表示那就是真正的正義。那是抑制不住的、堅定的復仇之心。而監獄裡外的生活都讓他知道，復仇是要付出代價的。

那些摩托車騎士會再回來。也許今晚。也許明天。也許幾天之後。但是，他們一定會再回來。他們會帶著武器再次疾馳而來，尋求一場衝突。他需要準備好。他不知道自己是怎麼知道的，也不知道自己為什麼知道，但是，他知道他們和發生在以賽亞與德瑞克身上的事有關。他打從骨子裡知道。

他們會回來挑起一場戰爭。他將會把他們殺個片甲不留。

20

如果巴迪．李曾經從他多次進出看守所、監獄、郡看守所和警局酒醉拘留室的經驗中學到什麼的話，那就是絕對、絕對不要主動對警察透露任何資訊。你是否有罪並不重要；你就是不能提供他們任何消息。他們很快就會告訴你他們想要什麼，或者他們懷疑你什麼。他們問問題是有薪水的；而你回答他們卻一毛錢都拿不到。

巴迪．李蹺著二郎腿往後靠坐在沙發上，等著拉普拉塔告訴他為什麼要來這裡打斷他迫切需要的睡眠。

巴迪．李心想，這應該和那個年輕人無關。如果有關的話，我現在早已被手銬銬起來了。

拉普拉塔拿出他的手機，在螢幕上滑了幾下。當他找到要找的東西時，便把手機放到他們之間那個用牛奶箱權充的咖啡桌上。巴迪．李看著手機。螢幕上是一名黑了一隻眼睛的鬍子男。他的嘴巴也腫起來了。他的嘴唇看起來就像香腸。男子身後那片和嘔吐物同色的暗綠色背景是巴迪．李很熟悉的。那張照片顯然是在警察局裡拍攝的。

「那是布萊斯．湯瑪森先生。他今天早上到警察局來對我們說了一個有趣的故事。他說有兩個老頭走進他的癮君子商品專賣店，問他關於他們兒子被殺的事情，並且把他打得不成人形。布萊斯還斷了幾根手指。他有一段時間都不能用那隻手抽電子菸了。」拉普拉塔說。巴迪．李聞言抬起頭來。

「是啊，有人狠狠揍了那小伙子一頓。不過，你知道的，他看起來很伶牙俐齒，所以，他這麼說我也不驚訝。哈，我以為你可能有關於那個謀殺案的消息。」巴迪．李說。拉普拉塔把雙手放在膝蓋上。

「我要老實地告訴你，詹金斯先生。私底下告訴你。我了解，你和你兒子的關係並不好，因為他是個同性戀，所以你無法接受這個事實。現在他被殺了，這讓你無法和他達到和解，因此，你就想要修理殺他的人，因為你認為我們的動作太慢了。我明白你的感受。但問題是，我們不能讓普通老百姓到處去進行他們的報復。那就是布萊斯這種人為什麼會受傷的原因。那就是我最後不得不逮捕你，把你抓到市區警察局的原因。我不想那麼做，詹金斯先生，但是我會的。人們不能自己擅用私刑。那會讓我們陷入無政府狀態。此外，從你臉上的瘀青看起來，你最近應該也參與了某些暴亂的行動。」

「你真的相信你說的這一套嗎？」巴迪．李問。

「是的，我相信。」

巴迪．李撓撓下巴。「你一直在說你明白。你有孩子嗎？拉普拉塔警探。」

「我有一個兒子和一個女兒，在你進一步問我之前，我可以先回答你，沒錯，如果有人傷害他們的話，我一定會想要找出那些混蛋，然後慢慢地殺了他們，但是，我不能這麼做，因為我相信我的警察同僚會找出那些兇手，用正確的方法來處理這件事。」拉普拉塔說。

「這就是我們不同之處。你這麼說，是因為事情沒有發生在你身上，我對天發誓，我希望你永遠不會遇上這種事。然而，除非你處在我這個位置，否則，如果你能不要再說你了解之類的話，我會很感激你的。我不是律師，不過我想，如果你不只握有這個小伙子的一面之詞——你剛才說他叫什麼名字，布萊森？」

「布萊斯。」拉普拉塔說。

「喔，對，布萊斯。我在想，如果你有，例如影像紀錄之類的，可以顯示是誰打斷他的牙齒，那麼你早就逮捕我了。但你沒有逮捕我，因為你沒有證據。現在，如果你不介意的話，我真的很累了，我想要睡個覺。」

「嘿，詹金斯先生。對於你的失去，我真的感到很遺憾。我不知道那是什麼感覺，不過我可以想像。因為如果有人傷害我的孩子，我一定會失去理智。然而，讓我們把話說清楚。我這次會放過你。你只有這次機會可以免於被抓進看守所。沒錯，現在你和藍道夫先生與這個小混混布萊斯雙方各說各話。他的兩個同事似乎不記得是誰到他們店裡把他傷成這樣。所以，這次我就算了。我從我的管轄區開了六十哩路到這裡來警告你。下回，如果還有下回的話，我會把你押回市區，而且會要求法官把保釋金提高到讓你一直待在看守所裡，直到我們的調查結束為止。這麼說夠清楚了吧？」拉普拉塔問。

「就像我說的，警官，如果你允許的話，我真的要睡覺了。我今晚又要躺在這裡想著我兒子，想著我永遠也改善不了我們之間的關係。」巴迪．李說。一股熾熱的怒火在他胸口燃燒，彷佛一盞破碎的防風燈一樣。這個該死的警察穿著他挺直的白襯衫和摺痕俐落到足以切開麵包的打褶褲，想要和他談關於失去的話題？這個俊俏的年輕人看起來完全不像了解苦日子的人，如果苦日子真的出現在他面前的話？這個富家子弟也許從來都沒有錯過和家人共度聖誕節，也許每個感恩節他都要參加觸身式橄欖球賽，就像該死的甘迺迪家族一樣？這個傢伙每隔一個星期五晚上就會和他的老婆例行地纏綿一次？他永遠不需要告訴他那被寵壞的小女兒說，他們沒有足夠的錢幫她買她想要的玩具娃娃？他也許和他還活得好好的兒子一起住在首府北邊像模像樣的兩層樓住宅裡？這樣的人想要和他談關於失去的話題？關於他為什麼無法修復他和德瑞克之間的關係？去他的。去他那諾曼．洛克威爾[14]式的狗屁快樂生活。巴迪．李很習慣於失去，那是拉普拉塔警探永遠無法想像的，更別說還有生存的問題了。

巴迪．李的拇指不停地來回摩擦著食指上的老繭。拉普拉塔站起身，幾乎是本能地拍了拍他臀部的灰塵。

「不要插手這件事，詹金斯。我的搭檔現在正在去找藍道夫先生的路上，他會對藍道夫說同樣的話。讓我們做我們的工作。你無法改變已經發生的事，但你可以控制接下來會發生的事。」

你什麼也不懂，大哥，巴迪．李心想。

[14] 諾曼．洛克威爾（Norman Rockwell, 1894-1978）是美國二十世紀早期的重要畫家和插畫家，作品橫跨商業宣傳與美國文化。在現代藝術評論家眼中，諾曼大部分的畫作都有點過分甜美和樂觀，並且傾向於將美國生活理性化和感性化。諾曼一直到了晚年，才開始創作包含種族與人權等比較嚴肅的主題畫作，並於一九七七年獲得美國公民最高榮譽的總統自由獎章。

21

當夕陽灑在艾克家後院的柏樹樹梢之際，他把車開進了自家車道。他熄掉卡車引擎，走進屋裡。在關上門之後，他也把門鎖上了。他們住在一條小路的死巷裡。如果有人跟蹤他的話，他可以看得到他們正在逼近，不過，他不希望他們可以輕易地進到屋裡。起居室裡的電視不斷地傳送出毫無意義的聲音。瑪雅正坐在沙發上。她的香菸放在煙灰缸裡，一縷輕煙裊裊升起，彷彿鬼火一樣。

艾克把鑰匙掛在牆上的黑板兼鑰匙架上，然後逕自走進廚房。他聽到瑪雅的腳步聲跟在他身後。他從櫥子裡抓出一瓶蘭姆酒，幫自己在厚重的水晶玻璃杯裡倒了一杯。蘭姆酒直接衝入他的胃裡，彷彿著了火一般。他知道瑪雅一定站在雜物間附近，雙臂交叉在她狹窄的胸口前面。他知道她臉上刻劃著什麼樣的表情。他開始幫自己倒第二杯，不過突然停下了動作。他把杯子放進水槽，轉身面對他的妻子。只見她怒視著他，雙臂果然就交叉在胸口。

「你現在整夜不回家了？」她問。

「發生了一點事。」艾克說。

「喔，發生了一點事？你的手機不能用了嗎？」

「對不起，我沒有打電話回來。」

「你說對不起。好啊。你到哪兒去了？你可知道那個警探稍早的時候來找過你。我以為他可能要說什麼關於以賽亞那個案子的消息，但他說他需要和你親自談談。你知道那到底是怎麼回事嗎？」

警探二字讓他的背脊竄過一陣顫慄，不過很快就消失了。如果他是為了那個被他們搗成肥料的年輕人而來的話，那他一定會帶著一副手銬到他的店裡，特別是艾克身上還有過失殺人的前科。

反正，他們說那是過失殺人，艾克心想。

他放棄玻璃杯，直接就著酒瓶喝下一大口蘭姆酒。瑪雅彷彿一隻瞪羚般地拉近了他們之間的距離。她從他手中奪下那只酒瓶，重重地放在桌上。幾滴酒液從長長的瓶頸溢出來，灑在桌面上，沿著桌子的邊緣往下流。

「我們不要這樣，艾克。」

「什麼這樣？你以為我在幹嘛？」

瑪雅搓了搓雙手，然後把手伸到自己面前。當她開口的時候，她的手明顯在顫抖。

「我不知道。我不認為你對我不忠。我希望我們已經老到不會做那麼幼稚的事了。但是，你不能開著車在街上亂跑，到處去喝酒，然後又睡在店裡，因為……」她的聲音化為了嗚咽。

「我沒有喝酒。昨晚沒有。而且，紅丘也沒有真的街道，只有一堆哪裡都去不了的路而已。」艾克安靜地說。

「我受不了了，艾克。我不想要接到一通電話說他們發現了你的屍體，因為你酒醉駕車把車衝出了馬路。我幾乎要崩潰了。如果不是為了艾莉安娜的話，我甚至不會在早上起床。現在，只有她才算重要，而我無法一個人做到。我沒辦法獨自把她養大，艾克。我一個人養大了以賽亞，我已經沒有那種力氣了。」瑪雅流下了眼淚。艾克想要擁住她，但她卻畏縮了。他只能停下動作。

「我知道。我知道我不在的那段日子，你過得很辛苦。在我入獄的時候，你把他教養得很好。你讓他成為了一個比我好太多的人，一個我永遠也成為不了的人。但這次不一樣。情況和過去完全不同。現在，重要的並非只有艾莉安娜。我們難道一點都不重要嗎？我們曾經有過的，你和我，那對你來說一點都不重要嗎？」他不是有意要用過去式，不過，那些話彷彿傾巢而出的大黃蜂，就那樣溜出了他的嘴。但瑪雅似乎並沒有留意到。

「你知道那也很重要。」

「有時候我實在看不出來。」艾克說。瑪雅拭去臉上的淚水。

「你怎麼能對我這麼說？我愛你，艾克。我都不記得我已經愛了你多久。但我們的孩子死了。這讓我無法理解。我不斷地嘗試要理解，但每當我看著艾莉安娜，我就在她身上看到了太多以賽亞的影子，讓我幾乎受不了。這讓人好心痛，艾克。那就好像我的心裡除了傷痛，什麼也容不下了。那就是你為什麼不回家的原因嗎？你再也無法忍受看到這些傷痛嗎？接下來就會是這樣了嗎？先是一個晚上。然後是幾個晚上。之後，你會幾個星期都不回來。最終有一天，你就再也不回來了。會這樣嗎？艾克，你是在為你最終的離開試水溫嗎？」瑪雅說。

艾克再次拿起酒瓶，嚥下了一大口。瑪雅經常哭泣，她的眼睛總是血紅的。那對眼睛困擾著他。紅色的眼眶和空洞的眼神彷彿一間被遺棄的教堂，讓他感到無助。她低微的啜泣聲在每個夜裡撕扯著他的靈魂，他們背對背地睡在同一張床上，而那張床似乎越來越寬，寬到他們彷彿並不在同一個房間裡。她說的沒錯。他厭倦了看到她的傷痛。他無法忍受看到那份痛苦將她的臉扭曲成了一副悲傷的面具。她的痛苦、她的悲傷、他的無力感。他受夠了這一切。他拉出一張椅子，在桌子旁邊坐下來。他面對著後門，瑪雅就站在他的身後。

「昨晚，我和巴迪．李開始處理一些事。」他一口氣說完了這句話。他內心裡的脆弱、無力、悲慘和哀痛，宛如稻草人身體裡的填充物一般，都隨著這一口氣四散到空氣裡。

瑪雅小心翼翼地伸出手，直到碰到他結實的肩膀。她把手停在那裡，她的手溫暖又令人安慰，就像一個小孩最喜愛的那條毯子。就像他們當年把兒子從醫院帶回家時，那條曾經裹住他的毯子一樣。艾克發出一聲嘆息。她已經很久沒有這樣碰過他了，自從以賽亞……自從他們得知以賽亞的消息之後。

他們之間的那份沉默從緊繃轉為柔和，卻依然脆弱。艾克用他寬大的手掌握住了瑪雅的手。過去幾個月來，死亡在他們之間挖掘了一道深如悲傷、寬如心碎的山谷。現在，另一個人的死宛如一座橋樑，暫時填補了那道鴻溝。

「好。」瑪雅說。她低微的聲音流露著一絲心照不宣。

「奶奶。我餓了。奶奶。」一個細小的聲音響起。艾克在椅子上轉過身。艾莉安娜正站在廚房門口。她的辮子鬆了。她的頭髮豎立在頭頂上，有如雜亂無章的螺絲開瓶器。艾克仔細看著那張黃褐色的小臉。他不確定以賽亞和德瑞克是怎麼把這個小女孩帶到人世的。他知道那牽扯到代理孕母、卵子和他們兩人的精子，但是，他不確定那是怎麼辦到的。他只知道以賽亞和德瑞克的財產律師說，以賽亞是那孩子的生父，但她對他們兩人都叫爹地。他從來沒有好好地看過她，不像瑪雅那樣。他拒絕那麼做。不是有意識的，而是本能地躲避。他只是懶得去思考這整件事。現在，他沒有選擇了。這個站在他面前的女孩有著以賽亞的眼睛，那意味著她也有著艾克的眼睛。她那微微偏離正中央的鼻子是藍道夫家的特徵。她的膚色當然比較淺，那是因為她的母親是個白人，是以賽亞和德瑞克的一個朋友，然而，藍道夫家的DNA很強大，強大到壓過了他原本對於這個小女孩的心結。如果他稍微閉上眼睛，會以為那是兩歲大的以賽亞，那個抓住他的手臂尖叫著「起來，爹地，起來！」，等待著艾克把他抓起來，宛如旋轉木馬般在房間裡旋轉的小孩。

艾克轉開，低頭看著桌子。他感到一陣噁心。雪崩般的記憶向他沖刷而來，將他埋在了他所有的錯誤底下。那麼多的錯誤。

「過來，孩子。你想去麥當勞嗎？」瑪雅問。艾莉安娜高興地發出了尖叫。

*老天，她聽起來就和他一樣，*艾克心想。

瑪雅牢牢地在他肩膀上抓了一下，隨即走向艾莉安娜，一把將她抱進懷裡。艾克可以聽到她從廚房走向起居室，然後走出前門的腳步聲。艾克啜飲著他的蘭姆酒。他不會把其他的事告訴瑪雅。她不需要知道關於那些摩托車騎士的事，或者他們打算尋找柑橘的事。現在，他們需要的只是維持現狀。

艾克聽到瑪雅發動車子的聲音。那個小女孩需要的是兩個可以將她撫養長大的人，兩個不會因為正視她的臉而崩潰的人。艾克把酒瓶放到唇邊，不過，他並沒有喝。他只是站起身，把瓶子放回櫥子裡。巴迪．李是個酒鬼，然而，從艾克喝酒的頻率來看，他距離巴迪．李也不遠了。

艾克的手機震動了。他拿出電話，看了一下螢幕。說曹操，曹操就到。他碰了一下接聽的按鍵。

「嘿，老大。」巴迪．李說。

「嘿，我們需要談談。面對面。」艾克說。

「好。可以你的店碰面嗎？」

「不。到我家來。我會把地址發簡訊給你。」艾克說。

巴迪．李咳了幾聲。「一切還好嗎？」他問。

「你來了我再告訴你。」艾克說。

語畢，他掛斷了電話。

22

巴迪・李把卡車並排停在艾克的車旁邊。他的卡車在引擎熄火時震動了幾秒。巴迪・李下車走向前門，讓那輛卡車在原地繼續震動。他很快地回頭看了一眼他和艾克並排在一起的卡車，那就好像看著坐在公主旁邊的一隻豬一樣。他舉起手準備敲門，不過，在他碰到門以前，門就打開了。艾克就站在門口。

「我們可以在廚房裡談。」艾克往旁邊踏出一步。在巴迪・李進屋之後，艾克將門關上，並且上了鎖。

「這地方不錯。」巴迪・李說。

「還可以。」艾克說。巴迪・李咕噥了一聲。

「我把牛奶箱拿來當作咖啡桌。這比還可以要好多了。」巴迪・李說。艾克拉出一張椅子，示意巴迪・李照做。

「你有什麼可以喝的嗎？」巴迪・李問。

「我以為我們說好了，在我們執行這件事的時候，你不會喝酒。」艾克說。巴迪・李用一隻手掠過那頭缺乏蓬鬆感的直髮。

「我們說我會少喝點。相信我，我已經在努力了。這裡只有我們嗎？」巴迪．李問。

「對。瑪雅帶艾莉安娜出去吃東西了。」艾克說。巴迪．李點點頭。

「我想，你是要談警察來過的事吧。」巴迪．李說。艾克撐在自己的前臂上往前傾靠。

「警察找過你了？」

「嗯。我以為你在電話裡說的就是這件事。怎麼，他們沒來找你嗎？」巴迪．李問。

「我不在家。」

「可惡，現在我覺得自己被歧視了。」巴迪．李說。艾克往後坐，將舌頭頂住上顎，發出了嘖嘖的聲音。

「有人告訴過你，你玩笑開太多了嗎？」艾克問。

「每天都有人這麼說，而且星期天還會說兩次。等等，你想要談的是什麼事？」巴迪．李問。

「我們等一下再說我的事。告訴我警察說了什麼。我知道那和我們的兒子無關。」艾克說。他的聲音裡有一股鋒利感，當他在那家癮君子商品專賣店，像折斷一根麵包棍似的折斷那個痞子的手指時，巴迪．李也曾經聽到同樣的語氣。那是一道將氧氣燃盡，讓溫度驟降五度的冷冽火焰。

巴迪．李用手掠了掠頭髮。

「我想，好消息是他們來找我，和我們昨晚的那個朋友無關。你說得對，那也和我們的兒子無關。那家專賣店的一個長得像史密斯兄弟⓯的蠢驢，騎著他的獨輪單車去了警察局。」巴迪・李說。

艾克把頭歪向一邊。「他說要告我們嗎？」艾克問。

「沒有。他的兩個同夥嚇壞了。他們不幫他的故事背書，那個地方也沒有攝影機。所以，我們不會有事，不過，蛋捲警探告訴我，如果他聽到有關我們教訓其他千禧世代小屁孩的事，就會把我們兩個都扔進拘留所，讓我們在那裡待到日光節約時間結束為止。」巴迪・李說。

艾克皺著眉頭。「你為什麼叫他蛋捲警探？」

「什麼？那只是個笑話。你知道的，因為他是中國人。」巴迪・李說。

「我不認為他是中國人。我敢發誓，你們白人把每個人都拿來開玩笑，但是，如果我說你的家譜沒有分支，你們都是近親繁殖的話，你肯定就準備要揍我了。」

「他媽的，才不會呢。我有個叔叔就是我堂哥。」巴迪・李說。艾克翻了個白眼。「開玩笑的。現在怎麼每個人都這麼他媽的敏感啊。」

「我們不是敏感。以前，沒有人能說他媽的，否則你叔叔就會企圖把他們吊到樹上。現在，我卻可以對你說滾一邊去。」艾克說。巴迪・李抓抓下巴，思考著艾克給他的這堂簡短的歷史課。

「好吧，這一點我承認。不過，讓我問你一件事：對於像以賽亞和德瑞克這樣的人，你也會以禮相待嗎？他們可以對你說滾一邊去嗎？」巴迪・李說。艾克在他的椅子上挪動了一下，然後把雙臂交叉在胸口。他沒有回答巴迪・李的問題。

「小心，不要因為過分自信而讓你自己受傷，艾克。」巴迪・李發出嘶啞的長笑，直到開始咳嗽才停下來。艾克起身，從冰箱裡拿出一瓶水扔給巴迪・李。儘管巴迪・李咳得像一輛活塞壞了的一九七三年Gremlin超小型汽車，他依然靈巧地用單手接住了瓶子。巴迪・李只用兩口就把水喝完了，然後將空瓶子丟回給艾克。艾克把瓶子扔進垃圾桶，再度坐下來。他摩擦著長滿厚繭的掌心，然後把雙手放在桌上。

「告訴我，你對稀有物種知道多少。」艾克說。

巴迪・李蹙緊眉頭。「你幹嘛問起這些瘋狂的王八蛋？」

「今天，大概有五個人到我店裡來。他們要找他們的一個朋友，還帶了鐵管和鋸短的撞球桿要來喚醒我的記憶。你認為他們的朋友是誰？我讓你猜三次，不過，你應該第一次就能猜到了。」艾克說。

巴迪・李低聲地吹了個口哨。

「他媽的。他們的朋友現在就在昨晚那堆堆肥裡，是嗎？老天，我真的需要來杯酒。」巴迪・李說。

「是啊。」

⑮史密斯兄弟（Smith Brothers）是美國第一家生產喉糖的公司，該喉糖以包裝上的兩兄弟鬍子肖像而聞名。

巴迪．李搓搓自己的額頭，然後才回答艾克的問題。

「他們是所謂的『百分之一騎士』[16]。整個東岸都有他們的分會。他們主要是透過俱樂部會所和外面的卡車停靠站來進行槍枝和冰毒的非法交易。我曾經認識幾個和他們有生意往來的人，那些人幫他們搬運槍枝、處理冰毒之類的事務。這幫摩托車騎士都是這方面的老手。他們說，除非你能證明你為俱樂部做了什麼『髒活』，否則就無法得到完整的徽章。他們不是光頭黨，但他們並不喜歡你這種外貌的人，也不喜歡過著以賽亞與德瑞克那種生活型態的人。你確定他們是稀有物種嗎？」巴迪．李問。

「當我把開山刀抵在他們其中一個人的喉嚨時，曾經仔細地看了一下他的徽章。」艾克說。巴迪．李把椅子往後靠，直到椅子的前腳離開了地面。當椅子的四支腳全都再度落地時，他輕輕地吐出了一口氣。

「一把他媽的開山刀。我的媽呀。你真的比屋外的老鼠還要瘋狂，對嗎？真希望我在場親眼看到這一幕。是啊，我曾經和他們的一些同夥瞎混過。他們不是那種會善罷甘休的人。不過，你認為他們是怎麼找到你的？」巴迪．李問。

「昨晚的另一個傢伙一定注意到我的卡車。我們不應該把車停得那麼靠近那棟該死的房子。那實在太蠢了。」艾克說。

「是啊，我也沒想到這點。我想，我們洗手不幹太久了。」

「太久了。」艾克說。巴迪．李的手指在桌面上敲擊，宛如打鼓一樣。

「從現在起，我們就用我的卡車吧。雖然它的四個輪胎已經磨平了，車門也得用鐵絲才能關緊，不過，它可以載我們到需要去的地方。」巴迪．李說。

「什麼地方？你認為我們接下來該怎麼做？」艾克問。他的心裡已經有了想法，但他想知道巴迪．李怎麼想。

「我知道才怪。我還試著要想清楚。我想不通稀有物種怎麼會和這件事有關。」巴迪．李往後靠在他的椅子上。艾克轉身，從水槽上方注視著窗外。他可以看到黃楊木圍成的樹籬，將他的房子和隔壁沒有人住的活動房屋分隔開來。如果他可以佯裝那些樹是他和以賽亞在類似霍爾馬克頻道播出的電影中的那種溫馨時刻一起種下的，那該有多好。能那麼想固然很好，但那只是一個謊言。他種下那些樹的那一天，以賽亞到家裡來看瑪雅，告訴她關於新工作的事。艾克一直待在屋外，慢慢地栽種那些樹叢。從某個時候開始，他們的父子關係就以爭吵或逃避做為每一次互動的結束。

「你知道他們為什麼和這件事有關。他們殺了我們的兒子。我不知道原因，現在我也不在乎原因。那個俱樂部的一個混蛋站在以賽亞和德瑞克頭頂上方，把他們的頭轟爛了。」艾克說。把話說出來讓他感到了宣洩。至少，他槍口的十字瞄準線上有了一個目標。他夢魘裡那個跟蹤以賽

⑯百分之一騎士（one-percenters）是摩托車俱樂部的術語，源於美國摩托車協會（AMA）在一九六〇年代發表過的一份聲明。當時該協會表示，九十九%的摩托車騎士都是守法公民，其餘一%則是不遵守法律和社會規範的摩托車幫派成員。

亞的惡魔，也有了一張清楚的臉孔。

「是啊。當你說他們到你店裡去的時候，我的腦子首先想到的也是這樣。我只是……」巴迪．李讓最後的幾個字漂浮在他們之間的空氣裡。

「什麼？」艾克說。

「這說不過去。如果以賽亞正在寫一篇報導，是關於柑橘交往的那個傢伙，那和稀有物種有什麼關係？德瑞克為什麼對此感到那麼生氣？」

「也許她是他們以前的女人，而她看到了她不應該看到的事物。也許，她對以賽亞說她要揭發他們。」艾克說。

「你不了解這些女孩。他們的女人是不會告密的。即便她們被拋棄了也不會。那些摩托車騎士就像邪教一樣。他們的忠誠度連吉姆．瓊斯[17]都會羨慕。」巴迪．李說。艾克在他的椅子上換了個坐姿，蹺起他的腿。

「你說得彷彿你無法相信你的哥兒們殺了我們的兒子。」艾克說。巴迪．李瞇起雙眼，直到他的眼睛幾乎只剩下一條縫。

「他們不是我什麼該死的哥兒們。但我了解他們，我想不通他們會為了一篇刊登在同志網站上的故事而殺了德瑞克和以賽亞，而且那個網站也許只有十五個人聽過。一大堆報章雜誌和亂七八糟的媒體都曾經報導過稀有物種的事。他們還把一些標題裱框掛在他們的俱樂部會所裡。我只是不明白，一個摩托車騎士的女人被拋棄，怎麼會讓德瑞克那麼沮喪。」巴迪．李說。艾克只是把食指抵在自己的嘴唇上。

「如果這個拋棄她的已婚男子不是俱樂部的成員呢？」艾克說。

「我沒聽懂。」巴迪・李說。

「你我都了解這種來自俱樂部和來自街頭的人。他們到處接活。如果拋棄她的人要他們去找她和我們的兒子呢？他結婚了，不希望事情傳出去，所以就想把他們三個都做掉。」艾克說。

「該死。我完全沒有想到這一點。該死的酒精讓我的腦子都變酸了。他們以前確實有幫俱樂部以外的人幹活。他媽的，他們就幫裘利幹過很多事。」巴迪・李說。

「他們其中一個人按下了扳機，但下令的是另一個人。」艾克說。

「是啊，我想這就對了。」巴迪・李說。他們想要說的話在接下來的幾分鐘裡全都在他們嘴裡蒸發了。瀰漫在他們之間的只有屋裡嗡嗡作響的雜音。

「他們從來都不是我的朋友，不算是。在我以前使壞的那些日子裡，我曾經和他們廝混過，在他們的俱樂部會所裡逗留。那裡向來都有很多女人，我總是被她們美麗的笑容和靈活的道德觀弄得一愣一愣的。我們曾經玩得很開心，但那些現在都不重要了。如果我發現是誰殺了我們的兒

⓱ 吉姆・瓊斯（Jim Jones, 1931-1978）是美國邪教人民聖殿教（Peoples Temple）的創始人，在一九五五年至一九七八年期間領導人民聖殿教。一九七八年十一月十八日，瓊斯在蓋亞那瓊斯鎮策劃了讓九百多名信徒集體自殺的革命性自殺事件。瓊斯自稱是神的化身，幾千年前轉世為釋迦牟尼，創建了佛教；後來又轉世為耶穌基督，創建了基督教；之後短期化身轉世為巴孛，建立巴哈伊信仰；最後轉世為列寧，將社會主義發揚光大。

子，我會把他們的腦漿拿來粉刷他們的俱樂部會所。」巴迪．李噙著淚水的藍眼睛似乎在發亮。

艾克知道是什麼讓巴迪．李的眼睛蒙上那層殺人的色彩。是流竄過他血管的那股憤怒。那份毒藥壓制了你自己的某些部分，那些讓你軟弱的部分。它也同樣流竄在艾克的血管裡。它不只強烈，而且致命。它讓你下定決心，卻也讓你感到不安。它給了你一種足以反抗自己、傷害自己的能力。

「據我所見，這件事接下來只有一個作法。」艾克說。

「你有什麼想法？」

「我們必須在稀有物種找到柑橘之前先找到她。因為對她下達了追殺令的人，也對我們的兒子下達了同樣的追殺令。如果他們先找到她的話，就全都可以脫身。我要逮到他們，也要逮到下令的那個人。我要看到他本人。」艾克說。

「我贊成。找出那個女孩，找出那個下令的人。」巴迪．李說。艾克點點頭，然後看著他的手錶。

「快七點了。我先去換衣服，然後，我們就回到市區去找出這家酒吧。」艾克說。

「那就這麼做吧。該死，我應該打電話給你老婆，叫她幫我帶點東西回來。我餓死了。」巴迪．李說。艾克看了他一眼，不過，巴迪．李發誓在他的嘴角看到了一絲笑意。

「冰箱裡還有葬禮聚餐留下來的剩菜。如果你想做個三明治的話，冰箱裡也有肉和起司。」艾克說。

「你還有葬禮聚餐剩餘的食物？」巴迪・李問。

「你從來沒有參加過黑人的葬禮，對嗎？我祖父過世的時候，我們吃了一個月的烤火腿。麵包在微波爐旁邊的盒子裡。」艾克說完便從巴迪・李身邊走過，穿過起居室走向樓梯。他的肩膀擦過巴迪・李的肩膀，讓巴迪・李感覺就像被一塊鐵砧板從側面撞到一樣。

「他渾身繃得比鴨子屁股還要緊。」巴迪・李自言自語地說。他走向麵包盒子，掏出兩片全麥麵包。然後從冰箱裡拿了一些火腿片、切片起司，以及一罐美乃滋。他一邊製作三明治，一邊思考著艾克剛才的話，艾克說人們現在已經不怕公然對別人說滾開了。德瑞克不是那種會叫人滾開的人。他只會和你斷絕往來，彷彿你從來都不存在一樣。他會把你擦拭掉，就像擦掉黑板上的一道數學題一樣。他打電話給巴迪・李，說他和以賽亞就要結婚了，那是他們最後一次說話。

「那你們兩個誰當老婆？」巴迪・李這麼對他說。當時，他正坐在送貨卡車裡，在快遞的途中暫時休息。用沉默來形容當時的氣氛有點太輕描淡寫了。那更像是對話中止了一樣，彷彿上帝打了一個響指，電話那頭的一切在剎那間就全都消失了。

「哈囉？哈囉？超人，我只是在開玩笑而已。」巴迪・李說。他聽到德瑞克在電話那頭咂嘴的聲音。

「我叫做德瑞克。我從來都不是超人。我就是德瑞克，是你的同性戀兒子，是你那受過傳統廚藝訓練的兒子。」德瑞克說。

「好吧，好吧。該死，你真的要把話講到這麼直白嗎？」巴迪・李說。

「什麼？我是同性戀嗎？那是我的一部分，爸。這就像對貓過敏或者眼睛是綠色的一樣。」德瑞克說。

「好啦，好啦。我只是不知道你為什麼要一直在我面前提起這件事，我只是這個意思而已。」巴迪．李對著電話大吼。他無意要大吼，但就是控制不住自己。每當德瑞克提起自己的性傾向時，巴迪．李就感到自己內心裡醜陋的那一面在蠢蠢欲動和惡化。那讓他說出無法收回的話，說出令人無法忘記的話。

「以賽亞叫我邀請你，可是，你知道怎麼著？算了。那將是我人生中最快樂的一天，但我不想刺激你。」德瑞克說。

「嘿，嘿，現在——」但德瑞克像一把切肉刀似的切斷了他的話。

「我原本以為媽媽和傑瑞德才會有這樣的反應，不知道為什麼，我以為你可能會和他們不同。我以為你至少會假裝為我高興。我真蠢，是嗎？」德瑞克說。他的聲音沒有破裂，然而，巴迪．李可以從他轉為生硬的語氣得知他正在哭泣。

「所以，你會錯過。艾莉安娜會是個漂亮的花童。」電話隨即掛了。在和他的丈夫一起走過紅毯之後的幾個月，德瑞克也一樣掛了。

「喔，我真該死。」巴迪．李說。他的眼睛開始感到刺痛。

鑰匙被插進鎖孔的聲音打斷了他的沉思。他用手背擦了擦臉。當一名頂著一頭棕色髮辮的黑人女子踏進門口時，他正在決定自己應該要坐下來，還是繼續站著。

「哈囉。」她說，她的右手臂底下夾著一個裝著速食的紙袋。她的左手臂放在身後。一個蜂蜜色皮膚的小女孩抓住了那名女子的左手。

「啊，嘿。我是巴迪・李。德瑞克的父親。」

「嗯，我見過你，在……」

「當時我們都去那裡參加他們的，呃……」

「是啊。喔，我是瑪雅。這個小麻煩是艾莉安娜。我沒有什麼惡意，不過，你怎麼會在我家，巴迪・李？」那名女子問。

「喔，我……我是，呃……我來這裡找艾克，他上樓去了。」那個小女孩從瑪雅身後偷瞄著巴迪・李。巴迪・李用兩根手指對她行了一個禮。他感到血液湧上他的臉頰。

「你好嗎？小不點。」巴迪・李問。

「艾莉安娜，你要不要說嗨？這也是你爺爺。」瑪雅說。巴迪・李聽到她聲音裡那股空洞的雀躍感。艾莉安娜把她的臉埋進瑪雅的大腿。

「我很久以前見過你。德瑞克……你爹地帶你來看我，不過，你可能不記得了。」巴迪・李說。艾莉安娜在瑪雅的腿上哼了兩聲。

「她有時候會害羞。」瑪雅說。

「沒關係。要是我也不會想和我說話。」巴迪・李帶著假笑地說。

「我很樂意幫你準備點吃的，不過，看來你已經自己動手了。」瑪雅說。巴迪・李突然意識到那個三明治還在他的手裡。

「喔，他媽的。我是說管他的。艾克說沒關係。」巴迪．李說。艾莉安娜從瑪雅的腿後面偷窺著他。他對她眨眨眼，逗得她咯咯地笑了。

「沒事的。他是客人，不是嗎？」艾克說。他正站在瑪雅身後。巴迪．李並沒有注意到他已經回到樓下。他穿了一件黑色的T恤、藍色牛仔褲，以及一雙Timberland的靴子。

「天啊，你無聲無息地像個鬼一樣。」巴迪．李說。

「是啊，他是客人。」瑪雅說。巴迪．李把重心換到另一條腿上。他等著艾克或他妻子開口說些什麼，但他們的話似乎都已經說完了。巴迪．李咬了一口三明治。這種尷尬的氛圍讓他感到不安。

「我和巴迪．李要出去。我晚點會回來。」艾克終於打破沉默。艾克用頭朝著大門示意。巴迪．李立刻就從瑪雅身邊走過。

「不好意思，夫人。」語畢，他穿過了門口。艾克轉身就要跟上，但瑪雅伸出一隻手，放在他的手臂上。

「小心。不要做你無法脫身的事。」瑪雅說。艾克看到那支沾上顱骨碎片和腦漿的方型鐵鍬就在他手中那支沾滿血跡的木柄尾端。

「我不會的。」他說了個謊。

23

葛雷森一邊講手機，一邊摸著貼在脖子上的ＯＫ繃。

「不。我們一定要好好教訓這個傢伙。我現在說的是焦土政策般的教訓。這傢伙會連怎麼死的都不知道。你認為你和丘帕以及你的人手也能過來嗎？我們需要讓稀有物種打趴這個王八蛋。」葛雷森說。當稀有物種的西維吉尼亞州颶風分會總裁坦克在電話那頭大吼著報復、教訓，以及稀有物種萬歲、萬萬歲的時候，一陣高八度的嗶嗶聲不斷地在葛雷森的耳邊響起。

「嘿，坦克，我再打電話給你。」葛雷森說著，把電話切換到另一通來電。

「喂。」

「我已經兩天都沒有接到你的消息了，所以，我猜想你應該還沒找到那個女孩。」電話那頭的聲音說。葛雷森咬了咬臉頰內側，然後才開口回答。

「沒有，我們還沒找到你要找的人。我很高興你打來了，這樣我就可以告訴你這件事得緩一緩。我們現在有內部的問題要處理。這全都是因為你和那些同性戀引起的。」葛雷森說。

「我以為我那天已經把話說得很清楚了。現在，沒有什麼比找到柑橘更重要。我們的溝通出了什麼問題嗎？」

「沒有，你講得很清楚，但是現在，我的一個會員候選人失蹤了，還冒出了一個來自紅丘郡的黑鬼，他自以為可以用一把開山刀抵住我的脖子，事後還能安然無恙。」

電話那頭傳出一聲嘆息。

「把情況給我解釋清楚一點。」

「什麼？」葛雷森說。

「告—訴—我—發—生—了—什—麼—事。」那個聲音誇張地把每一個字都斷開來講，這讓葛雷森的眼前頓時發白。

「不要把我當成笨蛋一樣地說話。我的床頭櫃上沒有擺著字典，並不代表我就是個笨蛋。」葛雷森說。

「告訴我。」

「我遵從你的建議，派了兩個會員候選人到那對同志的家，去看看他們能發現什麼。當他們到那裡的時候，很顯然，那兩個同志的老爸正在屋裡。其中一個攻擊了他們，另外一個則從他們後面悄悄接近，把他們打暈。那個事後回到俱樂部的候選人在現場醒來時，他的夥伴和那兩個老爹已經不見了。」

「嗯。」

「這個事後回來的候選人，曾經看到房子前面停了一輛卡車，車門上印著一家草坪維護公司的名字。你想知道卡車車主是誰嗎？」葛雷森說。

「我想是其中一個老爹的。」

「沒錯。藍道夫草坪維護公司。我們去那裡找他，但這個混蛋可不是個老古板。他身上有牢裡的紋身，表示他坐過牢。這真是出乎我們的意料。」葛雷森說。

「讓我猜猜看。他成功擊退了你和你的弟兄們。」那個聲音說。

「對，他居然先發制人。他現在還不明白，不過，那是他最後一次還能挺直腰桿走路。我們會回去，好好地教訓他一頓。」葛雷森說。那個聲音沉默了很久。

「不，你不能那麼做。」

「你他媽的說什麼？我告訴你，現在，這是稀有物種的事了。你的小妞得再等等。反正，那個賤人也已經消失一段時間了。」葛雷森說著，拿起迷你木槌開始在桌上輕敲。

「不，那依然是我的事。你暫停下來想一想。那兩個父親在他們兒子的葬禮結束後幾個星期出現在他們兒子的家。為什麼？你那個活著回來的候選人有注意到任何傢俱被搬到屋外嗎？他們似乎不是為了要拿回什麼傳家之寶。還有，這兩個人，這兩個悲傷的父親和你的候選人起了衝突，但他們沒有打電話報警說有人闖空門，他們只是擄走了一個人質。然後，你和你的弟兄們去找了其中一個哀痛的父親算帳，但他不僅先發制人，而且這回也沒有報警。現在，告訴我，你覺得這代表了什麼？在你回答之前，先想想你剛才是怎麼描述這個人的。一個曾經坐過牢的硬漢。你認為這一切意味著什麼？這樣吧，你不妨先告訴我，像你這樣的人，如果有不明人士殺了你兒子，你會怎麼做？」那個聲音問。葛雷森把電話從耳邊拿開，抵住自己的額頭，幾秒鐘之後才回答這個問題。

「首先，我不會有同性戀兒子。其次，你說的事我早就知道了。你剛才說的每一件事，我都已經想過了。所以，我才要讓他們躺平。我們不需要有人四處打探我們所做過的事。」葛雷森說。

「那個候選人對我們的計畫了解多少？」那個聲音問。對方在問這個問題時所透露的一絲恐懼，讓葛雷森感到很享受。

「別緊張。他什麼也不知道。」

「很好。因為你知道他不會回來了，不是嗎？我了解這種人。這麼多年來，我看過幾千個這樣的人。他們無法抗拒他們真實的本性。如果他們把他帶離那棟房子的話，那他就不會再看到下一次的夕陽了。」那個聲音說。葛雷森自己也猜到了，但是聽到這樣的事實從那個輕聲細語的混蛋口中說出來，卻讓他氣到幾乎要失去理智。他知道安迪已經不在人世了。他不需要這個傲慢的傢伙對他解釋這一點。

「現在，讓我們來進一步推論。假設你的候選人真的告訴了他們什麼。也許是關於俱樂部的事情。也許，他們問了他關於他們兒子被殺的事情。」

「該死。」葛雷森低聲地說。

「怎麼了？」那個聲音說。

「我告訴過他們，我們在找的那個女孩叫什麼名字。」葛雷森說。他的脖子和耳朵開始發燙，彷如煎鍋一樣。他幾乎可以聽到電話那頭在微笑。那個可憐又愚蠢的摩托車騎士搞砸了，現在輪到那個聲音彬彬有禮、聰明又有教養的人來解決問題了。這已經不是第一次了。

「那反而對我們有利。如果他們知道名字的話，就會去進行自己的報復行動，只要派一個人跟蹤他們，看看他們會把我們帶到何處就行了。如果他們知道她的名字，很可能就可以找到她。當然了，如果你沒有去過那個人的公司，企圖要威脅他卻失敗了的話，我們就更能攻其不備了。好吧。派幾個你最好的手下去跟蹤這個藍道夫。等他們把你帶到柑橘的藏身之處時，你就可以把壓抑的憤怒全都發洩出來了。這就是俗話說的一石二鳥。在那之前，先不要動他們，只要觀察和報告就好。」那個聲音說。葛雷森的那把木槌敲得更厲害了。

「我要告訴你一件事，而且我要你聽清楚了。掌管這個俱樂部的人不是你，而是我。你以為我們是你個人的軍隊。不是的。這樣吧，我們會先按你的方式試試看，但如果看不出能因此找到那個婊子的話，我就會先解決我自己的問題。用我的方式。沒有必要再多說了。你想要擺脫我們，儘管去做。我不在乎。你也可以告訴你老爸這是我說的。我可不是每天早上醒來就得要討好你。」葛雷森說。

「是啊，你不需要。不過，你會在這樣的一個世界裡醒來，在那個世界裡，我只要打一通電話到菸酒槍砲及爆裂物管理局，就能在我的咖啡變冷之前讓你的餘生都在牢裡度過。我甚至可以請我在矯正署的朋友幫忙，確保你在牢裡的時間永遠會被某個極端殘暴、毫無人性的犯人當成性玩物。」那個聲音停頓了一下。在他重新開口之前，葛雷森的腦子裡浮現出他把那根小木槌塞進對方喉嚨裡的畫面。

「我會去查這個藍道夫的營業執照，然後把他家的地址給你。」那聲音說。

「嗯。」葛雷森壓抑地悶哼了一聲。

「派兩個手下今晚盯著他。」

24

巴迪・李轉到格雷斯街，把車停進一座按小時計費的停車場。街燈上覆蓋著一大群飛蛾和蚊蚋，這些盤旋在他們頭上方的昆蟲彷彿帶有生命的雲朵一樣。他把卡車停下來，等待著引擎完全平熄。艾克靠在車門上，他的臉面對著車窗。當卡車終於不再震動時，艾克在座位上坐直，揉了揉眼睛。

「你剛才睡著了，老大？」巴迪・李問。

「昨晚沒怎麼睡。我猜，你今天小睡過了。」艾克說。

「我睡了一會兒。」巴迪・李說。他們坐在街燈底下的卡車裡，一輛車子沿街駛過，車內的音響系統發出震耳欲聾的重低音。城市裡的居民聊天聲也斷斷續續地從人行道和巷弄裡傳來。艾克覺得他們彷彿在水底下，聽著岸上的人在說話。他從口袋裡掏出那張紙巾，看著紙巾上的店名。

「我想，我們應該要進去。」他說。

「我們的計畫是什麼？直接走進去，然後開始詢問有沒有人認識名叫柑橘的女孩？」巴迪・李問。

「對，不過你得把你的刀子留在卡車裡。如果拉普拉塔和羅賓斯還在緊盯著我們，那我們在這裡就需要保持低調。」艾克說。

「那把刀不知道救過我多少次，我不會把它留在車裡的。此外，我也不會動輒就把別人的手指折斷。」巴迪・李說。艾克瞪了他一眼，但他不加理會。

「你準備好了？」艾克問。

「你上次到夜店是什麼時候的事？」巴迪・李問。

「麥可・傑克森還活著的時候。」艾克跳下卡車。

嘉蘭之家位於格雷斯和法旭街的街角。一面巨大的觀景窗角落掛著一對紅鞋形狀的霓虹燈，讓紅色和綠色的霓虹燈光灑落在人行道上。巴迪・李在門口停下腳步，先在手中吐了一口口水，然後用手抓了抓頭髮。

「你在幹嘛？」艾克問。

「世事難料。我可能會在裡面碰上標準不高的年輕女孩。」巴迪・李說。這回，艾克笑了。巴迪・李露出微笑，不過，他的笑意很快就退去了。

「走吧。」他打開夜店的門。

嘉蘭之家有一座很長的橢圓形吧台，將夜店從中間分隔成兩邊。吧台左邊擺著桌子和卡座，右邊則是藍色和紅色天鵝絨的雙人座以及懶骨頭。裸露的紅磚牆壁上掛滿了茱蒂・嘉蘭[18]在綠野仙蹤裡的黑白劇照，以及她在相逢聖路易[19]中二十世紀初造型的彩色照片。在酒吧的電子音樂節奏中，吧台上方一面巨大的平面電視正在播放著茱蒂・嘉蘭演唱〈飛越彩虹〉的畫面。幾名男子就著吧台而坐。當艾克和巴迪・李進門時，坐在橢圓形吧台尾端的兩名黑人男子突然抬起頭打量他們，然後很快地又把頭低下來。他們右手邊的三名女子——兩個黑人和一個白人——擠在一張雙人座裡。艾克和巴迪・李在吧台後方的凳子上重重地坐下來。

艾克很快地將左右兩邊以及吧台都掃視了一下。一群年紀稍大的白人男子，穿著體面地坐在其中一個卡座裡，他們的面前擺了一盤裝著烈酒的小酒杯。他們舉起酒杯，其中一個人大聲地喊著乾杯。

「乾杯，酷兒們！」那名男子和他的同伴一口飲盡杯中的酒，然後在笑聲中倒在彼此身上。艾克轉過頭，只見兩名年輕的白人男子坐在他們後面的一張桌子旁握著彼此的手。那三名坐在雙人座的女子則在撥弄著彼此的頭髮。

艾克抓住吧台邊緣。

「我想這是一家同性戀酒吧。」他小聲地說。

---

⑱ 茱蒂・嘉蘭（Judy Garland, 1922-1969）是童星出身的美國女演員及歌唱家。一九三九年，嘉蘭在《綠野仙蹤》（*Wizard of Oz*）裡出飾桃樂絲一角，從此成為家喻戶曉的超級巨星。在四十五年的演藝生涯中，她以扮演音樂型戲劇角色和在音樂舞台上的表演而成為世界級明星，堪稱是歌舞片史上最偉大也最悲劇性的傳奇巨星。嘉蘭不是同性戀者，但其歌舞劇形象鮮明、現實生活中卻歷經種種悲慘，因而受到被社會排擠的LGBT群體的擁戴，讓她成為最早以及最偉大的同志偶像之一。她獲得過奧斯卡最佳青少年演員獎、金球獎終身成就獎、兩座葛萊美獎和一座特別東尼獎。

⑲《相逢聖路易》（*Meet Me in St. Louis*）是一九四四年米高梅公司出品的歌舞片，故事講述住在聖路易的史密斯一家人從一九〇三年夏天到一九〇四年春天聖路易世界博覽會開幕之間的生活點滴，由茱蒂・嘉蘭擔任女主角。這部電影推出時叫好又叫座，是全年賣座第二名，並獲得四項金像獎提名。一九九四年因其文化、藝術及歷史價值，獲得美國國會圖書館登記及收藏。

「什麼？」巴迪．李問。他正瞇著眼在看櫃子上的酒瓶，彷彿一名懺悔者剛剛看到了天堂一樣。艾克靠過去，把嘴湊進巴迪．李的耳朵。

「我想，這是一家同性戀酒吧。」艾克說。

巴迪．李坐在他的酒吧凳上轉圈。在完整地轉完一圈之後，他停下來靠向艾克。

「該死，我想這說得通。我從來沒有到過同性戀酒吧。不過，看來他們有賣波本酒，所以，我想應該沒事的。」巴迪．李說。

「我們可以問問酒保是否認識柑橘或者我們的兒子。」艾克說。他的呼吸開始變得急促。

「好。你沒事吧？你喘得就像你正在倒著跑上坡一樣。」巴迪．李說。

「我沒事。來吧。」艾克說。巴迪．李伸出兩根手指，朝著酒保揮揮手。在把兩杯馬丁尼送給吧台尾端那兩名男子之後，酒保走向艾克和巴迪．李。這個矮小的亞洲人那頭深黑色的長髮，披散在他輪廓分明的肩膀上。艾克覺得他身上那件白T恤明顯小了三碼。

「嘿，先生們，能為你們效勞嗎？」那名酒保問。

「我要一罐酷爾斯和一杯傑克丹尼。」巴迪．李說。

「我只要一杯水就好。」艾克說。

「好的。你們需要菜單嗎？」

「不用了。」艾克在巴迪．李來得及開口之前先回答。幾分鐘之後。那名說自己叫做泰斯的酒保，就把他們的飲料送了過來。

「你們還需要什麼嗎？」泰斯笑著問。巴迪・李一口吞下他的威士忌，同時對艾克微微地點了一下頭。

「嗯。我想問你一點事。你認識名叫以賽亞和德瑞克的人嗎？我想，他們也許常常來這裡。」艾克說。泰斯的笑容瞬間收斂了一些。

「是啊。我認識他們。他們人很好。他們以前參加過我們的黑燈之夜。德瑞克會在我們每個月舉行的繪畫之夜幫我們做東歐餃子。以賽亞在他的網站上幫我們寫了一篇報導。他們人真的很好。我實在無法相信發生在他們身上的事。真該死。」泰斯說。艾克感到喉嚨裡湧上一個腫塊，彷彿鯨魚跳出水面一樣。

「是啊，真該死。」艾克說。

「你們是他們的朋友嗎？還是什麼？」泰斯問。

「他們是我們的兒子。」巴迪・李喝了一大口啤酒。

「喔，天吶。我很遺憾。我很遺憾，老兄。」

「謝謝。」艾克說。

泰斯從他的口袋掏出一條白色的抹布，開始擦拭艾克和巴迪・李面前的吧台。坐在雙人座的那三名女子其中一個人不知是開心還是驚訝地尖叫了一聲。

「我得要問，你們來這裡做什麼？以賽亞曾經說……」泰斯及時住口。

「以賽亞曾經說什麼？」艾克說，雖然他很清楚兒子可能會說什麼。

「沒什麼。真的沒什麼。我只是不知道你們為何來這裡而已，就這樣。」

「我們想要找到有可能知道他們發生了什麼事的人。」巴迪・李喝光他的啤酒。

「你們是在……調查嗎？」泰斯問。

「我們只是在問問題而已。警察說他們什麼也沒查到。我們只是想要知道我們的兒子發生了什麼事，就這樣。我們並不想給任何人帶來麻煩。」艾克說。他說的有部分是真的。他並不想給任何人帶來麻煩。他只想找出殺了他兒子的王八蛋。找出他們每一個人。每一個。

「是啊，他們來過這裡。我想，人們並不是不想幫忙。只是，警察到這裡來讓他們感到緊張。很多人都還很低調。他們不想讓自己的姓名和一宗謀殺案扯在一起。不要誤會我，如果你是同志或酷兒，或者其他什麼的話，里奇蒙市是個很不錯的居住地，但是，它依然是維吉尼亞州的一部分。深愛紀念碑大道上那些雕塑的人會很樂意把我的客人綁在一面圍籬上，你懂我的意思嗎？」泰斯說。

「所以，你是說以賽亞和德瑞克的朋友是一群膽小鬼。」巴迪・李說。泰斯搖了搖頭。

「你不明白，老兄。如果你是同志的話，現在的情況確實好多了，但還不夠好。一旦你出櫃了，你會發現自己突然違反了公司的停車規定，所以，他們就把你開除了。我是說，那就好像黑人、亞洲人或西班牙人在維吉尼亞州一樣。情況是改善了，但是——」

艾克哼了一聲。

「我說錯什麼了嗎？」泰斯問。

「身為同志和身為黑人完全是兩回事。」艾克說。他的話說得既緩慢又刻意。泰斯不禁皺起眉頭。

「我只是說，我們依然身處南方。除非你是異性戀和白人，不然的話，你就要處處小心。」他轉向巴迪・李。

「我沒有惡意。」

「我知道。我只是從來都不知道身為異性戀和白人有這麼好。」巴迪・李說。他試著要讓自己聽起來很輕鬆，不過，這句話卻是無可否認的真理。泰斯瞄了艾克一眼，但不管他預期會看到什麼，他都沒有看到。

「你知道我們的兒子發生了什麼事嗎？他們兩個說過有人威脅他們或類似的話嗎？」艾克問。

「他們兩個誰也沒有說過那樣的話。」泰斯說。他拿走巴迪・李的空罐，走向放在吧台底下的垃圾桶。

「嘿，你認識一個叫做柑橘的女孩嗎？」巴迪・李問。泰斯停下了腳步。

「之前，她也常在這裡流連。來來去去的。」

「你看過她和那些孩子在一起嗎？」艾克問。泰斯盯著他看了一秒鐘。

「什麼意思？」

「我的意思是，和我們的兒子在一起。」

「喔，沒有，從來沒有。就像我說的，她來來去去的。她是個派對女孩。」

「喔，是嗎？她玩得多凶？」巴迪・李問。現在輪到他被泰斯狠狠地瞪了一眼。

「那你得自己問她。」泰斯說。

「我很樂意那麼做。你知道我們在哪裡可以找到她嗎？」巴迪・李問。

「我剛告訴過你們了，她來來去去的。」

「這裡有人可能認識她嗎？」艾克問。

「我猜你得問他們。」泰斯說。艾克往前靠在吧台上。他挺起胸膛，把頭歪到右側。

「嘿，我們之間有什麼問題嗎？」艾克問道。泰斯用舌頭頂住臉頰的內側。

「你知道嗎？我有一個朋友偶爾會來這裡。他是一個律師，年紀和你差不多。他是個同志，黑人，而且超級酷。你知道有一次他對我說什麼嗎？他說，有些黑人痛恨同性戀勝過於他們痛恨種族主義者。他告訴我，身為在美國一座小鎮長大的黑人同志，就像被困在一頭獅子和一條鱷魚之間。一邊是鄉巴佬，一邊是恐同的黑人同胞。他說，身為黑人同性戀者想要平安長大，唯一的方法就是當個美髮師或帶領唱詩班。他兩者都做不來，因此，他就離開了小鎮。我並不完全相信他說的話。我無法相信情況有那麼糟。但是，每一天，都有一個像你這樣的人證明他是對的。」泰斯說。

「喔，所以，你認為當黑人比當同志容易？我告訴你，不管你到哪裡，除非你自己告訴別人你是同性戀，否則沒有人會知道你是。但我到哪裡都是黑人。我怎麼都隱藏不了這個事實。」艾克說。泰斯掏出他的抹布，用雙手扭動著那條抹布。

「是啊，你無法隱藏身為黑人的事實。但你認為我就應該要隱藏我是誰，這種想法恰好證實了我的觀點。就像金恩博士說的：任何地方所發生的不公正，對全世界的正義都是一種威脅。」泰斯說。艾克咂了咂嘴，然後坐回凳子上。

「如果你們還需要點什麼的話就讓我知道。」語畢，泰斯轉身走回吧台的另一端。

「哇，他搬出馬丁．路德．金恩來對付你。我想他贏了這個回合。」巴迪．李說。

艾克沒有回應。

「我是開玩笑的。我想他什麼也不知道。不過，我敢打賭，這裡有些人一定知道些什麼。」巴迪．李指著坐在吧台周圍的顧客說道。

「嗯。」艾克說。他拿起水杯一口飲盡，然後重重地把空杯子放回吧台上。

艾克覺得彷彿有一支老虎鉗掐住了他的肋骨。那兩個原本牽著手的白人男子已經把手臂勾在彼此的脖子上，正在緩緩地繞圈擁舞。吧台盡頭那兩名黑人其中之一正在撫摸他朋友的臉頰。他們杯子裡的馬丁尼彷彿變魔術一般地不見了。那三名坐在雙人座的女子則在嬉鬧地拉扯著彼此的頭髮。

「你覺得我們要分頭進行嗎？也許這樣比較不會給人威脅感？」巴迪．李說。

「嗯，我想也是。我們可以表現得像是在獄中被分派去採葡萄時那種輕鬆對話的氛圍。」艾克說。巴迪．李輕笑出來。

「我有一陣子沒聽過這種說法了。我們在紅洋蔥裡都把這種行為叫做『小馬快遞』。我不知道為什麼我們不直接說那是在八卦就好。」

「我講話不能再像個罪犯一樣。我太容易就會回到那副模樣。」艾克說。

「我依然還會做噩夢，夢到紅洋蔥。我會夢到我還在裡面。我已經出獄了，但是一直都覺得自己還像個罪犯。」巴迪．李說。

「我聽說紅洋蔥是個地牢。」艾克說。

巴迪．李深情地注視著那瓶傑克丹尼。它單獨地被放在玻璃架上，彷彿一位遭到驅逐的國王。「是的。它足以讓魔鬼也信教。」說著，他向泰斯招手，示意他來上一小杯。泰斯不發一語地把那杯酒放到他面前。巴迪．李隨即一飲而盡。

「嘿，關於喝酒，我是怎麼說的？」艾克問。

「我沒忘記，好嗎？我負責沙發上的那群女孩。你要從這邊開始嗎？」巴迪．李說。他的臉在那一小杯威士忌下肚之後開始泛紅。

「去吧。」艾克說。巴迪．李滑下酒吧凳，朝著雙人座和懶骨頭的區域走去。艾克深深吸了一口氣，然後坐在凳子上轉過身，打量著酒吧內部。他要在吧台尾端那對黑人男子、那兩個還在緩緩擁舞的白人男子，以及卡座裡那群年紀稍長的體面男子之間做出選擇。在採用單純的人口統計方程式判斷之後，他決定要先從吧台尾端那對黑人著手。

「嘿，不好意思。」艾克說。兩人當中較魁梧的那個和艾克體型相當，茂密的鬍子幾乎蓋住了他大部分的臉。他把注意力從他同伴身上短暫地挪向艾克，雖然時間很短，不過已經足以讓艾克看到他臉上的惱怒。

「什麼事？」

「嘿，嗯……我在找一個女孩——」

「我想你找錯地方了。」那名鬍子男的同伴說。他的鬍子刮得很乾淨，兩側和後腦的漸層髮型很明顯。

「不，不是那樣的。」艾克說。

「我們能幫你什麼？」那名鬍子男問道。艾克可以看出他已經從惱怒轉為生氣了。艾克強迫自己冷靜下來，清楚地表達他要說的話。

「我正在找一個叫做柑橘的女孩。她以前偶爾會到這裡來。我想，她是我兒子的一個朋友。我只是想和她談談。」

「談什麼？」漸層頭問。

「什麼？」

「你要和她談什麼？你是她的前男友？你想要追蹤她？」漸層頭問。

「啊？不是的，我需要和她談談關於我兒子的事。」艾克說。

「你兒子是她的前男友嗎？」鬍子男問。

「聽著，我兒子他媽的死了，她可能可以幫我找出是誰殺了他。現在，我們可以不要再說廢話了嗎？你們認不認識她？」艾克說。鬍子男和那個迷你非洲頭的男子雙雙旋轉了他們的凳子，直到艾克只能面對他們的後腦為止。

「我們不認識她，老兄。」鬍子男說。他和他的同伴仍然背對著艾克。艾克用力吸了一口氣，他可以感覺到自己的鼻子在發燙。

艾克覺得自己的腳彷彿在地板上生根了。他渾身的皮膚都在刺痛，就像踩在一條通電的電線上一樣。他和那兩名男子之間的空氣裡似乎瀰漫著危險的緊張感。他們已經轉身背對他了。在獄中，那代表了一種極度的藐視，基於獄中的基本行為規範，你可能會因此而受到嚴懲。在艾克意識到自己的手指已經彎曲之前，他的右手早已握緊了拳頭。他低頭看著自己的手，透過意志力讓自己鬆開拳頭。他得要聰明點。他不需要警察把他丟進一個黑暗的深坑裡。至少在他完成任務之前不要。

「謝謝。」艾克擠出一句話，隨即走開。那兩名原本在跳舞的白人男子已經不見蹤影了。他們一定是在他詢問剛才那對黑人時溜走了。那就剩下卡座裡的那群人了。他們在另一輪的乾杯中笑鬧著。艾克走過去，站在卡座旁邊。

「嘿，你們好嗎？」艾克問。他試著要讓自己看起來夠友善。

「你好啊。」其中一名男子說。其他人雖然止住了笑聲，不過依然面帶微笑。

「嘿，我是艾克．藍道夫。我兒子是以賽亞．藍道夫。」艾克說。所有的微笑全都淡去了。

「喔，我的天吶。我很遺憾。我是傑夫。」最靠近艾克的那名男子伸出他的手。艾克握了握他的手，很驚訝他的手如此有力。

「我是拉爾夫。」

「我是薩爾。」

「克里斯。」

艾克對另外三個人點點頭。

他們看起來不像同性戀，艾克心想。這個念頭才剛浮現在他的腦海，他彷彿就聽到了以賽亞的聲音。同性戀看起來到底應該是什麼樣子？難道他期待他們的額頭上紋著標明他們性傾向的刺青嗎？

「我猜，你們認識以賽亞？」艾克問。

「他和德瑞克是這裡的常客。他幫我的組織寫了一篇報導。德瑞克曾經在克里斯的餐廳工作。」傑夫說。

「世界真小，不是嗎？」艾克說。

「這個世界是由許多更小的世界組成的。」傑夫說。

「你的組織是做什麼的？」艾克問。

「我在東區經營一所非營利的技術學校，專門支持處於險境中的同志青少年。我們教他們工業藝術。我出身焊工，同時夢想能成為一名藝術家。」傑夫說。

「你太謙虛了。」拉爾夫把手放在傑夫的手上。艾克注視著茱蒂・嘉蘭在一家不知名歌舞夜總會的照片。她深邃的眼睛和挑逗性的嘟嘴永遠凍結在那張黑白照片裡。

「那很好。那裡有很多孩子嗎？」艾克問。在傑夫開口之前，他們四人沉默了很長一段時間。

「很多孩子出櫃之後都只能流浪街頭。不是全部，但很多。他們來找我們的時候總是瘀青著眼或者被打斷了牙齒。有些家長以為他們可以用拳頭把同性戀的特質給打走。有些人則是被嚇到哭著來找我們，因為他們的母親、父親或者牧師告訴他們說，他們下地獄後會永遠受到火焚。」傑夫說。艾克凝視著自己的靴子。他就是那種父母。他完全認為自己可以讓以賽亞內心那個同性戀的部分變成「男子漢」。他可能還想嘗試著把他當成一隻小鳥，將他從屋頂上丟下來。以賽亞不會改變的。他就是他，直到他死的那天都是。

「現在，他長眠於地底下了。」艾克自言自語地說。

「對不起，你說什麼？」傑夫問。

「呃，沒什麼。我只是說那實在太糟了。」艾克說。

「是啊，是很糟。」傑夫說。

「我和德瑞克的父親，我們只是到處問人，試著要看看有沒有人知道發生了什麼事。我們無意要讓任何人感到不安，只是想知道我們的孩子發生了什麼事。」艾克說。這些人聽得到他聲音裡的絕望嗎？他聽到了，而這份絕望讓他感到脆弱。找出殺害以賽亞和德瑞克的兇手，對他來說就像抓住一艘救生筏，徒勞無功地想要讓自己免於被沖走。這幾乎起不了作用。他內心裡的混亂隨時都可能崩解，到時候，任何在他身邊的人都只能自求多福。

「很抱歉，我想，我們並不知道任何對你有幫助的事。但願我們能幫得上忙。」傑夫說。

「他們曾經是很幸福的一對。」薩爾說。

「他們擁有我正在找尋的東西。」克里斯說。

「如果你想要有個丈夫的話，就不能再表現得像個賤人一樣。」拉爾夫說。克里斯對他吐了吐舌頭，還翻了個白眼。

「啊，你們有誰認識一個叫做柑橘的女孩嗎？」艾克問。傑夫的右臉頰扭曲了一下。

他露餡了，艾克心想。

「我曾經認識一個女孩叫那個名字。」傑夫說。艾克覺得他很審慎地選擇了用字。他的眼神從左掃到右，右邊的臉頰現在幾乎抽動了起來。

「喔，是嗎？她去過那所學校嗎？」艾克問。

「她以前常常在那裡過夜。」拉爾夫說。傑夫把手從拉爾夫的手底下挪開，轉而放在拉爾夫的前臂上。那是一個無聲的動作，但艾克將之解讀為一個警告。

「柑橘並不，呃……不喜歡工業藝術。她是一個自由的靈魂。」傑夫說。

「這種說法真是太客氣了。」克里斯說。薩爾用手肘頂了頂他。

「怎麼了？我只是說出我們大家的想法而已。」克里斯說。

「她是個派對女孩？」艾克問。傑夫的肩膀垂了下來。

「柑橘有時候會表現得像個小天后，就是這樣。」傑夫說。艾克的腦子裡閃過一個念頭。

「我們聽說，她在一個音樂人舉辦的一場大型時尚派對中認識了德瑞克。」艾克說。

「那個女孩從來不會錯過她想要參加的場合。」克里斯說。傑夫對他皺皺眉，但克里斯似乎沒有注意到，或者，就算他注意到了，他也不在乎。

「你是在說放浪先生的派對嗎？」拉爾夫問。

「我不知道。誰是放浪先生？」艾克問。

「他是一個製作人。真名叫做塔瑞克．馬修斯。主要做是嘻哈和迷幻音樂。他住在西區。那座大宅有著嚇人的飛扶壁，就像詹姆斯．惠爾[20]的電影場景那樣。」拉爾夫說。他停頓了一下，顯然希望博得笑聲。

「天吶，我太老了嗎？只有我知道詹姆斯．惠爾是誰嗎？總之，塔瑞克是個家鄉英雄。他九年級的時候，我曾經教過他。他畢業後的那一年製作了一張唱片，在十五個國家都登上第一名的寶座。德瑞克在那場派對舉行的前一週來過這裡，他說他的公司要為放浪先生的三十歲派對準備食物。天吶，我真的老了。」拉爾夫說著，把頭靠在傑夫的肩膀上。

「那就是她想參加的場合嗎？」艾克問。當克里斯準備回答的時候，傑夫打斷了他。

「事情是這樣的。柑橘是……一個很複雜的女孩。她很年輕，又很漂亮，她正在尋找自我。那種漂亮和年輕會招來一些懷恨者。」傑夫直視著克里斯說道。

「柑橘甚至不是她的真名。」克里斯說。拉爾夫加入他們的對話。

「別這麼惡毒，克里斯。」拉爾夫說。克里斯聞言把雙臂交叉在胸口。

「你們知道她可能會在哪兒？」艾克問。

「你認為柑橘和以賽亞與德瑞克發生的事情有關？」傑夫問。艾克猶豫了一下。

「以賽亞原本應該要和她在這裡見面、採訪她。在他們見面的前一天，他和德瑞克在他們慶祝週年紀念的那家酒吧前面被射殺了。」艾克說。從他口中說出兒子遭到射殺的事實，讓他內心那些痛苦的情緒又翻騰了起來。

「柑橘在那之前就消失了。她有可能在任何地方。」傑夫說。他的右臉頰彷彿得到暗示一般，又開始抽動了起來。艾克嚴峻地注視著他。他的眼神令人害怕，充滿殺氣。

傑夫似乎真的是個好人。他把他的生命奉獻在幫助同性戀孩子。他有一群好朋友。然而，這些都無法阻止他在艾克面前說謊。傑夫很清楚柑橘人在何處，也知道要如何找到她。艾克本能地感覺到這一點。

柑橘是那個在答錄機裡聽起來非常害怕的女人。她之所以害怕，是因為她知道以賽亞要被殺了嗎？她陷害了他嗎？艾克不知道。他只知道這個好人傑夫正坐在這裡對著他撒謊，彷彿他是個愚蠢的鄉下黑人一樣。鬢角灰白、鬍渣精心修剪過的好人傑夫。擁有城市老鼠症候群的好人傑

⑳ 詹姆斯・惠爾（James Whale, 1889-1957）是一名英國電影導演、戲劇導演和男演員，以拍攝恐怖電影聞名，包括《科學怪人》、《隱形人》、《科學怪人的新娘》等，都被視為經典之作。

夫，他寧可保護某個派對女孩，也不在乎艾克死去的兒子。很多住在里奇蒙的人都自以為他們比住在里奇蒙外的郡民聰明和優雅。即便有些郡距離高掛著「里奇蒙」招牌的出城匝道口只有三十哩路。

艾克不知道如果他把拇指插入傑夫的眼睛，讓他的眼睛像煮熟的雞蛋般凸出來的話，傑夫能撐上多久才會說出實話。

傑夫用力地眨眨眼。也許，他看到艾克的表情在告訴他，他的眼球正面臨掉落在嘉蘭之家實木地板上的危險。

「說真的，我不知道她在哪裡。不過……」傑夫說。

「不過什麼？」艾克依然瞪視著傑夫。

「如果她在那場派對上的話，那也許不是她第一次和放浪先生玩在一起。他也許知道她在哪裡。這就是我要說的。」傑夫說。〈The Man That Got Away〉[21]開始透過嘉蘭之家的音響系統傳送出迷幻的節奏。艾克放鬆了下來。

「謝謝。」他說。語畢，他轉身走回吧台。

「我能再要一杯水嗎？還有，我要幫我和我朋友買單。」艾克說。泰斯走過來，將一張收據和一支筆放在艾克面前。他真的把巴迪・李稱之為他的朋友嗎？他不知道那是否正確地形容了他們的關係。他們一起殺了一個人，所以，他們不只是點頭之交，但他不認為他們稱得上是朋友。

艾克在那張收據上簽名，留了一筆可觀的小費，然後用收據裹住他的簽帳金融卡。一名高瘦的黑人跌跌撞撞地走向吧台，來到他旁邊。那名男子摸了摸自己灰白濃密的山羊鬍，努力要跨坐到吧台凳上。

「嘿。」山羊鬍男子說。

「嘿。」艾克看也不看他一眼地說。

「你好嗎？」山羊鬍結結巴巴地說。

「我很好，老兄。」艾克說，他尋找著泰斯，但泰斯正在幫一群剛走進酒吧、留著藍色和粉紅色及綠色頭髮、外觀中性的年輕白人點單。

「這些小鬼。他們全都太年輕、太瘋狂了。」山羊鬍男子的話說得斷斷續續，彷彿從桌角滾落的彈珠一樣。

「嗯。」艾克說。

「我叫安吉洛。」那名留著灰白山羊鬍的男子說。艾克沒有回應，只是把雙手插進口袋，用腳掌支撐著身體，前後來回地搖晃。

「他們覺得很開心，但這有什麼意義？幾個小時的呻吟和抱怨為的是什麼？難道是為了在早晨離開之前把這裡的馬桶座墊尿濕嗎？」安吉洛說。他往左傾斜了一下，然後抓住吧台邊緣的欄

㉑〈The Man That Got Away〉是一九五四年版本的《星海浮沉錄》電影主題曲，由茱蒂．嘉蘭演唱，被提名為該年奧斯卡最佳原創歌曲獎，後於二〇〇四年被美國電影學會評選為美國電影史上第十一首最偉大的歌曲。

杆扶正身體。艾克往右跨出一步，和他保持著距離。

「你和同伴一起來的嗎？」安吉洛問道。

「我只是要買單而已，老兄。」艾克抿著嘴說話，這讓他的話聽起來就像一個拉長的單字。

「是啊，是啊，你可能有同伴。你這麼出色，怎麼會沒有同伴呢。」安吉洛說。

「嘿，泰斯！過來拿我的帳單，老兄！」艾克大吼地說。

「你要走了？嘿，等等，讓我請你喝一杯。先別走。讓我請你喝一杯。」安吉洛說著，一手搭在艾克的前臂上。

「把你他媽的手拿開，老兄。」艾克說。吧台另一頭那兩名黑人拿起他們的飲料，轉而挪向懶骨頭區。艾克雷霆般的怒吼預示著一場他們絕對不想參與的風暴。但安吉洛的雷達似乎並沒有感應到這場天氣的變化。

「嘿，別那樣。我只是想要認識你而已。」他口齒不清地說著，同時把手沿著艾克的手臂往上挪向他椰子般大小的二頭肌。

「我告訴過你了，不要碰我！」艾克揪住安吉洛的襯衫前襟。當艾克將安吉洛撞向遠處的牆壁時，安吉洛屁股底下的那張凳子很快地滾過了地板。一張茱蒂・嘉蘭戴著高禮帽、身著燕尾服的照片從那面牆上掉下來，擊中了艾克的頭，不過，他根本沒有注意到。艾克緊緊揪住安吉洛，一把將他從地上提起來，安吉洛只能不停地轉動著眼珠。

「對不起！」安吉洛一遍又一遍地說。

艾克將他拉離牆壁，隨即又以兩倍的力道將他撞向牆壁。安吉洛試著要把艾克的手從他的脖子上扒開，但那幾乎是不可能的任務。

「我說過，不要碰我！」艾克大吼。他用左手固定住安吉洛，然後將右手往後拉。那群剛走進酒吧沒多久的次文化年輕人紛紛拿出手機，開始對著他叫喊，並且開始錄下衝突的場面。

就在他的右拳重重落下之前幾秒鐘，他感到肩膀被強而有力的手抓住，腰部也被強壯的手臂抱住。艾克感覺到自己在拉扯中失去了平衡。他放開安吉洛，抓向他的攻擊者。

「放開我！」艾克咕噥地說。他感到自己被往後推，彷彿一頭橫衝直撞的公牛被驅趕向酒吧門口。第三雙手也在此時加入了戰鬥。那是克里斯。

泰斯大聲嚷著要他退後，不過，那就像是試圖要平息一群大黃蜂一樣毫無效果。克里斯的臉一副暴怒的模樣。他和安吉洛是朋友嗎？他是為了維護他朋友的名譽嗎？或者他只是單純在生氣？艾克來到一個克里斯和他的朋友感到完全放鬆的地方，並且向他們尋求幫助。他們讓他窺見了以賽亞曾經是個什麼樣的人。以賽亞是個好人，但艾克並不是成就這個好人的推手。他要如何報答他們的善意？他對一個寂寞的醉漢動了手。艾克從眼角看到巴迪・李向他衝過來。巴迪・李推開克里斯，擋在他和艾克之間。

「搞什麼，老兄？」巴迪・李大喊。

艾克停止了掙扎。

「我要走了，可以嗎？我要走了。巴迪・李，把我的簽帳金融卡拿回來。」艾克說。泰斯這才把他放開。坐在懶骨頭區那名穿著過度緊身白T恤的黑人在克里斯企圖要靠近巴迪・李的時候阻止了克里斯。泰斯從吧台後面抓起艾克的簽帳金融卡，用力塞進他的手裡。

「在我報警之前滾出去。」他說。

「我以為你說你不喜歡警察。」巴迪・李說。

「滾出去！」泰斯說。

「走吧，老大，我們在警察來之前走吧。」巴迪・李說。他往後退了幾步，才原地轉身走向門口。當他們離開時，有幾個人對他們發出了噓聲。艾克看到傑夫從吧台對面注視著他。

「對不起。」艾克低聲地說，他知道他的話在一片騷動的酒吧裡不會被聽見，不過，他還是想要說出來。

傑夫搖搖頭，看向了別處。

在州際公路上沉默地駛過四十五分鐘之後，巴迪・李把車開進艾克家的車道，然後停下來。引擎在卡車空轉時發出了咳嗽和喘息般的聲音。艾克把手伸向門把。

「那是怎麼回事？在酒吧裡的時候？」巴迪・李問。艾克打開車門。一陣溫暖的微風越過艾克竄進卡車裡，攪動了巴迪・李腳下散亂的吸管包裝紙和口香糖空盒。

「我叫他不要碰我。他碰了我。」艾克說。

「好吧。」巴迪・李說。他的聲音在語氣結束時微微地上揚。

「那是什麼意思？」艾克問。

「沒什麼。我在和那群女士說話時，我一直在看著你。他看似只碰到了你的手臂。」

「那有什麼差別？你叫別人不要碰你，他們就不應該碰你。如果我們在牢裡的話，只要他那麼做，他的下場一定是血流如注地躺在地上。」艾克說。巴迪・李活動了一下手指。艾克看著車窗外面，肩膀微微地往下垂落。

可是，我們並不是在牢裡，不是嗎？艾克心想。雖然這是他腦子裡的念頭，但他聽到的卻是以賽亞的聲音。巴迪・李用手指輕輕地敲擊著方向盤。

「他有和你要電話號碼嗎？」

「不要再說了。」艾克說。巴迪・李發出一道介於笑聲和嘆息之間的聲音。

「好吧。在你抓住山繆・傑克森[22]他老爸之前，你有發現任何關於柑橘的事嗎？」巴迪・李問。艾克在座位上挪動了一下，好讓自己面對著巴迪・李。

「有。她可能和一個自稱為放浪先生的音樂製作人在一起。」艾克說。巴迪・李聞言大笑。

「我知道那不是他的真名。好吧，我們何時要去找放浪先生談談？」巴迪・李問。

「我明天再打電話給你。我需要睡一下。」艾克說。

「好。你確定你不想聊聊——」

---

[22] 山繆・傑克森（Samuel L. Jackson, 1948-）是美國演員，演出作品包括《侏羅紀公園》、《黑色追緝令》、《殺戮時刻》、《叢林熱》等。曾於二〇一一年榮登金氏世界紀錄「史上最高票房明星」；並曾獲頒坎城影展最佳男配角、柏林影展銀熊獎最佳男主角、英國影藝學院電影獎最佳男配角、提名奧斯卡及金球獎最佳男配角等。

「我說我需要睡覺。」艾克爬下卡車，重重地關上了車門。

「是啊，你需要一個擁抱和小睡一下，你這個大寶貝。」巴迪·李的聲音低到幾乎聽不見。他倒車駛離車道，然後左轉開出那條死巷。他在路的盡頭並沒有完全停下來就直接右轉了。他一邊哼唱一邊打開收音機，一首韋倫·詹寧斯[23]的老歌從卡車的喇叭流瀉而出。巴迪·李隨著旋律哼唱，在經過六三四號公路上的一家廢棄釣具店時，他對停在那座荒涼停車場裡的一輛老舊雪佛蘭卡普里斯完全未加留意。幾秒鐘之後，兩顆頭從前座探了出來。

「你覺得他看到我們了嗎？」切達問。

「沒有。太暗了。我打電話給葛雷森。」多姆掏出他的手機。

「嗯。」葛雷森接起電話。

「那個白人剛把那個黑人送回去了。你現在要我們怎麼做？」多姆問。

「待在那裡。看看他明早會去哪裡。」葛雷森說。

「你要我們整夜都待在這裡？現在才剛過十一點。」多姆說。

「我是他媽的口吃了嗎？我們需要找到這個女孩。這件事很緊急，而他會帶我們找到她的。」葛雷森說。多姆沒有吭聲。

「怎麼？你有什麼問題嗎？」葛雷森說。

「沒有，可是安迪怎麼辦？」

「等我們找到那個婊子的時候，一切都會解決的。」葛雷森說：「還有，多姆。」

「嗯。」

「別讓他逃掉，否則你們也會有麻煩的。」葛雷森說。

語畢，他掛斷了電話。

㉓ 韋倫・詹寧斯（Waylon Jennings, 1937-2002）是美國歌手、詞曲作者、音樂家和演員。他被認為是鄉村音樂非法運動的先驅之一。二〇一七年獲得《滾石》雜誌選為有史以來最偉大的一百位鄉村藝術家，排名第七。

25

艾克知道自己在做夢。

這個夢一直在他記憶的角落躍動。艾克在後院烤肉，以賽亞站在他旁邊。這是以賽亞大學畢業典禮後的露天燒烤聚會。瑪雅和艾克雙方的家人都來了。還有瑪雅工作上的朋友，以及艾克在出獄後認識的少數幾個朋友，大部分都是其他的庭園設計師，加上幾名供應商和來自YMCA的幾個人。他過去的幫派北河幫並沒有任何成員出席。以賽亞企圖要和他說話，但艾克沒有在聽，因為他知道以賽亞想要對他說什麼，而他並不想聽那些話。他從來都不想聽。

德瑞克也在那個夢裡，那個夢就像記憶一樣鮮明。他們手牽著手。以賽亞正在說德瑞克不只是他的朋友。他告訴艾克，德瑞克對他來說很重要。艾克把注意力放在那些漢堡肉和香腸上面。他把注意力放在炭火的紅色火光上；放在從漢堡肉上緩緩滴下來的肉汁，以及肉汁滴落在炭火時發出的滋滋聲上。放在任何可以讓他分心的事物上，讓他可以不去注意他獨子正在說的話。當以賽亞說話時，艾克看著夢裡的自己以他唯一知道的方式做出反應。不，這不完全是實話。他只是採取了對他來說最容易的反應。他掀翻烤肉架，炭火四處飛散，彷彿燃燒的碎紙片一樣。一片煤灰掉落在以賽亞的手臂上，那將會留下一塊彷彿胎記般的疤痕。那個夢境的畫面褪成了黑色。

然後，他聽到了一串尖叫聲，當他轉過頭時，只見以賽亞和德瑞克的頭爆裂成了血柱和骨頭的碎片。

艾克睜開眼睛。

朝陽從臥室窗戶的百葉窗板穿透進來。艾克坐起身，用雙手摸了摸自己的臉。他的臉頰濕了。瑪雅的位置上空蕩蕩的。她一定是在夜裡起床，跑去和艾莉安娜睡在一起了。現在，她時不時會那麼做。艾克也時不時需要壓抑自己對一個三歲小孩的妒意。艾克將腿踢到床外，直到雙腳碰到地毯。他拿起床頭櫃上的手機，查看了時間。七點十分。在巴迪・李昨天晚上十一點左右把他送到家之後，他幾乎立刻就睡著了。在離開酒吧之後。在他把那個傢伙撞在牆壁上之後。對於那種情況，以賽亞應該會有很多話要說。

「你只是對你自己的男性氣概缺乏安全感而已，爸。這就叫做矯枉過正。」艾克幾乎可以聽到以賽亞用他那剃刀般銳利的嘲諷語氣這麼說。

艾克站在地板上。他不想承認，但以賽亞是對的。當那個傢伙碰到他的時候，他能看到的只是一張張的臉孔……

「不要再想了。」艾克大聲地說。在早晨靜謐的屋子裡，他的聲音聽起來是如此空洞。艾克抓起地板上的T恤，從頭頂套下。他依然穿著昨晚那件牛仔褲。他跑下樓梯，走進廚房，打開咖啡機。當咖啡機開始喀喀作響時，他想起好人傑夫昨晚告訴他的話。放浪先生。塔瑞克。他和巴迪・李大可直接去找一幢有著飛扶壁的房子，然後試著矇混進去，但艾克認為那應該行不通。問題是，他也想不出其他行得通的辦法。

咖啡機正在慢條斯理地運作，因此，艾克決定先去拿報紙。當艾克搜尋著報紙時，太陽從雲層後面露出了臉。送報的那個退休老奶奶扔報紙的瞄準度實在太差了。艾克在他家前門周圍的黃楊木灌木叢裡尋找，最後終於找到了週六的報紙。當他站起身時，看到瑪雅的車子正在開過來。

一輛香蕉黃的雪佛蘭卡普里斯跟著她後面。她把車子駛進他們家的短車道，然後停下來。那輛卡普里斯則繼續往前開。瑪雅抱著一只哈帝漢堡的大袋子下了車。她嘴唇緊抿的模樣，讓她看起來比實際年齡老了十歲。她匆匆走向屋子，朝著他走來。

「我出去幫我們買早餐。我想……我想那輛車跟著我去到哈帝，然後又跟著我回來。艾克，我想他們在跟蹤我。」她說。她上氣不接下氣的語氣讓他起了一陣雞皮疙瘩。

「艾克，怎麼回事？」

「進屋去，把門鎖上。和艾莉安娜待在樓上，不要下樓，等我上去找你們。」

「上樓去，噓。」艾克說。瑪雅把紙袋抓在胸口，匆匆忙忙走進屋裡。艾克繞到屋後，走進他的小屋。他推開那只沉重的沙袋，從一個勾子上抓起一個東西，隨即走回屋子前面。

他們居住的那條死巷其實更像是一條支路。路的盡頭並不是一個圓環。鋪滿石礫的路面在經過他們家之後，僅僅延伸了半哩的長度。除了艾克和瑪雅這幢一層樓半的屋子之外，城橋巷還有五棟大小不一的房子。當他和瑪雅剛搬來的時候，這裡被視為這個郡的窮人區。之後，某個有遠見的開發商在他們附近放置了幾個廉價的組合屋，又在他們的泥土路上鋪上石礫，然後重新把這裡命名為城橋巷。鄰居以驚人的頻率來來去去。每一戶人家對前院的維護程度也各不相同。有些人的前院鋪著整齊的草坪，有些則散落著兒童玩具和汽車零件。

艾克蹲下來，躲在他的灌木叢之間。那輛卡普里斯正在開往死巷的盡頭。他們一定得要停車、迴轉，然後原路開回來。艾克用雙手抓住那把伐木斧的手柄。這把伐木斧是歷史悠久的傳統農具。在割草機和割草刀頭問世之前，這種伐木斧曾經被用來清除人類和機器難以到達之處的野草和灌木叢，例如溝渠邊或者綿延起伏的山坡地。伐木斧的構造包含了一根扁長的木柄和鋒利的弧形寬刀，整體看起來有點像一個逗號，只不過逗號並沒有雙面的刀刃，也不是用鋼材製成的。

不管跟蹤瑪雅往返哈帝漢堡的人是誰，都有可能是手機GPS不管用的迷路人。那種GPS會在你把車駛進一片玉米田的時候，告訴你目的地已經抵達。這是有可能的。不過，那輛卡普里斯也有可能和昨天發生在店裡的事情有關。

「你們想要這麼做，對嗎？」艾克低聲地自言自語。

在他看到那輛卡普里斯之前，已經先聽到了車子的聲音。當他的目光落在車上時，他認出了車裡的駕駛。那個人曾經和差點被艾克砍頭的金髮男一起到過艾克的店裡。那輛車的速度慢到有如在觀光一樣。艾克從灌木叢後面衝出，宛如一枚被步槍射出的子彈。當他奔跑的時候，已經揚起了那把伐木斧。斧頭在空氣中劃出一道完美的弧形，然後重重地落在駕駛座的窗戶上，彷彿在融雪的春天裡砸破一層薄冰一樣。

「他媽的，該死！」多姆大叫一聲，企圖要將身體躲到方向盤底下，但他的腳卻從油門上打滑了。切達伸手想要掏出腰際的那把點三二，然而，那把槍竟然被他的皮帶扣環勾住了。當艾克把斧頭再度往後舉起之際，車子甚至還在繼續往前進。

「開車！」切達咆哮著。

「你他媽的以為我在幹嘛？」多姆嚎叫著。

艾克再度揮動斧頭。這回，斧頭落在了那輛卡普里斯的後車窗。那片強化玻璃一定有什麼問題，因為它朝著車內爆裂了，利刃般的玻璃碎片飛濺到多姆和切達身上。切達終於取出了他的槍，然而，就在此時，多姆踩下了油門。切達冷不防地往後倒，那把槍瞬間走火。刺耳的槍聲和多姆與切達的尖叫聲同時在車裡迴盪。多姆感到一顆子彈咻地從他的頭部邊緣擦過，直接穿出了車頂。他的後輪輪胎在加速之下捲起了無數的小石礫。玻璃碎片覆蓋在他身上，彷彿碎冰一樣。

艾克看著那輛卡普里斯以四十哩的時速衝向城橋巷的盡頭，絲毫沒有減速地繼續右轉到城橋路上。

和艾克家相隔兩棟屋子的鄰居藍迪・希爾斯走出家門，站在他的前門階梯上。他穿著一件無袖背心和家居褲。藍迪沒有工作。他靠著職業傷害的殘疾津貼金過活，但艾克百分之九十相信他是假裝的。藍迪喜歡在他的院子裡裝飾聯邦旗和「別惹我」的標語牌。只要一有機會，他就會抱怨那些白吃白住的移民。艾克認為他並沒有意識到自己的行為有多麼諷刺，因為他在討伐白吃白住者之際，卻同時在領取與他實際健康情況相違的殘疾津貼。

「發生了什麼事？」藍迪大吼地問。他有一種大部分的普通人都會有的自信。他們告訴自己，這個世界是他們的生蠔，生蠔的蚌殼裡飽含著任由他們擷取的珍珠，然而，他們從來都不知道他們的生蠔很久以前就已經餿掉了。

「沒什麼你應該要擔心的，藍迪。」艾克說著，開始往回走向他自己的屋子。

「他媽的等一下。你用那把東西打破了某個人的窗戶……那到底是什麼東西？」他瞄了一眼那把伐木斧。藍迪像一頭公牛似的搖了搖頭，然後繼續發表正義的謾罵。「我家裡可是有小孩的，艾克！」藍迪說。

「你想要看著他們長大，就回到你他媽的屋子裡去。」艾克說。他沒有等藍迪回應，只是逕自地往前走。等到他走到前門時，瑪雅已經在那裡等他了。艾克踏進屋裡，把門在他身後鎖上。

「艾克，到底是怎麼回事？」瑪雅沉著臉問道。艾克把伐木斧靠在前門旁邊的衣帽架上。

「你覺得你可以帶艾莉安娜到你妹妹家住幾天嗎？」艾克問。瑪雅向他走近，一隻手舉到他的胸口，但並沒有把手落下。

「艾克，發生了什麼事？」她又問了一次。她的語氣雖然溫和卻很堅定。艾克走到廚房，幫自己倒了一杯咖啡。然後回到起居室，喝了一大口。

「你記得我告訴過你，我和巴迪・李正在處理以賽亞發生的事嗎？」艾克說。

「嗯。」瑪雅說。

「這就是處理這件事的方式。打電話給你妹妹，看看你是否可以過去住幾天。拜託你了。」

說完，艾克又喝了一口咖啡。

26

巴迪・李把車開進拖車停車場的時候，差一點就心臟病發了。一輛金色的凌志停在他的短車道上，而他的前妻就站在那輛凌志旁邊。巴迪・李把卡車停在貫穿拖車停車場的那條S形的蜿蜒石礫路路邊。

*她來這裡幹嘛？*巴迪・李心想。他的手開始顫抖，然後是他的整條手臂。他不停地活動手指，這多少發揮了一點作用。他看了看照後鏡。她依然站在那輛凌志旁邊。微風掀起她的頭髮，讓她的頭上彷彿罩了一個光環一樣。巴迪・李咂咂嘴，然後走下卡車。

克莉絲汀往前向他走了幾步。巴迪・李則靠在自己的車尾。他們站在那裡，宛如舊日的神槍手。言語一直都是他們的武器，而他們的目標向來都是致命的。隨著微風的平息，克莉絲汀的頭髮也落回到她的肩上。

「我猜，你正在想我為什麼在這裡。」她說。巴迪・李只是用舌頭輕彈著下唇的內側。

「我是想過。我以為我會在最後的審判日才會再見到你。」他說。克莉絲汀試著要微笑，但她的眼裡卻一絲笑意也沒有。

「我以為你不相信上帝。」

「我是不太相信。不過誰知道呢？也許，我會開始上教堂，分散一下風險。」巴迪・李說。

克莉絲汀嗤之以鼻地哼了一聲。停車場裡的安全燈閃了一下，巴迪・李因此看到了克莉絲汀眼裡閃爍著淚光。

「你有什麼事嗎？」巴迪・李說。

「我們能進去說嗎？」

「我不知道。這裡不是你習慣的那種上流住家[24]的風格。」巴迪・李說。

「這比我們當年的第一間拖車大。」克莉絲汀說。她提到他們共同的過去時，讓他差點透不過氣來。經過這麼多年之後，他以為她也許已經把那些記憶全都從腦海裡刮除了，並且說服她自己，他們在一起的那些年是個噩夢。那些年對巴迪・李而言感覺確實就像一場夢。有時候，他會無法相信自己曾經是那個模糊記憶裡的人，或者那段模糊的時光曾經存在過。

「好，進來吧。」巴迪・李說。克莉絲汀跟著他走進拖車。當他在沙發上坐下來的時候，他發現自己把那六罐啤酒留在卡車裡。克莉絲汀在躺椅上坐了下來。

「你要喝啤酒嗎？我可以跑回卡車去拿啤酒。」巴迪・李說。

「不用了，謝謝你。我在想你說的話。我知道我看起來並不在乎德瑞克，但我真的在乎他。有些晚上我無法入睡，整夜祈禱著他會改變。我祈求上帝讓我成為一個比較好的母親。如果我是一個更好的母親，他就不會變成那個樣子。我讓他失望了。在很多方面，我都辜負了他。」克莉絲汀說話的同時，淚水流下了她的臉龐。

「嘿，嘿。你不可能改變德瑞克的。沒有人可以。你不是唯一這麼想的人。當我在他身邊的時候，也曾經嘗試過，但我現在明白他不需要改變。我的意思是，如果他還在的話，他在夜裡躺在誰的身邊對你來說真的重要嗎？因為那對我來說一點也不重要。」巴迪．李說。他覺得自己的喉嚨繃緊了。

「我……我不知道。我是說，他是我兒子。我們的兒子。但他所做的是錯的。我必須這麼相信。因為如果我不相信的話，那麼我所做的一切都是個錯誤。」克莉絲汀說。她把拳頭放在嘴邊，繼續地嗚咽。

「那是一個錯誤，克莉絲。我們兩個在他身上都犯了很多錯。他並不可惡。他也沒有褻瀆神明。他只是德瑞克。那對我們兩個來說原本應該已經足夠了。」巴迪．李說。他以為自己再也不會如此溫柔地說話，尤其是對克莉絲汀。

「傑瑞德不會同意你的說法。」克莉絲汀說。巴迪．李咕噥了一聲。

「我知道這也許很難相信，但是，那位偉大的傑瑞德．卡爾佩珀並非永遠都是對的。」巴迪．李說。克莉絲汀發出一道刺耳的笑聲。巴迪．李不禁抓了抓自己的下巴。

「幹嘛？」

「你知道我一直都很喜歡你的一點是什麼嗎？無論在什麼情況下，你都很真實。你一點都不

㉔《上流住家》（*Town and Country*）創立於一八四六年，是美國第一本專為上流社會人士所出版的雜誌。內容包括時裝、流行、人物專題報導、名人住家裝潢介紹、旅遊去處等多元化主題。

虛偽，巴迪．李。你是個表裡如一的人。即便你有時候會讓我抓狂。」克莉絲汀說。巴迪．李感到自己的臉頰微微在發燙。

「如果有時候我也可以虛偽一點的話，也許我們就能一直在一起。」巴迪．李微笑地說。不過，克莉絲汀並沒有回應他的笑意。

「我剛從家裡的一場派對離開，我幾乎可以確定，我丈夫每個月都會和這場派對上的某個女人搞兩次。這是我小時候夢想參加的那種派對。精緻的銀器、真正的餐盤，放眼望去沒有任何一個杯子是塑膠的。兩個現場樂隊、最好的食物、用錢可以買到的最棒的酒，不是我父親常喝的那種劣等酒。」她在椅子上挪動了一下。

「當維吉尼亞州最富有的男人之一正在講一個黑人的老二為什麼那麼大的下流笑話時，我就站在他的身邊，當時，一名黑人女子正在幫我倒另一杯甜白酒。那個笑話讓傑瑞德的父親笑到差點噎住。這些有錢的混蛋聚集在我家，慶祝傑瑞德．卡爾佩珀宣布他將要放棄法官職位，轉而競選州長。他說，那是因為他想要幫助人們。」克莉絲汀的聲音開始顫抖。

「我唯一能想到的就是在場的那些人，沒有一個在乎我兒子。我的寶貝就躺在他的墳墓裡。包括我。所以我離開了。我來找那個了解那是什麼感覺的人聊聊。即便我們憎恨彼此，我們都愛德瑞克。不是嗎？」克莉絲汀問。

在巴迪．李來得及回答之前，克莉絲汀開始哀嚎，彷彿動物般的哭泣聲震動了整輛拖車。她從躺椅滑落到地板上。白色的七分褲因而沾上了巴迪．李地毯上的棕色髒污。

「如果我沒有拋棄他的話，也許他還會活著。你說的對，都是我的錯。」克莉絲汀啜泣地說。巴迪・李覺得她聽起來就像被困在陷阱裡的動物。這讓他起了雞皮疙瘩。他內心的某個部分，依然在乎她的那個部分——去他的，是依然愛著她的那個部分——叫他走到她身邊。叫他用雙臂摟住她，在她的氣息下告訴她那不是真的。那不是她的錯。唯一需要為他們兒子所發生的事情負責的人，是那個開槍殺了他的混蛋。

他沒有動。

因為另一部分的他——那個部分知道還愛著她的那個巴迪・李是個念舊的傻子——相信，她需要感受到這份痛苦。她需要承受這股傷痛，那是金錢和地位都無法為她擋下的。她拋棄了他們的兒子。而他也曾經對一切不屑一顧，曾經那麼殘忍。他們兩個都需要承擔這些責任。

「你沒有殺他，克莉絲汀。」巴迪・李終於開口說道。克莉絲汀的哭聲正在減緩。她的哀嚎越來越弱。她把膝蓋抱近下巴。巴迪・李走到廚房，抽出幾張紙巾，折疊起來遞給克莉絲汀。她接過紙巾，擦了擦雙眼和鼻子。

「喔，天吶，我真是一團糟，巴迪・李。你知道事情發生之前的幾個星期，他曾經打過電話給我嗎？我沒有理會。我無法跟他多談關於傑瑞德和他的政見，以及同性戀權益的議題。我只是不想面對那一切。」她嘆了一口氣。「哈，我們在騙誰呢？我從來都不想面對。我不知道那會是我最後一次有機會和他說話。啊，我的天吶。」克莉絲汀說。

「沒有人知道最後一次將會是最後一次，直到為時已晚。你不是唯一一個這樣的人。那就是生活有時候為什麼如此嚇人的原因。」巴迪．李說。克莉絲汀聞言抬起頭看著他。

「警察有找過你嗎？他們有沒有任何進展？」她問。

「他們找過我。我不知道他們有多少進展。」巴迪．李說。

克莉絲汀點點頭。「你知道嗎？我想過如果我能和他們面對面的話，我會怎麼做。那個兇手。我猜，那永遠也不會發生。他們的手沾滿我兒子的鮮血，而我永遠也看不到他們受到應有的懲罰。」克莉絲汀再度開始哀嚎起來。巴迪．李站在她附近。他低下頭，看著她顫抖的身體在搖晃。他看著自己的手緩緩地伸向她的頭，但在最後一刻，他把手縮回來，放進了口袋，然後在她身邊重重地坐下來。

「我和艾克，也就是德瑞克的丈夫以賽亞的父親，我們一直在四處打聽這件事。」巴迪．李說。他並沒有靠過去，也沒有用手臂摟住她。他只是直視著前方說話。

「四處打聽？那是什麼意思？」克莉絲汀抽著鼻子問。

巴迪．李點點頭。「試著要看看我們是否能發現什麼。我們很快就會去找這個做音樂的傢伙。看看他是否知道那個女孩在哪裡，那個女孩也許能告訴我們這一切是怎麼開始的。」巴迪．李說。

克莉絲汀抬起頭。「你們要做的就只是那樣，對嗎？找出真相？你們不會要傷害任何人，對嗎？」

巴迪．李搖搖頭。他非常擅長對她說謊。「不會。我們只是試著要找出真相而已。」

「我不希望還會有人喪命。」克莉絲汀說。

「不會有人喪命的。」巴迪・李說。他心想，除非那是殺害我們兒子的兇手。

「我了解你，巴迪・李。你的那副脾氣。你從來都無法控制你的脾氣。」克莉絲汀說。

「我從來都沒有對你動手過。從來都沒有。」

「對，你沒有。但你打斷了我叔叔的下巴。」

「他說我是白人垃圾，然後還對我吐口水。我應該怎麼做？幫他做個深度按摩，並且為他點上薰香嗎？」巴迪・李問。克莉絲汀笑了。這個笑和剛才的笑不同，那就像倒在他靈魂上的蜂蜜一樣。

「你總是能讓我發笑。你們什麼時候要去找這個——你叫他什麼？做音樂的傢伙？」克莉絲汀問。

「你們讓我笑，也讓我哭。你和德瑞克。」巴迪・李說。他鼓起臉頰，深深吸了一口氣。「我們可能明天就去找他談談。我想，艾克今天需要休息。我們最近有點累。」

巴迪・李心想，我們折斷了別人的手指、打翻假蛋糕，然後還把一個小伙子碾成了肥料，又在一家同性戀酒吧和人打了一架。艾克需要休息？事實是，我們兩個都老了，都快累死了。我和他一樣，也需要休息。

他用舌頭彈了彈牙齒，發出嘖嘖的聲音。

「聽著，那天我在墳前說的話不是故意的。」

「是啊，你是故意的。關於你，巴迪．李．詹金斯，你有一個特點，你在戳破別人的謊言和屁話時從來都不會手軟。」克莉絲汀流露出她的紅丘郡口音。現在輪到巴迪．李大笑了。

「他們讓你在紀念碑大道上用這種字眼嗎？」巴迪．李問。克莉絲汀從地板上站起來。她拍了拍臀部，巴迪．李看著她的手在結實的臀部上拍動。

「我不住在紀念碑大道。我們在三年前搬到了威廉國王郡的花園畝地。那裡沒有其他鄰居，只有我們，所以沒有人在乎我說什麼。」克莉絲汀再次擦擦眼睛，然後才把紙巾揉成一團，放進她的口袋裡。

「我想我應該走了。」克莉絲汀說。巴迪．李點點頭。

「你到底為什麼到這裡來？我覺得你甚至不記得我住在哪裡。」巴迪．李說。

「我上次到紅丘來的時候，留下了深刻的印象。」克莉絲汀說。

「德瑞克離家出走，沿著I－六四公路一路搭便車到這裡。如果我記的沒錯的話，我想，你丈夫威脅說要把我關進深深的地牢裡，讓我萬劫不復。」

「是你先用頭去撞他的頭，巴迪．李。」

「他的頭很大，很容易被當成目標。總之，我不喜歡他把手放在德瑞克身上的方式，或者你對此什麼也不說的態度。」巴迪．李說。無論他們之間剛才出現了什麼神奇的魔咒，現在都已經被打破殆盡了，巴迪．李覺得他可以看到他們之間的空氣破裂了。

「我得走了。」克莉絲汀說。

「你沒有回答我的問題。」

「我想，我希望你能說服我，我不是個壞母親，不像我自己以為的那樣。」克莉絲汀把門打開，巴迪．李可以聽到蟋蟀在遠處對著它們的情人在歌唱。克莉絲汀在門口停下了腳步。

「你真的認為你們會找出兇手嗎？」克莉絲汀問。巴迪．李抬頭注視著她。他看到的並不是維吉尼亞上層社會的象徵，而是那個很久以前，他在那場戶外派對上第一次遇到的那個有著矢車菊一般藍色眼睛的女孩。

「我會把我殘存的餘生都用在這件事上面。」巴迪．李說。

「那聽起來像是你會說的話。」語畢，她走進夜色，把拖車的門在身後關上。巴迪．李開始唱起歌來：

「很快地，他們將會把他帶走。
就在今天，他再也無法愛她了。」

巴迪．李的聲音在唱著喬治．瓊斯[25]這首經典老歌時破裂了。他唱得低沉而溫柔，然而，歌詞卻依舊讓人感到尖銳和刺痛。

[25] 喬治．瓊斯（George Jones, 1931-2013），美國知名鄉村音樂歌手。瓊斯自一九五〇年代起開始享譽美國流行樂壇，並被喻為鄉村音樂界的勞斯萊斯。瓊斯長達五十餘年的藝術生涯中有一百五十多首樂曲登上美國鄉村音樂榜。一九九二年躋身鄉村音樂名人堂，二〇一二年獲葛萊美終身成就獎。

27

週一早上，艾克在七點鐘醒來。屋裡比平常更安靜。瑪雅和艾莉安娜到瑪雅的妹妹家暫住了。他拿起手機，打電話給賈絲。

「哈囉？」

「賈絲，是我。」

她聲音裡的睡意立刻蒸發了。

「嘿。什麼……什麼事？」

「我在想，你今天會來上班嗎？我們可以召集大夥，把上週五和週六取消的一些工作做完。」艾克說。電話那頭一片沉默。

「賈絲？」

「我不知道我是否準備好要回來上班了？」她說。

「沒關係。我會到店裡去，讓大家出去把一些小工程做好，等我們準備好——」

「我不知道我是否永遠都無法準備好再回去工作。」賈絲說。艾克把手機抵在自己的額頭上。

「艾克，你聽到了嗎？」賈絲問。艾克把手機放回耳邊。

「嗯，我聽到了，賈絲。」

「我喜歡和你一起工作，但就像馬克思說的，誰知道那些人什麼時候可能會再出現？」賈絲說。

「我懂，賈絲。很抱歉讓你經歷這樣的事情。」艾克說。

「如果可以的話，我會讓馬克思明天過去收拾我的桌子。」賈絲說。

「好。」艾克說。

「你生氣了嗎？」賈絲問。

「什麼？沒有。沒有，我了解的，賈絲。我不應該把那種麻煩帶到店裡。」

「把那種麻煩帶到店裡，你是什麼意思？怎麼回事，艾克？」賈絲問。

「沒什麼你需要擔心的，賈絲。」艾克說。他不是故意要用這麼嚴苛的語氣說話。「我的意思是，不用擔心。沒什麼事的。」賈絲沉默了很久，感覺似乎過了好幾分鐘。

「不管發生了什麼事，千萬不要讓它毀掉你所建立的一切。你的能耐不只如此。你比那些愚蠢的摩托車騎士好多了。」賈絲說。他聽出她的話說得有些不順，他猜她就要哭了。

「我不會的，賈絲。你告訴馬克思，他最好要善待你，否則我不會放過他的。」艾克說。

「喔，老闆，他很好。我想，我最好要起床了。我得去找份新工作。」賈絲說。艾克咬了咬下唇。賈絲從五年前高中畢業之後就一直跟著他工作。他不只開始依賴她，也慢慢開始喜歡她。

如果他緊緊閉上眼睛向上帝、阿拉和克里希納[26]祈禱的話，他偶爾也能用電腦處理帳務。賈絲對這個系統了解得一清二楚。要再訓練一個新人操作這套電腦系統需要花上一段時間。要把他們訓練到足以配合他的生理時鐘，可能還要更久。

「嘿，如果你改變主意的話，隨時可以回來。」艾克說。他的喉嚨有點哽住了。

「我聽到了。嘿，艾克，你要小心，好嗎？」

「我就像一隻長尾貓在擺滿搖椅的房間裡一樣，隨時都提心吊膽的。」艾克說。

「我想，這是我第一次聽到你講笑話。第一個好笑的笑話，應該這麼說。我想我得掛電話了。」賈絲說。

「好。再見。」

「再見。」賈絲掛斷了電話。艾克拿著手機輕輕地敲著自己的額頭。賈絲對艾克來說還稱不上是女兒，不過也差不多了。

「可惡。」他說。他下床煮了一壺咖啡。此刻，他甚至不想到店裡去。他會休一天事假，明天一早再進去，因為他得要整理一些工作訂單，並且處理帳目收支的問題。

一個小時之後，就在他喝著第三杯咖啡時，一陣敲門聲響了。

艾克放下杯子，走向走廊上通往樓梯的櫃子。前幾天晚上，在和那輛卡普里斯發生衝突之後，他在櫃子裡藏了一根鋼筋。這根十四吋長的金屬只有一吋寬，卻重的像鐵鎚一樣。艾克走向門口，透過鑽石形的窗戶往外看。

「喔，天吶。」他說。他打開門，巴迪．李帶著一只哈帝漢堡的袋子踏進屋裡。

「很高興你還沒去工作，我帶了比司吉來。」他說。

「你應該先打電話來的。」艾克說。巴迪．李很快地瞄了那根鋼筋一眼。

「天啊，你一定很恨耶和華見證會。」巴迪．李說。艾克覺得自己一定逐漸習慣了巴迪．李這種搞笑的意圖。這回，他甚至沒有翻白眼。

「週六那天來了幾個訪客。」艾克說。巴迪．李在艾克關門時停下了腳步。

「稀有物種？」

「嗯。兩個開著黃色香蕉船的傢伙跟蹤瑪雅回家。」艾克說。

「他們看見你了嗎？」巴迪．李問。

「嗯。我用一把伐木斧砸碎了他們的窗戶。」艾克把門關緊。巴迪．李重重地靠在牆上。

「你不是告訴我說，前幾天你用了一把開山刀對付他們嗎？」巴迪．李問。

「是啊。」

巴迪．李從牆邊走開，直接進到廚房裡。他在餐桌旁坐下，艾克也跟著坐了下來。

㉖ 克里希納（Krishna）是印度主神之一，梵文意譯為黑天，是婆羅門教——印度教最重要的神祇之一。按照印度教的傳統觀念，祂是主神毗濕奴的第八個化身。

「你對尖銳的東西情有獨鍾嗎？我的天。我很驚訝這棟房子還能屹立不搖。」巴迪．李說著，從袋子裡拿出一顆比司吉，放到艾克面前。艾克拿起比司吉，咬了一口，然後一邊咀嚼一邊說話。

「我讓瑪雅和那個小女孩到她妹妹家住一陣子，直到這件事情結束為止。」他說。

「很好。那個小女孩不需要被捲入這些事。你老婆怎麼說？對於得要離開自己家等等的。」巴迪．李說。

「她沒說出口，但我認為她希望我們把事情糾正過來。不管那是什麼意思。你知道的，看到他們到店裡是一回事，但看到他們出現在我家則是另一回事。我並不是說在那之前這一切並不真實。我的意思是，如果真的發生什麼不幸的話，那也只會發生在我身上。然而，看到他們出現在我家這條路上……」艾克沒有把話說完。

「你會失去其他東西。」巴迪．李說。

「對。」

「如果你想退出的話，我理解。我不會因此看低你的。」巴迪．李說。

艾克搖搖頭。「我們現在已經陷得太深了，哥兒們。要退出的唯一方法就是把這件事做個結束。」

巴迪．李輕笑了一聲。「我老媽以前經常這麼說。」

「我常聽我祖父這麼說。他和我祖母把我養大。至少，他們試著要把我養大。我讓他們很早就有了白髮。」艾克說。

「我老媽告訴我說，她懷孕的時候曾經祈禱肚子裡的孩子是個男孩。當我一出生的時候，她又祈禱我能有洞察力。」巴迪．李帶著悔恨的笑容說道。艾克覺得那個笑容背後隱藏了許多的傷痛，但他不是那個能幫巴迪．李消弭傷痛的人。

「喂，你覺得你這裡除了一根鋼筋之外，還需要別的東西嗎？因為我那同父異母的哥哥查特可以幫我們弄到一些傢伙。」

艾克皺了皺眉頭。「如果需要的話，我可以弄到一把槍。這裡是維吉尼亞。連超商都差點可以賣槍了。」

「嘿，艾克，我沒有惡意，但是稀有物種不是什麼社交性的俱樂部。如果他們決定要再回來，並且放火燒了這棟房子的話，你需要的就不只是一些農具了。」巴迪．李說。

「你能拿到佣金還是什麼的嗎？」艾克問。

「好吧，好吧，這只是個建議而已。我猜，他們下次來的時候，你可以把一柄乾草叉丟向他們。總之，我們要怎麼找到這個製作人？如果他像你所說的那麼紅的話，我想，我們應該無法靠近他的大門。」巴迪．李說。

「昨晚，我在谷歌上搜尋了他的資料，怎麼樣都找不到他的地址。網路上的新聞報導只說他住在里奇蒙大都會區。」

「可惡。」巴迪．李說。

「嗯。」艾克說。廚房裡迴盪著巴迪．李的腳輕輕拍打在地板上的聲音。

「等一下。那個蛋糕店的男孩不是說他們曾經幫那個製作人辦過外燴嗎？」艾克問。

「是啊。我想，德瑞克和柑橘就是在那場外燴認識的。」

「好。那他們一定有地址，對吧？」艾克問。

「是啊，但他們不會給我們的。我們到那裡把人家的蛋糕都砸壞了。」巴迪．李說。

「那都是你幹的。」艾克說。巴迪．李聞言竊笑。

「反正，重點是我們最近不會被列在他們的友好名單上。」巴迪．李說。

「我們不需要在他們的名單上。我有個主意。」艾克說。他拿出手機，撥了重要事件烘焙坊的電話。電話只響了兩聲，就被一個聲音愉悅的女子接了起來。

「重要事件，我是凱莉。我能如何讓你的日子變得美好？」她說。

艾克壓低了嗓子，又把發音拉長。瑪雅把他這種說話方式稱為「和富有白人講話的聲音」。每當他需要幫一幢豪宅或河邊的公寓大樓安排工程時，就會用這種音調講話。

「哈囉，我是傑森．庫格，我是塔瑞克．馬修斯的朋友。如果我說是Get Down先生，你可能就知道了？是這樣的，幾個月前，貴公司在馬修斯先生的家幫我們舉辦了一場派對，他感到很驚艷，所以想再度聘請你們在即將舉辦的一場活動裡幫忙。不過，時間很緊迫，他想要和你們的人討論一下菜單。如果可能的話，就是今天。」艾克說。

巴迪．李用前臂蓋住自己的嘴，忍住不笑出來。

「喔，我的天吶，今天？我們真的很忙。可以明天嗎？我會很樂意親自開車過來。」凱莉說。艾克深深地吸了一口氣，然後緩緩地吐出來，希望這口氣聽起來夠失望。

「我想明天也可以。一點鐘行嗎？你還留有地址嗎？」艾克說。艾克可以聽到敲擊塑膠鍵盤時發出的空洞聲。

「有的，我們有地址。」凱莉說。

「你可以複誦給我聽嗎？我想要確認你的地址是正確的。」艾克說。

「當然可以，維吉尼亞州里奇蒙市拉法葉巷二三五九號，對嗎？」凱莉問。

「沒錯。」艾克說完便掛斷了電話。

「這也太容易了。」巴迪・李說。

「接下來才是困難的部分：試著見到他。」艾克說。

「如果這行不通的話，我們的應對方法是什麼？」巴迪・李問。

「我還有一個主意，不過那是五級戰備[27]之類的手法。我們還是先試試看這個方法吧。」艾克說。

十分鐘之後，他們已經在巴迪・李的卡車裡，沿著高速公路飛馳了。

[27] 戰備等級（defense readiness condition，簡稱DEFCON）是美國國家防禦等級的衡量方式。戒備狀態共分為五級：一級為最高，五級為最低。在不同的戒備狀態級別下，美國軍隊所採取的行動亦有所不同，以應對不同的狀態。

28

巴迪．李轉進拉法葉巷，然後把車停下來。眼前是一條通往住宅區的兩線道，兩線道的中間有著一間警衛室。事實上，「住宅區」並不是一個恰當的說法。巴迪．李可以看到警衛室後面只有六幢房子。每一幢都擁有一座前院和後院，院子的大小就和半個足球場一樣大。

「飛扶壁。」艾克說。

「什麼？」巴迪．李說。

「左邊第三幢。很大的那一幢。它有飛扶壁。」

「飛扶壁是什麼鬼東西？」巴迪．李問。

「不重要。警衛來了。」艾克說。一名魁梧的黑人男子一手拿著記事板，一手握著一只對講機，正在朝著卡車走過來。艾克認為，你能給別人最糟糕的東西之一就是記事板。他曾經受制於拿著記事板的人。他們可以把你摒除在一個社區的大門之外，或者把你送上前往監獄的巴士。把記事板交給一個人，就可以看到這個人展露出他的本性。那名警衛敲了敲巴迪．李的車窗，巴迪．李立刻把窗戶降下來。

「哈囉，先生，你們今天來這裡要找誰？」警衛問。巴迪．李露出他最老實的微笑。

「是啊，先生，我們是來找馬修斯先生的。我們……是來搬運他要捐給殘障退伍軍人組織的一些傢俱。」巴迪．李說。

「你叫什麼名字，先生？」

「巴迪．李．詹金斯。」那名警衛核對了一下他的記事板。

「很抱歉，先生，我沒有看到那個名字被列在這裡面。」那名警衛說。

「打電話給他，告訴他我們想要和他談談關於柑橘的事，沒有見到他之前，我們不會離開的。」艾克說。那名警衛張開嘴，隨即改變了主意。他朝著他的對講機講了幾句。在一陣來來回回的靜電聲中，那名警衛終於指著右邊第三幢房子。

「馬修斯先生請你們過去。」那名警衛說。

艾克從照後鏡裡瞄到一輛銀色的BMW，那名女性駕駛梳著一頭「奧客」髮型，那是他所見過最經典的一款。她以時速至少三十哩的速度咻地超越了他們，彷彿她的卡車裡載了好幾隻要被她用來製作外套的大麥町狗一樣。

「謝謝你，老大。」巴迪．李說完便從那間警衛室開過，那名警衛也朝著他揮手。

「我很驚訝這麼做竟然有效。」巴迪．李說。

「提起柑橘得到了他的注意。」艾克說。

「是啊，他上鉤了，就像一隻大嘴鱸魚一樣。」巴迪．李說。一陣咳嗽讓他的身體開始搖晃，他不得不用手遮住嘴巴，同時讓自己靠在方向盤上。

「嘿，你還好嗎？」艾克問。

巴迪．李點點頭，再度咳了幾聲。他往後靠，伸手在他的飲料架上摸索著紙巾。他擦擦手，接著是他的嘴。

艾克留意到那張紙巾上沾有粉紅色的痰。他大可以說謊，不過，他知道巴迪．李的狀況一點都不好。

「我得戒菸了。」巴迪．李說。

「我沒注意到你有抽菸。」艾克說。

「該死，也許我應該要開始抽菸了。」

他們沿著那條穿越社區的蜿蜒道路行駛。艾克留意到每一棟房子都有一道低矮的邊界牆，一扇黑色的鑄鐵大門將這道由磚頭或裸露的河石所砌成的矮牆分隔成了左右兩邊。每一戶人家的草坪都被修剪得一絲不苟。一整排紅色的楓樹以每棵二十呎的間距，沿著道路中央種植。巴迪．李把車開上第三幢房屋的車道，在大門口停了下來。艾克聽到一聲昆蟲般的嗡鳴，那扇黑色的大門隨即就像蝴蝶翅膀一般地打開了。他們穿過大門，在大門關上之際，艾克感到一串冷汗從他的背脊滑落下來。門鎖轉動的聲音勾起了他的回憶。

巴迪．李沿著裸露著石礫的車道往前開，直到他的卡車來到環形車道最右邊的彎道。一輛車頂和懸吊都被降低的改裝賓士休旅車停在一座通往這棟豪宅前門的巨型階梯底部。巴迪．李把車停下來，熄掉引擎。

四名穿著黑色西裝的男子從帶有飛扶壁的豪宅階梯走下來，跟在他們身邊的還有一名深色皮膚、刻意梳著一頭玉米辮的矮小男子。他穿著一件鮮豔的檸檬綠運動服，戴了一條吊著非洲髮梳金墜的長項鍊。艾克覺得那個墜子的重量可能比戴它的人還要重。

巴迪・李和艾克爬下卡車，並肩站在那五個人面前。艾克覺得他們看起來就像是從一支缺乏想像力的饒舌音樂錄影帶裡被傳送出來的人物一樣。

「搜他們的身。」那名留著玉米辮的黑人男子說。

艾克和巴迪・李舉起手臂。如果這有助於他們找到柑橘，那麼，搜身還算是可以接受的侮辱。其中一個大漢把他們全身從上到下都摸遍了。他把巴迪・李的小刀從他的口袋裡掏出來。

「那是用來挖蘋果核的。」巴迪・李說。那名顯然是塔瑞克警衛隊一員的男子把刀子拿到他面前。

「這東西是個古董。」男子在把刀子放進口袋之前說。

「那把刀是我祖父的。我會很感謝你把刀還給我。」巴迪・李說。

「你離開之前可以拿回去。」那名保鑣說。

接下來沒有人再開口，時間彷彿過了好幾分鐘。艾克決定冒險一試。

「你認識一個叫柑橘的女孩嗎？我們試著在找她。她可能知道是誰殺了我們的兒子。」艾克說。那名穿著運動服的男子似乎沒有聽到他的問題，艾克假設他應該就是塔瑞克。他從口袋裡掏出一小支大麻菸捲，塞進自己嘴裡。最靠近他的那名警衛立刻用一只金子製成的打火機幫他點燃。塔瑞克吸了一大口，憋住氣，然後讓煙從鼻孔裡冒出來。巴迪．李在此時加入了對話。

「我們不是要對她怎樣。我們只是想知道發生了什麼事。」巴迪．李說。塔瑞克依然沒有開口說話。

「聽著，有人站在我兒子上方，對著他的頭開了兩槍。我只是想知道是誰幹的，我……我們……認為柑橘能幫得上忙。」

依然沉默。

「你會說英語嗎？」巴迪．李說。他並沒有試著掩飾自己的沮喪。塔瑞克又吸了一口大麻，然後把菸捲從嘴裡拿開，當作他說話時的指揮棒。

「聽好了，老傢伙。你們不能再找柑橘。你們得要回家，不要再想這件事。你們不要打擾柑橘。僅此一次，沒得商量。你們得要接受這個協議，否則，我會讓這幾位兄弟把你們折成兩半，裝進信封裡，然後把你們寄回你們前來的地方，不管那是哪裡。」塔瑞克說。

巴迪．李和艾克四目相對。幾秒鐘之後，艾克把注意力轉回塔瑞克身上。

「我告訴過你，我們不想傷害她。我們只是想談談。」艾克說。他的每一個字都說得很小心。那四名警衛已經在他的十一點鐘、一點鐘、五點鐘和八點鐘的方向站好了。他們四周的空氣緊繃得有如暴雨將至。塔瑞克依然站在石雕的台階附近。

「你沒有聽清楚，是嗎？老兄。」塔瑞克說著，用他的菸捲做了一個開槍的手勢。

「糟了。」巴迪．李低聲地說。

那幾名警衛向他們逼近。兩名朝著巴迪．李而來，另外兩名則朝著艾克走去。鎖定艾克的那兩個人動作簡練而俐落。他們的拳頭目標明確，而且充滿敵意。艾克被那名膚色較淺、留著平頭的黑人保鑣擊中腎臟，差點就站不穩。他用左手扣住那名男子的右臂，再將拇指戳向對方的喉嚨。

那名淺膚色的黑人抓住自己的喉嚨，蹣跚地往後退了幾步，他那留著迷你爆炸頭的同夥則用史密斯菲爾德火腿般大小的拳頭朝著艾克的側臉揮過來。艾克試著把下巴縮到胸口，但依然沒有躲過那一擊。當他企圖要穩住自己時，迷你爆炸頭祭出了一記後旋踢，那看起來應該違反了他這個體型的物理定律。

他踢中了艾克的心窩，艾克感到腰部竄過一陣痙攣，彷彿遭到了電擊一樣。他往後倒向卡車。那個淺膚色的警衛已經恢復了平衡，正在從左側向他靠近。來自獄中和街頭的幾百次戰鬥經驗，讓艾克靠著本能做出反應。他抓住乘客座的門，用靈巧的手指打開車門，將車門甩向那個淺膚色的傢伙。車門底部撞到那個傢伙的小腿肚，讓他頓時單膝跪地，彷彿要求婚一樣。

迷你爆炸頭的組合拳擊中了艾克的下巴。黑色的星星瞬間在艾克眼前閃爍。他呻吟著衝向迷你爆炸頭，兩人宛如山羊般撞在一起。艾克用自己的腿勾住對方的腿，隨即原地旋轉。他們四肢糾纏在一起地摔倒在地。此時，淺膚色的傢伙已經重新站了起來，這回，他手中多了一根折疊棍。

最終，艾克壓在迷你爆炸頭的身上。艾克的右拳揮中了他，隨即又用右肘補上一擊。迷你爆炸頭的鼻子塌在臉上，彷彿水母一樣，鮮血不受控制地從他的鼻孔流進嘴裡。艾克又追加了一次攻擊。兩記兇猛的快拳讓迷你爆炸頭的左眼彷彿窗簾一樣地闔上了。然而，艾克的世界突然閃現一片核爆般的白光，一陣劇痛讓他覺得自己就要吐出來了。

那個淺膚色的傢伙繞到艾克後面，再次舉起那根棍子擊中他的背。艾克倒落在迷你爆炸頭的身上，彷彿一件老舊的外套。淺膚色的傢伙在匆忙之中踩在他同伴的膝蓋骨上迫近艾克。艾克看到那個大塊頭手握一根黑色的長棍向他俯衝而來，這讓他想起了冷水教養院裡的矯正部官員。

艾克仰躺在地。他可以感覺到柏油地面的熱氣穿透了他的T恤。他脖子上的疼痛就像有一對老虎鉗掐住了他的第二和第三節脊椎骨。

淺膚色的傢伙幾乎已經來到了他的上方。艾克並未一腿踢向對方的臉，那也許是淺膚色的傢伙原本預期的動作，相反地，他用盡體內剩餘的力氣朝著對方的膝蓋側邊踢去。

他並沒有聽到預期中骨頭斷裂的聲音，不過，他還是聽到了一聲淒慘的嚎叫。淺膚色的傢伙倒在卡車側面上，當他企圖要抓住卡車以免摔倒時，那根棍子從他的手中掉了下來。

艾克站起身，快速地踢中迷你爆炸頭的腎臟，然後用頭撞向淺膚色男子的左眼上方。這個動作讓他承受到幾乎和對方同樣的痛楚，不過他的目的達到了。淺膚色的傢伙沿著巴迪．李的卡車後側板往下滑，他的臉在那片生鏽的金屬上留下了一道紅色的痕跡。艾克走過去想要協助巴迪．李，卻在看到那把槍的時候停下了腳步。

巴迪．李正在被圍攻。

說實話，他並未感到太過震驚。當他看到那兩個怪物宛如瞪羚般朝他疾衝而來的時候，他就知道情況不妙。那樣的大個子動作不可能如此迅速，當他們的行動能夠如此靈巧時，就意味著他們受過良好的訓練和技能培養。也就是說，他會被打得落花流水。

巴迪・李決定要強烈反擊。那是他唯一知道的方式。

第一個向他靠近的怪物留著一臉鬍子，彷彿有一隻貓窩在他的上唇一樣。另一隻灰熊那副狂妄自大的模樣，讓巴迪・李覺得他似乎不用轉頭就可以看得到角落。

巴迪・李撞向他們，宛如一只長腳的風車一樣。他在一腳踢向那個貓鬍子的同時，也朝著那個自大狂揮出一拳。他擊中了自大狂的左眼下方。巴迪・李覺得自己的腳碰到了貓鬍子的右膝，那簡直就像用豆子攻擊坦克一樣地自不量力。自大狂重重撞在他的胃上，直接把他給撞翻了。貓鬍子抓住巴迪・李的手臂，迫使他重新站起來。自大狂開始用拳頭對他左右開攻，彷彿那是他最新的嗜好。巴迪・李知道自己接下來一週都將會排出血尿。自大狂抓住他的下巴，讓巴迪・李不得不看著他。

「你今天會得到教訓的，老頭。」自大狂說。

我學得很快，你這個混蛋，巴迪・李心想。為了讓巴迪・李洩氣，自大狂刻意站到了巴迪・李的右腳可以觸及的距離。豈料，巴迪・李用盡全身力氣踢了他一腳，正中他的胯下。

自大狂在瞬間併攏膝蓋，彎身捧住自己的胯下。看到自己的同夥倒地，讓貓鬍子緊張到鬆開了巴迪・李的手臂。巴迪・李抓緊機會，用後腦撞向貓鬍子的嘴巴。他認為他感覺到對方的嘴唇貼在牙齒上。巴迪・李一個迴轉，一記左勾拳正中貓鬍子的右耳後面。貓鬍子立刻倒在卡車的引擎蓋上。

然後，他看到了那把槍。

一把裝在肩套裡的大型半自動手槍懸吊在貓鬍子的右側。巴迪・李的手向來動作都很快。他父親在教他騎腳踏車之前，就已經先教他如何偷皮夾和手錶了。每一個保鑣也許都帶著武器，但他們對艾克和巴迪・李都掉以輕心了。他們看到的是一對態度有待調整的老頭。也許他們認為自己甚至可以不弄皺外套，就能輕鬆搞定這兩個老傢伙。

每個人都會犯錯，巴迪・李心想。

他把手滑進貓鬍子的西裝，解開他的槍。巴迪・李轉向自大狂、塔瑞克和貓鬍子，不過，貓鬍子現在已經變成了紅鬍子，因為鮮血正在從他的嘴裡不斷地湧出。

「全都退後！」巴迪・李說。他一邊盯著塔瑞克和他的私人軍隊，一邊往他卡車的駕駛座挪動。艾克也朝著乘客座走去。他站在那扇打開的車門後面，身體一半在卡車裡，另一半還在卡車外面。迷你爆炸頭已經往後退，不過，他手中的槍正指著巴迪・李。

「把他媽的槍放下！」迷你爆炸頭大喊。

「去死吧，貝瑞・懷特[28]。我什麼也不會放下的。」巴迪・李說。他的胸口在燃燒，但他用盡每一分力氣壓抑住那股痛楚。

「我們只是想談談而已。」艾克說。巴迪・李已經來到卡車駕駛座這邊了。

塔瑞克的警衛將他們的老闆圍繞在中間，彷彿一個方陣一樣。他躲在他們寬闊的肩膀後面，安全無虞地開口說話。他笑著吸了一口他的菸捲。艾克知道他很享受這樣的場面。

「放棄吧，老兄。你不是那種狠角色。你們不准碰柑橘。在你們真的受傷之前把槍放下，老爺爺們。」塔瑞克說。

「你為什麼不從你的人背後站出來，我們來看看誰夠狠，誰還在吃奶。」巴迪．李的話讓塔瑞克臉上的笑容消失了。

「我住在一個很不錯的社區，這裡住了一些很不錯的白人。也許你們有兩分鐘的時間，可以在警察出現之前滾蛋。他們會照顧我們這些高額納稅人。」塔瑞克說。

「你告訴柑橘，我們需要和她談談。我們的兒子試著要幫助她，結果他們被殺了。這是她欠我們的。」艾克說。

「把我的刀扔給他。」巴迪．李說。稍早拿走巴迪．李那把刀的自大狂頓時臉色發白。

「把槍放下，你就能拿回你的刀。」他說。巴迪．李索性瞄準他的額頭。

「我知道你的人佔有優勢，不過，你可得聽好了：如果你不把刀子交出來的話，我們兩個都會死。」巴迪．李說。他的聲音裡有一種艾克從來沒有聽過的冷漠。他發現巴迪．李已經完全準備好要為那把刀而死了。那個保鑣一定也發現了，因為他把刀子從口袋裡掏出來，扔給了艾克。

艾克順手把刀丟在座位上。

㉘ 貝瑞．懷特（Barry White, 1944-2003）是美國歌手、音樂創作人，也是美國靈魂樂傳奇巨星，曾三度獲得葛萊美獎。

「我會把你的槍留著。」巴迪．李說。

他們雙雙爬進卡車裡。巴迪．李啟動引擎，把油門踩到底。那名警衛差點就被卡車輾過了。

29

巴迪・李開上州際公路，一路駛離里奇蒙。他在開出市區之後的第一個出口駛離州際公路，在一家加油站停了下來。當他打開車門嘔吐的時候，他的卡車都還沒來得及熄火。地面上看起來就像被一個小孩噴了一罐紅色和綠色相間的手指畫顏料。

「我想，那傢伙把我的肝臟打歪了。」他在吐完之後說道。艾克降下車窗，從照後鏡裡檢查自己的臉。他的臉上沾著血跡。他的下巴腫得像條河豚。他摸了摸後腦。那根棍子讓他上次被那個小伙子用椅子砸到的傷口又裂開了。

「是啊，他們把我們打得很慘。」艾克說。

「試圖。」巴迪・李說。

「什麼？」

「我說，他們試圖要把我們打得很慘。」

「你需要照照鏡子。」艾克說。巴迪・李往後靠在椅背上。

「我不是說我們沒有挨打，但我們還在這裡，不是嗎？以前和我們一起混的很多人都已經不在了。我沒什麼宗教信仰，不過就像你說過的：每個人都有一項技能。那是他們來到這個世界的目的。也許，這就是為什麼我們還在這裡的原因。為了要結束這件事。」巴迪・李說著，把頭靠回頭枕。

艾克不確定他是在為他自己還是在為艾克吹噓。不過，他必須承認，巴迪．李說得有道理。他們沉默地感受著身體的疼痛，到了晚上，這股疼痛必定會越演越烈。

「那把刀對你意義重大，是嗎？」艾克終於打破沉默地問。巴迪．李從口袋裡取出那把摺疊刀，拿在面前注視良久才開口。

「這是我老爸的。」巴迪．李說。除了這幾個字，他沒有提供更多的解釋。艾克不需要他的解釋。那把刀屬於巴迪．李的父親。這說明了一切。

艾克換了個話題。

「他知道她在哪裡。如果他不知道的話，剛才就沒必要那麼做了。」他說。巴迪．李喘息地咳了幾聲，然後朝著窗外吐痰。

「是啊，不過，他現在不可能告訴我們。你覺得我們可以在他離開那棟房子的時候攔截他嗎？把他弄到荒郊野外，讓他說出來？」巴迪．李說。艾克用一張發皺的紙巾拭去手指關節上的鮮血。

「我認識一個人，他也許可以幫我們再接觸到他。」艾克說。

「哎呀，我真希望你能在我的肋骨重新定位之前就告訴我這件事。」巴迪．李說。

「我們不是在最好的情況下分道揚鑣的。說來話長，不過，他欠我一次。我想，是時候讓他還這份情了。」

「你想現在就走嗎？」巴迪．李問。

「現在是最好的時機。」艾克說。

「你能開車嗎？我想，如果我打嗝打得太嚴重的話，可能就要暈倒了。」巴迪．李說。

艾克把車開回到州際公路上，然後從崔斯特菲爾德下了匝道。崔斯特菲爾德郡是一個幅員廣闊的自治區，它所涵蓋的範圍包括了幾個小鎮和大片的原始荒野，在約翰．史密斯船長㉙第一次為他在新世界的冒險編造故事之前，那片荒野就已經存在了，原始的樣貌也一直沒有改變過。

艾克沿着綿延的偏僻小路前進，路邊的溝渠深到足以讓人跳進去仰泳。最後，他來到三六〇號公路附近一片前不著村、後不著店的土地，只見土地上的原野中央矗立著一座帶狀的購物中心。購物中心北邊是一片玉米田，南邊則是幾個廢棄的貨櫃和拖車。艾克記得他剛出獄的時候，購物中心附近有一家車隊維修店。那個地方曾經就像一頭巨大的金屬怪獸，和他自己的店感覺十分相像。現在，那家維修店連建築物的骨架都不見了，那些骨架若非四散到各處，就是被送到最近的舊貨場。

艾克把車開進那個帶狀購物中心的停車場，然後將卡車停下來。

㉙ 約翰．史密斯船長（John Smith，1580-1631年）是一位英國士兵、探險家和作家，他最著名的成就是在一六〇七年於美國維吉尼亞州的詹姆斯敦，建立了英國在北美洲的第一個永久殖民地。他的領導才能和著作對英國早期在美洲建立的殖民地產生了重要的影響，同時也深深影響了歐洲對新世界的看法。

「待在車上。」艾克說。

「不用你說，我也會待在這裡。」巴迪・李說著，從杯架取出他的小刀遞給艾克。

「我要用這個來做什麼？」

「用尖的那頭去刺別人。」

「我不需要那個東西。」艾克說。

「聽著，你說這件事說來話長。根據我的經驗，那通常意味著事情沒有完美地結束。你不需要赤裸裸地走進那裡。所以，要不就帶著這把刀，要不就帶著槍。」巴迪・李說。艾克的目光落在那把刀上。也許他應該接受。他上次和蘭斯說話是什麼時候的事了？十年前？十年能讓很多事情都出現改變。人們會忘了他們欠下的債。他們的忠誠會改變，就像煙一樣。這把刀代表了自我防護，而槍則是挑釁的行為。

艾克接下那把刀，放進衣服前面的口袋裡。

「我很快就回來。」艾克說。

「我又不是要去跑馬拉松。別把刀搞丟了。」巴迪・李的話讓艾克瞪了他一眼。

「這一點你不用擔心。」艾克說。

艾克走進那家理髮店時，理髮店的門鈴發出了機械式的鈴響。店裡有五張椅子，上面坐了五個年齡不一的男人和男孩。店裡瀰漫著一股化學清潔劑、機油和讓他聯想到廉價古龍水的空氣清新劑的味道。最左邊的牆上有一排鏡子。最右邊則是麥克・喬丹灌籃和麥可・泰森打拳擊的海報，還有一個標示著不同髮型及其價格的圖表。剩餘的牆壁面積則被一台五十吋的平面電視所佔滿。華盛頓巫師隊和波士頓塞爾提克隊正在比賽，螢幕下方的字幕不停地在滾動。天花板上的幾具喇叭正在播放一首一九九〇年代末期的R&B歌曲。

「馬上就來，老闆。」一名留著白色鬢角，頂上卻是一頭黑髮的老理髮師說。來自不同電剪的嗡嗡聲聽起來宛如在顧客頭頂上慵懶飛舞的黃蜂。

「我要找剃刀手。他在嗎？」艾克問。那名老理髮師停下手上的動作，草草地瞄了艾克一眼。

「你是誰？」那名老理髮師問。艾克遲疑了一下。

「暴徒。暴徒藍道夫。」他說。

那名老理髮師手中的理髮剪開始顫抖，他很快地瞥了一眼店的後方。只見一對藍色天鵝絨的布簾擋住了一道出口。

「等一下。」那名老人說。他按下那把理髮剪側面的一個按鈕，然後把剪刀放在他身後的櫥櫃上。他的手上不知何時多出了一只手機。艾克看著他的拇指在螢幕上飛舞。幾秒鐘之後，老人抬起頭看著艾克。

「請坐。」他說。

「你要幫我剪完，還是你要我下次再來？」老理髮師的客人問。此話一出，店裡的其他顧客頓時爆笑。

「別緊張，小伙子，不然的話，我的帕金森氏症可能會發作。」老理髮師說。

「你才沒有帕金森氏症呢！莫里斯。」那名客人說。

「可是，如果有客人問我為什麼把你的頭砍掉時，我就打算這麼回答。我只是個腦子不清楚的老頭。」莫里斯用卡通式的語調結束了他的話，讓店裡瞬間又充滿一陣爆笑。艾克坐在由螺絲固定在地板的那排椅子最後面。他感覺有一根頭髮在喉嚨裡刺得他發癢，讓他臉色扭曲地咳了幾聲。他胸口的肌肉彷彿被捲緊的釣魚捲軸，每一個呼吸都讓他皺眉。他身體的疼痛已經越來越接近他靈魂的痛楚了。

「看看這個。天吶，我不知道他們為什麼在電視上播放這種東西。」坐在第三張椅子上，正在染鬍子的一名大個子說。他把手從蓋住上半身的那件罩衫底下伸出來，指著那台平面電視。艾克順著男子的手指望去，只見螢幕上正在播放一則變裝秀比賽的廣告。

「你知道為什麼會有這種廣告。白人喜歡看黑人男子穿著洋裝。這就是要把我們女性化，讓我們變得怯懦。」正在幫他染鬍子的理髮師說。

「這是一個陰謀，是嗎？泰隆。」一名正在幫客人修臉的淺膚色年輕黑人說。

「喔，你不認為他們希望我們的『女人』——引號——變得獨立，而我們的男人變得柔弱、變成同性戀嗎？那就是他們控制我們的方式。這不是多疑，這是真的，拉維爾。」泰隆說。拉維爾聞言大笑。

「你聽起來像在YouTube上戴著庫菲帽[30]的超級覺醒青年。」拉維爾說。

「聽著，我不在乎他們是不是同性戀，但他們為什麼要到處宣傳？他們那樣做實在很不恰當。」那個正在染鬍子的男子說。

「他們為什麼讓你感到不舒服，克雷格？他們在你睡覺的時候闖入你家，把口紅塗在你臉上嗎？」拉維爾輕笑地問。

「你知道你聽起來很可疑嗎？拉維爾。你是不是在床底下放了亮晶晶的高跟鞋？」克雷格問。

「是啊！那是你老媽的。」拉維爾說。莫里斯對那樣的回應發出了嘶嘶的聲音。

「不過，說真的，那些男孩是政府撕裂黑人家庭的結果。讓社會福利更容易取得，而不用靠著一份薪水過活。讓女人認為他們的生活裡不需要國王。這就是為什麼黑人會戴著假髮、在臉上化妝，然後像該死的奇妙仙子一樣到處昂首闊步的原因。」克雷格說。

「我不認為是這樣的，老兄。」拉維爾說。克雷格對他的反應哼了一聲。

「如果我兒子回家談論那些同性戀的事情，那他們就只能去住在河邊的紙箱裡。我會把他們

---

[30] 庫菲帽（kufu hat）是世界各地穆斯林男性佩戴的傳統帽子。這些帽子通常由棉、羊毛或合成材料製成，出於宗教和文化目的而佩戴。

打到滿地找牙。任何人讓自己的兒子長成了一個同性戀，這個人一定很失敗。就像克里斯・洛克[31]說的，你唯一的任務就是讓你女兒遠離鋼管，讓你兒子不要去搞男人。」克雷格自以為是地說。

「我在HBO上看過他的不少特別節目，他從來沒有說過你剛才說的最後一句話。還有，你為什麼會想到你兒子會搞上男人？你需要看心理醫生，克雷格。」拉維爾說。

「滾吧！拉維爾，這就是我為什麼要泰隆幫我剪頭髮的原因。」克雷格說。在新一輪的笑聲中，話題轉換到了巫師隊打敗塞爾提克隊的機率有多大。

艾克抓住椅子兩側。一股沉悶的痛楚從他的手往上延伸到他的前臂。他發現這家理髮店的椅子和他在警察局裡看到的椅子很相像。在開始掉髮並且自己動手剃頭之前，艾克曾經很喜歡到理髮店去。這種靈活的玩笑、隨意的友誼、善意的侮辱和諷刺——全都是理髮店的特色和文化。他不只一次地認為，這種理髮店是你最不需要為了身為黑人而道歉的地方。

這段對話讓他看到了這家理髮店的另外一面。他向來都知道有這一面的存在，只是一直都無視於它的存在。這裡可能是一個循環邏輯的地方，在這裡，愚鈍的思想受到確認，並且被普遍的團體迷思所鞏固。雖然有像拉維爾這樣不隨波逐流的人，但大部分的人依然選擇了從眾。他們真的認為男孩之所以變成同性戀，是因為沒有一個好父親嗎？也許他並沒有像他自己希望的那樣陪伴以賽亞長大，但那並不是以賽亞變成同志的原因。他並未假裝自己了解以賽亞的生活，但他至少還了解這一點。

然而，六個月以前，在他們朝著以賽亞的腦袋射了一槍之前，在他們殺了你兒子之前，你必然也會和這幫人一起捧腹大笑，艾克心想。

「你還好嗎？老闆。」莫里斯問。他擔心地看了艾克一眼。

「什麼？」

「你快把我的扶手弄斷了，老闆。」莫里斯說。艾克立刻鬆開椅子的扶手，只見扶手上那層硬殼塑膠幾乎快被他從鐵架上扯下來了。一個剃著光頭的黑人從布簾後面探出他那顆籃球大小的頭。他的皮膚顏色宛如黑曜石一樣。

「到後面來吧。」他說。他的聲音聽起來就像洗衣機裡的磚塊。艾克起身，穿過那片布簾。他走進一間被佈置成辦公室的儲藏室，而且還是一間豪華辦公室。辦公室裡有一張華麗的大型木製辦公桌，桌子底下擺了一張皮革包邊的椅子。地板上覆蓋著棕色的厚絨地毯。一張玻璃桌面的咖啡桌擺在一張豪華的皮革躺椅前面。三瓶半加侖的琴酒、波本酒和蘭姆酒就放在躺椅右邊的托盤裡。一名身穿黑色西裝褲和灰色T恤、外罩絲質翻領長袖襯衫、身形纖瘦的黑人男子，正坐在躺椅上。那頭捲成螺旋狀的長辮一路垂落到背部中央。

那名光頭男站到艾克面前。

㉛ 克里斯・洛克（Chris Rock，1965-）是美國喜劇演員、編劇、導演及監製，以單口喜劇出道，最著名的電影有《馬達加斯加》系列。曾在第八十八屆奧斯卡金像獎發表種族歧視言論，在舞台上公開嘲諷亞裔族群，引來群眾反彈。

「你身上有武器嗎？」他問。

「我口袋裡只有一把工作用的刀子。」艾克說。光頭男用他那雙有如汽車電池般大小的手將艾克從頭到腳拍了拍，然後從艾克的口袋裡掏出那把刀子。

「你走的時候再拿回去。」那名男子說完，逕自走到辦公室一角，靠在牆壁上。

這句話我之前也聽過，艾克心想。

「好久不見，艾克。我以為你不再用暴徒這個名號了。」剃刀手說。他說話有點口齒不清，喉嚨後面還帶著一絲維吉尼亞東南部的口音。當艾克入獄時，剃刀手還是一個瘦小的十七歲男孩，當時，他幫他哥哥路德接管了北河幫。現在，他是藍斯洛特．瓦許，綽號剃刀手，又名「首都的那個男人」。在路德被殺之後，他們全都撤回到紅丘。剃刀手的處境曾經很糟糕。整個團隊的處境也曾經如此。羅梅洛．賽克斯和「搖滾八〇年代」殺了路德，只為了報復他們在一個鳥不生蛋之處所舉行的一場家庭派對中的爭執。那甚至不是為了公事，而只是為了某些私人的鳥事。北河幫夾著尾巴、垂頭喪氣地集體回到紅丘。羅梅洛摘下了他們的面具，揭露出他們只是一群想要成為幫派的冒牌貨。

艾克，不，暴徒無法就此作罷。去他的羅梅洛和搖滾八〇年代。他不是一個冒牌貨。他找上了羅梅洛。他解決了羅梅洛。然後，維吉尼亞州解決了他。是維吉尼亞州把他送進監獄的，但艾克確實殺了別人的丈夫和別人的父親。

「我需要得到你的注意。你好嗎？剃刀手。」艾克問道。剃刀手喝著水晶杯裡深棕色的蘭姆酒，那雙宛如赤鐵礦一般的深黑色眼睛看著艾克。

「你來這裡做什麼，艾克？我以為你不再過這種生活了？我最後聽說的是你在幫有錢人割草，和那些西班牙裔經營的公司競爭得很激烈。」剃刀手說。

「我曾經在割草。我是說我確實在割草。我需要你幫一個忙。」

「一個像你這樣的人，會需要像我這樣的人幫什麼忙？你要我收拾把你打得這麼慘的人嗎？是啊，你被痛毆了一頓，兄弟。」剃刀手說。艾克咬緊牙關，把舌頭抵在臉頰內側。

「我需要見一個傢伙，我想他是你的客戶之一。我今天就需要見到他。」艾克說。剃刀手笑了笑，彷彿在看著一根冰柱逐漸成形。

「你對我的事業了解多少？艾克。」剃刀手說。

「我知道你的事業版圖從首都橫跨到紅丘，往北一直延伸到華盛頓特區。我知道你沿著鐵路路線運送毒品和槍枝。我知道你擁有紅色俱樂部。幹得好。你是因為紅丘才將它取名為紅色俱樂部嗎？我知道你可以安排這次會面，因為這個王八蛋是那種會購買大量毒品或者想要和成功人士混在一起的人。而你是我所認識的人裡最成功的。」艾克說。剃刀手啜飲著他的飲料。

「你很注意我的動態？艾克。」他問。這個問題本身聽起來並不特別，但它的潛台詞卻充滿威脅，宛如一隻坐在你後座的老虎一樣。艾克這輩子認識很多危險人物。有幾個埋葬在貧民窟墳墓裡的無名氏會說艾克就是個危險人物。這種人散發著一股由決心、意志力和無所畏懼的態度所驅使的黑暗能量。而剃刀手就是艾克認識的人裡最具危險性的人物之一。他的綽號就是源於他對剁掉別人的手指和舌頭的喜好。不是他敵人的手指和舌頭，而是他敵人的兄弟姊妹、妻子和孩子的。

「不是那樣的，剁刀手。我只是聽到一些傳言。我已經不在這個圈子了，但這個圈子不願放過我。」艾克說。艾克可以感覺到房間裡有一股強烈的緊張感向他襲來，將他完全吞噬了。剁刀手透過酒杯的邊緣注視著艾克。克雷格剛才提到了國王。艾克不想當個國王。國王從來都無法安眠。他最後只會落得剁刀手的下場，緊盯著每個人，猜測他們可能會如何奪取他的王冠。

「你想見的這個王八蛋是誰？」剁刀手說。他拉長了「王八蛋」這個字眼，讓它聽起來彷彿不只三個字。

艾克把雙臂交叉在胸口。

「放浪先生。」艾克說。剁刀手發出咯咯的笑聲，眼角也因此擠出了細紋。

「你想和塔瑞克談談？我的生意夥伴？喔，是啊，我有一份他的事業目錄。他投資了我的幾家俱樂部。我投了一些錢在他去年舉辦的布朗島音樂會上面。那個矮子在過去幾年讓我的荷包肥了不少，老實說，艾克，你看起來並不像是要和這個黑鬼坐下來好好談談。我想我應該幫不了你，朋友。我不能讓你搞砸了我的事業。」剁刀手說。

艾克覺得自己口乾舌燥。這就是他擔心的。時間會沖淡忠誠。人們擺脫忠誠就像褪去蛇皮一樣。

「喔，因為他是你的生意夥伴嗎？」

「我知道你要說什麼。」剃刀手說。

「我相信你知道。因為我比你的生意夥伴重要。我是你的同夥。我是路德的同夥。我從來沒有要求過你什麼，即便我在獄中的時候也沒有。你是那個對我說你會確定我在牢裡不會有事的人。你是那個對我說我什麼也不用擔心的人。你是那個說瑪雅和以賽亞不需要為生活擔心的人。你說他們是家人。然後，你給了她三百元。就一次。我差點喪命，但我得到了什麼？當我在獄中時，有四個黑人企圖要侵犯我，而我老婆得要兼三份工作才能養活我們的兒子。」艾克說。他發現自己在吼叫。角落裡的那個怪物已經離開了牆邊，不過，剃刀手舉起手，示意他不要輕舉妄動。

「事情很複雜。我們都不知道羅梅洛的表哥和東岸的瘸幫有所往來。我們不知道他們在冷水教養院裡有線人。你被關進去了，而我們則在這裡為我們的生存戰鬥。情況變得很混亂。我對不起瑪雅和以賽亞嗎？是啊，都怪我。不過，我們面對現實吧。沒有人用槍抵住你的頭，要你去找羅梅洛，並且在街上把他打到死。你自己要負責。」剃刀手說。

艾克往前踏了一步。

「是啊，都怪我。我用我赤裸的雙手在他母親和他的女人面前殺了那個混蛋。我入獄了七年，留下我的家人不管。那是我自找的。但是，我那麼做是為了你哥哥，是為了北河幫，是為了你。我那麼做是因為沒有人要那麼做。我在乎我的兄弟勝於我在乎我的女人和兒子。這也是我自找的。然而我知道，如果情況相反，如果我是那個遭到搖滾八〇年代設局而被轟爛腦袋的人，你哥哥也會為我做出同樣的事。那就是路德。你說事情變得很複雜。但你戰勝了。你淘汰了搖滾八〇年代，讓你母親和弟兄全都搬出了拖車場，搬到了凱利鎮。當你們在大肆喝酒慶祝的時候，我卻在和一堆混蛋打架。當你們在和脫衣舞孃以及錄影帶模特兒上床的時候，我卻在聽著黑神聯盟胡扯他們偉大的革命事蹟，因為這樣，才能有人罩我。當你在喝高級香檳的時候，我卻在喝非法製造的劣酒。我出獄之後一直沒有來找你。你讓我老婆幫別人擦屁股、讓我兒子穿二手衣的事，我全都放下了。我向他們保證，我不會再成為過去的那個我。但是現在，我來到這裡，我要請你……不，我要告訴你：你欠了我。你欠了我老婆。我會說你欠了我兒子，但他已經死了。而你在保護的那個人，也許能幫我找出是誰殺了他。」艾克停頓了一下。「你認為路德現在會說什麼？」

剃刀手站起來，走到艾克所站之處。艾克比剃刀手高，但剃刀手似乎沒有注意到。艾克的雙手垂在兩側，岔開雙腿。他在腦子裡記住了那個怪物在房間裡和他與剃刀手的相對位置。他繃緊著肩膀，等待剃刀手發動攻擊。

「他也許是你的朋友，但他是我哥哥。我知道你為我們所做的，為他所做的。但你不能站在那裡說這些來讓我難堪。」剃刀手說。

「我沒有。我只是在陳述事實而已。我從來沒有要求你們什麼。從來沒有。但這件事……藍斯，他知道這個女孩在哪裡，而這個女孩知道是誰殺了我兒子。他們對他開了六槍。點火燒了他和他的朋友。然後，他們站在他們上方，朝著他們的臉再補兩槍。我甚至認不出我兒子。我不知道那是誰。那是我兒子，藍斯。」艾克說。他在哭嗎？他不知道，他也不在乎。他已經厭倦了隱藏失去以賽亞的傷痛。如果剃刀手和他的那個龐然大物要笑他是個娘娘腔，就讓他們去吧。企圖要把所有的悲痛和哀傷藏在心裡，就像在和一袋蟒蛇角力一樣。那份悲傷已經快要讓他窒息了。

剃刀手把目光轉向牆壁。

「你不是打算要對塔瑞克動手吧？」他問。艾克用力地眨了眨眼。

「不是的。他認識這個叫做柑橘的女孩。我想，她知道是誰殺了以賽亞和德瑞克。」艾克說。他暫停了一下。他剛才說德瑞克是以賽亞的朋友。他說錯了。德瑞克是以賽亞的丈夫。他是以賽亞的丈夫。艾克試著要說出來，但他的嘴似乎無法吐出那句話。

「柑橘。」剃刀手輕笑出來。

「你認識她？」

「不，不過會叫那種名字的女人，我敢打賭她穿的是透明的高跟鞋。」剃刀手說。

「我只是想和她談談。塔瑞克可以讓這件事發生。」艾克說。

「讓我這麼問你吧。如果她把你想要知道的事告訴了你，然後呢？」剃刀手問。他似乎真的感到好奇。

「你是什麼意思？什麼然後？」艾克說。

「我不認為你只是單純地想知道發生了什麼事，艾克。」剃刀手說，艾克向剃刀手靠近，縮小了他個人的空間。

「那你一定是忘了我是什麼人。」艾克說。剃刀手笑著把目光轉回到艾克身上。

「你瞧。這就是一夫當關的暴徒。」剃刀手背對艾克。

「一個小時後再回來。我會叫塔瑞克過來這裡。」剃刀手說。

「謝謝你。」艾克說。

剃刀手走回他的躺椅坐下。「不用謝我。我們現在扯平了，艾克。」他說。艾克聽出他話裡潛在的威脅。當他轉身要離開時，剃刀手的手下把那把刀交還給他。

「你知道嗎？我曾經嫉妒你和路德。他曾經表現得好像你比我更像是他的弟弟。當你殺了羅梅洛的時候，我甚至還有點恨你。」剃刀手說。

「你從來都不需要嫉妒我。路德要我永遠都要照顧你。」艾克說。剃刀手大笑，那是一陣空洞的笑聲。

「那讓我感覺更糟糕，艾克。」

艾克穿過天鵝絨布簾，走向理髮店的前門。就在他即將走出大門之際，他突然停下腳步，走到克雷格所坐的那張椅子。泰隆已經幫克雷格染好了鬍子，現在他們正在瞎扯誰是現今世上最好的饒舌歌手。

「別說是那個白人阿姆。」泰隆說。

「你瘋了嗎？老兄。阿姆很棒啊。」克雷格說。

「你需要助聽器。」泰隆說。

艾克站到克雷格面前。克雷格不禁對他皺起眉頭。

「有什麼事嗎？」克雷格說。艾克歪著頭俯視他。他知道他也許應該作罷，但他做不到。他希望有人曾經告訴過他，他即將對克雷格說的話。

「如果哪一天晚上我溜進你家，割斷你兒子的喉嚨，我保證，到時候你最不需要擔心的就是他是不是同性戀。」艾克說。

「你在對我說什麼鬼話？」克雷格說。

「你聽到我說什麼了。你只是不想聽進去而已。」艾克說。克雷格開始從他的椅子上站起身。

「只要你從那張椅子上站起來，他們就得要花一個星期的時間把你的碎片從牆壁上挖出來。相信我，你不會想要這樣的。」艾克說。克雷格正打算回應，不過，艾克已經轉過身，走出了理髮店。

當艾克坐進卡車時，巴迪．李立刻在座位上坐直了。他的頭終於開始停止旋轉。

「怎麼說？」他問。艾克從口袋裡掏出巴迪．李的那把刀子還給他。他發動卡車，倒車駛出了他們的停車位。

「我們得等一個小時。他們會讓塔瑞克到這裡來。」艾克說。

「你覺得我有時間剪個頭髮嗎？他們這家店會剪白人的髮型嗎？」他問。艾克對他的問題不加理睬。

「嘿，你還好嗎？」巴迪．李問。

「一點都不好。」艾克說。

「我們在等待的時候，這附近有什麼地方可以喝一杯嗎？」巴迪・李問。他預期艾克又會瞪他一眼，不過艾克的反應倒是出乎他的意料。

「有，我也可以來一杯。」艾克說。

30

他們來到位於斯威夫特溪舊橋遺址附近的海灘路，一棟低矮的煤渣磚建築物就坐落在路邊。一面招牌架在細長的金屬腳架上，招牌的一頭有著一個誇張的箭頭指著那棟建築物，告訴路人斯威夫特溪酒廊正在營業中。即便才剛過兩點，那座鋪著石礫的停車場已經停滿了一半。艾克將巴迪．李的卡車停好，兩人一起走向酒廊的大門。

「對於一個自稱已經十年沒到鎮上的人而言，你居然還記得這個地方。」巴迪．李說。

「這種地方從來都不會關門。在你我出生之前，它就已經在這裡了，而且，在我們死了很久以後，它也依然還會在這裡。」艾克說。酷爾斯啤酒的霓虹招牌就吊在收銀台上方，招牌散發出的燈光讓建築物內部蒙上了一層藍色的光影。一群人聚集在破舊的吧台尾端，正在大聲地爭辯著莫帕爾引擎和Hemi引擎哪一個好。兩張老舊的撞球桌旁邊擺了一台自動點唱機。一首接一首的南方藍調歌曲從點唱機裡飄送而出，想必是酒吧DJ早已為斯威夫特溪酒廊接下來的一個小時設定好了播放的曲目。首先傳送出來的是亞伯特．金[32]的〈Born Under a Bad Sign〉。

[32] 亞伯特．金（Albert King, 1923-1992）是美國藍調吉他手及歌者，其演奏影響了許多的藍調吉他手。艾爾伯特是「藍調吉他三王」之一，最著名的歌曲可能是一九六七年的單曲〈Born Under a Bad Sign〉。

艾克和巴迪．李坐在靠近門的兩張吧台凳上。巴迪．李蹙緊眉頭地舉起手召喚酒保。一名穿著黑色無袖背心和牛仔褲的苗條女孩，笑容滿面地走向他們兩人。

「兩位需要什麼？」

「兩杯軒尼。」艾克說。

「沒問題，甜心。」酒保轉身去幫他們備酒。

「軒尼是什麼？我的意思是我會喝的，但我只是好奇。」巴迪．李說。

「你沒有聽過軒尼詩嗎？」艾克問。

「我的意思是，我聽過，我只是不知道它還有別名。我想這是……」巴迪．李說。他沒有再往下說，只是看著吧台後面的瓶子。

「是什麼？一種黑人的說法？」艾克問。巴迪．李咂了咂嘴。

「你知道嗎？我敢說你一定在想，他一直在說他沒有種族歧視，但他現在卻在說一些種族歧視的話。」巴迪．李說。那名酒保把他們的酒放到他們面前。艾克拿起他的那一小杯酒。

「我早就學會要有隨時對白人感到失望的心理準備。雖然這種事並不常發生，但當它發生的時候，我就不會被嚇到。你不是我遇過最糟的一個。」艾克說。巴迪．李用手指摸了摸他的杯緣。

「我不是企圖要找藉口，但是，在你的成長過程中，你身邊的人——你的嬸嬸和叔叔、你的祖父母、你的兄弟姊妹、你的朋友——全都說著一些你壓根不會去思考是對還是錯的話，你自然就不會把種族歧視的標籤貼在自己身上。你記得他們曾經在每個復活節的時候都會在電視上播出十誡嗎？影片中有一個男孩要他祖父看著那些努比亞人？我外公總是開玩笑說他們才不是努比亞人，他們只是，呃，你知道他說了些什麼。我曾經對那個笑話捧腹大笑，因為那是從我外公口中說出來的。我從來都沒有想過，也從來都不需要去想，像你這樣的人對那個笑話有什麼感覺。等到我長大之後，我不再去想這種問題，因為如果那個笑話本身有問題的話，那說明了我外公是什麼樣的人？那又說明了對那個笑話感到好笑的我是什麼樣的人？」巴迪．李說。

艾克一口嚥下他的那一小杯酒。白蘭地的酒液帶來了一種令人安慰又熟悉的熾熱感。剎那之間，他又回到了二十一歲。

「那說明了你有多麼無知。」艾克說。

「是啊，好吧，我想那是很好的評語。」巴迪．李說。

「把頭埋在沙堆裡，比試著從別人的角度看事情要容易多了。『無知就是福』這句話是有道理的。」艾克說。

「所以，你真的認為我有種族歧視。」巴迪．李說。

「我想，這也許是你這輩子裡第一次看到這個世界在非你族類的人眼中是什麼模樣。我是說，你依然很無知，不過你在學習。我也是。我們兩個都在學習。我們都說了、也做了一些我們希望自己沒有說過和做過的事。我想，如果你認清你在人生中的某一段時間曾經是個很糟糕的人，那麼，你就可以開始變得好一點，開始對人好一點。例如，現在你不再覺得那個笑話好笑的話，我想你就在正確的道路上了。就像下次如果有人要請我喝一杯的話，我不會再發飆，我只會走開，而不是把對方揪起來，只因為對方以為我在一家同志酒吧裡找對象。」艾克舉起他的酒杯對酒保示意。

巴迪．李也一口吞下他的酒。他把酒杯放在吧台上，倒吸了一口氣。

「天吶，這東西也太烈了。我想你是對的。我們好像到了這把年紀才開始學習。」巴迪．李說。那名酒保又送上來兩杯酒。

「永遠都來得及。」艾克說。

艾克開車回到了那家理髮店。停車場裡幾乎空蕩蕩的，只有一輛黑色的捷豹停在靠近理髮店的位置。除此之外，停車場裡唯一的車子就是巴迪．李的卡車了。艾克熄掉引擎。

「看來每個人都提早回家了。」巴迪．李說。

「剃刀手也許讓大家都回去了。放浪先生是故鄉的大人物，會有一堆傻子跑來當著他的面要求簽名之類的。」艾克說。

「他可以讓這整個帶狀購物中心都不做生意？」巴迪．李問。

「他擁有這家購物中心。」艾克說。

當他們走進理髮店的時候，塔瑞克正坐在靠近布簾的最後一張椅子上。他的一隻手放在腿上，彷彿在拍攝銀板照片一樣。他發亮的眼睛帶著一種野獸般的感覺。剃刀手坐在靠近隔壁餐廳入口的一張折疊椅上。他的保鑣站在塔瑞克後面，彷彿要幫塔瑞克剪頭髮一樣。

「你有十五分鐘。」剃刀手說。艾克往前向塔瑞克走出一步。

「你不能碰他。儘管問你的問題就好。」剃刀手的話讓艾克往後退。巴迪・李則抓了抓自己的下巴。

「我們知道你知道柑橘在哪裡。就像我們說過的，我們不是要傷害她。我們只是要和她談一談。」巴迪・李說。塔瑞克的胸口急速地在起伏。

「我們現在不能碰你，但你終究得離開這裡。」艾克說。塔瑞克畏縮了一下。

「我和剃刀手是同夥。你聽到他的話了。」塔瑞克說。他之前那種令人生畏的氣勢全都不見了。他聽起來就像一個在對遊樂場裡最大的惡霸表達忠誠的小孩。艾克對巴迪・李點了點頭。

「他的兒子死了。我的也是。你真的以為我在乎你是誰的同夥嗎？你告訴我們柑橘在哪裡，這樣一來，你就永遠不用猜想你窗戶外的嘈雜聲是不是我帶著一把老虎鉗和一把冰鑽前來找你所發出來的。」艾克說。塔瑞克仔細打量著他的手，彷彿這是他第一次注意到那雙手一樣。如果剃刀手對艾克的威脅感到一絲不安的話，他也完全沒有表露出來，只是逕自滑著他的手機。

「聽著，我們試圖要幫她。因為殺了我們兒子的那些人依然在找她，他們是不會放棄的。不管她去了哪裡都還不夠遠。」巴迪・李說。

「我叫她和我待在一起，但她說她不想連累我。她說她要到沒有人找得到她的地方，去到只有鬼魂存在的地方。」塔瑞克說。那個說大話的放浪先生已經完全消失了，眼前剩下的只有心碎。

「那是什麼地方？」巴迪・李問。塔瑞克抬起頭。

「她說那些追她的人是殺手。」塔瑞克說。

「我們也是。」艾克說。塔瑞克把頭往後靠。

「聽著，今天早上發生的事。我只是企圖要保護柑橘而已，你知道嗎？」塔瑞克說。

「你告訴我們她在哪裡，一切就一筆勾銷。」艾克說。巴迪・李對此嗤之以鼻。艾克瞪了他一眼，但巴迪・李只是聳聳肩，他已經越來越習慣艾克瞪他了。塔瑞克陷進了椅子裡。

「她告訴我，我只會說表面話，實際上卻都是裝出來的。她說我是個社交媒體的惡棍。她說的沒錯。放浪先生只是個來自胡格諾高中、懂得電子鼓和鍵盤的怪咖。你們才是真漢子。」塔瑞克說。艾克並沒有做出任何反應。

「老兄，你沒聽懂。這女孩在哪裡？」巴迪・李說。塔瑞克只是把臉埋入手裡。

「如果你們找到她的話，好好照顧她，好嗎？答應我。」

「我們會的。」艾克說。塔瑞克點點頭。

「她回家了。回到亞當斯路。回到鮑林格林去了。」塔瑞克說。

「她的真名叫什麼？我知道柑橘不是她駕照上的名字。」巴迪・李說。

「我不知道。我只知道她叫柑橘。」塔瑞克說。他的臉顫抖得彷彿咬到檸檬一樣。

「你在說謊。你知道她的真名。你已經說了這麼多了，現在可不要退縮啊。」巴迪．李說。

「老虎鉗和冰鑽。」艾克說。塔瑞克的眼神從凶狠轉為不安。

「呃……我……可惡。她真的叫做柑橘。柑橘．佛雷德里克森。你們問完了嗎？」塔瑞克懇求地說。艾克轉了轉他的肩膀，感覺依然很痠痛。

「我們問完了。」艾克說。

「如果由我來決定的話，我就會把你的手塞進你的嘴裡，直到你去廁所拉出來的是你自己的手指為止，不過我想我們問完了。」巴迪．李說。艾克不禁搖了搖頭。

「我們走吧。」艾克說完，兩人雙雙轉身朝著門口走去。

「我們扯平了。記住這一點。所有的債都還清了。」剁刀手說。艾克停下腳步，轉過頭，剁刀手依然在滑著他的手機。

「當然。」艾克說。

「如果我們走三〇一號公路的話，一個小時就可以到達鮑林格林了。」他們一坐進卡車，巴迪．李就說道。

「嗯。你覺得他說的是實話嗎？」艾克說。

「我相信是。他露餡的樣子是我這輩子看過最糟糕的。我希望他不要打撲克牌。還有，他怕你朋友怕死了。」巴迪．李說。

艾克發動卡車。「他不是我朋友，而且，他是應該要怕他。」

「你看，沒那麼糟吧。瞧你那副模樣，暴徒一定把你嚇壞了。」剃刀手說。

「那些人，他們不會傷害她吧，會嗎？他們也不會傷害我吧，對嗎？我的意思是，你我是同夥。他們知道的。」塔瑞克問。剃刀手從手機上抬起頭來。

「德文特，送這孩子回他的嬰兒床去。」德文特抓起塔瑞克的手臂，半抓半拖地將他帶出了理髮店。剃刀手碰了一下他手機的螢幕。電話響第二聲的時候就被接起來了。

「你打電話來是要取那批MAC-10衝鋒槍嗎？」葛雷森問。

「我的人已經告訴過你，它們現在太惹人注意了。我沒辦法運送。」剃刀手說。

「那我有什麼榮幸讓你打這個電話？」葛雷森說。剃刀手等了一下才開口。

「記得一個月前，你大張旗鼓地讓所有人都去找一個名叫柑橘的女孩嗎？」剃刀手說。葛雷森深深吸了一口氣，不過並沒有說話。

「喔，我引起你的注意了嗎？混亂之子。」剃刀手說。

「你引起了我的興趣。你告訴我我能派上用場的事，你就會得到我的注意。」葛雷森說。剃刀手聞言大笑。

「首先，我們來制定一下這個消息的價值。」剃刀手說。

「我要付出多少代價才能得到這個消息？」葛雷森問。

「無論付出多少都不夠多。我想讓我的收入來源多樣化。」剃刀手說。

「啊，可惡。」葛雷森說。

「什麼意思？」剃刀手問。

「沒什麼，只不過你聽起來像我認識的某個人。回到重點吧。」葛雷森說。

「你認識一個製作冰毒的好手。我想和他見面。我也許會想要和他買個幾公斤。」剃刀手說。

「希望你現在用的是一次性手機。」葛雷森說。

「我一週七天用的手機都不一樣。好了，你可以安排嗎？」剃刀手問。

「我可以，但我不能保證。那個人很容易神經緊張。」葛雷森說。

「我可以應付得了神經緊張的人。一袋滿滿的百元大鈔可以對你的焦慮發揮神奇的效果。」

「好吧。你有什麼消息要告訴我？」

「去你的，你對你的女人也這麼沒耐性嗎？他媽的。」剃刀手說。

「你有消息還是沒有，老兄？」葛雷森說。

「好吧，我有件事要告訴你。我聽到有人說她在靠近鮑林格林一個叫做亞當斯路的地方。如果你現在動身的話，也許可以趕在那兩個正在找她的傢伙之前找到她。」

「兩個傢伙？其中一個是一個大塊頭的黑人嗎？」葛雷森說。

「是啊，你認識他？」

「我和他還有一筆帳沒算完。亞當斯路，對嗎？」葛雷森說。

「對。那場會面就安排在下週吧。」剃刀手說。

「好，我知道了。嘿，那個黑人，他是你的朋友嗎？因為他得學到教訓。」葛雷森說。

剃刀手安靜了幾秒鐘才回答。「不。你該怎麼做就怎麼做吧。」

31

艾克駛離停車場，朝著二〇七號舊公路開去，二〇七號公路會連接到穿越里奇蒙的帕懷大道，最後通往三〇一號公路。

在沿著三〇一號公路綿延的山丘一路前進時，巴迪・李把頭靠在車窗上。鬱鬱蔥蔥的農地上四處點綴著白色的圍籬，圍籬和圍籬之間時不時被一些老房子打斷，那些房子的年紀比艾克和巴迪・李加起來還要老。在未被用來放牧或種植的土地上，山茱萸、松樹和楓樹競相爭取著它們共同的愛人——太陽的青睞。

巴迪・李打開收音機，喇叭立刻傳送出一陣男低音，那是梅爾・哈格德㉝所演唱的〈Mama Tried〉。

「媽媽努力在嘗試，但爸爸卻一點也不在乎。」巴迪・李說。

㉝ 梅爾・哈格德（Merle Haggard, 1937-2016）是美國歌手、詞曲作者、吉他手和小提琴手。一九六〇年代至一九八〇年代期間，哈格德共有三十八首單曲在美國鄉村音樂排行榜上名列冠軍。曾經獲得甘酒迪中心榮譽獎、葛萊美終身成就獎、鄉村音樂名人堂等殊榮。哈格德創作的歌曲〈Mama Tried〉於一九六八年發行，講述他在一九五七年因搶劫入獄時給自己的母親帶來的痛苦和磨難。這首歌在二〇一六年，因其文化、歷史和藝術意義，而被選入國家唱片登記處保存，並於二〇二一年被《滾石》雜誌選為「有史以來最偉大的五百首歌曲」，排名第三百七十六首。

「我以為你說你那些流浪者的本事都是你父親教你的。那些露餡之類的。」艾克說。巴迪·李閉上眼睛。

「沒錯。他也是一個可惡的醉鬼，如果通心粉和起司太乾的話，他就會揍我母親。他經常來來去去，就像一個只要一來到鎮上就會來探視你的朋友一樣。他在外面有一堆孩子。查特就是其中之一。迪克也是。我還有一個半印地安血統的姊姊在馬塔坡尼。我總是說，如果我有孩子的話，我絕對不會和他一樣。是啊，我做到了我的承諾。我比他更糟糕。」巴迪·李說。

「我母親和父親在我九歲的時候死了。他們在十七號公路上打滑，從科曼橋上飛了出去。我和我姊姊搬到了我父親的父母家。我讓我的祖父母受了很多苦，而他們只是持續地努力和愛我。我的心裡充滿憤怒。我曾經到處閒晃，等待著發洩的機會。我氣上帝帶走了我的父母，我氣我的父母死了，我氣我的祖父母企圖假裝一切都會好起來。我簡直一塌糊塗。然後，我認識了路德和他的夥伴。他讓我的憤怒有了宣洩之處。他為我指出一個目標，讓我把我的憤怒發洩在那個目標上。」艾克說著，從一輛拖曳著運馬拖車的卡車旁邊超車而過。

「我愛以賽亞，我真的愛他，但有時候，我覺得我不應該有兒子。我的腦子裡太亂了，讓我無法成為一個好父親。」艾克說。

「我想，如果你愛他，並且已經盡力了，那你就是一個好父親。反正，我都是這麼告訴我自己的。」巴迪·李說。

「你真的相信這個說法嗎？」艾克問。

「大部分的時候都相信。」

「當他出櫃的時候，我簡直氣瘋了。」艾克說。他開過一個急轉彎，經過幾頭懶洋洋地放牧在一大片牧場上的馬匹。

「你在那之前不知道嗎？雖然我逮到德瑞克在親吻另一個男孩，但我早在那之前就已經知道了。」巴迪・李說。

「我知道。我想，在我內心深處，我一直都知道，但我不想接受這個事實。我無法接受。我無法理解，你知道嗎？那意味著什麼呢？那就好像他告訴我他是個外星人一樣。這種事對我來說似乎太不自然了。」艾克說。

「但你依然愛他。你從來沒有停止愛他，不是嗎？」巴迪・李問。幾秒鐘之後，艾克才回答了他的問題。

「我試著停止愛他。有一陣子，我甚至無法看著他。我眼前浮現的全都是他和某個傢伙在做那檔事。抱歉，我不應該說德瑞克是某個傢伙。」

「不，沒關係。我是說，我明白你的意思，但我從來不想停止去愛德瑞克。我只希望他正常就好。我想，我花了很長的時間才明白。」

「明白什麼？」

「明白正常與否不是由我來定義。明白他想要在誰身邊醒來並不重要，只要他還會醒來就好。」巴迪・李說。艾克在方向盤上輕敲著手指。

「我因為過失殺人入獄。我的哥兒們被殺，所以，我找到那個下令的小伙子，然後在他母親的後院裡活生生地把他打到死。我把他踩在地上。我以為我在為同夥出頭，但他們並沒有支持我。我被關進牢裡，發現自己勢單力孤。因此，當四個黑人企圖圍攻我，把我變成他們在牢裡的娼妓之後，我只能加入一個新的幫派。」艾克活動了一下他的手。

「為了紋上這個刺青，我做了一些骯髒事。但我需要有人挺我。我殺的那個小伙子是東城瘸幫的人。那就是我為什麼加入黑神的原因。我害怕。我當時做的很多事都是因為我害怕。但所有那些我不得不做的事情，都讓我的腦子一團混亂。」艾克說。

「我在獄中也看過一些事。我明白你所說的。在監獄裡，你不能軟弱，否則他們就會打斷你的門牙，強迫你綁辮子，然後為了一包香菸就出賣你。不過，監獄裡的一切都過於不堪。人不應該活成那樣。」巴迪．李說。

「我一直都擺脫不掉那一切，你知道嗎？那讓我用罪犯的眼光看待所有的事情。他在他和德瑞克從大學畢業的那天出櫃。我們在家舉辦了戶外烤肉。很多人都到場了。我姊姊席薇亞和她丈夫來了，還有我工作上的夥伴。我正在烤肉架生火，你知道嗎？然後，他帶著德瑞克走過來。我記得他牽著他的手。我假裝沒有看見，但以賽亞開始說『爸，我得告訴你一件事』，而我只是繼續把漢堡肉翻面，因為我知道他要說什麼，我並不想聽，然後他說，『爸，德瑞克不只是我的朋友，他是我男朋友。爸，我是同志。我是同志，我愛他。』」艾克說完深深地吸了一口氣。

「我他媽的失去了控制。我抓狂了。我把烤肉架掀翻。食物和木炭散落得到處都是。一片木炭掉落在以賽亞的手臂上，嚴重地燙傷了他。我說……我說了一些很難聽的話，對他和德瑞克。瑪雅哭著對我大吼。大家都在看我，彷彿我是一頭野獸。我氣瘋了。我覺得好丟臉。然後，我走進屋子，用力地把門關上，以至於玻璃都碎了。」艾克說。

「我一直在想，他為什麼一定得要告訴我？為什麼是那一天？為什麼他不能不說出來？我不需要知道這種事，不是嗎？我一直用我自己的觀點在看這件事。我花了好幾年的時間才了解，即便我們的關係並不融洽，他還是告訴了我，因為他希望我知道他很快樂。他想要和我分享這樣的感覺，但我搞糟了。我讓他失望了。」艾克說。他喉嚨裡的腫塊感覺就像剛吞下了一塊磚頭一樣。巴迪．李清了清嗓子。

「你我都不是霍華德．坎寧安[34]，而那兩個孩子依然很成功。他們對朋友很好，對彼此很好，對那個小女孩很好。即便有我們這種父親，他們也長成了好人。不管我們讓他們失望了多少次，他們都平安無事地長大了。」巴迪．李說。

艾克搖搖頭。「我們得要找到柑橘。我們得要找出是誰幹的。我們不能辜負了他們。」

四十五分鐘之後，他們經過了一個巨大的黑色招牌，那面木頭的招牌上用鮮綠色的字體寫著

[34] 霍華德．坎寧安（Howard Cunningham）是一九七〇年代的情境喜劇《歡樂時光》中一個虛構的角色。坎寧安被描繪成一九五〇年代典型的美國人父親：一位具有傳統價值觀的美國中部聖人、白人暨共和黨企業主。

「鮑林格林」。卡車開始失去動力，然後又恢復了動能。艾克把油門踩到底，引擎宛如剛出生的嬰兒，立刻發出了刺耳的聲音。

「我們需要加油。」巴迪・李說。艾克看到右前方有一座架設了兩個加油機的加油站。他把車開進加油站，才來到加油機前面，車子的引擎就熄火了。

「油表顯示你還有半箱的油。」艾克說。

「我能說什麼？這輛車已經不如當年了。卡車和車主都一樣。」巴迪・李下了車，將雙臂朝著天空拉伸。他的背發出喀嚓的聲音，然後是一陣劈啪作響，彷彿一碗爆裂的米脆一樣。

「我去付油錢，你來加油。我需要一罐啤酒。」巴迪・李說。

「嘿，幫我也拿一罐。」艾克說。巴迪・李揚起眉毛。「真是漫長的一天。」

巴迪・李步履蹣跚地越過停車場，走進商店。他幫自己拿了一罐雪山啤酒，再幫艾克拿了一罐百威，然後把啤酒放在櫃台上。

「我要加，呃，二十五塊錢的油，七號加油機。」巴迪・李說。那名頂著一頭拖把般白髮的店員把他的啤酒裝袋，然後結算了加油的費用。

「二十九・四八元。」那名年長的白人女店員說。巴迪・李猜想，她一定從還在娘胎裡就開始抽菸了。他把兩張二十元鈔票遞給她。

「你是本地人？」巴迪・李問。

「我在這裡住十三年了。和我前夫從華盛頓特區南下搬到這裡。他是個養馬人，在秘書處[35]

出生的農場工作。」她說。

「真的？」巴迪．李說。

「是啊，比起婚姻，他比較擅長養馬。」那名店員說。

「你認識一個叫做柑橘．佛雷德里克森的女孩嗎？」巴迪．李問。那名店員撇撇嘴，彷彿剛咬了一口蘋果卻發現裡面有半條蟲一樣。

「你是她朋友？」她問。

「不是，說來有趣。我發現她的皮包，裡面有她的駕照和其他一些東西，但我不是本地人，所以我怎麼樣都找不到這個地址。你知道她大概住在哪裡嗎？也許給我一個地標或什麼的？她的證件上說是亞當斯路，但我的GPS就像得了妥瑞氏症一樣。」巴迪．李帶著微笑地說。但那名店員並沒有回以任何笑容。

「露妮特．佛雷德里克森住在亞當斯路靠近水塔的地方。那個招牌去年掉下來了，郡政府還沒有替換上新的。」

「露妮特，啊？她是柑橘的親戚，我猜？」巴迪．李問。

「是啊。」那名店員在說話的同時，不悅的表情更深了。

㉟ 秘書處（Secretariat 1970-1989）是一匹美國純種冠軍賽馬，也是美國歷史上第九位三冠大賽的冠軍，被廣泛認為是有史以來最偉大的北美賽馬。秘書處於一九七〇年代身價超過兩億元，並於一九七四年被提名進入國家賽馬博物館和賽馬名人堂。

「好吧，謝謝你。」巴迪．李說。他拿了零錢走向店門口，臨去時還瞥了那個店員一眼。你最好希望風向不會改變，否則你的臉將會一直這麼臭[36]，巴迪．李心想。他朝著卡車走去。幾輛汽車和卡車在加油站所在的雙線道公路上急馳而過。艾克已經在加油了。巴迪．李坐上車，把艾克的啤酒放在杯架上，然後才拉開自己的那一罐。

「謝謝。」艾克拿起他的啤酒，一口喝掉了大半罐。

「我想，我們應該找一條在水塔旁邊的路。亞當斯路。」巴迪．李說。

「你怎麼知道的？」艾克問。

「我剛才和裡面的店員聊過。她對我提到了露妮特．佛雷德里克森，是柑橘的親戚。」

「現在怎麼做？我們開到亞當斯路，然後挨家挨戶問他們是否認識柑橘嗎？」艾克問。

「你有更好的主意嗎？」巴迪．李說。艾克聳了聳肩。

「你負責去敲門，因為這裡是『讓美國再次偉大』的國家。」艾克說。

結果，他們只敲了兩戶人家的門。第一間房子沒人應門。第二間是一輛連接著木頭坡道的拖車，一名胸口紋著聯邦旗的年輕白人從拖車裡出來，指了指亞當斯路的最後一棟房子。他們駛過一面告示，告示上警告他們正在接近維吉尼亞州管轄區的盡頭。路的左邊是一個信箱，樹立在一條泥土長巷的入口。信箱上貼著一串字母的小貼紙，拼出了佛雷德里克森的字樣。

「就是這裡了，我想。」艾克說。巴迪．李咬著他的拇指指甲。

「你知道嗎？你說的沒錯。」

「關於什麼？」艾克說。

「我想那些人不會用他們對我說話的態度來和你說話。」巴迪・李說。他想起了那個身上有聯邦旗刺青的男子。

「我想你現在清醒了。」艾克說。巴迪・李從眼角瞄到了艾克得意的笑容。他轉進那條小巷，在那條宛如瑞士起司般坑坑窪窪的路上前進。當他們行經種滿木蘭樹的小路時，巴迪・李透過車窗往外看，只見那條崎嶇的小路盡頭是一座荒蕪的前院，以及一棟搖搖欲墜的兩層樓房，一座腐爛的陽台幾乎把一樓全都包圍了起來。看似綿延了好幾英畝的後院草地上長滿了葛藤和金銀花。一輛車門各自漆著不同顏色的四門轎車停在陽台最底下的台階附近。艾克把車開到陽台最右邊，在四門轎車的乘客座旁邊停下來，然後熄掉引擎。

「我們到了。」艾克說。

「你要怎麼做？」巴迪・李問。

「直接問。告訴她發生了什麼事。問她那個人是誰，以及那個人是否知道關於以賽亞和德瑞克的事。」艾克說。

「我們要對她施加多少壓力？」巴迪・李問。

36「如果風向改變，你的臉就會一直維持這個模樣，再也回不來了」，這個說法經常被美國的父母和師長用來威脅愛做鬼臉的小孩。據說，這個迷信的說法源自於露絲・帕克（Ruth Park）一九八〇年代的童書《When the Wind Changed》。

「她是個女人。我不會對她施壓。你也不會。」艾克說。

「好吧，不過，如果她拒絕回答的話，我可以打電話給我的一些堂姊妹，請她們幫忙。」巴迪．李拿起那把槍，塞入靠近他後背的腰間。

「我想我們不需要那個。」艾克說。

「寧可備而不用，也不要用時無備。」巴迪．李說。

他們爬下卡車，走向那棟房子的前門。才走出幾步，他們就雙雙停了下來。一名年輕女子已經從屋裡走到陽台上。一頭烏黑的頭髮披散在背上。她的膚色彷彿拋光的青銅。換作在其他的情況下，巴迪．李一定會覺得她令人銷魂。那雙如雌鹿般的棕色大眼睛從飄逸的睫毛底下瞄著他們。

那把對準他們的獵槍為她的魅力帶來了一層陰影。

「是啊，她是個心情沮喪又沒有抵抗能力的姑娘。」巴迪．李說。

32

「嘿，別緊張，姊妹，我們只是想談談而已。」巴迪・李說。

「不管你們要推銷什麼，我們都不會買。不管你們想談什麼，我們都不想聽。」那名女子說。

「你是柑橘嗎？」艾克問。她把獵槍的槍管轉向他的方向。艾克注意到她把槍托靠在她的臂彎上，並且用另一隻手托著槍泵。不過，她的手指並沒有放在扳機上。艾克仔細打量她。她豐滿的嘴唇正在顫抖。她的眼睛飛快地左右轉動，彷彿陷入籠子的鼬鼠一樣。她很害怕。她很緊張。她很漂亮。有很多詞彙可以套用在她身上，但殺人者絕非其中之一。他知道一個殺人者是什麼模樣，因為每天他都會在鏡子裡看到。

「我是誰不重要，老爹。你和那個半調子的山姆・艾略特現在就回到你們的卡車上，然後離開這裡。」柑橘說。

「這是我第二次被人用這種算不上稱讚的方式比喻為那個老頭。我想，我的感情開始受傷了。」巴迪・李說。

「喔，天吶，我很抱歉。也許你應該離開去尋求心理治療。」柑橘說。

「以賽亞對你很好。德瑞克想要幫助你。以賽亞是我兒子。德瑞克是他兒子。他們因為你告訴他們的事而死了。我們的兒子因為你死了。你至少可以和我們談一談。」艾克說。

柑橘畏縮了一下。艾克以為她在對他拋媚眼，直到他發現黑色的眼影開始沿著她的臉頰流下來。艾克已經厭倦了眼淚，他自己的，瑪雅的。以賽亞是他們宇宙裡的星星。當他死的時候，那顆星星崩塌成了一個黑洞。那個黑洞吞噬了他們曾經有過的每一分喜悅。全都因為這個站在陽台上的女孩有一個寧可殺人，也不願曝光的秘密情人。她沒有按下扳機，但她肯定脫不了關係。讓她哭吧，直到她流下的不是眼淚而是鮮血。

「我並不希望發生那種事。」柑橘說。她臉上的淚痕讓她彷彿戴上了獨行俠的面具。

「那就把那東西放下來，和我們談談，孩子。」巴迪．李說。柑橘咬了咬下唇。隨著時間一分一秒地過去，艾克看到那把獵槍的槍管正在逐漸往下垂。一陣風吹過，讓他們籠罩在一股木蘭花的氣味裡。

「進來吧。」柑橘說。

「她放下那把霰彈槍會讓我覺得好一點。」巴迪．李小聲地說。

「如果她要對我們開槍的話，早就那麼做了。」艾克說。

「喔，好吧，很好。」巴迪．李說。

他們走上陽台，進到屋裡。門廊和前廳裡瀰漫著威士忌的味道。前廳裡擺著一張凹陷的沙發。一台老式的落地式電視以一定的角度擺在沙發附近，電視上正在播放著粗糙的影像。廚房裡有一張餐桌，其中一半已經延伸到起居室裡。柑橘把槍放在桌上。

「泰瑞，是誰啊？」

一名高大的白人女子從屋後走出來。她穿了一件印花的家居服和人字拖。那張麵團般的臉孔有一部分被幾縷稀稀疏疏垂落到下巴的金髮遮住了。

「柑橘，媽。我叫做柑橘。不是什麼重要的人。你去躺下來吧。」柑橘說。那個婦人注意到艾克的存在，不過，她的目光卻流連在巴迪·李身上。

「不，不，我們有客人。請你的朋友進來。我來準備飲料。」婦人說。

「你一定就是露妮特了。我喜歡你的思維方式。」巴迪·李對她眨眨眼，讓露妮特咯咯地笑了。

「媽，他們不會待太久的。」柑橘說。

「喔，他們至少能留下來喝一杯吧。」露妮特說完，轉身走回屋後。巴迪·李聽到她在廚房裡走來走去的聲音。他可以看到走廊上有一條通往廚房的捷徑。

「坐吧。」柑橘說。艾克和巴迪·李走進前廳。除了沙發之外，那裡還有一張躺椅和一張腳凳。艾克和巴迪·李坐在沙發上，柑橘則坐在那張躺椅上。艾克環顧著房間。較遠的一個角落有一個燒柴火的爐子。裱框的照片隨意地掛在斑駁的牆壁上。艾克在幾張照片裡看到一個年輕版本的露妮特和一名棕色皮膚的矮個子男子。在其他的照片裡，有點年紀的露妮特臉上多了一些皺紋，身邊還多了一個眼睛明亮的小男孩，男孩的五官是她和那名棕色皮膚男的混合體。隨著照片裡的人年紀漸長，他們之間的距離也跟著增加。那名棕色皮膚的男子在後來的照片裡明顯地缺席了。

「我告訴以賽亞，我改變了想法。我不想再接受那個採訪了。你們怎麼會知道他們發生的事和我有任何關係？」柑橘說。

「因為我兒子的工作夥伴聽他說，和你有染的那傢伙是個雙面人。後來，他和他丈夫就腦袋開花地死在路邊。」巴迪．李說。巴迪．李話裡的尖刻讓柑橘不禁畏縮了一下。

「我告訴過他們情況很危險。我告訴過他們，但德瑞克很氣憤，而以賽亞的心意已決。他們完全不明白他們面對的是什麼。那不是我的錯。如果你認為我希望他們死掉的話，你可以接受我一開始的建議，滾出這裡。」柑橘說。艾克開始加入對話。

「聽著，我們只是想從你這裡知道那個和你交往的人叫做什麼名字。他是誰？剩下的我們自己會解決。」他說。

「我不會告訴你們的。我不應該告訴德瑞克和以賽亞。當他和我斷絕往來的時候，我就應該要放棄的。他的生活太複雜了。在我認識他的時候，我就已經知道了這一點。聽著，當時我在派對上喝醉了，只是在發洩而已。我太情緒化了。那是個錯誤。」柑橘說。

「你是指告訴德瑞克關於你男友的事？」艾克說。

「是的，那也是個錯誤。」柑橘說。艾克可以看到她和她母親神似之處，不過，她和照片裡的那個小男孩更為相像。

「如果你不想告訴我們的話，你可以告訴警察。」巴迪．李說。艾克轉頭看著他。如果巴迪．李的肩膀現在長出第二顆頭，他也不會感到更驚訝。

「我想要找出是誰下的手，我不在乎要透過什麼方法才能找得到。如果你不想告訴我們，那就告訴該死的警察。」巴迪．李說。

「我很抱歉，但我不能捲入這件事。」柑橘說。

「捲入？你就是這件事的一部分。全都是因為你。你殺了我兒子和他的……丈夫，但你只在乎保住你自己的小命？」艾克說。

「聽著，小子，我不知道你們是否留意到了，但我是唯一在乎我自己這條小命的人。不要到這裡來把責任都推給我。你們大聲嚷嚷著你們有多麼在乎你們死去的同志兒子，因為你們在他們活著的時候對他們完全不屑一顧。」柑橘撥開臉上的一撮頭髮。艾克從沙發上跳起來，緊緊握住了雙拳。

「你根本不知道我和我兒子的事。」艾克說。

「喔，是嗎？我敢打賭，你一定對別人說你有多愛他，但你只愛他的一部分而已，不是全部的他。現在，你們要我冒著生命的危險讓你們自己覺得好過一些。那可不是我的職責，寶貝兒。」柑橘說。艾克向她走近一步，但她卻面帶微笑地抬起頭看著他。

「我了解你。我向來都了解像你這樣的人。你像個虛張聲勢的硬漢，但關於你兒子和他『室友』的事，你卻在對人們說謊。」柑橘說著，在空中比畫了一個引號。艾克感覺到自己的拳頭鬆開了。她這番話的精闢讓他感到頭痛。彷彿她過去十年裡一直在窺視艾克的生活一樣。

「我們知道我們確實不怎麼樣，不需要你來告訴我們，我們每天都在自我反省。但那並不表示我們的孩子就應該躺在地底下腐爛，而你男友卻可以在這片土地上四處逍遙，只因為你沒有膽子挺身而出。他找了一些摩托車惡霸到處在追捕你。他要他們殺了你。現在，如果我們找到了你，你覺得他們還需要多久才能找到你？你跟我們走，然後把事情告訴警察，他們可以保護你。」巴迪．李說。

「不，他們不能。所有發生的一切都不是他指使的。他被扯入了一個他無法控制的局面。他所聽命的那些人才是這件事的幕後主使者。一群想要擁有權勢的富人，他們想要在他們能力所及的範圍內控制每個人和每件事。他在這件事裡也是個受害人，就和——」

「如果你要說就和以賽亞與德瑞克一樣的話，我們是不會接受的。」艾克說。柑橘聞言舔了舔嘴唇。

「他曾經告訴過我，他們要他成為一頭獅子，而一頭獅子並不需要為了吞下一隻羊而懷有罪惡感。他這輩子都受到他們的虐待，但他們並不在乎他受到了多少傷害。你根本不知道你正在面對的是什麼。」柑橘說。她那雙黃褐色的眼睛似乎在發亮。

「你不是真的相信這些鬼話吧？他企圖要殺了你，還要把你展示在他的牆上呢！」巴迪．李說。

「我是在告訴你，你們不了解他。你們不知道他經歷了什麼。這牽扯到的範圍比你們以為的還要廣。」柑橘說。

「他殺了我兒子。除了他的名字之外，該知道的我都已經知道了。」艾克說。

「飲料！我希望你們會喜歡自由古巴。」露妮特端著一只裝著四個玻璃杯的塑膠托盤走來。她把托盤放在腳凳上，開始把一杯杯由蘭姆酒和可樂調製成的飲料遞給其他人。

「謝謝你，女士。」巴迪·李說。

「我叫做露妮特，不是女士。不過，如果你想的話，你可以叫我甜心。」她對著兩口就喝光那杯飲料的巴迪·李眨了個眼。艾克緊緊地抓著他的酒杯，依然專注地盯著柑橘。柑橘啜飲了一口。這回，她真的對他拋了個媚眼。

「你想要打我，對嗎？那是你的怪癖嗎？」她問。

「不。我在想，但願我兒子沒有試著要幫你，但他就是那樣的人。他會幫助任何人，即便是一個根本不在乎他的人。」艾克說。

「企圖要讓我產生罪惡感是不管用的，小子。」柑橘說。艾克覺得她想要讓自己聽起來很強悍，但話一出口卻顯得平淡無奇。

「我不是想要讓你有罪惡感，我只是在陳述事實而已。」

就在柑橘張嘴要回應之際，前院傳來車門用力關上的聲音打斷了她。艾克站在原地，他的後頸起了一片雞皮疙瘩，彷彿有鬼魂正在幫他搔癢一樣。他和巴迪·李四目相對。

「自從你爹地離開之後，我就沒有這麼多客人了。」露妮特說著大搖大擺地走向門口。她那只玻璃杯裡的冰塊宛如響板一樣地發出叮叮噹噹的碰撞聲。

「媽，你在做什麼？我告訴過你，我們得要小心點。」柑橘說著，起身抓住露妮特的手臂。

「我要去看看是誰來了。」她口齒不清地說。艾克不禁懷疑她在自己那杯裡加了多少蘭姆酒。他把他的杯子放在腳凳上。

「等等。讓我先看一眼。」艾克走到門框左邊的窗戶，透過骯髒的窗戶玻璃看到了一輛藍色的小廂型車。廂型車停在那輛轎車的另一邊，就在他們卡車最左邊之處。除了廂型車之外，還有三輛摩托車，全都停在廂型車和轎車之間。

六名男子正朝著房子走來。每個人都壓低了頭上的棒球帽，手上也都握著槍。

「趴下！」艾克大喊。露妮特掙脫柑橘的手，朝著巴迪．李走去。

「他在說什麼，帥哥？」她一邊轉動著手上的飲料，一邊面帶微笑地問。

一陣槍響在屋外爆發。房子裡瞬間變成了充滿玻璃碎片、木片和石膏板裂片的人間煉獄。露妮特的身體在子彈穿過她的胸口和腹部時不停地顫抖，彷彿在跳著箱式舞步一樣。她那件印花家居服被鮮血濕透，上面的雛菊因此變成了一朵朵紅玫瑰。當巴迪．李一把抓住她，並且企圖將她壓到在地時，柑橘衝向了她母親。艾克趴在地上，沿著地板爬行。露妮特的身體蜷曲成一團，那只玻璃杯從她手中滑落，沿著不平整的木頭地板滾了出去。

當艾克來到餐廳的桌子之際，陽台上響起了如雷的腳步聲。就在艾克抓起那把獵槍的槍托時，前門被一腳踢開了。他拉動槍栓，瞄準站在門口的那名男子。

切達停下腳步。他並沒有預期會看到一把十二口徑的槍管。艾克瞄準他的頭部，扣下了扳機。切達的半張臉在一片血肉、骨頭和腦漿的混合物中消失了。他的棒球帽從殘餘的頭部飛起，飄落到地板上，只見他的身體一半躺在門裡，另一半還在門外。艾克再度拉動槍栓，彈出彈殼，並且將另一發子彈推入槍膛。陽台上的另一個人在艾克瞄準他的胸口時跳到旁邊。艾克扣下扳機，那把獵槍再度發出一聲轟鳴，讓第三名男子急促地奔回廂型車。那顆鉛彈射中了葛雷姆林，正中他的大腿和腹部交界之處，也將他震出了陽台。當他摔倒在地時，他的大腸和小腸開始脫落，彷彿一條浸滿梅洛酒的鹹水太妃糖一樣。

艾克再次拉動獵槍的槍栓。彈殼再度彈出，然而，這次並沒有子彈可以重新上膛。

「巴迪，開槍！」艾克大喊。

巴迪．李把柑橘壓在身體底下，從沙發後面探出頭來。他從腰間掏出那把槍，瞄準了壓低身體朝著屋子走來的第四個人。他的槍法實在太糟了。他覺得子彈應該在另外三人紛紛尋求掩護時擦中了那名男子。

艾克匆忙越過躺在門口的那名男子，抓起他手中的槍。那是一把衝鋒槍。他不確定是MAC-10還是烏茲衝鋒槍。艾克瞄準那輛廂型車和轎車，開始掃射。

「媽的、媽的、媽的！」葛雷森在子彈擊中轎車時尖叫著。金屬碎片和纖維玻璃彈射到他的臉和眼睛。他再度尖叫，這回，憤怒的嚎叫取代了任何的髒話。他把機關槍靠在前擋泥板上盲目地射擊。多姆在葛雷森旁邊蹲了下來。

「我的槍卡住了！」他大聲地吼叫。但葛雷森無暇理會。

「喔，天吶。喔，天吶，我的腸子。我他媽的腸子！」葛雷姆林呻吟著。

當第三名男子的子彈劃破空氣時，艾克往後靠在門口。他朝著男子還擊，直到他聽到空彈匣發出的喀噠聲為止。他本能地把手探進門口那具屍體的口袋裡，摸到了一個新的彈匣。他已經多年沒有碰過槍了，但他的手似乎並未感覺到時間的變化。那雙手迅速地將空彈匣退出，以驚人的靈敏度裝上了新彈匣。當葛雷森從轎車的前保險桿旁窺視時，艾克很快地開了幾槍。

「去開卡車！」艾克大喊。他把車鑰匙扔給巴迪．李。巴迪．李伸出空著的那隻手在空中攔截下那串鑰匙，然後拖著又哭又叫的柑橘穿過廚房，從後門衝了出去。在此同時，艾克又朝著那輛轎車掃射了一番。

「他媽的！」葛雷森啐了一聲道。他站起身，趴在轎車的引擎蓋上，朝著陽台來回掃射，猛烈的火力彷彿惡魔的爪子落在屋子上。空彈殼掉落在引擎蓋上，沿著引擎蓋邊緣滾到地面。

艾克在窗戶底下疾走，然後起身，透過斷裂的窗框下緣回擊。葛雷森消失在轎車的車尾後面。艾克持續朝著轎車、廂型車和摩托車的方向開火，直到他聽到巴迪．李那輛卡車的引擎啟動，發出龍捲風一般的咆哮。

葛雷森換上新彈匣，躲到廂型車後面，再度朝著屋子射擊。他沒有聽到卡車啟動的聲音，但看到了卡車倒車和迴轉，卡車的後車窗因此面對著他。他瞄準卡車開槍。後車窗的玻璃碎了，不過，他遭到了來自屋裡宛如降雨般的子彈攻擊，迫使他不得不快速臥倒在地。

他的另一名同夥蓋吉正抱著大腿向他爬過來。他並沒有看到他們這支攻擊小隊的最後一名隊員凱索。他和葛雷姆林及切達各自騎著他們的摩托車。多姆、蓋吉和凱索則開著那輛廂型車。他認為要對付一個黑鬼、一個鄉巴佬，外加一個賤人，六名帶槍的稀有物種已經綽綽有餘了。

他對這個錯誤感到極度的惱火。

巴迪．李一邊踩下油門，一邊把柑橘往下拉。玻璃碎片宛如雨點般地灑落在他的後頸和背脊上。

「該死！」巴迪．李將卡車轉了一個大弧形，然後以特定的角度將車倒到屋子前面。當他輾過院子裡那名男子的雙腿，將男子的腿重重壓在他那輛雪佛蘭底下時，他聽到了宛如馬匹遭到閹割的慘叫聲。

艾克衝出屋子，一邊掃射著機關槍，一邊跳上卡車的車斗。當艾克朝著躲在那輛藍色廂型車後面的兩個人開火時，巴迪．李踩下了油門。他撞上那輛轎車，轎車隨即撞到最前面的兩輛摩托車。第二輛摩托車在動量守恆的作用下撞向了第三輛。巴迪．李一路踩著油門，然後左轉，沿著巷子直駛而去。

艾克把衝鋒槍最後一輪的子彈瞄準了那輛廂型車的車尾。後車門的玻璃和駕駛座那一側的後輪同時爆裂。葛雷森和多姆在巴迪．李的卡車像一枚砲彈撞過來時，不停地繞著廂型車移動，最終，兩人宛如一對烏龜般地趴在前保險桿附近。

葛雷森及時跳起，剛好看到卡車左轉，朝著公路駛去。葛雷森用手背擦了擦眼睛。汗水、鮮血和金屬碎片黏附在他前臂的汗毛上。他的耳朵裡也迴盪著刺耳的金屬嘎嘎聲。多姆起身站到葛雷森旁邊。凱索也從轎車底下爬了出來。

葛雷森把視線從巷口收回來，轉而環顧身邊的景象。他的三名兄弟倒下了。切達死了。葛雷姆林也差不多了。而蓋吉正在鋪滿院子的紅色黏土上不停地出血。

「多姆，他們射中了我的腳，多姆。我流了好多血。天吶，好痛。我流了好多血，多姆。」蓋吉喘息地說。

「我的腸子，天吶。我可以看到我的腸子。」葛雷姆林說。他的聲音小到差點就被風吹走。多姆和葛雷森走向他們傷勢嚴重的兄弟。他的下腹大部分都不見了，或者正在從他的手中往下漏，彷彿一條油膩膩的鰻魚一樣。他躺在一大灘鮮血和糞便裡，就像躺在一個熱水足以將他淹沒的浴缸裡一樣。

他的腿看起來像一名盲眼烘焙師所做出來的麵包棒。如果葛雷姆林撐得下來的話——雖然，從他身體底下的那一灘血水看起來這幾乎不可能——只怕他的餘生都甩不掉那種結腸造口袋了。他再也無法騎車。葛雷森知道他並不想要那樣活著。

「我們不能任憑他這樣不管。」葛雷森說。當他把槍指向葛雷姆林的臉時，多姆把頭轉向了夕陽。空氣裡瀰漫著蟋蟀尖銳的三重奏大合唱。

「另一邊見了，兄弟。」葛雷森說。

他朝著葛雷姆林的臉發射了一串子彈。刺耳的爆裂聲彷彿有人把一千顆釘子灑在金屬桌面上一樣。葛雷森將那把機關槍放在葛雷姆林屍體旁邊的地上，然後走向已經毀壞的摩托車。他試著要扶起他的摩托車，但車子的高把手已經全都彎曲了。油箱也在漏油。其中一個凸輪有一個巨大的凹痕。皮革椅墊上也有一道鋸齒狀的大裂口。前輪已經內凹，看起來就像一個小孩第一次嘗試寫出來的大寫字母D一樣。

葛雷森讓那輛摩托車重新躺回地上。

「好了。」葛雷森說。他本能地知道安迪死了。兩個原本應該坐在沙發上喝啤酒的老混蛋，先發制人地幹掉了他的一名候選人，雖然這令人難以置信，但並非不可能。看著眼前的大屠殺場面，他意識到自己犯了兩個錯誤。

他對這些人太掉以輕心了，而且他一直沒有全力以赴。第一個錯誤是他的問題。他絕對不會忘記，也不會原諒他自己。第二個錯誤則是那個從來不曾弄髒自己、不曾沾染上鮮血，也從來不曾打過架的一名富家子弟造成的。沒錯，他是給了他們錢，但那已經不重要了。很久以前，這件事就已經超出了生意的範疇。現在，這已經超越私人恩怨。這是攸關榮譽的事。如果他不能解決掉這兩個人，那麼他就沒有資格當總裁。他不配戴上那該死的徽章，還不如摘下來扔進垃圾裡。

這太瘋狂了。這一切。

切達死了。

葛雷姆林死了。

蓋吉或許也會失血過多而死。

更別提發生在那個黑人店裡的事。葛雷森搓揉著自己的臉。

他的手停留在劃過他臉頰的那道疤痕上。不會再馬虎，不會再半調子。那些作法都已經過去了。

「多姆，你有備胎嗎？」葛雷森問。

「有，我的意思是，我想應該有。這是我老婆的廂型車；我不太常開。」多姆說。

「我們要怎麼處理這些摩托車？我們不能把它們留在這裡。」凱索說。葛雷森抽出他的小刀，走到每一輛摩托車旁邊。他用刀尖鬆開車牌上的螺栓，把三張車牌全都收到口袋裡。警察可能會核對車輛識別號碼，不過，他們永遠都可以說車子被偷了。

「你們兩個去把切達和葛雷姆林身上的徽章背心脫掉，然後把輪胎換好。再把蓋吉抬上車，這樣我們才能離開這裡。雖然我們在鳥不生蛋的地方，但你永遠都不知道哪一個多管閒事的鄰居可能會報警。等我們回到俱樂部會所時，我要召集一場作戰大會。我們要殺到這個混蛋的家門口。」葛雷森說。多姆和凱索僵立在原地，憂心忡忡地看著彼此。

葛雷森走回到葛雷姆林的屍體旁邊，拾起他的槍。他帶著威脅的目光看著多姆和凱索，那股狠勁讓他的頭都痛了起來。

「我他媽的口吃了嗎？」葛雷森說。

33

「靠邊停車！」艾克從卡車車斗大喊。巴迪・李似乎沒有聽到。卡車在他疾駛過那條一線道柏油路時劇烈地震動。艾克可以看到時速表上的指針正在越過九十。

「巴迪・李。靠邊停車，讓我進去！」艾克用盡全力大喊。他在照後鏡裡看到了巴迪・李那雙明亮的藍眼睛。引擎刺耳的聲音停息了下來，卡車也停靠到路邊。艾克跳下車斗，爬入車廂。他才剛關上車門，巴迪・李立刻就踩下油門，急速滾動的輪胎把地上的碎石拋向空中。

艾克感到背上有一股潮濕的暖流。他才往前靠，柑橘就重重跌在他的大腿上。他抓住她單薄的肩膀，把她扶正。

「該死。」艾克小聲地說。

柑橘身體的右側全都染上了紅色。她臂彎上有一個十分錢硬幣大小的子彈孔，正以嚇人的速度在出血。

「怎麼了，有人在我們後面嗎？」巴迪・李說。他的眼睛掃射著車內和車子兩邊的照後鏡。艾克脫下襯衫和皮帶。他用襯衫裹住柑橘的手臂，再用皮帶緊緊地繫住它。一大片潮濕的深色漬痕從柑橘的身體輻射到卡車的椅凳上。

「她中槍了。」艾克說。

「什麼？真他媽的太糟糕了。她死了嗎？」巴迪・李問。艾克把手指貼在她的脖子側面。他可以感覺她的脈搏在瘋狂地跳動，宛如一隻正在拍打翅膀的大黃蜂一樣。

「她沒死，不過她可能受到了驚嚇。」艾克說。他從口袋裡掏出手機，撥出瑪雅的號碼。他的手指在手機螢幕上留下了髒污。

「你的地址是什麼？」艾克在手機響時問道。

「啊，什麼？」巴迪・李說。

「我們需要讓她接受檢查，但我們不能回我家。他們不知道你住在哪裡。你的地址？」艾克說。

「喔，東城路二三五四號。」巴迪・李說。

瑪雅在電話響第四聲的時候接了起來。

「艾克？」

「到東城路二三五四號和我們會合。把你的急救箱帶來。我們三十分鐘後會到。」艾克說。

「你受傷了嗎？」瑪雅說。艾克蹙緊了眉頭。她內心破碎的部分才剛開始癒合。那個問題讓他聽到那道傷口又被撕開了。

「不是我，也不是巴迪・李。不過我們需要你幫忙。」艾克說。

「好。」她說。在他能說上話之前，她就掛斷了電話。

「我們不應該帶她去醫院嗎？」巴迪・李問。

「醫生會因為槍傷而報警的。剛才那裡還有三具屍體。你要向警察解釋這件事嗎？」艾克問。

「萬一她死了呢，艾克？她是唯一知道那個混蛋是誰的人。」巴迪．李說。

「巴迪，我們兩個可能都會因此被捕。」艾克說。巴迪．李咬了咬自己的下唇。

「但如果她告訴警察——」

「你聽到她之前說什麼了嗎？這傢伙聽起來有一些人脈關係。他可能和警察有往來。」艾克說。

「不可能所有的警察都和他有關係。」巴迪．李說。他在一個急轉彎處把車速減到六十哩，然後又重新回到八十哩的時速。柑橘發出了一道呻吟。艾克把她的頭往後靠，確保她可以呼吸。

「我們穩輸的……我們不能……」柑橘低聲地說。

「別暈倒了，小姐！」艾克大聲地喊。他用手臂擁住她，讓她靠在他赤裸的胸口。

「巴迪．李，聽我說。一旦我們到醫院去，就得回答很多問題。」艾克說。

「你告訴過我，為了抓到殺了那兩個孩子的兇手，你什麼都願意做。你是真心的嗎？因為我是。如果我需要為了讓這個混蛋被捕而回到監獄裡的話，我願意這麼做。那你呢？」巴迪．李問。艾克緊緊地閉上雙眼，以至於他覺得自己的眼皮就要從臉上彈出來了。

「她說他和他身邊的一群人很富有，對嗎？那就表示他可以得到有錢人的正義。我們會入獄，我們的兒子依然不會復活，而他會找一個厲害的律師擺平一切。他也許還是會出於好玩而殺了柑橘。巴迪．李，如果我們要坐二十五年到一輩子的牢，就無法為這件事伸張正義了。」艾克說。巴迪・李短暫地把目光從路面轉向艾克。

「我們讓這女孩的母親被殺了，不是嗎，艾克？那些啄木鳥是怎麼發現我們的？他們跟蹤了我們嗎？因為如果是的話，他們一定很擅長此道。你不可能騎著哈雷悄悄地跟在別人後面而不被發現。」巴迪・李說。柑橘再次地喃喃自語。

「不……穩輸的……我們不能……」

艾克撫平她的頭髮。她的皮膚摸起來十分濕黏。

「剃刀手是唯一知道我們要去哪裡的人。」艾克說。這句話不需要更多的解釋。巴迪・李用手掌拍了一下方向盤。

「那個雜種！可是為什麼呢？你不是說，你解決了殺他哥哥的那個人嗎？他為什麼要這樣出賣你？」巴迪・李問。

「我不知道。我想，這可能和路德的事有點關係。他內心深處對他自己感到生氣，因為他沒有處理路德的事，他也對我感到生氣，因為我處理了路德的事。但這依然無法解釋他和稀有物種怎麼會有關聯。我以為他們不是同一個圈子的，但我猜剃刀手涉獵的事情很多。不過，我們改天再弄清楚這件事吧。」艾克說。柑橘又咕噥了些什麼，然而，她的聲音無力到艾克根本聽不清楚。

「我們已經無法脫身了，對嗎？艾克。」巴迪・李說。這並非一個問題。

艾克再次撫平柑橘的頭髮。「那不重要。我們得做個了結。」

他們在拖車前猛然停車，為了急停，巴迪．李得要站在煞車上，才能將煞車踩到底。卡車在石礫上打滑，只差五吋就撞上了那輛停在巴迪．李拖車前門半步之外的車，那是瑪雅的車。在巴迪．李熄掉引擎之前，艾克已經抱著柑橘下車奔向了屋子。瑪雅背著一只尿布袋從她的車裡下來，懷裡還抱著艾莉安娜。巴迪．李關掉引擎，拿著鑰匙爬出卡車。

「幫艾克開門，我來抱這個小不點。」巴迪．李說。瑪雅把艾莉安娜交給他，從他手中接過鑰匙走向拖車前門。當他抱著艾莉安娜走回他的卡車時，巴迪．李聽到了一陣輕微的噠噠聲。他抱著那個小女孩彎下腰，在那孩子咯咯的笑聲中發出了呻吟。汽油正在從卡車的底盤往下滴落，滴成了一道涓涓細流。

我知道我把你操得很猛，寶貝。再撐一會兒吧，巴迪．李心想。他站起身，走向他的卡車車尾。他用一隻手放下尾門，然後坐下來，把艾莉安娜放在自己的腿上。那孩子伸手就去抓他下巴的鬍渣。

「我需要刮鬍子了，不是嗎？爺爺看起來就像個狼人一樣。」巴迪．李說。

「你和我何不在這裡坐一會兒？你想要唱歌嗎？你知道〈我看到了光〉[37]這首歌嗎？老漢克以前經常唱這首歌。我媽媽也很喜歡。以前，我老爸把家裡要付帳單的錢全都拿走了，結果我家因為繳不出電費而停電。當時，我老媽為了讓我們不覺得無聊，就唱了這首歌給我們聽。你看，我可以把這些事都告訴你，因為你不會記得。哈，你甚至可能不會記得我。」巴迪．李說。

「帶她到廚房去。」瑪雅說。艾克轉向右邊，把柑橘帶到巴迪．李的那間小廚房。與其說是廚房，其實這裡更像是一個裝有廚房配備的小角落。巴迪．李有一張老舊的黃色鍍鉻美耐板桌子。艾克用柑橘的腳把桌上寥寥無幾的幾個盤子掃落到地上，然後讓她俯臥在桌面上。瑪雅放下那個尿布袋。艾克看到那裡面有一瓶酒精、繃帶、縫針和橡膠手套。

「到外面去。我要盡量讓這個過程保持無菌。」

「你確定嗎？」艾克說。

「艾薩克，你只會礙手礙腳而已。」她說。每當瑪雅用他的教名稱呼他時，就代表著「我不是在徵詢你的意見」。

艾克走出去，把拖車的門在身後關上。他看到巴迪．李和艾莉安娜正坐在卡車尾門上唱歌。那個小女孩正在咯咯地笑，巴迪．李一邊唱著艾克沒聽過的曲調，一邊對著她做出誇張的表情。那首歌聽起來有點像宗教歌曲。巴迪．李擁有一副有力又悅耳的嗓音，每一個抑揚頓挫都恰到好處。而艾克不管唱什麼都是五音不全。

艾克不想打擾他們，於是，他在巴迪．李的煤渣塊台階上坐下來。還不到一分鐘，巴迪．李就帶著艾莉安娜加入了他的行列。他讓艾莉安娜坐在地上。她立刻就撿起一顆石頭扔向空中。

[37]〈我看到了光〉（I Saw the Light）是美國鄉村藍調歌手漢克．威廉斯（Hank Williams）於一九四七年創作的一首鄉村福音歌曲，也是他最受認可的讚美詩和最受歡迎的歌曲之一。這首歌後來成為鄉村音樂和福音音樂流派的標準。

「她讓我想起德瑞克。他會找一根棍子自己玩很久，直到太陽下山為止。」巴迪・李說。艾克抱著自己，緊緊地捏住肩膀。暮光迅速降臨，氣溫也跟著急速下降。

「以賽亞會編造關於小矮人的故事，他說那些小矮人住在後院的一棵樹裡，故事裡還牽扯到了戰爭、婚姻和一堆亂七八糟的事。」艾克說。

「你覺得她會撐過來嗎？我是指柑橘。」巴迪・李說。

「會的。問題是，她會告訴我們那個人是誰嗎？」艾克說。艾莉安娜坐在地上，拿著兩塊石頭在互相敲擊。

「她真的相信他是愛她的，就像她不相信他和這件事有任何關聯一樣。」巴迪・李說。

「只要你深愛一個人的話，就幾乎會為一切尋找藉口。我看過死刑犯接到他們在監獄外的女人提出申請，要求到獄中為他們進行親密探監。」艾克說。

「是啊，那些女人瘋了。」巴迪・李說。

「愛是有點瘋狂。」艾克說。巴迪・李用他的靴子前端劃著地上的石礫。對於這個說法，他找不出話來反駁。

「巴迪・李・詹金斯，是誰讓你幫他們看孩子的？」瑪歌問。當她從巴迪・李的卡車一角出現時，巴迪・李和艾克雙雙站起身來。

「首先，我是一個很棒的保母。再則，這不是誰的孩子，這是我孫女，艾莉安娜。」巴迪・李說著，把艾莉安娜從地上抱起來。

「如果你是個好保母，為什麼讓她坐在地上？我的老天啊。」瑪歌說。

「小不點，你要和這個凶女士打招呼嗎？」巴迪・李說。瑪歌聞言用力在他的手臂上拍了一下。

「別理他，小可愛。你是我這輩子看過最漂亮的小東西。」瑪歌說著，搓了搓艾莉安娜的頭髮。

「這位恐衣症的帥哥又是哪位？」瑪歌說。艾克本能地把雙臂交叉在胸口。瑪歌得意地笑了一下，同時對他眨了眨眼。

「我是艾克。我也是艾莉安娜的，呃……爺爺。」艾克說。瑪歌點點頭。

「很高興認識你，艾克。給你一個小建議，不要讓巴迪・李讓你的孫女坐在光禿禿的地上。我兒子就是那樣染上旋毛蟲病的。好了，我要去玩賓果了。你們好好看著這個小美人。等我回來時，如果她還在這裡的話，我可能會把她給偷走。」瑪歌說。

「好吧，祝你玩得愉快。」巴迪・李說。

「我會很樂意邀請你和我一起去，不過，我擔心你會和你這位朋友一樣，輸到襯衫都沒了。」語畢，瑪歌就消失在她拖車的角落。幾秒鐘之後，他們聽到她那輛福斯金龜車發動，駛出了拖車場。艾克覺得那輛金龜車的引擎聽起來就像一具外置馬達。

「你和她是朋友？」艾克揚起右邊的眉毛。

「她是我鄰居，是個好女人，不是那種會忍受任何不公平對待的女人。」巴迪・李說。

「她喜歡你。」

「什麼？不。我們只是鄰居而已。」巴迪・李說。

「隨你怎麼想，不過，我敢說，如果剛才你接受她的提議，你現在就已經在玩賓果了。」艾克說。

「朋友也可以一起去玩賓果啊。」巴迪・李說。艾克注意到他的耳朵開始微微發紅。

「你喜歡那位女士嗎？小不點。我有點怕她呢。」巴迪・李說。他鼓著眼睛，從雙唇之間吹出一口氣。艾莉安娜立刻發出了高八度的尖叫。

艾克低下頭，默默地用手指劃過兩腿之間那些煤渣塊上面的裂縫。

看看你錯過了什麼，看看你和她父親錯過了什麼，一個聲音在他腦海裡低語。最糟糕的是，他知道他為什麼不讓自己接近她。這是自從她和他們住在一起以來，他第一次因為這個原因感到慚愧。艾克在想，*在命運決定一個人不配再多咬一口蘋果之前，他有多少機會可以做出對的決定？*

瑪雅從門裡探出頭來。

「我們需要談一談。」她說。艾克和巴迪・李及艾莉安娜全都進到了拖車裡。

「她會撐過去的。」瑪雅說。她站在巴迪・李的桌子旁邊。柑橘背對著他們，側躺在桌上。

「她失血過多，她手臂上的傷口時好時壞。沒有照X光，我無法確定是什麼狀況，但看起來她的骨頭應該沒有斷裂。不過，她的神經可能會有點受損。她沒有受到驚嚇，只是暈倒了。她需要一個地方休息，還有，得有人幫她更換繃帶和清潔。現在，你們得告訴我她是誰，她的手臂上為什麼會有一個洞？」瑪雅問。

「她就是以賽亞和德瑞克企圖要幫助的那個女孩。我們認為她的男友涉及了這兩個孩子被殺的事。我們去找她，要她去和警察談談。」艾克說。他心想，或者告訴我們她的男友是誰，這樣我們就可以割掉他的頭。

巴迪・李接著解釋。

「有幾個人找到了我們，並且在她家瘋狂掃射。他們也把她媽媽打死了。我們認為他們就是那群殺了我們兒子的混蛋。」巴迪・李說。瑪雅用雙手遮住嘴，閉上了眼睛。

「她有對你們說什麼嗎？」瑪雅從她的雙手後面咕噥地說。艾克搖搖頭。瑪雅把雙手從臉上挪開。

「這個可憐的孩子。我們得幫她找個安全的地方讓她療傷。」瑪雅說。

「我想我認識某個人可以幫忙。」艾克說。

「這個人……是同盟者嗎？」瑪雅問。

「什麼？」艾克說。

「同盟者。以賽亞告訴我……」她停頓了一下。「以賽亞說，那是指對LGBTQ友善的人。」瑪雅說。

「我來猜一猜，她是個還沒出櫃的蕾絲邊？」巴迪・李說。瑪雅回過頭，看著俯臥在桌上的柑橘。

「用錯字了。」瑪雅小聲地說。艾克不解地皺了皺眉。

「你在說什麼，布丁？」艾克說。他已經很久沒有用這個親暱的稱呼了，這讓他自己都感到吃驚。從瑪雅揚眉的模樣看起來，她也同樣感到驚訝。她在褲子上擦了擦雙手。

「你的朋友是個跨性別的女人。不管你要帶她去哪裡，對方都必須是個同盟者。你不需要把她帶去找某個在發現真相之後會把她踢到街頭的人。」瑪雅說。艾克在巴迪・李的沙發扶手上坐下。巴迪・李也把艾莉安娜放了下來。她跑向瑪雅，一把抓住她祖母的腿。

「等等，所以她是個他？」巴迪・李壓低聲音地問。

「不。她是個還沒有經過變性手術的她。」瑪雅說。巴迪・李在艾克旁邊的沙發上坐下來，他垂下頭，用雙手掠過頭髮。

「我以為現今這個世界已經夠瘋狂了。」他說。

「你稱她為『她』，但她依然還有……」艾克沒有把話說完。

「她以女人的外表呈現，似乎也過著女人的生活，所以她就是個女人。」瑪雅說。

「這些都是他們在醫院裡教你的嗎？」巴迪・李問。

「對，有些部分是。但絕大部分都只是教我們要尊重別人，並且接受他們本來的樣子。」瑪雅說。艾克覺得她的眼神穿透了他，彷彿她正在揮舞著一支鑽土機一樣。有好一會兒的時間，沒有人開口說話。瑪雅抱起艾莉安娜，讓她把頭靠在瑪雅的肩膀上。

「她很漂亮。」艾莉安娜說。

「啊？」瑪雅說。

「她很漂亮。」艾莉安娜說。瑪雅轉過頭，看到柑橘正虛弱地在向艾莉安娜揮手。艾莉安娜也朝著她揮了揮手。

「我想，我們應該要回我妹妹家了。」瑪雅說。

「不。先不要。」艾克說。

「『先不要』是什麼意思？是你叫我們去那裡的啊。」瑪雅說。

「沒錯，我知道。我在想，我不希望你獨自上路。我要帶柑橘到一個對她來說是安全的地方。你們都待在這裡，直到我回來。然後，我會開車送你到你妹妹家，巴迪．李可以跟在我們後面。」艾克說。

「你要帶她去哪裡？」巴迪．李問。

「你不需要知道的地方。如果你不知道的話，你就不會說出去。」艾克說。

「我不會說出去的，艾克。」巴迪．李聽起來似乎受到了冒犯。

「我知道你不會，但是，如果那些人逮到你的話，他們一定會盡全力逼迫你。如果你不知道的話，你就不能說了。」艾克說。巴迪．李伸手就要撓自己的下巴，卻止住了手。

「那就是她的朋友這麼處心積慮要殺她的原因。」巴迪．李說。

「這不只關乎他有個知道他某些底細的女友，而是關乎她是誰。」艾克說。

「你認為塔瑞克也知道嗎？所以他才讓他的人那樣對待我們？」巴迪・李說。

「有道理。硬漢嘻哈製作人不想讓人知道他是個隱瞞自己性傾向的同志。」艾克說。

「我不是同性戀。」一個虛弱的聲音從廚房傳來。艾克和巴迪・李彼此交換了一個眼神，這已經變成他們之間一種快速的溝通方式。艾克站起身，走到廚房。柑橘正坐在桌子邊緣。瑪雅已經用巴迪・李的一條床單幫她做了一個吊腕帶。她的頭髮沾黏在臉上，身上裹著一條絹印著大西洋城幾個字的海灘浴巾，宛如古羅馬男子的托加袍一樣。

「你不是？」巴迪・李說。

「不，我不是，你這個傻子派爾[38]。」柑橘說。

「我真的一頭霧水。」巴迪・李往後靠在沙發上。艾克直接來到柑橘面前。

「我們要帶你到一個安全的地方。」艾克說。

「我之前就在一個安全的地方。我很安全，我媽媽也很安全。」她說。

「他們終究會找到你的。」艾克說。

「你又知道了？」柑橘說。

「是的，我知道。因為你的男友，不管他是何方神聖，都不想讓人發現他和某個……」艾克打住沒再往下說。他還在做著不好的決定，還在說著錯誤的話。

「說啊。我以前也聽過。『某個像我這樣的人』。就連我媽都曾經說我是他媽的怪物。她不肯叫我柑橘。她說，她用我爹地的名字幫我命名。那是他的名字，我應該以那個名字為傲，現在她死了，她永遠也無法用我的真名叫我了。」柑橘開始哭泣。她猛烈的啜泣讓艾克感到胸口一陣疼痛。他走向她，在他意識到自己在做什麼之前，他已經試著要用雙臂摟住她了。她將他推開。艾克只能尷尬地張開雙臂往後退。

「告訴我們他叫什麼名字，姊妹。讓我們把這件事做個了結。」巴迪・李說。

「你們根本不明白。我們彼此相愛。他不是掌控的人。我不是說他沒有涉入，但他不是主謀者。」柑橘說。她的臉頰閃爍著淚光。

「告訴我們。」巴迪・李盡可能溫柔地說。

「他殺了我們的兒子。他派人要殺你。他們殺了你媽媽。告訴我們，柑橘。」艾克把手放在她的肩膀上，但在他的內心裡，他觸碰到的人是以賽亞。她不是他的兒子。然而，他覺得透過她，他可以感受到一絲他永遠也無法體會到的痛苦、悲傷和不公平，體會到那些在LGBTQ陰影下的人所深刻感受到的情感。曾經有過多少次，以賽亞也像柑橘現在這樣地哭泣？直到他找到了能按照自己想要的方式活下去的力量？直到他發現，身為一個人，他的價值不該因為他的性傾向而受到限制？直到他意識到，他的父親只把他視為一個令人失望的兒子。

㊳傻子派爾（Gomer Pyle）是美國情境喜劇電視連續劇《安迪・格里菲斯秀》（Andy Griffith）裡的虛構角色，是一名天真而溫和的汽車技師。

「你還愛著他，對嗎？」艾克問。柑橘並沒有回答他的問題。

「我只希望這一切都煙消雲散。」她說。

「這一切是不會散去的，小姐。」巴迪．李說，但艾克揚起了一隻手。

「你先穿上衣服吧。我們要帶你到對你來說是安全的地方，好嗎？」艾克說。

他不再逼她，只是用頭示意巴迪．李和瑪雅跟著他。然後，他們全都退到拖車外面。

「你覺得你有多餘的襯衫和一件褲子可以借給我和她嗎？」艾克問。巴迪．李點點頭。

「我不知道你能不能穿得下，不過，我的襯衫她應該可以穿。牛仔褲也是。如果你穿上我的襯衫，看起來會像是穿了你弟弟的衣服。」巴迪．李說。

「我車子的後座有幾件我的T恤。」瑪雅說。

「很好，布丁。」艾克說。

「她得要告訴我們，艾克。越快越好。」巴迪．李小聲地說。

「她媽媽才在她面前被殺。她愛的人企圖要殺了她。她現在什麼也不能告訴我們。我們先把她帶到安全的地方。給她一點時間。」艾克說。

「我們需要那個人的名字，艾克。」巴迪．李說。

「她需要慢慢接受她愛的人殺了她媽媽的事實。」艾克說。

「好吧。你帶她到狐狸找不到的雞窩去吧。我會和瑪雅及小不點留在這裡。不過，沒有多少時間了。這一點不需要我告訴你。」巴迪．李說。

「這些殺了她媽媽的人，是前幾天跟蹤我的那批人嗎？」瑪雅問。艾克嘆了一口氣。

「對。」

「如果你找到這個男友，你會殺了他嗎？」瑪雅問。巴迪．李從他們三人旁邊走開，轉而再度去檢查他的底盤。

「會。」艾克說。瑪雅在艾莉安娜把玩她的髮辮時輕輕地左右晃動。

「很好。你抱她一下。我的後座可能也有幾件運動褲。」她把艾莉安娜交給艾克。他困難地嚥了嚥口水，用他強壯有力的手抱住她。艾莉安娜一手抓住他的下巴。

「你不能把她留給安娜嗎？」艾克問。瑪雅停下腳步，靠在卡車上。

「安娜出去了。屋子裡除了我們沒有其他人。我不能把她獨自留在那裡。相信我，我並不想為了這些事把帶她到這裡來。」瑪雅說完，消失在她的車後座。當她再度出現時，手上多了一件襯衫和一條瑜伽褲。當她走過艾克身邊時，艾克抓住了她的手。

「我對這一切感到很抱歉。所有的一切。」艾克說。瑪雅攫住他的手。

「逮到他們。」說完，她直接走進拖車。當她回來時，柑橘也跟著一起走了出來。她已經換上了那件襯衫和褲子，兩件看起來都大了兩碼。柑橘微微地在搖晃，不過，她似乎沒有再度暈倒的危險。

「我可以要那件襯衫嗎？」艾克問。巴迪．李拉起他的褲子，走進拖車。他們可以聽到開門關門以及開關抽屜的聲音從拖車裡傳來。幾分鐘之後，他來到門口，把一件法蘭絨襯衫扔給艾克。

「這是我弟弟迪克的。幾年前，他曾經來這裡和我住過一陣子。他的身材和你差不多。」艾克套上那件襯衫。雖然手臂的部分有點緊，不過還算可以。

「我會開卡車去。你們都在這裡等我回來。」艾克說。

「艾克，那輛卡車上都是血，而且後車窗也被擊破了。此外，它漏油的狀況就像賽馬在撒尿一樣。她是我的寶貝，但我不知道她還能開得了多久。」巴迪．李說。

「我不希望萬一你們得離開的時候，卻因為沒有車、只有一輛可能故障的卡車而被困住，特別是你們還帶著艾莉安娜。如果你們真的必須離開的話，我不希望她還得吹著夜風。試著當個好保母，就像你朋友說的那樣。」艾克說。

「我們不是保母。我們是她的祖父母。你可以帶著她開那輛車走。」瑪雅說。

「她喜歡和你待在一起。我想，她有時候會怕我。」艾克說。

「我覺得剛好相反，不過那不重要。你會離開多久？」瑪雅問。

「一趟路要十五分鐘。」艾克說。

「那就去吧。你越快出發就能越快回來。」瑪雅說。

「把手槍給我，機關槍你留著。」巴迪．李說。

「不！我孫女身邊不能有槍。」瑪雅說。

「瑪雅，有人在找我們。那些人有槍。」艾克說。

「那就是你為什麼要趕快動身，然後快點回來的原因。我們會待在這裡。去吧。」瑪雅說。

艾克看著巴迪・李。巴迪・李聳聳肩。他才不要介入一個男人和他的老婆之間。他還寧可站在一隻飢餓的野狼和一隻瘋狗之間。

「瑪雅，我要把槍留給巴迪・李。我相信他。」艾克走向卡車，拿出那把MAC-10衝鋒槍。當他把槍遞給巴迪・李的時候，他們緊緊地注視著彼此。巴迪・李點了點頭。

「我們只剩下這個。那把點四五沒有子彈了。你按下扳機，直到它發出咔嚓一聲，再也射不出子彈為止。把鑰匙給我。」艾克說。

「遮陽板下面有一把備用鑰匙。我留著平常用的那串，這樣我才可以鎖門。」巴迪・李說。

「我們走吧！柑橘。」艾克坐進卡車，柑橘也跟著坐到乘客座上。

「再見，美女！」艾莉安娜說。柑橘笑著對她揮了揮手。

「再見，小甜心。」她說。

「快點回來。別在路上和街頭妓女搭訕，自己小心。」巴迪・李說。

「嘴巴放乾淨點。」瑪雅說。

「抱歉，女士。」巴迪・李說。

「三十分鐘。」艾克說。他發動卡車，倒車駛出了巴迪・李那條縮短的車道。

當車尾燈消失在路的盡頭時，巴迪・李、瑪雅和艾莉安娜回到了拖車裡。

巴迪・李一手抓著那把MAC-10衝鋒槍，用另一隻手把門鎖上。

34

艾克在駛往紅丘郡北邊的途中撥打了賈絲的號碼。她在電話響了三聲之後接了起來。

「嘿，艾克，什麼事？」賈絲說。

「賈絲，我需要幫忙。」艾克說。賈絲必定從他的語氣裡聽出了什麼，因為她並沒有直接說「好」或者「沒問題」，反而說：

「什麼忙？」

「我有個朋友需要一個地方暫住幾天。她受傷了，而且需要有人幫忙她更換繃帶。我知道在你到店裡工作之前，曾經是個註冊的護士助理。」艾克說。艾克覺得他聽到電話線發出嗡嗡的聲音，不過，他知道那是他的想像，因為手機不需要經過會發出嗡嗡聲的地下通信電纜。

「艾克，我只當了三週的護士助理。天吶，我不知道。我得要問問馬克思。」

「我會在你最後一筆薪水中多付你兩個星期的工資。」艾克說。

「多付兩個星期？真的嗎？」

「真的。」艾克說。賈絲咂了咂嘴。

「這和前幾天到店裡來的那幫摩托車騎士有關嗎？」賈絲問。艾克差點就要說謊了。

「對，但你不會有事的。沒有人知道你住在哪裡，也沒有人跟蹤我。」艾克說。他努力確保自己沒有說謊。他特別繞道走了一些小路，讓人很難跟蹤他而不現形。

「我不知道，艾克。」賈絲說。

「三個星期。多付三個星期。拜託你，賈絲。她需要幫忙。如果你不想為我這麼做，那就算是為了以賽亞吧。」艾克說。

「那些摩托車騎士和以賽亞發生的事有關嗎？」賈絲問。

「是的。我很確定有關。」艾克說。更多的沉默瀰漫在他們之間，深沉到令人窒息。最後，賈絲終於再度開口。

「好吧。帶她過來。你說她需要在這裡待多久？」

「只是幾天而已。謝謝你，賈絲。」艾克說。

「我得用我的薪水幫馬克思買兩個PlayStation的新遊戲，好讓他不會碎碎念。」賈絲說。

「待會兒見。」艾克說完便掛斷了電話。

「你沒告訴她。」柑橘說。

「我想，我沒有立場告訴她任何事。」艾克說。

「你確定我媽媽死了？」柑橘問。這個問題讓艾克差點就衝出了馬路。他小心翼翼地選擇了接下來要說的話。

「我不知道。一切發生得太快。不過，我認為她並沒有活下來。」艾克聲音沙啞地說。柑橘把頭靠在車窗上。冷空氣透過破裂的後車窗灌進車廂裡，讓柑橘的頭髮在她的頭上狂亂飛舞，彷佛黑色的精靈一樣。

「在我把塔瑞克付給我的頭款分給她一半之後，她才讓我回家。二千五百元，而且她還繼續用我的棄名來稱呼我。」柑橘說。

「你有告訴她你在逃命嗎？」艾克問。

「有。所以她才沒有拿走全額。」柑橘說。

「棄名是什麼意思？」艾克問。柑橘把腳放到大腿底下。

「我出生時取的名字，不是我自己選的名字。」柑橘說。

「牆壁上的照片。那是……」

「那是以前的我。在我發現自我之前的我。」柑橘說。

「喔。好。」艾克說。

「我爹地是半個黑人、半個墨西哥人。我媽媽常說他是個真正的男子漢。有一次，他抓到我穿著我媽媽的高跟鞋。他一拳打在我胸口，讓我吐了三天的血。他讓我整個週末都穿著高跟鞋走路，繞著我們的房子不停地走，直到我的腳流血。我的嘴和腳都在出血。我渾身都在痛。我那時才真正明白了。」柑橘說。

「明白什麼？」艾克問。

「他們在我出生的時候搞錯了。我一直都是個女孩，但我身邊的人不肯接受這個事實。他對我所做的一切讓我想到，總有一天，我會找到適合我的那雙高跟鞋。我逮到機會盡快地離開了鮑林格林，去了里奇蒙。在那裡幫人們化妝和美髮。我就是那樣認識塔瑞克的。我幫他的幾支音樂錄影帶擔任化妝師。我們開始混在一起，他也開始讓我跟著去參加派對。過了一陣子之後，我們參加的派對越來越豪華、越來越花哨，直到有一天晚上，我們去了一個里奇蒙市舉辦的舞會，然後，我在那裡遇見了『他』。對的，就是『他』。打從一開始，和『他』在一起就很不一樣。他和塔瑞克一樣，他也知道，但他似乎從來都無法接受自己喜歡我的事實。我們會在一起做一些事，甚至是和性無關的事，我們只是到夜店去，他會因為嗑藥變得亢奮，然後自殘、摑我巴掌，事後又道歉。當我認識他的時候，他很老派地塞給我一張紙條，紙條上有他的電話號碼。在我告訴他真相之前，我們上過幾次床。我很害怕。你不知道一個男人會有什麼反應。他不在乎。他經常這麼說，『我不在乎你的雙腿之間是什麼，我只在乎你的內心是什麼。』」柑橘吸了一口氣地說。

「我以前曾經被當成性玩具，但這次的感覺不一樣。很不一樣。喔，天吶，我不知道我為什麼要告訴你這些事。也許是因為我可能在一週之內就會死了，所以說出來也無所謂。」柑橘說。

「你不會在一週內死的。」艾克說。

「喔，你覺得不會嗎？」

「對，我覺得不會。」艾克說。

「為什麼？」

「因為一旦你告訴我他是誰，我就會殺了他。我會慢慢動手折磨他。我想，你知道我說的是實話，我想，那就是你為什麼不肯告訴我的原因。」艾克說。柑橘沒有回應。她把自己縮成一團，將下巴貼在膝蓋上。卡車撞到隆起的路面，讓她因為手臂擦撞到車門而蹙緊了眉頭。她把沒有受傷的那隻手放在臉上，渾身都在發抖。

「我一直試圖在告訴你，你不明白。他在乎我。他不能做他真正想做的人。他的家人不允許他那麼做。這很複雜。他結婚了。他的家庭具有一種公共形象，他們會不惜代價地保護那個形象。你永遠也無法了解這一點。沒有人可以因為你愛的人而評斷你。」柑橘說。

艾克的手彷彿老虎鉗一般，緊緊地抓著方向盤。

「我不知道我得要對你說多少次。他殺了我的兒子。還有巴迪・李的兒子。他派人去殺你，結果卻殺了你媽媽。那就是真正的他。你以為他愛你。我理解。但是，一個男人不會隱藏他所愛的事物，更不會讓一個混蛋去取她的性命。」他說。柑橘在那件瑜伽褲的口袋裡摸索著。

「你就隱藏了你對以賽亞的愛。」柑橘說。艾克不認同地咂了咂嘴。

「我對他隱藏，但我沒有對其他人隱藏。我必須承擔這個責任。我正在學習要如何承擔這份責任。」艾克說。

柑橘舔了舔嘴唇。

「你看。你看看這個，看過之後你就不會認為他不在乎了。」她一邊說，一邊滑著手機。當她找到她要的畫面時，就把手機遞給艾克。她找出了一則簡訊。那個發送簡訊的號碼被她以「W」的代號存在手機裡。艾克一邊掃視著那條宛如浮油般綿延在他眼前的黑色單線道馬路，一邊瞥了那支手機一眼。

沒有人像你一樣地了解我
當我們在一起的時候
我可以當個百分之百的自己。沒有面具。還有，
那些翻雲覆雨確實無與倫比

艾克把手機還給她。

「讓我問你一個問題。他說得很好聽，但除了汽車旅館，他曾經帶你到其他地方嗎？他甚至曾經帶你到汽車旅館嗎？還是你得要自己去那裡見他？你們可曾有過一張合照？」艾克問。

柑橘沒有說話。

「那就是我的想法。我不會假裝我知道這對你而言有多麼辛苦，但你得知道，要結束這件事只有一個方法。選擇他或選擇我們。我們所有人。」艾克轉到蟹叢路。賈絲的拖車就在左邊最後一間。

「我們？你現在用『我們』了？你原本不想和你自己的兒子有任何牽扯，但現在我得要相信我是這支隊伍的一份子？」柑橘說。這些話彷彿炸彈碎片一樣地從她口中飛射而出。

「你是這支隊伍的一員，因為我不能讓發生在以賽亞和德瑞克身上的事情發生在其他人身上。我不會騙你說我明白，因為我不明白。我甚至無法假裝我知道身為……你，是什麼樣的感

覺。然而，如果這一切教了我什麼的話，那就是這無關乎我或者我能得到什麼。這關乎了讓人們當他們自己。而當自己不應該是他媽的一種死刑。」艾克說。

「我經常想到以賽亞和德瑞克。如果我閉嘴的話，他們就還會活著。現在，我媽媽也死了。我再也不能這樣了。」柑橘說。艾克經過一片原野，一綑一綑的乾草正被裝上一輛平板卡車。太陽迅速地西沉，原野上的人們正在加快動作，試圖在太陽沉落到地平線之前完成工作。交織著琥珀色和洋紅色的天空，宛如蒙上了一層融化的蠟。

艾克把車開進一條鋪滿碎牡蠣殼的長車道，車道兩邊排列著濃密的黑莓叢和野生的金針花，橙色的花瓣和黑莓叢蓊鬱的綠葉形成了鮮明的對比。車道盡頭是一棟裝有紅色百葉窗的白色雙寬尺寸的移動房屋。賈絲的車是前院裡唯一的一輛車。艾克把卡車停在那輛車旁邊，熄掉了引擎。

「對不起。」艾克說。

「不要那麼說。不要因為企圖討好我而那麼說。」柑橘說。

「不，我的意思是……我知道你不希望發生這些事。但事情還是發生了，而這就是我們現在的處境。有個人曾經告訴過我，我們無法改變過去，但我們可以決定接下來會發生的事。那就是你現在的處境。」艾克下了卡車。

「來吧。讓我把你介紹給賈絲。」

「你確定她不介意讓我待在這裡嗎？」柑橘說。她依然在卡車裡。

「我想她不會介意的。她不是一隻恐龍，不像我這樣。而她和以賽亞在學校的時候是好朋友。早在我知道之前，她就已經知道他是同志了，而且她從來都沒有對他置之不理。」艾克說。

「我告訴過你，我不是同志。」柑橘說。

「賈絲是我們在紅丘郡所能找到最像同盟者的人了。」艾克說。柑橘把那隻沒有受傷的手從她的臉上拿開，然後打開車門，跟著艾克踏上通往那棟雙寬移動房屋前門的石頭台階。

巴迪・李用他正在喝的那瓶啤酒的瓶頸撥開起居室窗戶的窗簾。太陽已經西沉到比交際舞者下腰還要低的位置了。鄉間的生物開始唱誦起它們的夜間祈禱。青蛙、蟋蟀和仿聲鳥全都在為牠們各自的上帝鳴唱著讚美的歌曲。

他的胸口彷彿被一隻藍蟹的鉗子攫住。當他試圖要把唾液和痰從腐敗的肺部咳出來的時候，他覺得眼前冒出了許多的星星。一隻強而有力的手在他的背上拍了一下。巴迪・李一手掩住嘴，接住了他的肺部原本打算囤積的東西。

「謝謝你。有隻蟲卡在我的喉嚨。」巴迪・李說。他不想用手擦掉血跡或者吐在自己的褲子上，也不想讓瑪雅看見他吐出來的是什麼。她帶著一種不為所動的漠然看著他，彷彿她曾經聽過太多臨終的喘息。

「癌症？還是肺氣腫？」她問。

「你能給我一張衛生紙嗎？」巴迪・李問。瑪雅走到廚房，拿了一張紙巾回來。巴迪・李擦了擦手，然後把紙巾揉成一團塞進口袋裡。

「只是喉嚨卡了一隻蟲子而已。」巴迪．李說。瑪雅把雙手插在髖部上。她似乎準備要拆穿他的謊言。不過，她只是責備似的搖搖頭，隨即坐到沙發上的艾莉安娜旁邊。巴迪．李再度從窗戶窺視出去。

快點回來，艾克，巴迪．李心想。

賈絲在艾克把車倒出車道時朝他揮揮手。他們讓柑橘服下一顆安眠藥，然後到後面的臥室裡睡覺。柑橘對於馬克思在回家後是否會把她踢出去感到很緊張，不過，賈絲向她保證不會有事的。

「小姐，只要他得到他的決戰時刻[39]和一袋薯片，他就不在乎發生了什麼事。也許他甚至不會注意到你在這裡。」賈絲這麼說。等到他們讓柑橘上床之後，艾克問她對自己的這個保證有多少信心。

「我不知道。他有時候會很奇怪。我想那三個星期的額外薪水會讓他覺得好過一些。」賈絲說。

艾克倒車開出了車道，然後沿著馬路行駛。當他來到一個彎道時，把時速降到了六十哩。

「該死！」

---

[39]「決戰時刻」（Call of Duty）是一款以二戰為背景的第一人稱射擊遊戲。

艾克把煞車踩到底，他的聲音在卡車有限的空間裡迴盪。

那輛原本在原野裡的平板卡車橫躺在馬路中間。水溝和水溝之間的路面蓋滿了乾草，彷彿有人剛幫一個巨人刮過鬍子一樣。艾克看到幾個人在那輛卡車四周來回走動。少數幾個人手插在口袋裡，低頭站在一邊。那是一種宇宙性的共同語言，意味著「我嚴重地搞砸了」。艾克停下卡車，然後跳下車，走到其中一個把手插在口袋裡的人旁邊。

「嘿。」艾克說。那個人並沒有理睬他。

「嘿，兄弟，發生了什麼事？」艾克問。

「你看不出來嗎？科奇斯[40]。」那名男子說。

「你最好小聲一點，年輕人。」艾克說。那名頭戴一頂骯髒的卡車司機帽、一頭淺棕色頭髮的年輕白人仔細地看了艾克一眼。雖然他比艾克高了半呎，不過他還是往後退了一步。他的潛意識警告他的身體要自我保護。

「那個卡車司機在轉彎時轉過頭了。他發誓他沒有在講電話，但我們都知道他在說謊。」戴著卡車司機帽的男子說。

「這需要多久？」艾克問。戴著卡車司機帽的男子想了一下。

「至少一個小時，大哥。我們得把那些乾草全都剷走，再把卡車翻正，然後可能再找人來拖車。」話才說完，他立刻又往後退開一步。艾克的臉孔罩上一層陰影，彷彿一場暴風雨即將從海灣席捲而來。

「好吧。」艾克拿出他的手機。瑪雅的手機轉入了語音信箱。艾克詛咒一聲，又撥了一次。這次，電話同樣直接就轉進了語音信箱。他轉而打給巴迪・李。電話也直接轉到了語音信箱。

他再次打給巴迪・李。

「快接電話。」艾克說。電話又接進了語音信箱。艾克用力拍著卡車的車頂。他又撥了一次瑪雅的號碼。

電話轉進了語音信箱。

「這裡的收訊不好。我們得用對講機呼叫拖車。」戴著卡車司機帽的男子說。

艾克一拳落在引擎蓋上。

又一拳。

再一拳。

再一拳。

---

40 科奇斯（Cochise，1805-1874）是十九世紀率領美國印地安原住民阿帕契人，抵抗墨西哥人和美國人入侵亞利桑那的阿帕契族酋長。科奇斯被描述為一個魁梧的男人，有著肌肉發達的身材、古典的五官和長長的黑髮，是阿帕契戰爭期間的重要領導人。

35

十分鐘。

艾克和柑橘離開才十分鐘，瑪雅就接到了電話。當瑪雅的電話開始啾啾叫的時候，巴迪・李已經喝完他的啤酒，正在幫艾莉安娜做一個烤起司三明治。

「是艾克嗎？」巴迪・李問。瑪雅從口袋裡掏出她的手機看了一下。

「不，是我們的鄰居。瑪莉安。」瑪雅把電話拿到耳邊。

「哈囉？」

「嘿，瑪雅，我是藍迪，瑪莉安的丈夫？你家失火了。」藍迪說。

「什麼？」瑪雅尖叫。

「嗯，我已經打電話給消防隊了，但我想要讓你知道，因為——」

瑪雅掛斷了電話。她從沙發上跳起來，抱起艾莉安娜。

「嘿，怎麼了？」巴迪・李說。他把艾莉安娜的三明治放在一個紙盤裡，帶到了起居室。

「我家失火了。我得走了。」瑪雅開始走向門口。

巴迪・李把盤子放在他的咖啡桌上，轉而走到瑪雅面前。

「嘿，等一下。你說你家失火了是什麼意思？」

「我鄰居的丈夫剛才告訴我說，我們家失火了。他已經打給了消防隊，但我得過去！」瑪雅說。巴迪・李把一隻手放在她的肩膀上。

「瑪雅，你不能過去。」巴迪・李說。

「誰說我不能去。」瑪雅甩掉他的手。

「聽我說。這是陷阱裡的誘餌，而你就是那隻即將上當的兔子。」巴迪・李說。

「巴迪・李，我沒有時間站在這裡和你談論雷姆斯叔叔[41]的諺語。我家失火了。我得過去。別擋我的路。」

「瑪雅。你停下來想一想。有一群人正等著看我和艾克的頭被摘下來。我們帶著一個他們企圖要殺害的女孩逃走了。這些人知道艾克住在哪裡。我不是個聰明人，但就連我都可以看出我們和這些人起衝突與你家失火發生在同一天的機率有多少。姊妹，這個機率幾乎是零。」巴迪・李說。

「他的嬰兒鞋在那裡。他剪下的第一撮頭髮也在那裡。還有他二年級時寫給我的一首詩也在那裡。你不懂。那是他僅剩的。我不能再失去他。我不能。」瑪雅說。她神情扭曲地半皺著眉

[41]《雷姆斯叔叔》（Uncle Remus）是由記者喬爾・錢德勒・哈里斯（Joel Chandler Harris）所編撰和改編的非裔美國民間故事集。故事集以虛構的雷姆斯叔叔做為說書人，向孩子們講述主角布爾兔的冒險故事，藉此將民間故事承傳給下一代的孩子。

頭，半咆哮著，眼看她的淚水就要決提了。

「姊妹，我想，方圓百里之內，沒有人比我更理解這一點。但是，如果你的房子現在失火了，等你趕到的時候，那裡已經什麼也不剩了。」巴迪・李說。

「對不起。我不是那個意思。但我得試試。」瑪雅說。

巴迪・李揉揉臉，然後把手放在他的髖部上。

「好吧，我們走。但你得先打電話給艾克，讓他知道我們要離開。」巴迪・李說。

「我會在路上打給他。」瑪雅說。

他們試著打了三次電話給艾克。其中兩次直接轉到了語音信箱。最後一次甚至沒有進到語音信箱。巴迪・李知道紅丘郡有些地方的通訊服務很差，用小馬快遞傳送信件在有些地方甚至比電話還管用。然而，這個認知無助於讓他冷靜下來。分頭行事感覺上是個錯誤。他知道到那棟房子去是一個錯誤。但瑪雅並沒有給他什麼選擇。他無法讓她留下來，但他也絕不可能讓她單獨離開。

他沒有太多德瑞克的物品。他唯一擁有的是那張放在他皮夾裡的照片，他無法想像，如果那張照片突然著火了，他會有什麼反應。當你所愛的人離開時，能讓他們活在你心裡的就只有曾經和他們有關的東西了。一張照片、一件襯衫、一首詩、一雙嬰兒鞋。這些東西變成了錨，讓你的回憶不至於飄走。

瑪雅以三十五哩的時速開上三十四號公路。第一個左轉彎就是城橋路。天空裡佈滿了閃爍的星星，宛如被丟棄的鑽石一樣。巴迪・李覺得他的胃一路往下沉到了膝蓋。

瑪雅轉上城橋路。

「等等。」巴迪・李說。

「什麼？」瑪雅說。

「煙在哪裡？火在哪裡？消防隊在哪裡？」他說。瑪雅放開油門，讓車子停了下來。

「喔，不。」瑪雅說。

停在她屋子前面的那十五輛摩托車車輪上的鍍鉻，在她的車頭燈照射下閃閃發亮。摩托車的引擎聲彷彿一批準備狩獵的狼嚎。

「倒車。」巴迪・李說。

瑪雅沒有動。

「倒車！」巴迪・李大吼。艾莉安娜開始哭泣。瑪雅加速油門地往後倒車。她引擎蓋底下的四個汽缸聽起來就像生鏽的鉸鏈。巴迪・李抓住他兩腿之間的那把機關槍。他關掉保險，把槍放在他的大腿上。

「我按照你說的做了。你現在可以放我走了，對嗎？」藍迪說。他跪在他屋子的前門。葛雷森那把點三五七的槍管就貼在他赤裸的脖子上。

「是啊，但你是他媽的鼠輩。誰會那樣對待自己的鄰居？」葛雷森用他的槍托敲著藍迪的後腦，同時看著那個女人開始倒車。

「點火！」他咆哮了一聲。幾個弟兄手裡握著纏有布條的玻璃瓶，他們點燃布條，將玻璃瓶從艾克和瑪雅家的窗戶扔進屋裡，其餘的弟兄則追著那輛赤紅色的轎車。

瑪雅偏離了路面，撞到一個信箱，隨即又修正她的方向盤，再度回到石礫路上。那些摩托車的頭燈宛如一群螢火蟲般地朝著他們逼近。瑪雅衝過道路盡頭的停車標誌，重重地踩下煞車，然後往前開。

巴迪．李看到駕駛座的那一側有一對車燈往他們衝過來。

「他媽的！」巴迪．李才剛說完，多姆駕駛的那輛新款皇家藍福特野馬，就像一顆落錘般撞上了他們。他們的車翻了一圈，然後又一圈，在短暫的側倒之後，地心引力終於讓它上下顛倒地停了下來。圍繞在他們旁邊的摩托車宛如正在觀看街頭藝人的群眾一樣。

巴迪．李的嘴裡充滿了血。那股辛辣的銅臭味讓他作噁。他咳了幾下，想要把血吐出來，結果卻把血吐得滿臉都是。他的幾顆大臼齒感覺似乎脫離了牙床。他的身體處在極度疼痛之中。每一條神經、每一個突觸都在發疼。他又吐了一次，這回，他的幾顆牙齒也跟著飛出來，掉落在遮陽板上。

那把槍呢？槍在哪兒？該死。他得要做點什麼。如果他可以離開車子的話，就可以抓住他們的注意力。他們會來追他，而不會去抓瑪雅和艾莉安娜。他得要採取行動。雖然他頭上腳下，但他必須要做點什麼。巴迪．李不是會繫安全帶的人，然而，當他們坐進車裡時，瑪雅堅持要他繫上安全帶。這可能救了他一命，但現在，當他頭上腳下宛如一頭被宰的公羊時，那條安全帶儼然變成了一條套索，正在慢慢地勒緊他。他摸到了安全帶的扣環。他的手指感覺很奇怪。他試著要解開安全帶，然而，他的手指卻不願配合。

他聽到重重的腳步聲在石礫上響起，然後是乘客座的門被強行拉開時，金屬磨擦所發出的尖銳刺耳聲。

葛雷森彎下腰來。

「你一定是另一個老爸。你們就像烏木與象牙[42]一樣。」葛雷森說。

「我原本也能當……你的……老爸，不過，你老媽的男人太多了。」巴迪．李說。

葛雷森笑了笑。他握著那把點三五七的槍管，朝著巴迪．李的側臉甩過去。巴迪．李感覺到他的臉頰裡有東西脫落了。一陣劇痛彷彿失速火車般地竄過他的頭。葛雷森把槍口抵在巴迪．李的腹部上。

「柑橘在哪裡？」

「我不知道。艾克把她帶走了。你永遠也找不到她。」巴迪．李說。

[42]〈烏木與象牙〉（Ebony and Ivory）是歌壇重量級的黑白巨星史提夫．汪達（Stevie Wonder）和保羅．麥卡尼（Paul McCartney）於一九八二年發行的單曲。歌曲藉由鋼琴上的烏木（黑鍵）和象牙（白鍵）來隱喻種族和諧的主題。該單曲在英國和美國排行榜上均名列第一，並躋身一九八二年美國最暢銷單曲之列。

葛雷森把槍管從巴迪·李的腹部挪到他的嘴，再把槍捅進他的喉嚨，直到扳機護弓幾乎就要貼在他的鼻子上為止。

「告訴我她在哪裡，我就不會開槍殺了後座這個哭到快斷氣的小雜種。」葛雷森說。巴迪·李開始揮舞著他的手臂，身體不停地在他的安全帶底下蠕動。

「不准你碰她！你這個王八蛋離她遠一點。」他的話聽起來口齒不清、語無倫次，但葛雷森知道他企圖要說什麼。

「她對你來說很重要，啊？她是誰？是那個黑人的女兒嗎？等等……別告訴我。那兩個同性戀有一個孩子。怎麼會有人讓他們有孩子？天吶，這個世界到底怎麼了？」葛雷森把槍從巴迪·李的嘴裡拿出來。

「告訴我柑橘在哪裡，否則我就把她當作槍靶。」

「我不知道！他把她帶走了，他沒有告訴我們他要去哪裡。她只是個幼童。不要碰她。你想要殺人，那就殺了我。來吧，動手吧。開槍！」巴迪·李大叫著。葛雷森站起身。

「多姆。把那個孩子弄出車子。順便看看那個女人有沒有手機。」葛雷森說。

他重新彎下腰和巴迪·李面對面。

「我想你說的是實話。他不讓你知道，這個作法很聰明，我很驚訝他居然是個聰明人。別擔心，我會給你你想要的。寧可早也不會晚。我現在就會這麼做，不過你很幸運。我需要你們幫我帶個消息，但這個女人的脖子看起來已經斷了。」葛雷森說。

「不要，奶奶！爺爺！」艾莉安娜哭著。巴迪．李聽到車門在多姆撬開時發出了刺耳的聲音，然後是安全帶的扣子被解開的喀噠聲。那聲音讓他原本以為已經四分五裂的身體又碎了一地。

「好了。我們要把這個孩子帶走，也許那會刺激你去找出柑橘。」葛雷森說。

「艾莉安娜和這件事無關。放開她！放開她！」巴迪．李嚎叫著。

葛雷森大笑。

「這就是艾莉安娜？這就是他當時呼喊的人。我猜那個白人是你兒子，對嗎？是啊，在我朝著他的臉開槍之前，他叫了一個女孩的名字。我還不明白他為什麼呼喊一個女孩。我以為那是他媽媽。很多人臨死之前都會呼喊他們的媽媽。」葛雷森說。巴迪．李臉頰上的傷口正在出血，一滴一滴地掉進了他的眼睛裡。他用力地眨著眼睛，撐著脖子盯著那個高大的金髮摩托車騎士。

「你會的。我保證，在我和你了結之前，你會的。」巴迪．李說。

「把那個女孩帶來見我們，象牙。保持聯繫。」葛雷森說。巴迪．李看著他的靴子從車子旁邊走開。幾秒鐘之後，他聽到摩托車疾駛上路的聲音，轟隆的引擎聲隨著它們消失在夜裡漸行漸遠。

36

艾克衝過急診室櫃台，推開那扇厚重的塑膠門。

「先生，你不能到那裡去！」櫃台人員在他往後走時說道。艾克朝著護理站直接走去。當他走近時，一名穿著淺藍色手術服的拉丁裔年輕女性站起身，從桌子後面迎上前來。

「艾克，她在手術中。」那名女子說。

「什麼手術，席薇亞？」艾克問。

「她的脾臟破裂、腸胃穿孔，還有氣胸和顱骨斷裂。」席薇亞說。艾克差點就站不穩。他把一隻手撐在桌上，垂下了頭。

「艾克，普利塔克醫生是本州最好的胸腔外科醫生之一。瑪雅是我們的一員。她在這裡工作了十年，她就像大家的母親一樣。我們會幫她的，艾克。相信我。你回到等候室去吧，等她從手術室出來時，我再去叫你。」席薇亞說。艾克的心臟劇烈跳動到連他的耳朵都在嗡嗡作響。

「艾莉安娜呢？艾莉安娜在哪裡？巴迪・李在哪裡？」艾克問。當那條路上的乾草終於清乾淨之後，艾克以最快的速度開到了拖車場，彷彿逃出地獄的蝙蝠一樣。一路上，他不斷地打電話給瑪雅和巴迪・李。當他把車停在巴迪・李的拖車旁，並且看到瑪雅的車子已經不見蹤影時，他感到一陣莫大的恐懼，彷彿就要靈魂出竅了。在接到他妻子工作的醫院打來的電話之後，那股恐懼就被絕望取而代之了。

「我想我可以回答你的問題。」一名警察說。艾克挺胸面對那名男子。男子瘦而結實，紅丘郡警察局深棕色的制服緊貼在他線條分明的身型上。

「發生了什麼事？」

「我們到那邊去談，艾克。」那名警察說。艾克不認識他，不過，紅丘的每個人都認識艾克。他們印象中的他若非還是昔日的那個罪犯，就是如今改過自新後的他。這就是小鎮的詛咒。艾克跟著那名警察穿過塑膠門，沿著走廊來到那間禮拜堂。紅丘綜合醫院簡陋的禮拜堂裡只有兩排矮長椅，一張看起來宛如格雷格．奧爾曼[43]的耶穌畫像，以及幾扇假的彩繪玻璃窗。艾克站在長椅旁邊，那名警察則站在門框裡。

「我是副警長霍格。很遺憾發生了這些事，不過，有些事我們需要釐清。」他說。

「發生了什麼事？」

霍格副警長繃緊了肩膀。「請保持冷靜，藍道夫先生，我會告訴你的。」

「我無法保持冷靜，因為沒有人要告訴我任何事。你接下來要說的話可以讓我知道我妻子、孫女和我們的朋友為什麼會在醫院裡嗎？」艾克說。他發現自己剛才把艾莉安娜稱為孫女，把巴

[43] 格雷格．奧爾曼（Gregg Allman, 1947-2017）是美國創作歌手兼音樂家，也是奧爾曼兄弟樂團的成員之一。奧爾曼以一頭長髮的形象和獨特的外貌聞名，人們經常戲稱他和傳統的耶穌形象甚為相似。

迪．李稱為朋友，但他現在無法思考這件事。

「先生，我正試著要告訴你，但你需要讓自己冷靜下來。醫院打電話給你的時候，他們是怎麼說的？」霍格副警長問。

「你已經知道他們說什麼了。發生了一場意外。我妻子和她的乘客巴迪．李．詹金斯受傷了。他們沒有告訴我艾莉安娜的事，他們也沒有告訴我發生了什麼事。這已經是我最冷靜的狀態了。」艾克說。

「這不是一場意外，藍道夫先生。有一個不明人士或者一群不明人士蓄意衝撞你妻子的車。他們放火燒了你家，攻擊你的鄰居，而且……」霍格副警長暫停了下來。他的話讓艾克聽得胸口緊縮。

「他們帶走了你孫女。他們綁架了她。」霍格副警長說。艾克腳下的地面在消失，他崩倒在長椅上。霍格副警長在他身邊坐了下來。

「我和你朋友談過了，但他幫不上什麼忙。現在，請你不要誤會我的意思，不過，你能想到有誰和你有過節嗎？比如說，你以前認識的人？」霍格副警長問。

「夠了吧。」艾克說。

「艾克，我們會盡一切所能找出那個小女孩以及幹了這件事的人，但我需要你對我誠實。偷走一個孩子和放火燒了房子屬於個人攻擊。非常的個人。你知道是誰幹的。告訴我，我們才來得及在為時已晚之前把她救回來。」霍格副警長說。

「我什麼也不知道。」艾克說。這並非全然在說謊。他的生活已經變成了一座失去控制的旋轉木馬。以賽亞死了。瑪雅正在手術台上為她的生命奮戰。艾莉安娜失蹤了。他們的房子變成了一堆灰燼。他不知道如何停止他和巴迪·李揭開的這場混亂。他不知道如何保護他所愛的人。他什麼都不知道了。

「你確定嗎？」

「走吧，老兄。拜託你離開。」艾克說。

霍格副警長站起身，調整著他的制服。

「如果你改變想法的話，你知道怎麼聯絡我們。如果你不改變想法，也許要有再舉行一場葬禮的心理準備。」霍格副警長說。

巴迪·李可以感覺到落在他身上的眼神，那讓他手臂上的汗毛都豎立了起來。他睜開眼睛，看到艾克正站在他的病床尾端。

「他媽的發生了什麼事？」艾克說。巴迪·李抓抓他的下巴，畏縮了一下。他臉頰上的傷口讓他的整張臉都變柔和了。

「你的鄰居打電話給瑪雅，告訴她房子著火了。她堅持要趕過去。當我們到達的時候，稀有物種正在那裡等我們。他們騎著摩托車衝向我們，然後有一個混蛋開著一輛野馬，從側面撞上我們。艾克，他們抓走了艾莉安娜。他們綁架了那個小女孩。他們也拿走了瑪雅的手機，說他們會保持聯絡。他們想要用柑橘交換艾莉安娜。」巴迪．李說。

「不，他們不是要交換。他們要我們把柑橘帶去，然後殺了我們所有人。」艾克說。

「她有告訴你關於那個傢伙的事嗎？」巴迪．李問。艾克搖搖頭。

「沒有。她依然不相信這一切都是他幹的。她甚至還給我看他傳給她的簡訊。那個王八蛋油嘴滑舌地像魚油一樣。她迷戀上了他。」艾克說。

「我想，那則簡訊上應該沒有顯示他的名字吧，有嗎？」巴迪．李問。

「她把那則簡訊存在『W』的代號底下。我不知道那是不是他名字的第一個字母，或者姓氏的第一個字母，或者其他什麼的。」艾克說。他把靠在牆上的一張椅子抓過來，然後在巴迪．李的床邊坐下來。

「他們說瑪雅的情況如何？」巴迪．李問。

「她的傷勢很嚴重，現在正在動手術。」

「可惡。該死。」巴迪．李說。艾克聽到巴迪．李病房外的走廊上傳來各種程度的沮喪聲。它們加入各種監視儀器所發出的嗶嗶聲和呼呼聲，為艾克和巴迪．李的思緒創造出一種機械的背景音效。

「對不起，艾克。」巴迪．李說。艾克沒有回應。

「我不應該讓她去的。我應該阻止她，但她想要盡力去挽救她所能挽救的。我應該要自己去的。我怎麼樣都不應該讓她走出那扇門。」巴迪．李說。

「是啊，你應該要那麼做。我們應該要放手，讓警察去處理，不管結果會怎麼樣。但我們並沒有那麼做，結果這就是我們現在的處境。」艾克說。

「我們得把她帶回來，艾克。不管要付出什麼代價，我們都得救出她。」巴迪・李說。

「我不會把柑橘交給他們的。我也不會讓他們傷害艾莉安娜。他們殺了我們的兒子。他們殺了柑橘的母親。他們企圖要殺了我妻子。他們燒毀了我的房子。我不會再讓他們奪走任何一樣東西。」艾克說。

「但願我沒有把你扯進這淌渾水裡。」巴迪・李低聲地說。艾克把椅子拉近巴迪・李的病床。

「你並沒有扭住我的手臂逼我這麼做。」艾克說。

巴迪・李艱難地嚥下口水。「如果我有呢？」

艾克把頭歪向一側。「你在說什麼？」

巴迪・李用手蓋住自己的臉。他的手指擦過臉頰上的縫線。血壓監測器開始不規律地嗶嗶響了起來。

「如果那塊墓碑沒有被毀的話，你會插手這件事嗎？」巴迪・李問。艾克往前靠，瞇起雙眼。巴迪・李看到了艾克腦海中的思緒正在成形。

「你？」艾克說。巴迪・李幾乎聽不到他的聲音。

「你不肯參與這件事，而我自己一個人又做不到。我曾經要求我哥哥查特幫忙，但他不願理睬我。聽著，我覺得很糟糕。我發誓這讓我打從心裡想吐，但我知道你不會幫我，除非……」巴迪・李說。艾克在幾秒鐘之內已經從椅子上站了起來。他有力的雙手掐住巴迪・李的脖子，將他從病床上一把抓了起來，導致巴迪・李手背上的點滴管也被扯掉了。血壓監視器被打翻在地，宛如一棵腐爛的樹一樣。

「你！艾莉安娜可能會死掉。瑪雅正在死亡邊緣。柑橘的母親死了！全都因為你！是你造成的！」艾克說。唾沫從他的口中噴出，彷彿雨點般地噴濺在巴迪・李的臉上。

「我們……得……為了……兒子們……完成……這件事。」巴迪・李沙啞地說。艾克緊緊地掐住他，他得用盡僅剩的一點點空氣才能擠出每一個字。巴迪・李可以感覺到自己的頸骨正在被磨碎。艾克咬緊牙關，讓巴迪・李往後倒回床上。

「你這個王八蛋。你用罪惡感讓我涉入此事，你這個混蛋。」艾克說。

「我知道，這全都是我的錯，但我們已經深陷其中了。」巴迪・李說。

「我原本還以為你沒有那麼壞。我信任你。但就像我說過的：你想要那個嚇人的黑人幫你處理所有的難事。」艾克說。

「我想要世界上唯一了解我經歷了什麼的人幫我伸張正義。」巴迪・李揉著他的脖子說道。

「我想，你我都看錯人了。」艾克朝著門口走去。

「艾克——」

「什麼都不要說。一個字也別說。我需要去看看我妻子是否撐過了手術。如果她撐過來的話，我得要想辦法告訴她，她的孫女失蹤了。然後，我得要想出辦法，如何在不交出柑橘的情況下救回那個孩子。我得要靠自己完成這一切，因為你破壞了我兒子的墓碑，你這個愚蠢的混蛋。」艾克說。

巴迪．李看著艾克大踏步地走出病房。

巴迪．李咳了幾聲。這個動作讓他的耳朵裡劈啪作響。他以前也曾經獨自一人——那不是什麼新鮮事。他在他的車或者卡車裡度過一個又一個的夜晚，因為他知道自己醉到無法開車。每次他從監獄獲釋之後，總是一路搭著便車回家，因為他知道在監獄的另一邊，沒有人在等待著他。無數個漫長的傍晚，他只是坐在拖車裡瞪著電視裡閃爍的影像，喝著一罐又一罐的啤酒，企圖要忘記他初戀情人溫柔的吻以及他獨子的笑聲。巴迪．李閉上了眼睛。

這次的感覺不一樣。這是他永遠無法忘記的一次。

一個小時之後，他的電話響了。不是他的手機，而是房間裡的電話。巴迪．李把手臂伸過病床欄杆，抓起座機。

「哈囉？」

「巴迪。」克莉絲汀說。

「你要幹嘛？」巴迪．李問。

「我打來看看你怎麼樣。我看到了新聞。」克莉絲汀說。

「紅丘會上新聞？這還是頭一遭。」巴迪．李說。

「綁匪綁架一個小女孩，又燒了她祖父母的房子，這可不是天天會發生的事。你還好嗎？」克莉絲汀說。

「我們也是她的祖父母，克莉絲汀。」巴迪．李嚴厲地說。

「我知道，這樣可以了吧？德瑞克的事件發生之後又出了這麼多事。我不希望她發生任何事。我不希望任何人發生任何事。」克莉絲汀說。她的悲傷彷彿具有穿透力，讓巴迪．李蹙緊了眉頭。

「嘿，聽著，我很抱歉。就像你說的，發生了太多事。」巴迪．李說。

「你認為這和你前幾天告訴我的事有關嗎？」克莉絲汀問。巴迪．李沒有回答。

「好吧。我再問你一次：你好嗎？」克莉絲汀說。

「別這樣。」

「怎樣？」

「關心我。我們彼此憎恨會讓我感覺好過一點。」巴迪．李說。

「我從來都不恨你，巴迪．李。你讓我心煩，但是我從來都不恨你。」克莉絲汀說。

「傑瑞德不介意你和你的前夫閒聊嗎？或者他正在監聽我們？」巴迪．李說。

「哈。傑瑞德．溫斯洛普．卡爾佩珀才沒空偷聽我的電話。他正忙著準備他的競選。」克莉絲汀說。

巴迪．李從床上坐起來。一名護士走進病房，他立刻揮手打發她離開。

「你說什麼？」巴迪．李問。

「傑瑞德正在競選州長。我前幾天就告訴過你了。自從他父親自己競選州長失利之後，就一直逼他這麼做。」

「不，不是這個部分。你再說一次他的名字。他的全名。」巴迪．李說。

「什麼？為什麼？」

「只管說就對了。」

「傑瑞德．溫斯洛普．卡爾佩珀。這是他父母以他曾祖父的名字幫他取的名字。你沒事吧？」克莉絲汀問。

「我沒事。」巴迪．李說。零碎的訊息彷彿俄羅斯方塊，在他的腦子裡拼湊在一起。這全都說得通了。德瑞克為什麼對柑橘的男友如此不爽。他說他是什麼？偽君子和混蛋。克莉絲汀曾經說過，德瑞克遇害之前曾經打電話給她。她對那通電話未加理睬，但德瑞克是那種不容別人拒絕的人。也許他親自去找過她，結果碰上了傑瑞德，然後親口對傑瑞德說了什麼。

「王八蛋。」巴迪．李說。

「你剛罵我什麼？」克莉絲汀問。

巴迪．李知道柑橘為什麼在手機裡把他的名字設定為「W」了。他們見面的方式現在也說得通了。報紙上經常報導傑瑞德．卡爾佩珀和克莉絲汀參加各種上流社會的聚會。當柑橘喃喃自語地說「我們穩輸的」的時候，她並不是在說他們做不到。她說的是「溫斯」。

那是溫斯洛普的簡稱。

「你搬到威廉國王郡的什麼地方，那地方叫做什麼名字？」巴迪．李問。

「花園畝地。巴迪．李，怎麼了？」克莉絲汀問。

「沒什麼。」

他把話筒放回座機上，然後下床走到角落的那只柚木櫃。他的衣服被套上了透明塑膠袋，收在第二個櫥子裡。等他穿上靴子時，那名被打發走的護士又回來了。

「詹金斯先生，你需要回到床上。醫生要求你在接下來的二十四小時內都要接受觀察。」她薯說。

「親愛的，我在十秒鐘之內就會走出那扇門。如果你需要告訴醫生說我違反了醫囑，好吧，我想也沒關係。但我不會在這裡多待一分鐘。」巴迪．李說。那名護士攤開雙手，把他的病歷記錄從床腳拿起來。

他花了一點時間才找到他的卡車。艾克把車停在停車場的遠端。巴迪．李拿出他的鑰匙，打開車門，爬進卡車裡。他翻開手套箱，那把半自動手槍就在那裡。他檢查了彈匣。裡面是空的。槍膛也一樣。艾克一直手無寸鐵地開著這輛車。那把MAC-10衝鋒槍在瑪雅的車裡，而那輛車此刻正在某個舊貨場裡。沒關係。他發動了卡車。

引擎在卡車空轉時一邊發出乒乒乓乓的聲響，一邊不停地震動。巴迪．李把手伸到座椅後面，小心翼翼地在陷入椅縫的碎玻璃中摸索。

當他發現他正在尋找的東西時，便握住那個東西，將它從座椅後面抽了出來。那是一根老舊的棒球棍，棍子上每隔一定的間距就插著一根釘子。他以前的工作夥伴查克說這是自製的狼牙棒。當他還在送貨時，很多人依然在使用現金支付。他原本可以弄到一把槍，然而，如果他被交警攔下來的話，就會失去他的工作，會被關進監獄，而他的老闆也許還得要付罰款。這根和平使者似乎是一個很好的替代品。他只用過兩次。通常，光是把它拿出來就足以達到威懾的效果了。

一根扎著釘子的棒球棍。一根攪拌棒。一把點四五手槍。巴迪・李認為，只要你下定決心，任何東西都可能成為武器。即便愛也可能成為武器。特別是愛。

巴迪・李把車開出停車場，駛進車流裡。他開始唱歌。那是他祖母在詹金斯家的每一場葬禮上都會唱的一首歌。當她去世的時候，他們也在她的葬禮上唱過這首歌。

「喔，死神……喔，死神，你能不能再多給我一年的時間。」巴迪・李在低聲的吟唱下，將車駛上了公路。

37

花園畝地確實位於荒郊野外。GPS把他帶到了這個計畫社區的十哩範圍之內。從那裡開始，他就只能尋找著出售土地的房地產廣告牌，那些廣告牌又將他帶到了一條寬闊的支路，支路上的柏油平順到彷彿每晚都重新鋪過一樣。巴迪．李把油門踩到底。卡車才剛超過五十哩的時速，引擎就開始求饒了，不過，今晚，他並不在乎。

巴迪．李轉上花園畝地大道。一團灰黑色的煙在他的排氣管底下湧動。路邊種滿了粉紅色的杜鵑花，還有一條水泥的排水溝沿著道路並行。巴迪．李駛過一間又一間的房子，每幢房子的價值都遠超過他這輩子透過合法或非法手段所賺到的錢。複雜精緻的景觀花園絕對可以讓艾克和他的工人團隊大賺一筆，每個花園都被一條平順的長車道劃分為兩半。大部分的車道上都豎立著磚柱，柱子中間還有一個內建的信箱。有些房子設有大門，而且大部分的房子都附帶了雙車庫。整個社區展示出驚人的一致性，彷彿這裡是一種象徵著富裕的標準建築設計。

巴迪．李停下卡車。克莉絲汀是那種會把車子停在車庫前面而不駛進車庫的人。巴迪．李認為傑瑞德也許擁有一輛工作用車以及一輛休閒用車，因此沒有多餘的地方可以停放克莉絲汀那輛金色的凌志。

巴迪．李轉上車道。他數度加速了引擎。

「再一次吧，寶貝。再次用盡全力吧。」他自言自語地說。

巴迪・李踩下油門。儘管排氣管噴出了油漿，不過，這輛他在六年前花了一千五百元買來的二手破卡車依然在轟鳴聲中重生了。巴迪・李疾速駛上車道。等到他越過克莉絲汀的車，橫衝直撞地衝破車庫門時，他的時速已經來到了四十五哩。他撞上了一輛蜜蘋果紅的雪佛蘭科爾維特，那輛科爾維特旁邊還停著一輛黑色的ＢＭＷ。

巴迪・李解開安全帶，爬下他的卡車。漂亮的黃銅馬車燈照亮前門的兩側，那面穀倉式的木門上裝飾著鍛鐵的枕樑，彷彿藝術品一樣。巴迪・李爬上七級通往木門的寬闊磚砌台階，他用雙手握著那根棒球棍，把最靠近的那盞黃銅燈砸得粉碎。他聽到匆忙的腳步聲在兩層樓的豪宅裡響起。

「傑瑞德！下來，你這個他媽的混蛋！下來，你這個殺人兇手！」巴迪・李尖叫著。前門兩邊上釉的陶土花盆旁各自擺著一只赤陶製的小獅子。巴迪・李揮了幾下球棒，獅子和花盆就徹底被毀了。石膏的碎片四濺，撒落在他扁平的直髮上。

「你睡了那個女孩，傑瑞德。你和她亂搞，但被德瑞克發現了！」巴迪・李怒吼地說。他跳下台階，憤怒地擊中前門左邊的一扇觀景窗。他用力揮了兩次，終於讓那扇窗戶破裂成了無數的碎片。

「巴迪・李！住手！」克莉絲汀尖叫著。她站在原本那扇觀景窗前一張被布覆蓋著的躺椅旁邊。巴迪・李用那根棒球棍指著她。

「他殺了我們的兒子，克莉絲汀。他殺了德瑞克。他殺了他！」巴迪・李狂吼道。

克莉絲汀用手掩住嘴巴。「你在說什麼？」

「德瑞克發現他對你不忠，他和這個叫做柑橘的女孩亂搞。下來，傑瑞德。或者我應該稱呼你為溫斯？她就是這樣叫你的，對嗎？你這個狗娘養的！」巴迪・李說。

「傑瑞德，誰是——」

傑瑞德的聲音打斷了她。他的聲音伴隨著尖銳的擴音器雜音在屋內迴盪。

「我已經報警了，巴迪。」傑瑞德說。

「出來，傑瑞德。我要打爛你的腦袋，不過，我要你先承認你殺了我兒子。從你的避難室滾出來，膽小鬼。」巴迪・李說。

「巴迪・李，警察隨時都會到。」克莉絲汀說。

「你認為他們能在我把這根球棒捅進傑瑞德的喉嚨之前趕到嗎？出來，膽小鬼。面對我。面對你受害人的父親。你有這個膽量嗎？還是所有的事你都要稀有物種來幫你包辦？」巴迪・李說。傑瑞德再度開口，巴迪・李聽到一陣得意的笑聲從擴音機裡傳出。

「這不是什麼沃倫・奧茨[44]主演的B級電影，巴迪・李。我建議你放下那根球棒，趴在地上。你現在面臨的是毀壞他人財產和擅闖民宅的重罪。不要再加上意圖謀殺這一項了。」傑瑞德說。

「我沒有意圖要做什麼，你這個賤貨。你不出來，那我就進去。」他走回卡車，試圖發動車子，但引擎只發出了幾聲劈啪響，車子並沒有啟動。他再試了一次。

「最後一次，寶貝。」他心想。卡車勉強發動了。巴迪．李往後倒車，讓卡車擺脫被撞壞的車庫大門，然後換到前進檔。

傑瑞德握著手機從黑暗中走了出來。他站在克莉絲汀後面，後者正透過曾經是窗戶的那個洞往外看。

「他走了嗎？」

「沒有。誰是柑橘？」克莉絲汀異樣冷靜地問。

「喔，我的天。」傑瑞德抓住克莉絲汀的手臂，在巴迪．李的卡車撞向他們的起居室之際，將她從觀景窗前面拖走。那扇窗戶四周的磚頭破裂並移位了，而且掉了滿地，彷彿冰毒上癮者鬆動的牙齒一般。那張躺椅在巴迪．李的卡車重量下皺成了一團。卡車前輪輾過木頭地板，留下了黑色的輪胎痕跡。巴迪．李抓著棒球棍從卡車上滾落下來，隨即用那根棍子當作拐杖地站起身。

「我來了，你這個混蛋。我要看看你肚子裡是什麼樣子。」巴迪．李說。傑瑞德拖著克莉絲汀穿過那兩扇將他們的廚房和餐廳分隔開來的雙扇門。巴迪．李跟在他們身後，一路用那根棒球棍在石膏板上砸出一個個的凹洞。一扇雙扇門也被他的球棒打落。傑瑞德站在克莉絲汀後面，手

---

44 沃倫．奧茨（Warren Oates, 1928-1982）是美國演員，因演出山姆．畢金柏（Sam Peckinpah）執導的多部影片而聞名，其中包括一九六九年的《日落黃沙》。

裡拿了一把屠夫刀。

「你從來沒有殺過人嗎？傑瑞德。在近距離內親自動手？不是透過電話。感覺對方的血噴在你的臉上？聽到他最後的呼吸聲在喉嚨裡震動？聞到他失禁時屎尿撒在褲子裡的味道？我有。當我告訴你那把刀子完全無法阻止我的時候，你得要相信我。」巴迪．李說。

「求求你，巴迪．李，住手。」克莉絲汀說。

「**他殺了我們的兒子！**」巴迪．李咆哮著說。他把球棒甩了半圈，花崗岩流理台上的那台咖啡機立刻應聲掉落到地上，沿著左邊的牆壁滾了出去。

「說出他的名字！**德瑞克．韋恩．詹金斯！**」巴迪．李吼著。他的球棒擊中了先前逃過一劫的果汁機。

「放下那根球棒！」一道權威的聲音在他身後響起。巴迪．李僵在原地。

「放下！」

巴迪．李回過頭。兩名持槍的警察正站在他後面。巴迪．李把球棒扔到地上。棒子喀噠地落在他腳下的義大利大理石上面。

「感謝白人特權。」巴迪．李低聲地說。

他衝向克莉絲汀和傑瑞德。傑瑞德把他的妻子推向巴迪．李。巴迪．李一把將她推到旁邊，然後用右手抓住傑瑞德手中的屠夫刀，再用左手揍了傑瑞德一拳。就在他的指關節碰到那個燈籠般大小的下巴時，巴迪．李感到了幾個月來前所未有的快樂。儘管被強而有力的手臂纏住身體，他依然狠狠地揍著傑瑞德。他從傑瑞德手中奪過刀子，讓它掉落在地上。鮮血從他被刀刃劃過的手掌湧出，彷彿雨點般滴落在磁磚地面上。當他被架離到手臂搆不到傑瑞德的範圍時，巴迪・李朝著傑瑞德的臉踹了一腳。那兩名警察使勁地要把他壓倒在地。

「他殺了我兒子！他殺了我兒子！我兒子！我兒子！」巴迪・李不斷地嘶吼，直到他的話含糊不清地變成了一首悲傷的歌。

巴迪・李靠在拘留所牢房裡冰冷的磚牆上。一個小時前，他們包紮好他的手，然後將他扔進牢房裡。適逢週末，所以這個二十呎乘二十呎的空間裡擠進了很多人——幾個面容憔悴、鴉片毒癮正在發作的孩子，還有一個安靜但看似隨時都可能爆哭的傢伙。

這宛如又回到了過去。他也許不會得到保釋，就算可以，保釋金也會高到他付不出來。他至少面臨了幾項重罪的指控，加上過去的犯罪紀錄，他極有可能被判刑。

他失敗了。他讓德瑞克失望了。他讓以賽亞失望了。他讓艾克失望了。讓瑪雅失望了。也讓艾莉安娜失望了。他就是他一直以來的那種人，一個不牢靠的人。

「詹金斯。」一名其貌不揚的警察叫了他的名字。巴迪・李瞇起眼睛看著他。

「嗯。」

「起來。有人要和你說話。」那名警察說。巴迪・李沒有動。誰想要和他說話？

「誰？」他問。

「給我起來，難道要我們進來把你放在那張椅子上嗎？」那名警察問。「那張椅子」是為難以管束的犯人所設計的，是一張將犯人五花大綁、限制四肢行動的椅子。巴迪・李曾經坐過一次。他可不想再坐一次這種特殊的運輸工具。他站起身，面對牆壁。兩名警察加入原先那個臉部削瘦如斧頭的警察行列。他們先幫他戴上手銬，才領著他走出牢房。他們帶著他走過一條充滿消毒劑味道、被閃爍的日光燈照亮的白色走廊。最後，他們來到一間在金色背景上用黑色字體寫著「律師」的房間。斧頭臉打開門，另外兩名警察把他帶進那個狹窄冰涼的房間。他被一雙強力的手按坐在椅子上。他們解開他右手的手銬，然後將那只空手銬套在桌子底下的一個扣環上。

「誰要和我說話？」巴迪・李問。那兩名警察並沒有回答，只是沉默地走出房間，並且讓房門保持著敞開。

「我們需要談談，詹金斯先生。」傑瑞德走進房間的時候說道。

38

巴迪．李企圖要從椅子上跳起來，但手銬把他拴住了。他在傑瑞德關上房門的時候往後坐回在椅子上。傑瑞德走到那張金屬桌的另一頭，拉開椅子，讓椅子保持在巴迪．李碰觸不到的範圍。

「我一直都很不解，這些桌子為什麼都被拴在地上，而椅子卻沒有。這間房間應該是被告和他們的律師見面的地方。如果你對你的辯護律師憤怒到會用桌子去撞他們的話，你可能真的罪大惡極。」傑瑞德對巴迪．李笑了笑。他的下巴有一抹瘀青，眼睛上方也是。

「你殺了我兒子。」巴迪．李說。他本能地活動著上銬的手臂。

「巴迪，你需要聽我說。」

「你殺了我兒子。」巴迪．李壓抑著怒火說道。傑瑞德搖搖頭。從旁觀者的眼光看起來，那就像是在表達同情一樣。

「巴迪，我們得像成人一樣地處理這件事。」傑瑞德說。

「我要把你的老二割下來，讓你吞進自己的肚子了。」巴迪．李說。傑瑞德往前靠，將雙手放在自己的膝蓋上。他的臉上並沒有笑容。

「這個房間沒有任何錄音或錄影設備，所以我們可以坦率地溝通。那個女孩在我的人手中。

你的孫女。你知道柑橘在哪裡。等你離開這裡的時候，他們會和你聯絡，並且安排交易的細節。你和藍道夫先生要把柑橘帶到我們選擇的地點。你要按照收到的指示做，否則我就會讓我的人把那個女孩剁成一口大小的碎片。」傑瑞德說。

「如果你傷害那個小女孩的話，絕對會無處可逃。這一點我向你保證，大哥。」巴迪・李啐了一聲。

「喔，巴迪・李，你太戲劇化了。你看不出所有的牌都在我手中嗎？那個小女孩在我手上。我是個法官。你企圖要在我自己的房子裡謀殺我。」傑瑞德用手指撫過臉上的傷痕。「如果我想的話，可以打一通電話，讓你的保釋金變成六位數。到時候你就得做你這種垃圾注定要做的事——聽從命令。」

「那個被頭撞到的傷疤恢復得很好，是嗎？」巴迪・李說。傑瑞德聞言大笑。

「你永遠都是那種超男子氣概的硬漢，嗯，巴迪？告訴我，在你這輩子裡，這種態度除了給你帶來悲慘，還帶來什麼？」傑瑞德問。他似乎真的對巴迪・李的回答很感興趣。巴迪・李往後坐，食指沿著下巴的鬍渣劃過。

「你說的對。有時候，我真的很悲慘。有時候，我只想躺下來死掉。如果我把這樣的時間加起來，那些悲慘的時光會是快樂時光的兩倍，這一點毫無疑問。」巴迪・李說。傑瑞德開口想要說話，但巴迪・李揚起那根食指搖了搖。

「不過，無論是悲慘還是快樂，我從來都沒有謊稱我是什麼樣的人。我從來都沒有假裝我不是個愛惹麻煩、愛喝威士忌、會為愛發狂的混蛋鄉巴佬。大部分的夜裡，我都睡得很香甜。我是個什麼樣的人並沒有讓我感到羞恥。我想，我兒子應該是繼承了我這一點。但是你呢？溫斯洛普？在你和柑橘亂搞一夜之後，你回到克莉絲汀所在的那個家時，你對自己有什麼感覺？鏡子裡的那個人是如何看待那個總是罵別人是性變態、總是說別人噁心的人？是誰總是說世界上沒有亞當和史蒂夫，只有亞當和夏娃等等的鬼話，但同時卻又和LGBTQ裡的T在尋歡作樂？你認為我們之中誰睡得比較好……大哥？」巴迪．李問。他往前靠。雖然傑瑞德掛著笑容，但他的額頭已經冒出了一根青筋。巴迪．李大笑，隨即往後仰頭，對著屋頂的椽子繼續地咯咯笑。

「喔，你以為我們不知道嗎？嘿，我並不是在批判你。我是你口中的那種同盟者。」巴迪．李說。傑瑞德的笑容已經不見了。

「我會告訴地方法官，我不打算提出訴訟，因為我知道你對死去的變態兒子感到傷心欲絕。你得去找艾克，然後，你們兩個一起把柑橘帶來給我。你只要這麼做，那個小女孩就會毫髮無傷地回到你身邊，不過，如果你不百分之百地按照我的指示做，我可以向你保證，艾莉安娜絕對會死在最恐怖的手段下。」傑瑞德說完，起身走向門口。當他轉動門把時，巴迪．李開口了。他沒有大聲叫嚷，也沒有嘶吼。

「你聽到的最後一個聲音，將會是你的心臟停止跳動的聲音；你所見到的最後一個畫面，將會是我和艾克捧著你的心臟，站在你的頭頂上方，而這一天會比你想像得更早來到。記住我這麼對你說過。」巴迪．李說。傑瑞德的輕笑聲在房間裡迴響。

「我的人會和你們聯絡。」語畢，傑瑞德離開了房間。

「會比你想像得更早來到。」巴迪·李小聲地說。

39

艾克把幾枚硬幣投入販賣機買汽水。他看著螺旋狀的彈簧轉動，將那罐汽水扔進箱子裡。他伸手撿起那罐汽水。但願這台機器有賣啤酒，如果能賣威士忌酒就更好了。瑪雅的手術已經結束了，但她依然沒有恢復意識。醫生說，由於她有腦水腫，因此，可能要幾個小時之後才會醒來，也可能要幾個星期才會醒來。醫院的員工曾經要提供一張躺椅給他，讓他可以睡在瑪雅的床邊。但他卻寧可睡在地上。明天，他得要去看看他們的房子還剩下什麼，他們的生活還剩下什麼。他得履行災難發生後的各種成人的任務，打電話給保險公司，向一名知道他可能有所隱瞞的警察索取一份警方報告。即便在你失去一切之後，還是得做這些讓世界保持運轉，卻枯燥乏味的瑣事。

他的手機發出了啾啾聲。

他拿起手機，一看到來電顯示是巴迪・李就直接按掉了。

電話又響了。

他再度按掉。

電話再度響了。這次，他接了起來。

「你再打來，我就殺了你。」艾克說。

「是傑瑞德・卡爾佩珀。」巴迪・李說。

「什麼？那是誰？」艾克說。

「德瑞克的繼父。他就是柑橘上床的對象。他是法官，稀有物種就是聽命於他。」巴迪．李說。

艾克拿著他的飲料，走到等候室的塑膠椅坐下來。

「艾克？」巴迪．李說。

「你怎麼發現的？我為什麼要相信你？」艾克說。

「你說柑橘的男人在她的手機裡被儲存為『W』，不是嗎？傑瑞德的中間名叫做溫斯洛普。我就是這樣想到的。德瑞克為什麼對柑橘被某個人拋棄感到那麼沮喪。這件事為什麼讓他那麼生氣。然後，我和他母親談過，她說在孩子們被殺的幾個星期前，德瑞克試圖去找過她。」巴迪．李說。

「但他卻遇上了他繼父。」艾克說。

「他可能威脅了傑瑞德。老溫斯洛普是那種典型的狂熱愛國主義者。女人需要光腳和懷孕，黑人需要知道自己的身分地位，任何不是異性戀的人全都是惡魔。」巴迪．李說。

「他不會想要讓這個世界知道他對妻子不忠，更不想讓人知道他和柑橘在一起。」艾克說。

「沒錯。他就是這一切的幕後主使者，艾克。稀有物種也許是執行的人，但在幕後操控的人是他。他要我和你帶柑橘去和他交換艾莉安娜。他正在準備競選州長，他不能讓這些事懸而不決。」巴迪．李說。

「他是什麼時候告訴你的？」艾克說。

「就在我開卡車撞進他家，並且企圖用一根扎滿釘子的棒球棍敲爛他的腦袋之後。」巴迪·李說。

「我來猜猜：他不打算控告你。」艾克說。

「對。他要的是我們三個人。他們隨時都會打電話給你。聽著，我知道你對我感到生氣，我一點都不怪你。如果我能改變一切的話，我會的。但在這件事情上，如果我們不齊心合作，全都會沒命。」巴迪·李說。

「瑪雅的手術剛結束。」艾克說。

巴迪·李發出一道咂嘴聲。「醫生怎麼說？」

「她可能會在幾個小時後醒來，也可能在幾天或幾個星期後醒來。」艾克說。

「我不知道該說什麼，艾克。」巴迪·李說。艾克在販賣機上看到自己的倒影。他下垂的雙肩。他的頭垂頭喪氣地歪斜到一邊，彷彿他的脖子上背負了一塊看不見的磨石一樣。他的兒子死了。他的孫女被綁架了。他的妻子在這個世界和另一個世界之間徘徊。他的家變成了一堆灰燼。這全都是因為一個人，一個認為法律不適用於他的人，一個自認為沒有人可以動得了他的人。

「你在哪裡？」艾克問。

「我現在站在威廉國王郡監獄外面。事實上，我已經走了一小段路了。」巴迪·李說。

「我得讓我的員工把那輛小型工作卡車開來給我。等我。我大概一個小時後到。」艾克說。

「嘿，我不希望你離開瑪雅，如果你不想離開她的話。」巴迪．李說。

「她會對我說去吧，把我們的孫女帶回來，所以，那就是我要做的。給我一個小時。」

艾克把車停在監獄前面的人行道旁邊。巴迪．李大步跑向那輛車。他爬上車，把車門關上。艾克將車子迴轉，然後朝著紅丘開回去。

在巴迪．李開口囉嗦之前，他們沉默地開了幾分鐘。

「那天，我在你店裡說的那些話是認真的。我不能活在一個傑瑞德．卡爾佩珀依然在呼吸，而我們的兒子卻被埋在地底下的世界。但是……我不應該那麼做的。對不起。」

「你那麼做也許只是把我逼到了邊緣，然而，是我自己決定要往下跳的。」艾克說。

他們開上三十三號公路，離開了威廉國王郡。車子的頭燈照亮了一只綠色的路牌，上面顯示距離紅丘還有二十哩路。

「他們還沒打給你嗎？」巴迪．李問。

「還沒。也許他們正在找一個可以把我們全都埋葬起來的地方。關於這個傑瑞德的性癖好，我們知道得太多了。」艾克說。

「是啊。我們得想出一個辦法來扭轉局面。在不把柑橘交給他們的情況下，讓艾莉安娜平安回來。」

「我一直在想這件事。當我看起來好像獨自在處理這件事的時候，我想到了一個主意。」艾克說。巴迪・李揚起一邊的眉毛。

「我們又回到合作狀態了？」巴迪・李問。

「情況確實很混亂，但這不是你一個人造成的。」艾克說。

「好。怎麼做？」巴迪・李問。

「你知道的，他們握有我們想要的，而我們握有他們想要的。我們需要掌握到對他們來說，比柑橘更讓他們想要的東西。」艾克說。

「例如？我們要去偷一輛他們的摩托車嗎？」巴迪・李問。

「不。我的第一個念頭是去他們其中一個人的住處，擄走他們的女人。」艾克說。

「哇，你走路的時候聲音一定很響亮。」巴迪・李說。

「什麼？」

「因為你有一副銅膽啊！不過，我得承認，我喜歡這個主意。他們不會料到的。」巴迪・李說。

「沒錯。不過現在，我們已經知道真正的幕後主使者是誰了，我想，我們需要找一個和權力核心更親近的人。」艾克說。他把視線從路面挪向巴迪・李，他的目光似乎在巴迪・李身上足足停留了一分鐘之久。

「噢。我明白你的意思了，但我得告訴你，我認為傑瑞德並沒有那麼在乎克莉絲汀。如果他真的在乎，他就不會和柑橘做那種事了。」巴迪・李說。

「那是你真正的感覺，還是你變得軟弱了？」艾克問。

「老實說，某種程度上，我對她還有感情。但傑瑞德．卡爾佩珀只愛權力和……」巴迪．李說。他停頓下來，把手指貼在自己的嘴唇上。

「和什麼？我沒有心電感應。」艾克說。

「有一次，德瑞克告訴我，他只聽他母親說過一次關於傑瑞德的壞話，那就是傑瑞德是個爸寶。」巴迪．李說。

「他愛權力，但他更愛他父親。」艾克說。

「是的。德瑞克告訴我，傑瑞德和他父親的關係非常親密，就像一雙絲襪一樣。蓋斯比．卡爾佩珀也是個混球，和他兒子一樣。德瑞克說，蓋斯比不讓德瑞克叫他爺爺。他說德瑞克不是真正的卡爾佩珀家人，所以不配享有這樣的榮耀。」巴迪．李說。

「你知道嗎？你告訴我，你和德瑞克處不來，但你們似乎聊了很多。」艾克說。巴迪．李咕噥了幾聲。

「他只有在對他母親生氣的時候才會這樣。你知道那種狀況的。我很享受聽他說這些，但當他企圖要告訴我關於以賽亞的事時，我就不太能接受了。」巴迪．李說。

「是啊。我不……呃，當以賽亞對我說他和德瑞克在一起有多快樂的時候，我並沒有聽他說。我是說，我不想聽。」艾克說。

「比起當父親，也許我們可以當個好一點的祖父。」巴迪．李說。

「你知道這個蓋斯比住在哪裡嗎？他們還沒有打電話來，不過，等他們打來的時候，我們就沒有多少時間行動了。」艾克說。

「我們可以上網搜尋嗎？」巴迪・李問。

「也許吧。這個時代，任何事情都可以上網搜尋。」

「我也聽說如此。」巴迪・李說完，他們又沉默地開了一、兩哩路。

「你真的開車衝進他家嗎？」艾克問。

「是啊，不過，我搞砸了，我在他家的洗手槽左轉了。」巴迪・李說。艾克和巴迪・李同時注視著彼此。

巴迪・李開始大笑。

艾克只是搖了搖頭。

艾克是對的。

當他們回到巴迪・李的拖車時，艾克從網路上免費找出了蓋斯比・卡爾佩珀的地址。他搜尋的那個網站還建議他，只要花二十九・九九元，他連蓋斯比的犯罪紀錄都可以拿到手。

「這個資料說他住在查爾斯郡，就在里奇蒙市外。」艾克說著，看了一下他的手錶。

「快十一點了。我建議我們現在就出發。」

巴迪・李往後仰，讓他的椅子兩腳離地，然後才讓椅子再度四腳著地。他用左手揉揉他的臉。他右手的那道傷口正在繃帶底下搏動。他對著一只密封罐啜了一口，接近罐底的地方漂浮著一個模糊的東西。那個東西曾經是半顆桃子。他是在櫥櫃裡的冬靴後面找到這個罐子的。一如松鼠和牠的核桃一樣，巴迪．李有時候也會忘記他把緊急存糧藏在哪裡。

「我最後一次聽到的消息是他一個人獨居。我不知道他是否有養狗。我不知道他可能裝了什麼樣的保全系統，或者他可能擁有多少槍枝。我覺得，我們至少應該演練一下，看看他有些什麼資源在手。」巴迪．李說完，把那個密封罐遞給艾克。艾克喝了一口，又把它還給了巴迪．李。巴迪．李將罐子傾斜，喝了一大口自己私釀的酒，享受著酒精在胸口燃燒的感覺。

「我不在乎他有什麼武器。我不在乎誰和他住在一起。我不在乎他是否養狗。我們直接進去把他搞定。任何人或任何事企圖要阻止我們，我們就連他們也一併解決。」艾克說。

「我知道了，不過，我一直在反思一件事。」巴迪．李說。

「什麼事？」

「我父親常說，『做事要事半功倍，不要事倍功半』。」巴迪．李說。艾克把手機放進口袋，然後把手臂交叉在胸口。

「你說說看。」

「這麼說吧，我們到那裡去，試圖要抓走老蓋斯比，但情況失控了。然後，我們被關進監獄，而那些稀有物種的傢伙正好在我們被關的時候打電話來。如果我們不要像一頭公牛闖進瓷器店那麼魯莽地衝進他家，而是讓他自己走出來，直接投入我們的懷抱呢？」巴迪．李說。

「那你覺得我們要如何讓他這麼做？」艾克問。

「蓋斯比是個老人。一個老頭最喜歡的就是年輕漂亮的妞兒了，而我們的隊伍裡剛好就有一個年輕漂亮的妞兒。」巴迪・李說。

「你是說柑橘？她甚至不相信這個混蛋想要殺她。我們要怎麼說服她幫我們抓住這傢伙的老爸？」

「很簡單，我們只要告訴她實話就好了。」巴迪・李說。

40

賈絲在門口和他們會合。

「瑪雅怎麼樣了？」她問。

「還算穩定。我們需要和你的客人談談，讓她出來。」語畢，艾克走回他的卡車，靠在前格柵上。巴迪．李雙手插在口袋，站在他旁邊。夜空掛著一輪銀白的明月。一片薄霧宛如地毯般地飄過賈絲家車道兩邊的原野。

柑橘慢慢地走下台階。她站在院子裡，和他們保持了一定的距離。她身上那件黑色的家居褲上有一些白色貓咪的圖案。她的頭髮在頭頂上盤成了一個鬆垮的髮髻。

「你看到新聞了？」艾克問。她點點頭。

「傑瑞德要我們用你去交換艾莉安娜。」巴迪．李說。柑橘猛然把頭轉向他的方向。

「是的，我們知道了。傑瑞德．溫斯洛普．卡爾佩珀閣下就是拋棄你的人，也是這一切的始作俑者。他是讓德瑞克和以賽亞喪命的人，他是讓你媽媽喪命的人，他也是企圖要殺了你的人，彷彿這是他的新嗜好一樣。」巴迪．李說。

「你們是怎麼──」

「我們也許看起來不怎麼樣，但我們還是有點腦子的。『W』是溫斯的簡寫。溫斯洛普是傑瑞德的中間名。傑瑞德是德瑞克的繼父。」巴迪・李說。

「那就是德瑞克之所以那麼沮喪的原因。那就是以賽亞為什麼要報導那篇故事的原因。」艾克說。

「不是他的家人，柑橘。不是他的妻子。是他。他是那個採取行動的人。他是那個叫他的手下綁架那個小女孩的人。」巴迪・李說。

「他們會毫不猶豫地殺了她。」艾克說。

柑橘激動地搖搖頭。那頭黑色長髮瞬間散落在她的肩膀上。

「好吧，你要我說什麼？說我是個笨蛋？說我是個白癡，以為他真的對我有感情？恭喜，你們是對的！我只不過是他眾多無腦的情婦之一而已！」柑橘說。她坐在最底下的那級台階上。艾克從卡車邊上走向她。

「我們不是來這裡貶低你或者讓你覺得難過的。傑瑞德不是你告訴自己的那種人。這是個很嚴厲的教訓，但這並沒有什麼好丟臉的，柑橘。我們都會學到教訓，要不就是讓別人學到教訓。不過現在，既然你知道了事實的真相，就不能再逃避了。」艾克說。

「我們不會把你交給他們。想都別想。」巴迪・李說。

「溫斯洛普說，如果我們不把你交出去，他就會把艾莉安娜剁碎。」艾克說。

「我們不會讓這種事發生，但我們需要你幫忙，姊妹。」巴迪・李說。柑橘用手背擦了擦眼睛。

「他從來都不在乎我，是嗎？」她說。

「除了他自己，他誰也不在乎，姊妹。」巴迪．李說。

「他殺了我媽媽。」柑橘哭著說。她哭到渾身都在顫抖。艾克在台階上坐下來，把一隻手放在她的肩膀上。

「幫助我們把事情做對。幫助我們讓他付出代價。」

柑橘開著艾克的卡車行駛在通往蓋斯比．卡爾佩珀莊園的那條單線道支路上。茂密的橡樹和楓樹樹枝從兩邊蠶食著道路。在經過一個小轉彎之後，柑橘看到了一塊牌子吊在七呎高的柱子上，牌子上面寫著「北角」。柱子豎立在一條石料車道的盡頭，只見車道在黑暗之中往前延伸了大約兩百碼。她把車開進車道，停在一條淺溝旁邊，然後關上車燈，熄掉引擎。這輛雪佛蘭是艾克用來跑腿的公務車。當他們的工作延宕或者遇到問題的時候，他就用這輛車來運送物資。車門上標示著這輛車隸屬於他公司車隊的磁鐵標誌，已經被他摘除了。

施展你的魅力吧，柑橘，她在心裡對自己說。她在照後鏡裡檢查了自己的妝容。她的戰鬥妝容一如以往地無懈可擊。她彈開引擎蓋，走下卡車，繞到車頭，將引擎蓋掀起，假裝在檢查引擎，以防蓋斯比．卡爾佩珀正在他臥室的窗戶往外窺視。她絕望地攤開雙手，沿著那條緩坡走向前門。

當柑橘按下門鈴時，屋裡立刻迴響起輕柔悅耳的〈月光奏鳴曲〉。屋子？把這個地方稱為屋子，就像把泰姬瑪哈陵說成地穴一樣。技術上來說是對的，但事實上完全不合適。北角是一幢三層樓的英國都鐸式巨型建築，座落在造景精緻、四周圍繞著古老橡樹、楓樹和山茱萸的半英畝土地上。燈光在二樓亮起，然後是一樓。一扇宛如城堡吊橋的黑色大門突然被打開。她沒有聽到腳步聲靠近，也沒有聽到有人在凌晨一點鐘被吵醒時發出的嘀咕聲。

「有什麼事嗎？」站在門口的那名男子問。他比柑橘高了幾吋。一頭向左分的濃密白髮從額頭往後梳。男子穿著一件淺綠色高爾夫球襯衫和一件黃褐色卡其褲。他所在的門廊和她的第一間公寓一樣大；門廊通往了一間拱形天花板的大房間。不過，柑橘幾乎沒有注意到。她的眼睛緊盯著男子左手裡的槍。那是一把〈緊急追捕令〉裡用的那種大手槍，長長的槍管就貼在男子的髖部。

「我說，有什麼事嗎？」蓋斯比問。柑橘僵在原地。她試圖強迫自己開口說話，但除了低頭看著那個老人手中的武器之外，她什麼也說不出來。

「小姐？」蓋斯比說。柑橘猛然抬起頭，凝視著老人的眼睛。那雙綠色眼睛裡的瞳孔巨大到不可思議。她艱難地吞下口水。那不是一雙好心人善良的眼睛。

「呃，我的車拋錨了，我的手機也沒電了。我在想，你是否能過來看一下。也許它需要接電或什麼的。我知道現在很晚了，但我不懂機械。」她說。蓋斯比草草地將她打量了一番。柑橘對他露出微笑。蓋斯比也回以一笑。儘管他們之間相距了一呎，她依然可以聞到他氣息裡的威士忌味道。

「我能得到什麼回報？」蓋斯比說。柑橘突然對即將發生在這個老人身上的事感到好過一些。蓋斯比輕笑出聲。

「只是開個玩笑，親愛的。我們去看看吧。」蓋斯比說完，把門在身後關上，跟著她走到他的車道盡頭。

「你怎麼會開到這裡來，親愛的？」蓋斯比說。他的手中依然握著那把槍。

「我剛離開一個朋友家，結果我的卡車就壞了。」

「如果你是我的朋友，我就會讓你在我家過夜。」蓋斯比說。柑橘壓抑著一股想要嘔吐的感覺，在卡車前面站定下來。蓋斯比往前傾身查看引擎，同時把槍擱在車頭的擋泥板上。

「甜心，拿著我的手機。上面有一個手電筒的小圖示。」蓋斯比說。

「我看到了。」柑橘說。她的膝蓋擦過那把槍，槍枝瞬間從擋泥板上掉落到地面。

「該死，親愛的，小心點；那可是上了膛的槍。」蓋斯比彎腰就要去撿拾那把槍。

艾克和巴迪．李從卡車左右兩邊的黑暗中出現。他們蒙著同樣的藍色頭巾，戴著同樣的黑色滑雪帽。巴迪．李一腳將那把槍踢到蓋斯比無法觸及的範圍。那個老人隨即站起身來。

「這是在幹嘛？」他問。他的語氣明顯地透露出他是一個期待別人必須回答問題的人。

艾克的右拳落在蓋斯比的左耳後方。那個老人彷彿被一把錘子砸中般地應聲倒地。

「那動作還真順，把槍擦撞到地上。」巴迪．李說著撿起那把點四四手槍。

「我們可以把他弄上卡車，趕快離開這裡嗎？」柑橘問。

他們用束帶綁住他的雙手雙腳，再用布膠帶封住他的嘴，然後將他丟進卡車車斗，蓋在一塊厚重的防水布底下。艾克坐到駕駛座上，柑橘擠在中間，巴迪．李則坐在乘客座上。一直到北角在照後鏡裡越來越小時，巴迪．李才發出了咋舌的聲音。

「幹嘛？」

「我在想，他是否有裝監視器。」巴迪．李說。

「我們有蒙面。」艾克說。

「我沒有。」柑橘說。

「你看到那幢房子了？如果他有監視系統的話，那可能也是連線到他手機的那種。我們只要讓他刪除就好了。」艾克說。

「你要怎麼讓他刪除？」柑橘問。艾克看了她一眼。

這個問題並沒有得到回答。

當他們把車開進巴迪．李的拖車場時，時間剛過午夜兩點。艾克倒車來到拖車門口，讓卡車停下來。他一熄掉引擎，巴迪．李立刻就跳下車，把他的拖車門打開。

「如果你看到有人在看我們的話就讓我知道。」艾克一邊問，一邊加入巴迪．李在車尾的行列。

「好的，好的，隊長。」巴迪．李說。

艾克掀開防水布，一把揪住蓋斯比的高爾夫球襯衫，即便那個老頭又是掙扎、又是反抗，他依然俐落地把蓋斯比從車斗上拖進了巴迪．李的拖車，並且把他扔在巴迪．李沙發前的地板上。蓋斯比在布膠帶底下發出了呻吟。巴迪．李用腳尖碰了碰蓋斯比嘴上的膠帶。

「天吶，這種東西真的有上千種用途。」巴迪．李說。

「是啊。我還曾經用它來讓草坪灑水器不再漏水。」艾克說。

「真的嗎？」

「真的。」艾克說。巴迪．李聞言吹了一口氣。他彎下身，拍了拍蓋斯比的口袋，直到他發現那個老人的手機為止。

「我想，你我可以弄清楚如何刪除影像。在那之後，我們的下一步是什麼？」巴迪．李說。

「我會送柑橘回去。然後，我們就等他們打電話來告訴我們，他們想要在哪裡進行交易。他們一定會提出各種要求。現在，我們有了對傑瑞德而言，比柑橘更讓他想要的東西，是時候讓我們也提出我們自己的要求了。」艾克說。

「如果他們不答應呢？」巴迪．李問。

「傑瑞德會答應的。每個好兒子都會想救他們的老爸。」艾克說。

艾克把車開進賈絲的車道，然後停下來。在他停車之際，柑橘持續把下巴撐在她的手背上。

「看起來他並沒有安裝監視系統。他的手機上沒有任何應用程式之類的東西。至少我和巴迪・李沒有找到。」艾克說。

「我沒有惡意，不過，你們兩個並非地球上最精通現代科技的人。你並不擔心他會去報警，對嗎？」柑橘問。艾克沒有回答。

「我想的果然沒錯。你知道嗎？我幫你們只是為了要帶回艾莉安娜。我不願意去想任何可能會發生的事。」柑橘說。

「那就不要去想。」艾克說。

「你是怎麼做到的？殺人之後若無其事地繼續過日子。就像在我家那樣。你跨過我媽媽的屍體，用槍掃射那些傢伙，彷彿那是你每天都會做的事情一樣。而你似乎完全都不覺得困擾。我對我媽媽、以賽亞和德瑞克都抱著罪惡感，我吃不下、睡不著。任何聲音都會讓我跳起來。我會沒來由地哭泣。而你和巴迪・李並不會這樣。你們兩個只是繼續往前進，就像鯊魚一樣。我不知道你們是怎麼辦到的。」柑橘說。

「像以賽亞、德瑞克和你媽媽這樣的人不應該那樣死去。殺他們的人也不配活著。我無法為巴迪・李發言，但那是讓我繼續前進的動力。」艾克說。

「報復？」柑橘問。艾克遺憾地笑笑。

「不，仇恨。很多人喜歡談及報復，彷彿那是正義之舉，然而，那只是經過包裝的仇恨而已。」艾克說。

41

多姆深信因果報應。你做了壞事；壞事就會十倍奉還到你身上。多姆想不出有什麼比綁架一個小女孩更壞的事。

在他們回到俱樂部會所之後，他被指派負責看著這個滿頭捲髮的小天使。他不確定自己是怎麼抽中這支籤的，不過，他不希望讓老大那種人來看守她，因為老大也許會讓她喝一口他的傑克丹尼。當那個小女孩睡在他用毯子和一塊三夾板臨時搭成的小床上時，多姆按著遙控器，在上百個頻道之間不停地切換。這個房間是他、切達和葛雷姆林用後陽台改造而成的。他的兄弟們正在前面吶喊歡呼。他們對於放火燒了一棟房子，並且把一個女人撞出路面都感到興奮無比。但多姆所能想到的只是葛雷姆林和切達躺在那個女孩家前院的模樣。他不知道禿鷹是否正在他們上方盤旋？他們的嘴裡是否爬滿了蛆？

多姆再度轉換了頻道。

葛雷森滑著手機，那是他們擄走那個小孩時，順道從那個女人身上拿走的手機。手機的角落顯示上午四點四十五分。是時候打給模範父親了。一通清晨的來電一定會讓他們不知所措，並且為那個小孩的安危感到心驚膽跳。葛雷森在「艾克」的名字上停下來，撥通電話。

艾克在電話響第二聲的時候接了起來。

「哈囉。」

「嘿，黑鬼。我告訴過你血債血還。或者用蕩婦來換幼崽。讓我來告訴你接下來要如何——」

「我要和負責的人說話。」艾克說。葛雷森差點就狂笑出來。

「你在命令我嗎？黑鬼。我就是負責的人。」葛雷瑟說。

「不，你只是個傳話的。傑瑞德．卡爾佩珀才是負責的人，我要和他談。」艾克說。葛雷森捏緊手機。傑瑞德那個蠢蛋。他不應該和他老婆的前夫說話的，但他想要扮演惡棍，並且在對方的傷口上撒鹽，因為那麼做讓他感到很得意。

「你要打交道的人是我。我是這件事的老大，除非你按照我告訴你的去做，否則你就完蛋了。或者，你要我開始把那個小雜種一塊一塊地寄給你？」葛雷森問。

「你要是那麼做的話，我就會開始把蓋斯比．卡爾佩珀一塊一塊地寄給你。」艾克說。原本懶洋洋地坐在他那張總裁椅上的葛雷森，現在已經完全挺直了。

「你在說什麼鬼話？」葛雷森問。艾克沒有回答。葛雷森只聽到有人在電話那頭的背景裡呻吟。那不是什麼開心和享受的呻吟，而是一道痛苦的聲音。

「傑瑞德，是你嗎？兒子。」蓋斯比說。

「搞什麼？」葛雷森問。艾克重新回到線上。

「現在，讓我來告訴你這件事要如何進行。你打給傑瑞德，說他老爸在我們手中。然後，你再打電話給我們，我們會告訴你在哪裡碰面。我們會帶著老卡爾佩珀，你把艾莉安娜帶來。」

「他媽的，不是這樣交易的，你——」

「你的嘴巴得要開始放乾淨點，否則，我會拔下蓋斯比老爹的一顆牙齒做成戒指。喔，現在你給我聽好了，小子，別想要再騎車到紅丘來。即便我在電視上聽到摩托車的聲音，可能都會感到緊張。只要我一緊張，立刻就會把兩顆子彈射進老卡爾佩珀的腦袋裡。我告訴你，我從來不會虛張聲勢。」艾克說。

電話掛斷了。

葛雷森把電話從耳邊拿開。他盯著那支電話，恨不得把它丟到房間的另一頭，然後用力踩踏，直到聽到令人滿足的塑膠破碎聲在他的靴子底下響起。他把手機放在桌上。那不再是一支手機了。它是這場混戰的具體化身。那個黑色的長方形是一扇窗，通往了他現在所處的平行宇宙。在這個宇宙裡，兩個老前科犯處處都佔了上風。

葛雷森起身，從車庫後面的一個櫥櫃裡拿出一個工具箱。他在箱子裡摸索半天，終於找到一支粗短的木工鉛筆。他從口袋裡掏出一張哈帝漢堡的收據，然後走回桌子旁邊，匆匆記下艾克的電話號碼，再把收據對折，放回口袋裡。他拿起手機往外走。他的幾個兄弟正在院子裡閒晃，還有幾個靠在他們的摩托車上，腿上還坐著性感的年輕女孩。葛雷森把那支手機放在地上，退開一步，然後從他的腰際拔出他的點三五七手槍，朝著手機連開六槍。他一邊咆哮一邊開槍，直到槍膛發出喀嚓的聲響。

然後，他走回室內，打電話給傑瑞德。

艾克在他的咖啡裡加了一點私釀酒。

他可以聽到巴迪・李不斷地在問蓋斯比問題。那個老頭的嘴重新被貼上了膠帶，因此，他無法回答巴迪・李的任何問題。

「你記得德瑞克大學畢業時，你們全都沒有去參加畢業典禮嗎？他告訴了我這件事。當時我在坐牢，所以有缺席的理由，但你呢？你退休了。我是說，我知道他是你的繼孫，然而，你就不能花一點點時間出席嗎？我得告訴你，蓋斯比。對一個南方的紳士來說，這種行為真的很可恥。」巴迪・李說。蓋斯比咕噥著什麼回應他。艾克猜那大概是蓋斯比所能想到的各種髒話的組合。

艾克的電話響了。

艾克碰觸了螢幕，然後將手機拿到耳邊。

「聽好了，你這個該死的野蠻人：我父親和這件事無關。你放他走，我是說現在立刻放他走，也許，我只是說也許，我就不會讓葛雷森切開那個小雜種的喉嚨。」傑瑞德說。

「我已經厭倦了叫你們這些傢伙把嘴巴放乾淨點。」艾克說。他打了個響指，巴迪・李一把揪住蓋斯比，讓他坐起身。艾克來到起居室裡。

「你不用擔心我的嘴巴乾不乾淨。你還是擔心那個小女孩吧。」傑瑞德說。

「嘿，小子？你敢傷她一根汗毛，我就保證你老爸會在慘叫中死掉。」艾克說。

「我要和他說話。」傑瑞德說。

「你有五秒的時間。」艾克說。當巴迪．李撕掉蓋斯比嘴上的布膠帶時，艾克把電話湊近他的臉。

「傑瑞德！」蓋斯比才叫了一聲，艾克就收起手機，巴迪．李也把布膠帶重新貼上。

「他還活著，艾莉安娜最好也是，否則，你就準備把你老爸放在一個咖啡罐裡下葬吧。」艾克說。

「你把他和柑橘帶——」傑瑞德企圖要說話，但艾克打斷了他。

「不。沒有柑橘。只有你老爸和艾莉安娜。就是這樣。我們會在一個小時後打給你。」艾克說完就掛斷了電話。

「你把他們逼得很緊。萬一他們傷害她呢？」巴迪．李問。艾克把手機放回口袋裡。

「他們不會的。他老爸在我們這裡。現在，他們知道我們什麼都敢做。他們不知道如果他們傷害了那個女孩，我們接下來會做出什麼事。現在，我們得找個地方和他們碰面。還有，我們需要槍。很多很多的槍。」艾克說。巴迪．李發出一陣嘖嘖的聲響。

「我想，我們可以來個一石二鳥。但我們得先和某些人談談。我們要怎麼處理他？」巴迪．李問。

「我們把他鏈在浴室的水槽上。」艾克說。

「你的反應真快。」巴迪・李說。

「這不是我第一次做這種事。」

「我知道，我也不是。不過，你在這方面很有天賦。」巴迪・李說。

「很不幸。」艾克說。

「在這裡轉彎。」巴迪・李說。旭日的光芒反射在鐵絲網圍籬上的那面金屬招牌上。白色的招牌上用粗黑的字體寫著「摩根碼頭」。艾克駛過敞開的大門，開向一棟外牆釘有木板和板條的狹窄建築。建築物後面那座經過防鹽處理的碼頭一路延伸到切薩皮克灣。碼頭兩邊各有十來個泊位，停滿了大小尺寸和奢華程度各不相同的船隻和遊艇。艾克把車停了下來。

「好了。現在換你待在車裡了。」巴迪・李說。

「你自己進去不會有事吧？」艾克問。

「也許他是個軍火走私販和瘋狂的右翼民兵狂熱份子，但他還是和我有一半血緣關係的哥哥。我應該不會有事。」巴迪・李爬下卡車，走向碼頭的那間辦公室。一串馬鈴聲在他進門的時候響起。櫃台旁有幾個南方老鄉正在付款買釣餌。查特算了一下費用，然後抬頭看了巴迪・李一眼，隨即把零錢找給他們。那些人以一種下意識的南方熱情對巴迪・李點了點頭。在他們離開之後，室內只剩下他和查特。

「你應該知道不要把那種人帶到我店裡來。」查特指了一下停車場。艾克正站在那輛卡車旁邊講電話。

「喔，我忘了你不喜歡黑人。」巴迪．李說。查特咕噥了一聲。

「你要幹嘛，巴迪？」他問。查特和巴迪．李一樣又瘦又高，不過，他有一頭蓬亂的白髮和一搓相配的鬍子。當他伸開手臂時，他的二頭肌上露出了一個「不自由毋寧死」的刺青。他身上那件灰色T恤的腋下已經汗濕了。現在才早上八點半。

「我需要你幫個忙。」巴迪．李說。查特從櫃台後面走出來，兩人之間只隔了一呎。

「你上次來的時候我就告訴過你，我沒有什麼可以幫你的。你知道你和迪克給我惹了多少麻煩嗎？裘利派了臭鼬米契來和我談。那個臭鼬米契。他們認為我是個告密者，因為你和迪克的時速一路都超過了六十哩。那筆交易讓我付出了一大筆錢和一堆無眠的夜晚，而你現在還想要我幫忙。」查特說。

「那讓我坐了五年牢。如果換成迪克的話，他一定會死在牢裡。不過，既然你提起這件事，在我和迪克被捕之後，維吉尼亞州不是撤銷了他們對你非法持有武器的指控嗎？哈，那不是太巧了嗎？」巴迪．李說。查特怒視著他，但巴迪．李給了他一個燦爛的大笑容。

「別擔心，我從來沒有對任何人提起這件事。我的意思是誰會相信呢？一個像樣的男人怎麼會為了自保而出賣自己的兄弟呢？我們是血親，也許不是什麼好血統，不過總是血濃於水。但那都已經過去了，不是嗎？老大。」巴迪．李說。

查特從身後的口袋裡掏出一盒口嚼菸草，塞了一大塊到嘴裡。

「我沒什麼能幫你的，巴迪。」查特說。巴迪．李撥弄著收銀機旁邊那座旋轉展示架上的一只亮橘色和紅色相間的魚餌。展示架在旋轉的同時變成了一個簡單的萬花筒。

「因為臭鼬把你嚇到尿濕褲子，你想對我發火，那沒問題。我能承受。你想要因為我讓你損失了一筆收入而生氣，我也可以接受，雖然我對此有些懷疑。但我不能接受，也無法容忍的是，你背棄了德瑞克。他是我兒子。他是你的外甥。一些卑鄙無恥的傢伙像殺了一隻狗一樣地射殺了他。我正在追查幹這件事的那幫懦夫，我只需要你在馬修斯那個地方的鑰匙。我只需要一個可以讓我佈局的地方，但你卻說你幫不了我。那就不要為我這麼做，為了德瑞克而做。為他而做。」巴迪．李說。查特走回櫃台，從櫃台底下的櫥子拿出一只塑膠杯，喝了一大口杯裡的深色酒液。

「你兒子。那個——」查特沒有說完那個形容詞，因為巴迪．李已經俐落地跳上前，打開那把刀，拉近了他們之間的距離，並且把刀刃架在他的脖子上。

「不。不要說那個字，再也不要，不要那麼說我兒子。當他還活著的時候，那個字我自己已經說過太多次，我已經不想再聽到那個字了。」巴迪．李說。

「你把刀子架在我的脖子上，巴迪．李，你最好很擅長使用這把刀。你到我的地方來，把刀子抵在我的喉嚨，還帶了一個黑鬼一起來？你根本什麼也不是。」查特說。巴迪．李在他哥哥的眼睛裡看到了自己的眼睛。他們都繼承了父親那股具有腐蝕性的憤怒。

「你誇誇其詞地說你是個愛國者和戰士，然而，當我來找你幫忙找出那些殺了德瑞克的人時，你卻表現得好像我要求你用繩子去套住風一樣。他是你的外甥，但你卻不在乎。我告訴你，外面那個人對我的支持和忠誠是你從來都不曾做到的。他才是我應該要有的那種兄弟。不過，你現在可以彌補這一切。所以，你可以把鑰匙給我，或者由我傷了你，然後拿走鑰匙。但我向你保證，不管用哪一種方法，我今天都要把鑰匙帶走。」查特憤怒地齜牙咧嘴，露出了他那口泛黃的牙齒。巴迪・李把架在查特喉嚨上的刀子按得更深了。

「這筆帳我們之後再算，弟弟。」查特說著，拿出一串勾著兩把鑰匙的鑰匙圈。鑰匙圈突然就出現在他手裡，彷彿變魔術一樣。巴迪・李從他手中拽走鑰匙，隨即從他身邊往後退開，不過他手中的刀子依然指著查特，直到門把抵住巴迪・李的背，他才把刀收起來，放進自己身後的口袋裡。

「我不會放過你的，巴迪。你最好小心一點。」查特說。

「生命本身已經沒有放過我了，哥哥，不過，歡迎你放馬過來。」巴迪・李說。

巴迪・李爬上卡車。艾克也跟著上車，發動引擎。

「你還好嗎？」艾克問。巴迪・李把鑰匙塞進他的口袋。

「我在想為什麼好人總是不長命。」巴迪・李說。

「我想，那就是我們為什麼還在這裡的原因。」艾克說著，開動了車子。

「我們去看看這個地方吧。姑且說是先熟悉一下情況。我曾經去過一次，但那是很久以前的事了。我想先了解一下環境再行動。」

42

艾克從十四號公路右轉到一九八號公路。過去幾年來，他到馬修斯郡做過幾次工程，不過並不多。那裡大部分的人都自行打理他們的院子。

「沿著這條路開，直到我們和塔伯納克路相會，然後在那裡左轉。」巴迪・李說。

塔伯納克路是穿越馬修斯鎮之後第一條左轉的硬面道路。他們經過了雜貨店、郵局和圖書館，以及和法院只相隔兩步的一座內戰雕像，然後左轉，沿著塔伯納克路繼續行駛，直到巴迪・李叫他右轉到一條塵土飛揚的林道。

那條長長的林道蜿蜒過一片綠蔭參天的松樹林，最後通到一條被牧場大門隔開的石礫路。艾克停下卡車，巴迪・李隨即帶著鑰匙跳下車。他打開門鎖，讓艾克把車開進去，然後再度躍上卡車，繼續沿著石礫路前進。道路的盡頭是一片寬闊的草地。他們的左側是一棟狹長的穀倉紅鋼骨建築，建築物的中央有一扇鐵捲門，捲門右邊還有一扇窗戶。建築物本身長達近百呎。幾個戰術射擊標靶擺放在他們右側的射擊場上。大部分的標靶板子上都貼著人形剪影，少數幾個則貼有黑人和西班牙人的卡通人像。

「你哥哥是個不折不扣的混蛋。」艾克看到那些標靶的時候說道。

「是啊。這一點我不會和你爭辯。」巴迪・李說。艾克把卡車停好。他們下了車，走向那棟主要的建築物。

巴迪・李打開門鎖，艾克跟在他身後走進室內。門的右邊擺著一張工寮桌，幾把椅子散落在桌子四周。空間裡隨處可見一些零碎的小物件：幾根釣竿、一個側擺的毛絨鹿頭，地上還有一面寫著「別惹我」的旗子，顯然是從牆壁上掉下來的。而他們左邊寬敞的空間裡則堆滿了大約二十個木箱、硬塑膠提袋和幾個粗麻布袋。

巴迪・李閒晃到那些箱子旁邊。他打開其中一個木箱的蓋子，立刻吹了一聲口哨。

「我的老天爺。你可以用這傢伙阻擋一隻嗑了冰毒之後興奮起來的犀牛。」巴迪・李說著，從箱子裡抓出一把裝有轉輪彈巢的全自動霰彈槍。

「你有彈藥嗎？」艾克問。

「這個箱子裡的子彈比鯊魚的牙齒還要多。」巴迪・李在打開另一個箱蓋時說道。

「那些東西在美國是非法的。」艾克說。巴迪・李往那些木箱和盒子揮了揮手。

「這裡沒有什麼東西是合法的，艾克。那些和他有所往來的民兵不在乎任何法律，除了憲法第二修正案之外。」

「這一點我知道。我只是在想，菸酒槍砲暨爆裂物管理局是否在監視你哥哥。今晚這裡將會有一場大戰。」艾克說。

「如果聯邦調查局真的在監視他的話，這個地方就不會存在了。我也不認為我們需要擔心今晚會引起任何的注意。我們在樹林深處，得要往另一個方向走上五哩路才能遇上一個鄉下人呢。」巴迪．李說。

「你說了算。」艾克說。

巴迪．李繼續探索著那些木箱。滿滿的機關槍、步槍、手槍，以及——老天爺啊——地雷，真是令人難以置信。

我們可能會需要所有的東西，巴迪．李心想。他打開了靠牆的那只箱子。

「他媽的。艾克，過來。」巴迪．李說。艾克走過來看著木箱裡面。

「那是我以為的東西嗎？」艾克說。

「是的。我想，如果你像查特那麼大嘴巴的話，最好對任何事都心存懷疑，並且做好備案。」巴迪．李說。艾克望著木箱裡面，然後看了一眼工寮大門，再看回木箱。

「你知道不管我們在這裡拿到多少槍，我們都只有兩個人。也許，我們需要自己的備案。」艾克說。

「你那顆大腦袋裡在想什麼？」巴迪．李說。

「我在想，我們需要用最少的代價獲取最大的利益。走吧，我們回紅丘去。我們得去一趟我的店裡。我有個主意。」艾克說。

「什麼，我們要用鏟子來和他們決鬥嗎？」巴迪．李問。

「不完全是。」艾克說。

等他們到店裡取得所需要的東西，然後回到那個營區把東西放好，再返回到巴迪．李的拖車時，時間剛好過了一點鐘。巴迪．李可以聽到他的拖車發出重擊的聲響。

「如果我很在乎這輛拖車的話，我會很沮喪的，因為聽起來那個老傢伙就像一頭驢一樣地在裡面亂踢。」巴迪．李說。艾克跟在他後面走進拖車。

巴迪．李穿過走廊直接走到浴室，然後把頭探進去。

「如果你繼續踢那面牆的話，我就進來把你的腿打斷。」巴迪．李說。他的話讓蓋斯比的腿停在半空中。那個老頭隨即將腿放平在地上。

「這樣好多了。」巴迪．李說完便回到了起居室。艾克坐在沙發上，因此，他只能躺到那張躺椅上。

「我們還有一點時間。你要不要去看看瑪雅？」巴迪．李問。

「你和你哥哥說話的時候，我打過電話到醫院去。情況還是一樣。」艾克說。巴迪．李深深吸了一口氣。

「她會沒事的，艾克。」

「我不知道我們每個人是否都還能沒事。」艾克拿出他的手機，發了一則簡訊給傑瑞德。

三四九三，塔伯納克路。

馬修斯，維吉尼亞州

今晚八點

他把電話放到一邊。

「我只知道，不管今晚發生什麼事，我們都要殺了那些人。他們全部。」艾克說。

「艾克。」巴迪．李說。

「嗯？」

「我真希望我們是在婚禮上認識的。我真希望我們兩個都出席了婚禮。」

「我祖母曾經說，如果希望是一匹馬的話，乞丐一定會騎上去。不過，我聽到你說的話了。我也希望我們是在婚禮上認識的。」艾克說。

「好了，我要小睡一下。接下來的一天會很漫長。我想，我們至少犯了十五項重罪。」巴迪．李說。

幾分鐘之後，艾克聽到了巴迪．李的打呼聲。艾克把頭靠在沙發上，但他並未闔上眼睛。他知道如果他睡著的話，以賽亞會在他的夢裡等著他。

或者在他的噩夢裡等待著他。

43

瑪歌正要坐下來收看危險邊緣！[45]的冠軍決賽時，她的大門開始碰碰作響。

「真討厭。」她自言自語地走向門口。當她打開門時，巴迪．李正站在前門的台階上。

「天吶，你看起來比我上次看到你還要糟糕。你到底有沒有睡覺啊？」瑪歌問。

「有人告訴過你，你很會說話嗎？」巴迪．李說。

「這是天賦。什麼事？你買新卡車了？你也該換車了，如果你問我的話。」瑪歌說。巴迪．李撥開臉上的一撮頭髮。在那一瞬間，瑪歌覺得自己彷彿又看到了過去的巴迪．李，那個精神煥發的鄉村帥小伙。

「不，那是我夥伴的卡車。嘿，我想要告訴你，你是個好鄰居。你會來看我，確定我沒有變成醃在一瓶尊美醇威士忌裡的泡菜。我想，你也許是世界上唯一在乎我發生了什麼事的人。」巴迪．李說。

「喔，你這麼說人真好，可是，你為什麼說得好像你就要帶領輕騎兵去戰場上衝鋒陷陣了一樣？」瑪歌問。巴迪．李把腳放在最上面的那級台階，然後往前傾身。

---

[45] 危險邊緣（Jeopardy！）是1964年起在美國播出的益智遊戲競賽節目，節目至今已經播出超過八千集。

「我從來都沒有什麼女性朋友。我認識很多女人，但她們很多都稱不上是所謂的朋友。我想，你是我第一個女性朋友，瑪歌。」他停下來。她看著他在繼續往下說之前咬咬牙。

「你是一個好女人，也是一個好朋友。自己保重。」巴迪．李說。

「巴迪．李，怎麼回事？」瑪歌問。他的臉上閃過一絲不老實的笑容。

「在你還活著的時候向你表達我的心意，甜心。」語畢，他往後退，舉起兩根手指向她敬禮。她看著他大步跑向他夥伴的卡車，爬上乘客座。當他們駛出拖車場時，車後揚起了一大片的塵埃。

「來吧，蓋斯比。終點站到了，全都下車。」巴迪．李說。他幫忙艾克把那個老傢伙從卡車車斗拖進工寮裡。他們用兩條束線帶把他綁在一張金屬折疊椅上。椅子旁邊是一個五十五加侖的鐵桶。鐵桶底下的盒子裡裝了一些電線和一個扁平的圓形輪盤。

「好了，我要去把卡車開走。你看著他。」艾克說。

「我會試著不要殺了他。」巴迪．李說。蓋斯比聞言瞪大了眼睛。

「喔，冷靜點，我只是在開玩笑。」他轉向艾克。「記住，如果你開過了另一個入口的話，那就繼續往前開到郵局，然後再迴轉。要快一點。應該沒有另一條路可以回到這裡。查特曾經抱怨說，這裡的出口越多，郡政府就會扣他更多的稅之類的話。我們可不想引起別人的注意。」巴迪．李說。

「只要另一個門沒有鎖住的話，我們應該就不會有事。」艾克說。

艾克把卡車開到另一條路的入口，然後循著一條人行小徑走回營區，途中經過了一間用波紋狀金屬板搭建而成的戶外廁所。過去幾個晚上天氣都很冷，殘冬顯然還不願讓位給春天。但今晚的空氣卻反常地悶熱。等到他返抵工寮的時候，渾身都已經蒙上了一層薄汗。

巴迪．李握著一把裝有擴容彈匣的AR-15步槍，坐在靠著工寮後面牆壁的那張長凳上。艾克從木箱裡取出一把自動霰彈槍，裝上高速子彈，然後在靠近工寮中央的那張桌子上坐下來。他看了看手錶。晚上七點半。

「你認為在這之後還有什麼嗎？我是說，在我們死後。」巴迪．李問。

「你在擔心你的靈魂嗎？巴迪．李。」艾克說。他捧著那把霰彈槍，彷彿抱著一個剛出生的嬰兒一樣。

巴迪．李清了清喉嚨。

「我是說，如果有的話，我很確定我會到哪裡去。我想，我已經接受了那樣的安排。我只是好奇，我的意思是，你認為我們會見到我們的兒子嗎？例如，如果我們不能活著離開這裡的話，你認為我們會在前往陰間的路上錯過他們嗎？」巴迪．李說。艾克從窗戶窺探出去。太陽已經下山了，半輪的明月已然高掛。

「希望不會。」艾克說。

「希望不會？老兄，我也許會再見到我兒子的信念，是讓我能繼續相信牧師佈道的唯一原因。這樣我就有機會告訴他，在他們把他從我身邊帶走之前我就應該要告訴他的話。」巴迪・李說。

「我只想要對以賽亞說對不起。就算我得一直說下去也依然不夠。我怎麼說都不夠。」艾克說。他的聲音轉為低語。

他們都聽到了遠處傳來的摩托車咆哮聲。他們不發一語地從座位上站起來。巴迪・李割斷了把蓋斯比綁在那張折疊椅上的束線帶，再割斷捆住他腳踝的束線帶。

「起來。」艾克抓住蓋斯比的手臂，走向那道鐵捲門。

艾克按下牆壁上的按鈕，捲門開始往上升起。他緊緊抓著霰彈槍，與蓋斯比並肩站在門的一側。巴迪・李則站在另一側。他看了看手錶。七點四十五分。

「他們企圖要比我們先到。」巴迪・李說。

「就和那個故事一樣。野狼在早上六點的時候到了蕪菁田，而兔子早就已經從那裡離開了。」艾克說。

「我們是那個故事裡的兔子，對嗎？」巴迪・李說。

「是啊，但我們會像野狼一樣地吃掉他們。」

一支摩托車隊湧入草地，停在射擊場前，面對著建築物。當那輛凱迪拉克ＳＲＸ開到車隊後面時，艾克數了一下，總共有二十五輛摩托車。那個像維京人一樣的金髮大漢騎著一輛有著高手把和長靠背的改裝摩托車，靠背上還罩著一個綠色的袋子。金髮男彈出摩托車的腳架，從車上下來。那個綠色的袋子和他的車袋用彈性繩綁在一起。他鬆開繩子，摘下那個綠色袋子。只見一張兒童汽車座椅被五呎長的繩子綁在那個長靠背上，艾莉安娜就坐在汽車座椅上。

艾克差點當場就對他開槍了。

空氣中瀰漫著摩托車引擎加速運轉和咆哮所製造出來的熱浪。傑瑞德從那輛凱迪拉克裡走出來。他穿了一件敞開領口的白色扣領襯衫和一條鬆垮的卡其褲。他大步地走到那名金髮男的前面，雙手插腰，下巴向前突出。巴迪・李抓緊了他手中的步槍。他知道一個蠢蛋什麼時候會表現出自誇的行為。他企圖要耍什麼心理戰術。也許，他以為如果他不表現出驚慌失措的模樣，就真的不會感到害怕。

「你沒事吧？老爸。」傑瑞德大喊。蓋斯比搖了搖頭。

「你們對他做了什麼？」傑瑞德說。

「他沒事。他只是看到了這個世界上的另一半人是怎麼生活的而已。除此之外，他好得很。現在，放開那個女孩。」巴迪・李說。汗水在他的眉毛上堆積，彷彿一條慵懶的毛蟲一樣。他們全都籠罩在夜色之中。

「你知道亞歷山大大帝和泰爾圍城戰的故事嗎？」傑瑞德說。

「你現在要……上他媽的歷史課？」巴迪・李問。傑瑞德笑了笑。

艾克開口說道：「泰爾應該是堅不可摧的，但亞歷山大在六個月之後拿下了它。重點在於，他比其他將軍都更有決心。好了，我們可以辦正事了嗎？」

傑瑞德臉上的笑容消失了。

「你不是唯一有念過書的人，溫斯洛普。」艾克說。

「讓我父親過來。」傑瑞德說。

「鬆綁那個女孩，讓她過來。」巴迪・李說。

「葛雷森。」傑瑞德說。葛雷森解開艾莉安娜座椅上的安全帶，把她放到地上。一陣風吹過，讓她的捲髮跟著搖曳了起來。

「嘿，小不點！」巴迪・李說。

「過來這裡，親愛的。」艾克說。艾莉安娜朝著他們邁出一步，但葛雷森突然伸手抓住她的手腕。艾莉安娜發出了一聲尖叫，讓巴迪・李咬緊了牙關。

「放・開・她。」艾克說。

「葛雷森，一切都在我的掌控下。」傑瑞德說。

「放屁。你什麼也掌控不了。這些混蛋抓了你老爸，而你居然要讓他們帶回他們的小雜種？去他的。一起放人，鄉巴佬。」

「一起放人。我們同時放開他們。」巴迪・李說完後推了推蓋斯比。那個老頭怯生生地走了幾步。葛雷森也放開艾莉安娜的手臂。

「快跑過來。」葛雷森說。

艾莉安娜用左手蓋住耳朵。她往前走了幾步，隨即停了下來。

「過來，小不點。快過來。」巴迪・李說。艾莉安娜開始大哭。

「喔，別哭，小不點。快過來，寶貝。」在巴迪・李說話的同時，蓋斯比已經走過院子的一半了。

「艾莉安娜，過來，寶貝。到……到爺爺這裡來。」艾克說。艾莉安娜斷斷續續地抬起腳步。

「這就對了，寶貝，到爺爺這裡來。」艾克說。艾莉安娜開始跑了起來。那雙胖嘟嘟的腿一上一下地彈跳，彷彿活塞一樣。她跑過了正朝著傑瑞德跌跌撞撞而去的蓋斯比身邊。

「快點，老爸，讓我們把你帶離這裡。」傑瑞德說著，朝著他父親展開雙臂。

其餘的摩托車騎士全都下了車。槍枝突然出現在他們手中，彷彿快速剪接的技法一樣。艾克單膝跪地，朝著艾莉安娜伸出雙臂，同時將他的霰彈槍抵在肩膀上。

「沒錯，甜心，就是這樣。到爺爺這裡來。」艾克說。

葛雷森往自己的右邊移動，從腰帶上抽出他的點三五七手槍。他要親自和這些混蛋算帳。

艾莉安娜跳進了艾克的懷抱。他用一隻手臂緊緊抓住她，再用另一隻手臂緊抓著那把霰彈槍，然後才退回到工寮裡。

在傑瑞德笑容滿面的迎接下，那個老頭狠狠地撕掉自己嘴上的布膠帶。

「傑瑞德，這回你讓自己惹上了什麼麻煩？」蓋斯比咆哮地說。

槍戰在巴迪・李降下鐵捲門的時候爆發了。子彈穿過金屬牆板，在那道鐵捲門上製造出十分錢硬幣大小的孔洞。巴迪・李來到其中一扇窗戶旁，開始用那把AR-15步槍回擊。他從左到右地掃射了整片草地，那些騎士只能像蟑螂一樣地四處逃竄。有些人躲到射擊標靶背後，有些人把野餐桌翻倒，當作還擊時的掩護。大部分人則撤退到草地周圍的灌木叢裡，開始從黑暗中開火。

艾克打開工寮後面的那只木箱，將艾莉安娜抱進箱子裡。一陣灼熱感在他左臂的二頭肌竄起，彷彿被一把火鉗燙到一樣。艾克趴倒在地，爬向巴迪・李對面的那扇窗戶。

當他在黑暗中開槍時，那把自動霰彈槍帶來了強勁的後座力。那輛ＳＲＸ往前衝的時候，車尾燈在草地上投下了一片紅色的光暈。艾克看到一群摩托車騎士企圖要衝向營區的另一側。當霰彈槍的子彈射穿他們的身體時，他們宛如宗教狂熱份子陷入狂喜一般地痙攣了起來。

*不，別走，你這個混蛋。不准你提前離開這場派對，親愛的。*巴迪・李心想。他朝著那輛ＳＲＸ連續開火，直到彈匣裡的子彈全都用盡。那輛ＳＲＸ的玻璃纖維車身完全擋不住AR-15的火力。從引擎蓋到車後背，每一顆子彈都留下了二十五分錢硬幣大小的孔洞。那輛車橫衝直撞地衝出路邊，從路堤上往下跌落，直到撞上一棵老橡樹粗壯的樹幹才停了下來。

巴迪・李彈出他的空彈匣，塞進另一個新彈匣。艾克也同樣需要重新裝填子彈。這讓那些摩托車騎士有了逼近工寮的機會。他們一邊前進，一邊不停地朝著工寮的金屬結構開槍。

艾克擦了擦眼睛，當他縮回手時，看到自己的手上多了幾許斑駁的血痕。水泥和金屬的碎片彷彿雨點般灑落在他們身上。艾克和巴迪・李也許擁有較多火力強大的武器，但稀有物種卻佔了人數上的優勢。巴迪・李趴倒在地，舉起他的步槍，從最近的窗戶往外盲目地開火。艾克在結束最後一輪的掃射之後，把他的自動霰彈槍丟到一邊。他知道他解決了幾個稀有物種，但還不夠多。遠遠不夠。

他爬過地板，來到那個五十五加侖的桶子旁邊。在巴迪・李持續盲目射擊之際，艾克開始設定「計時器」。那個計時器實際上是由光碟音響上拆下來的零件和一個連接在老舊點火開關的簡單電路所組成。點火開關就黏貼在那個桶蓋的底側。

稍早，當艾克看到後牆附近那個特別的木箱裡有什麼的時候，他立刻就想到了這個主意。這是他們的出路。這能讓他們償還欠他們兒子的債。一筆即將血債血還的債。

艾克知道他們需要某個強大的東西來對抗傑瑞德和他的人手。某個能讓他們獲得平等競爭機會的東西。某個用艾克倉庫裡那十幾袋富含硝酸銨的肥料所製作的東西。一個造景師也許沒有槍枝，但他擁有的絕對不只是鏟子。他們兩個誰也沒有什麼經驗，但搜尋網站再一次幫了他們。

那個大桶裡幾乎塞滿了肥料和汽油。當計時器停止時，它會透過電路將電流傳送到點火開關。點火線外層的絕緣體已經被剝開了，那一小段暴露出來的金屬導線絕對足以製造出火花。這是一個簡單卻致命的炸彈。

「我們走！」艾克消失在靠近後牆的那個箱子裡。巴迪・李結束最後一次的掃射，然後衝向那個箱子。他爬下那個鋁梯，抱著艾莉安娜跟在艾克身後，進入了工寮底下的隧道。

葛雷森那把點三七五的子彈在那棟建築上消耗殆盡，他卸下空彈匣，重新補充子彈。他只剩下兩個快速裝彈器，也就是十二發子彈。多姆用他的MAC-11衝鋒槍對著那棟建築物狂掃一陣。葛雷森聽到來自其他兄弟的射擊聲。他從掩體旁邊窺視那棟建築，只見建築物的外觀已經變成了一塊瑞士起司。建築物裡有一盞日光燈的照明設備從天花板上懸吊而下，那條細長的電線慵懶地來回晃蕩，在窗戶上製造出明明滅滅的頻閃效果。葛雷森朝著窗戶又開了三槍。

沒有還擊。

「太好了，我想我們搞定他們了！」葛雷森心想。他原地站起身來。

什麼也沒有。什麼聲音也沒有。

「我們擺平他們了。我們擺平他們了！」葛雷森咆哮著，在多姆的背上用力拍了一掌。

「去把他們拖出來。我們要用這些混蛋來殺雞儆猴。」葛雷瑟說。多姆站起身，卻遲疑了一下。他真的不想看到那個小女孩的屍體。

「別讓我對你說兩次。」葛雷森說。多姆只能強迫自己邁開腳步，其餘既沒死也沒有受傷的俱樂部成員紛紛跟在他身後走向那棟建築物。

多姆踢開那扇鐵捲門左邊的前門。

當那片橘色的閃光填滿他的整個視野時，有一句話在他汽化之前浮現在他的腦海。

因果報應，多姆心想。

然後，一切都變成了黑色。

艾克在摸到那間戶外假廁所底下冰冷的金屬梯階時，差點就歡呼了出來。他讓自己和艾莉安娜一次爬上一個梯階，直到他們進入到那間戶外廁所裡。艾克推開門，當他帶著艾莉安娜踏進悶熱的夜裡時，他深深地吸了好幾口氣。巴迪・李滿身煤灰地跟在他們身後，不停地在咳嗽。艾莉安娜則止不住地在啜泣。

「沒事了，寶貝。有我們在。」艾克緊抱著她低聲說道。

「我的老天爺啊，你一定以為查特應該會在那個隧道裡裝一個好一點的通風系統。那下面什麼都有，只差一張躺椅。」巴迪・李說。

「我要帶她到卡車那裡。她很害怕。」艾克說。

「我就待在這裡，看看我能不能好好透口氣。等你回來時，我們再過去看看我們的朋友。」巴迪・李又開始咳嗽。

「我很快就回來。」艾克說。

「我會待在這裡。」巴迪・李說。艾克和艾莉安娜隨即走向那條小徑。

艾克幫艾莉安娜繫好乘客座的安全帶，再從他的手機裡找出一個有水果四處飛舞的遊戲，然後把手機放在艾莉安娜的腿上。

「爺爺要去辦點事，好嗎？」他說。艾莉安娜無視於他說的話，只是在手機螢幕上滑動著她的小手指。

艾克和巴迪・李沉默地沿著小徑走回營區。艾克可以在微風中聞到他們的手工製品帶來的成果。那是一股大雜燴的味道，混合了焦屍的臭味和介於氯氣與酒精之間的刺鼻化學味。

「我的媽呀。」巴迪・李在他們抵達營區的時候說道。確切來說，應該是當他們抵達曾經是營區的那個地方。一圈直徑一百呎的火焰把那個曾經是民兵總部的地方包圍了起來。那棟鋼骨建築物已經不見了。建築物底下的水泥地基從中間裂開，而且從頭到尾都燒焦了。那片射擊場已經徹底被夷為平地，射擊標靶裡的乾草也因為起火燃燒而四處散落。

原本像軍隊一樣工整排列成對角線的那些摩托車，全都變成了不成形的金屬塊，與其說它們是機械，事實上更像是阿米巴原蟲。到處都有可以辨識出來的零件。一個手把、一支腳架、一只前輪，不過，摩托車身的絕大部分都被扭曲成了皮革、金屬、鐵和鉻的混合體。他們的主人也遭逢了同樣的命運。

艾克帶著蓋斯比的手槍，巴迪・李帶著他的刀，胸前也背著那把AR-15步槍。他們在屍體之間走動，準備結束他們發動的這場混戰，不過，艾克很快就發現沒有這個必要。稀有物種已經完蛋了。那些沒有直接被炸成碎片的人，他們的內臟也都被隨之而來的震波液化了。

屍體和身體的碎片散佈在空地上，彷彿派對的彩飾一樣。巴迪・李瞥見靠近射擊場的一棵松樹上掛著兩隻手臂。兩隻都是左手。巴迪・李不禁搖了搖頭。

「我想，稀有物種的這個分會應該永遠關門了。」巴迪．李說。

就在艾克打算回應時，他們聽到了細微的抽泣聲從SRX的方向傳來。艾克和巴迪．李彼此互看一眼，轉而走向那輛車。爆炸的力道震碎了所有的車窗。艾克透過車窗往內窺視。

蓋斯比側躺在車裡。鮮血從他的耳朵不停地往外滴落。他的下腹和大腿全都染成了紅色。艾克可以聞到排泄物刺鼻的味道從車裡飄散出來。他把手伸進車窗，將手指按在那個老人的脖子上。沒有脈搏。

巴迪．李打開駕駛座的門。

傑瑞德．溫斯洛普．卡爾佩珀像一坨濕衣服般地滾到地上。呻吟和嗚咽的聲音從他的胸口深處往外冒出。他的卡其褲被血染成了酒紅色。傑瑞德沿著蓋滿森林地面的殘渣和碎屑奮力地往前爬。巴迪．李撥開一叢荊棘，跟在他的後面，艾克也來到他們旁邊。巴迪．李一腳踩在傑瑞德的背脊正中央，讓他無法再往前爬。

「你要去哪兒，大哥？」巴迪．李用閒聊的口氣問道。艾克繞到車子後面，那隻握著點四四手槍的手垂在身側。巴迪．李抓住傑瑞德的肩膀，一把將他翻過來。

「拜託你不要。」傑瑞德發出刺耳的聲音說道。

「不要什麼？」艾克問。

「拜託不要殺我。對不起。真的對不起。」傑瑞德說。他那張寬大的臉在汗水下顯得很光滑。火焰輕柔的劈啪聲充斥在夜色裡，淹沒了森林裡大自然的聲音。

「每個人被逮到的時候都會說對不起。」巴迪．李說。

「求求你，我有病。我是一個病態的人。」傑瑞德說。

「喔，你有病？為什麼，因為你喜歡和柑橘在一起嗎？」艾克問。

「對！我需要幫助！」傑瑞德喘著氣說。艾克往前傾身，凝視著他佈滿血絲的眼睛。

「你認為我兒子是病態？或者他兒子？或者柑橘？你認為他們都應該要死，只因為你無法面對你自己是個什麼樣的人嗎？」艾克問。傑瑞德什麼也沒說。艾克重新站直。

「可笑的是，如果我兒子在這裡的話，他會為你感到難過。如果他兒子在這裡的話，他也許還會原諒你。」艾克說。巴迪．李打開他的刀，刀刃在鎖定到位的時候發出了喀噠的聲響。

「但他們並不在這裡，不是嗎？」巴迪．李問。

「對，他們不在這裡。」艾克說。

艾克和巴迪．李穿過樹林，沿著小徑回到卡車所在之處。一路上，他們都沒有開口，因為沒有什麼可說的了。艾克覺得自己可以睡上一百年。他的精神和身體彷彿都被擰乾了。這是這麼長一段時間以來，巴迪．李第一次不想喝酒。他不想讓任何東西鈍化了這一刻。什麼都不可以。

他們終於抵達了卡車所在的那條私人小路。

乘客座的門大開。

「艾莉安娜？」艾克喊了一聲。

「小不點！」巴迪．李說。他的心臟砰砰地撞擊著他的肋骨。如果在他們完成了這一切之後，艾莉安娜卻在這片該死的樹林裡走丟了呢？

「她在這裡。」一道低沉沙啞的聲音響起。

葛雷森站在卡車前面。他的左手臂抱著艾莉安娜，右手那把點三五七的槍管就抵在她的鬢邊。

「把槍放下。」葛雷森說。他的臉沾滿了鮮血和泥土，口水也沿著嘴角往下流。月光讓他看起來宛如一個真正的維京人鬼魂——一個臉上塗滿油彩，從瓦爾哈拉[46]逃出來，企圖要把恐懼散播在這個活人世界的鬼魂。

「放開她。」艾克說。

「去你的。把槍放下，然後把鑰匙丟給我。」

「鑰匙？大哥，你看起來連一根釘子都釘不動。」巴迪．李說。

「我已經受夠你了。你們兩個都是。把槍放下。把鑰匙扔過來。立刻馬上。否則，我就把這個小賤人的頭轟爛。」葛雷森說。一陣急促的呼吸讓他的臉都皺成了一團。

接下來那段漫長又痛苦的時間裡，誰也沒有說話。

「艾克，照他說的做吧。我老爸就會這麼做。」巴迪．李說。艾克只是凝視著他。

---

[46] 瓦爾哈拉（Valhalla）是北歐神話中的天堂之地，是主神兼死亡之神的奧丁（Odin）接待戰亡將士英靈的殿堂。

巴迪．李點點頭。

「對，照我說的做。」葛雷森說。

艾克放下槍。巴迪．李也卸下胸前那把步槍，放到地上。艾克開始誇張地在口袋裡翻找鑰匙。當葛雷森把注意力放在艾克身上時，巴迪．李從身後的口袋裡摸出那把刀，並且在起身的時候把刀藏在手掌裡。就在艾克尋找鑰匙之際，巴迪．李無聲地用拇指推開了刀刃。

「好吧，鑰匙找到了。」艾克說著，將鑰匙拎到自己面前。

「把他們丟到我腳邊。小心點。我現在頭昏眼花的，你可不希望我因為滑倒而意外扣下扳機。」葛雷森說。

艾克把鑰匙扔出去。它們應聲掉落在葛雷森靴子外幾吋之處。葛雷森單腿跪地，左手抓向地面，臂彎裡依然抱著艾莉安娜。他抓起鑰匙，立刻站起身，然後將抵住艾莉安娜的槍轉向巴迪．李。

「我真希望我是用這把槍殺了你們的兒子。」葛雷森說。

「放開她！」艾克怒吼著。葛雷森的目光瞬間轉到他身上。

巴迪．李冷不防地將刀子用力捅向葛雷森。刀刃刺穿他的脖子，發出了一道空氣吸入的聲音。葛雷森按下扳機，瘋狂地連續開了幾槍。艾莉安娜從他的臂彎裡滾落下來。艾克衝上前，跪在地上，及時接住了艾莉安娜，將她摟向自己的胸口。他往側面滾出，用自己的身體擋在她和槍火之間。

葛雷森跌跌撞撞地繞著一個同心圓打轉。那把點三五七手槍從他的手中滑落。鮮血宛如光滑的水銀，颯颯地從他脖子上的傷口往外流。他在絕望和恐懼下拔出那把刀。然而，這只是加速了他的死亡，因為鮮血開始像噴泉一樣地湧出。他往前倒，一臉撞在泥土上，脖子上的鮮血依然源源不絕地往外冒。

艾克抱著艾莉安娜站起身。她並沒有哭。她甚至沒有發出一丁點的聲音。艾克覺得這比她嚎啕大哭還要糟糕。他沒有必要查看葛雷森是否已經死了。他身邊的那灘血泊已經向艾克證明了一切。

他轉而走向巴迪・李。巴迪・李坐在地上，他的頭靠在卡車上，雙手按壓著腹部。艾克把艾莉安娜放在引擎蓋上，然後蹲下來，摟住巴迪・李單薄的肩膀。

「起來。我們得送你到醫院去。」艾克說。

「我……不……認為……來得及……，老大。」巴迪・李把手拿開。他身上那件被血浸透的灰色襯衫在月光下彷彿變成了黑色。

「閉嘴，走吧。」艾克就要起身，但巴迪・李抓住他的手臂。他的手掌既冰冷又濕黏。他的手沾滿了自己的鮮血。

「我……參加……不了……慶功……宴了。」巴迪・李說。

艾克重新跪下來。巴迪・李的呼吸開始變得越來越淺。

「陪著……我……」巴迪・李說。艾克挪動了重心，讓自己在巴迪・李身邊坐下來。他用一隻手擁住巴迪・李，感受到了巴迪・李的脆弱，那就彷彿抱著一隻小鳥一樣。

「是癌症，對嗎？那些咳嗽之類的。」艾克說。巴迪・李點點頭，他的速度彷彿蝸牛一樣緩慢。

「你……認為……我會……見到……兒子們嗎？」巴迪・李問。艾克需要很專注才能聽到他在說什麼。他用力地咬住自己的下唇，以至於他的嘴唇幾乎就要出血了。

「希望如此。」艾克說。

「我也希望如此。」巴迪・李說。

語畢，他倒在艾克的胸口。他的頭無力地倒向一邊，再也不動。艾克摟住他的肩膀，將他拉近。他就那樣坐著，直到艾莉安娜打破了沉默。

「他累了嗎？」她問。艾克擦擦臉，小心翼翼地讓巴迪・李側躺在地。

「是啊，不過他現在可以休息了。」艾克說。

44

「艾克，有人找你。」

艾克從一疊收據裡抬起頭來。

「好，柑橘。給我一分鐘。」他說。他從座位上站起身，走到前面。他的員工都已經外出工作了。現在，辦公室裡只有他和柑橘。她已經上班兩週了，她進入狀況的速度就像打嗝一樣快。賈絲偶爾會過來關心他們，不過，柑橘工作得很順利。

「等我的身體復原，我就會立刻離開。」柑橘曾經這麼說。艾克告訴過她，他並不怪她，但他依然希望她能改變心意。

拉普拉塔警探正在大廳等著他。

「拉普拉塔警探。」艾克說。

「藍道夫先生，你有空談談嗎？」

「當然。」艾克說。他從櫃台底下的保冷箱裡拿出一瓶水。

「詹金斯先生的葬禮辦得不錯。」拉普拉塔警探說。

「是啊。」艾克回應道。

「我很高興看到你妻子和孫女都出席了。還有卡爾佩珀太太。她很傷心，是嗎？我想，我前妻應該不會為我哭得那麼傷心。」拉普拉塔說。

艾克並沒有說話。

「真是不可思議。沒有人知道是誰燒了你的房子、綁架了你孫女、企圖殺了你妻子和詹金斯先生，不過，那些人顯然改變了心意，然後把艾莉安娜送回到你的辦公室。真是令人訝異。」拉普拉塔說。艾克啜了一口水。

「奇蹟每天都有。」艾克說。

「藍道夫先生，我們能廢話少說嗎？你我都知道，綁架你孫女、企圖殺了你妻子和巴迪·李，並且放火燒了你家的人是稀有物種。你我都知道，你和巴迪·李在本州四處挑起戰火，最終在某個營區上演了一幕日落黃沙[47]裡的高潮戲，那個營區的擁有人恰好是一家和『自由之子』有關的空殼公司，而『自由之子』恰好又和已故的詹金斯先生的哥哥有關聯。一群摩托車騎士、一位本州的前參議員和一名現任法官被發現死在這個殺戮現場。」拉普拉塔說。艾克把那瓶水放在櫃台上。

「我確實在新聞上看過這則消息。他們說那個法官和那群摩托車騎士有關係？我想，他們說那群摩托車騎士已經賄賂那個法官好一陣子了？第十二頻道還說，這起事件的調查提到了我兒子和他丈夫的名字。你認為這個法官和我兒子以及巴迪·李的兒子所發生的事情有關嗎？」艾克問。拉普拉塔意味深長地看了他一眼。

「現在這已經不重要了，不是嗎？藍道夫先生。你不能起訴一個死人。」拉普拉塔說。

「我想是不能。」艾克說。拉普拉塔走到櫃台，將雙手撐在櫃台上。

「你不是真的認為有人會相信巴迪·李·詹金斯靠著一己之力，殺了那些摩托車騎士和卡爾佩珀父子吧？他碰巧用他九年級的教育程度想出了如何才能製作一個肥料炸彈？」拉普拉塔問。

艾克交叉雙臂，謹慎地不要碰到自己左臂上的傷口。

「你為什麼來這裡，拉普拉塔先生？」艾克問。

「是拉普拉塔警探，藍道夫先生。我來這裡是因為有一大堆人在你身邊失蹤或者喪命。他們其中很多人罪有應得，但有些人卻不該死。我想，不會有太多人因為剃刀手·瓦許失蹤了幾個星期而掉眼淚。此外，即便是葛雷森·卡馬迪俱樂部裡的人，也認為他是個敗類。不過，我不認為露妮特·佛雷德里克森活該要開腸破肚地死在她的起居室裡。坦白說，這個案子牽涉到很多轄區，永遠也解決不了。我甚至得不到授權去調出你的手機通聯紀錄。絕大多數具有影響力的人都樂意把這件事歸咎到巴迪·李身上，讓這一切就這樣過去。」拉普拉塔說。

「但你不願意。」艾克說。

「對，我不願意。太多問題依然沒有答案。不，我不能就這樣算了，因為像你這樣的人是個

47《日落黃沙》（Wild Bunch）是一部一九六九年首映的美國西部片，也是導演山姆·畢京柏（Sam Peckinpah）的代表作。劇情講述一群年邁的幫派份子在美墨邊界試圖適應一九一三年不斷變化的現代世界，是根據美國真實重大刑案改編的故事。片中子彈穿胸而出、鮮血四濺的慢動作特寫和多角運鏡等創新手法，在最後經典的血洗大結局中，創造出美式的新暴力美學。曾獲美國奧斯卡金像獎最佳原創音樂、最佳原創劇本提名，並榮獲美國影藝學院推崇為百年百大經典電影第八十名。

危險份子，藍道夫先生。今天，你是為了你兒子報仇。明天，你可能會對某個對你比中指的人動手。我來這裡，是因為我想要讓你知道，我會盯著你。」拉普拉塔說。艾克喝完他的水，把瓶子扔進垃圾桶。

「你愛怎麼盯都可以。但是，你下次到我公司來的時候，也許應該帶張搜索令一起來，否則我可能會開始認為你在騷擾我。」艾克說。拉普拉塔嚴厲地看著他，然而，艾克並沒有避開他的目光。

「我還沒有開始騷擾你呢，藍道夫先生。」拉普拉塔說。

門上的鈴鐺響了。

「拉普拉塔警探。」瑪雅抱著一大袋她到桑德斯超市採購的食物走進來。他們在她動手術的時候剪掉了她的髮辮，因此，她現在只能頂著一個精靈頭的髮型。艾莉安娜蹦蹦跳跳地走進門裡。她經過拉普拉塔身邊，直接跑向了艾克。她拉扯著他的褲腳，艾克也搓了搓她的頭髮。

「哈囉，藍道夫太太。」拉普拉塔說。

「讓我送你出去吧，警探。」艾克說。拉普拉塔對瑪雅點點頭。艾莉安娜對他揮手道別，拉普拉塔也對艾莉安娜揮揮手，然後才轉身走向出口。艾克跟在他的身後。

「我的小不點來了！」柑橘說。拉普拉塔聽到艾莉安娜發出了咯咯的笑聲。

拉普拉塔踏出大門，但突然又停下腳步，轉身面對艾克。

「這麼做值得嗎？暴徒。」他問。艾克對他笑了一笑。

「那不是我的名字。至於是否值得，這你得要問巴迪．李了。不過，我想，如果他還在這裡的話，他會說……」艾克壓低了聲音。

「我會一次又一次地殺了他們全部，即便一千次也不夠。不過，這麼做永遠都是值得的。」艾克說。然而，真正撼動拉普拉塔靈魂深處的，卻是暴徒那冷漠的眼神。

拉普拉塔往後退出一步。

「再見，警探。」艾克說。

語畢，他關上了門。

45

艾克停好卡車，拿起乘客座上那個棕色的紙袋。他下了車，開始穿過墓園裡的墓碑，滿滿的墓碑讓墓園看起來彷彿一座花崗岩的森林。

他越過一座小丘，看到瑪歌跪在巴迪．李的墳前，正在栽種紅、白、藍三種不同顏色的矮牽牛。

「嘿。」艾克說。瑪歌抬起頭，對他微微一笑。

「不要批評我的園藝功夫，造景先生。」瑪歌站起身，在牛仔褲上擦了擦手。她一邊哼唱，一邊收拾著原本裝著那些矮牽牛的空塑膠盤，然後將一把塑膠的小鏟子塞進她身後的口袋。

「我沒有什麼好說的，看起來很不錯。」艾克說。

「我想他可以接受一點裝飾。天知道他從來都不對他那輛該死的拖車做點什麼。」瑪歌說。

「我想他會喜歡的。」

「哈！他一定會對這些花的顏色發表一些自以為很機靈的評論，例如叫我美國隊長或其他什麼愚蠢的話。」瑪歌說。

「是啊，他也許會這麼說。」艾克說。瑪歌用手背擦了擦眼睛。

「上帝慈悲。他也許是個讓人傷腦筋的傢伙，但我真的很想念他。」瑪歌說。艾克吸了一口氣，然後才開口。

「是啊，我也是。」

「好吧，我讓你們私下聊聊。」瑪歌說。

「你不需要離開。」艾克說。

「不，我需要離開。我馬上就會哭得像個嬰兒了，我想，你我都不想看到我這樣。聽著，我知道你不能說，但我得要問。他去和人打鬥了，對嗎？」瑪歌說。艾克注視著她，良久都沒有眨眼。她審視著他的眼神，看見了她的答案，然後點點頭。

「好吧。好吧。」說完，她轉身匆匆地走下山坡。艾克目視著她的背影，過了一會兒才轉頭面對墳墓。那塊黑色的花崗岩上寫著「巴迪．李」，而不是威廉。當維吉尼亞州的法醫釋出他的屍體時，巴迪．李的姊姊曾經為了支付葬禮的費用而聯繫過艾克。他表示他會負擔，但同時開出了兩個條件。他們必須把他埋在他們的兒子旁邊，墓碑上的名字必須是巴迪．李。

她很高興地接受了他的條件，因為這就表示她完全不需要負擔一毛錢。

艾克從那個棕色紙袋裡拿出一罐啤酒和一小瓶烈酒。他打開那罐啤酒，喝了一大口。啤酒冰涼地有如冬日的第一個早晨。他把剩餘的啤酒灑在墳上，並且確定沒有任何一滴沾在那些矮牽牛上。

「嘿，兄弟。我想我要邀請瑪歌下週來參加艾莉安娜的生日派對。她也許需要有人陪伴。天吶，我們都需要。柑橘說，為了這場派對，她要幫瑪雅和艾莉安娜設計一個特別的髮型。她們三個成天黏在一起。保險公司的人說他們下週會開始重建房子。我們依然還住在飯店裡。那飯店很高級。你一定會說，『那就像暴發戶的生活。』」艾克說著眨了眨眼睛。

「艾莉安娜聰明的不得了。柑橘已經教她數到了十五。瑪雅用動物圖片的閃卡教她學習。她甚至可以分辨狗和狼。我曾經試著教她如何打拳，但瑪雅一直說她只有三歲。我們會玩一種遊戲，讓她對著我的手掌出拳。她很喜歡。幾年之後，我們就會換成拳擊手套了，也許還會買另一個重型沙袋。」

艾克覺得喉嚨裡湧起一個腫塊，但他硬是把它壓了下來。

「天吶，她長得像野草一樣快。好了，我要和兒子們說說話，好嗎？我知道你不怎麼喜歡軒尼詩。」艾克說。

他把那只空啤酒罐放在巴迪．李的墓碑上，然後打開另一個瓶子，喝了一大口。酒液下肚的感覺彷彿烈火在燃燒，卻也帶來一股令人欣慰的溫暖，讓他的上身感到一陣刺痛。他在以賽亞和德瑞克的墳上倒了一點干邑。

「我愛你，以賽亞。我知道表面上看起來並非總是如此。我知道我一直沒有表現出愛你的樣子，但我真的很愛你。我們經常對艾莉安娜提起你和德瑞克的事。我們給她看那些逃過火災的照片。我們告訴她，有那麼多人愛著她。我、她的祖母們、她的柑橘阿姨，還有她的兩個守護天使。」艾克單膝跪在地上，又喝了一口干邑。

「她永遠不需要懷疑，那些應該無條件愛她的人是否真的愛她。這一點，我可以向你保證。

她永遠不需要經歷你所經歷的——那些我讓你經歷的事。」艾克說。

他摸著新的墓碑，用手指撫過刻在墓碑上的名字，先是以賽亞，然後是德瑞克。

「你知道你曾經說愛就是愛嗎？當時我並不明白。我猜，我不想去明白。但我現在明白了。我真的很抱歉，我們花了這麼多的代價，但是我現在真的懂了。一個好父親、一個好男人，他會愛那些愛他孩子的人。我不是一個好父親，也不是一個好男人。但我會試著當個好祖父。」艾克站起身。

「我會很努力的。」艾克說。

淚水再度湧上，沿著他的眼眶流下臉頰，一直來到下巴上的鬍渣。

這一次，淚水不再像剃刀，而更像是在悲傷地祈求甘霖後，等待已久的回應。

感謝

一本小說向來都是集體努力的成果。文字雖然出自我的筆下，然而，讓這個故事更優美成形，需要經過很多人的手。

我要感謝我的經紀人和我在寫作上最大的支持者喬許・蓋茲勒。感謝你相信我和我的故事。命運讓我們相遇，對此，我再高興不過了。

謝謝克莉絲汀・柯珀拉許，以及Flatiron Books的整個團隊。即便我試圖要讓你們認識更多的南方俗語，依然不斷地從你們身上學到很多。

我還要感謝我的作家朋友們妮基・多森、P. J.維儂、查德・威廉森，以及傑瑞・布魯菲爾德，感謝你們閱讀了本書早期的版本。你們的坦率和支持對我意義非凡，遠遠超過我的言語能所能表達的。

還有，一如既往，我要感謝你，金。

你知道為什麼。

你向來都知道。

Storytella 239

剃刀之淚

Razorblade Tears

剃刀之淚/S.A.寇斯比(S. A. Cosby)作；李麗珉譯. -- 初版. --
臺北市：春天出版國際文化有限公司, 2025.04
面；公分. -- (Storytella；239)
譯自：Razorblade Tears
ISBN 978-626-7637-57-9(平裝)

874.57　　114001790

ISBN 978-626-7637-57-9
Printed in Taiwan

作　者　S. A.寇斯比
譯　者　李麗珉
總編輯　莊宜勳
主　編　鍾靈

出版者　春天出版國際文化有限公司
地　址　台北市大安區忠孝東路四段303號4樓之1
電　話　02-7733-4070
傳　真　02-7733-4069
E-mail　bookspring@bookspring.com.tw
網　址　http://www.bookspring.com.tw
部落格　http://blog.pixnet.net/bookspring
郵政帳號　19705538
戶　名　春天出版國際文化有限公司
法律顧問　蕭顯忠律師事務所
出版日期　二〇二五年四月初版

定　價　480元

總經銷　楨德圖書事業有限公司
地　址　新北市新店區中興路二段196號8樓
電　話　02-8919-3186
傳　真　02-8914-5524
香港總代理　一代匯集
地　址　九龍旺角塘尾道64號 龍駒企業大廈10 B&D室
電　話　852-2783-8102
傳　真　852-2396-0050